シャーロット・ブロンテ論

中岡　洋　編著

開文社出版

シャーロット・ブロンテ論　中岡　洋編著（開文社出版刊）

目次

まえがき

シャーロット・ブロンテが突然文壇に登場して話題を独占してから、すでに一世紀半余が過ぎ去った。彼女についてのニュースがわが国に伝わってからでも一世紀をゆうに越える。わが国への導入は明治中期で、最初に入ってきたのは『ジェイン・エア』であった。ブロンテは明治期以降の文学に深い影響を及ぼし、ブロンテとわが国作家との類似性が夙に指摘されているところである。

それ以来わが国文学に対するブロンテ文学に対する影響は時代の経過とともにますます強くますます深くなっている。特にわが国が戦争の惨禍を免れるようになってからは、着実にブロンテ文学が定着するようになった。正確に言えば、戦中派後期の人々から改めてブロンテの受容が始まったといってもよい。ということは、われわれの「ブロンテ学」はまだ半世紀ほどしか経っていないことになる。ブロンテは平和な時代に好まれる種類の文学だ、と改めて平和に感謝している次第であるが、翻訳、紹介の難事を遂行された先達のご苦心が偲ばれる。このようにしてブロンテはわが国の読者に愛され、その文学に豊かな滋養を与え続けている。

運命のいたずらによってブロンテ姉妹の長子となったシャーロットは、姉マリアに代わってその重責を果たさなければならなくなった。彼女が突然長子となったのはわずか九歳のときで、父親パトリック・ブロンテは聡明な長女マリアと次女エリザベスを一度に失い，すべての期待を三女のシャーロットにかけたのであった。彼はマリアに要求していたのと同じことを彼女に要求した。すでに妻を失っていたパトリックは同居の義姉エリザベス・ブランウェルよりは幼いシャーロットを頼りとしていた。妹のエミリやアンとは違ったシャーロットの性質はそのようにして作られた。しかしながら、そのことによって彼女の文学的天才が失われることはなく、彼女の文学的趣味が損なわれることもなかった。パトリックがその天才のために準備した土壌は栄養十分なものであり、その英才教育は実にみごとな成果を挙げたのであった。

一八二六年から始まった文学的な遊びは一八三九年まで続き、「ベッド・プレイ」から「グラス・タウン」「アングリア」(「ゴンダル」)を通して彼女たちの文学的情熱はパトリックの保護の許に十分に熟成されていったのである。

シャーロット・ブロンテが『ジェイン・エア』を引っ提げて文壇の登竜門をくぐり，ロンドンに姿を現したとき、クェーカー教徒のような質素な衣服をまとい、身長わずか一四六センチの田舎娘で、すでに三二歳になっていた。誰もそれが希有の天才だとは気づかなかった。その人について読書界はやがて大騒ぎをすることになっていたのである。『ジェイン・エア』の魅力は圧倒的で、作家として文章を操る技は冴えわたり、その芸術家意識は抜群の情熱を備えていた。そして前世紀には高く評価された最後の大作『ヴィレット』には、人間として生きていくうえでの悩みや苦しみを経て、なお芸術家たらんとする意識が旺盛に働いていた。シャーロット・ブロンテは実際すぐれた芸術家であったのである。

しかしながらエリザベス・リグビーの痛烈な批判は批判そのものが時代遅れであったけれども、シャーロットを悩まし傷つけた。ヴィクトリア朝の保守主義の頑冥不霊さは想像を絶するほどで、特に一九世紀後半にはますます尖鋭化し、時代の流れに逆行していった。時代が進む一方で過去にこだわり執着し続ける人間が存在するというのもまた人間の世界であったのであろう。それにしてもブロンテ文学は幾多の時代の荒波をくぐり抜けてきた。その評価の歴史は文字どおり人類の歴史でもある。ブロンテに関する評価がすべて出尽くしたとは思われないけれども、一世紀半の間には各種各様の評価があった。時代がさらに進むにつれて新しい反応が出てくることも期待されるが、ブロンテ姉妹が世界の文豪に数えられ、『ジェイン・エア』をはじめとする傑作群がいつまでも読みつがれていくことは疑いない。

前世紀末からブロンテに関する再評価が盛んである。殊に一九九五年に発表されたジュリエット・バーカーの『ブロンテ家の人々』は無尽蔵の資料を駆使して、一八五七年に発表されたエリザベス・ギャスケルの『シャーロット・ブロンテの生涯』によって打ち立てられたブロンテ神話を解体させ始めた。エミリ・ブロンテと同様、シャーロット・ブロンテには天才の周りに立ちこめる特有の神話的後光が射し、それらの茫漠とした薄膜を一枚一枚剥がしていく神経質な作業が行われている。天才が成り立つ真実は何であったのかをきびしく問い直す機運が高まっている。

また最近では「カルチャラル・スタディーズ」が盛んになっていて、その刺激を受けてその方面からこれまでとは違った光をブロンテ姉妹に当てることができるようになっている。作家を彼女たちが生きた時代に戻し、あるいはその時代から射してくる独特の光で作家を照射し、作家像を捉え直すことが肝要になってきている。学際的研究が叫ばれてからすでに久しい。その成果は次第に認知され、厚みを増したブロンテ理解が行われるようになっている。ブロンテについても、ただ小説を読むだけでなく、その他のジャンルにまで研究の矛先が向けられていくのは時代の要請である。彼女たちの生活の全般にわたって事実はどうであったのかを知りたいという衝動も当然沸き起こってくる。したがって、われわれがブロンテについて知りたいこと、知らなければならないことは次第にその量を増しているのである。本書の第一部はそうした時代への意識の表れとして理解していただきたい。

二九歳で死んだアン・ブロンテ、三〇歳で逝ってしまったエミリ・ブロンテ、母親と同じ三八歳で世を去ったシャーロット・ブロンテはみなその時代の人間としては平均寿命をゆうに越えている。与えられた寿命を十分生かしきって彼女たちは己の命を生きたのだ。誤解をしてはいけない。彼女たちはいたずらに不幸であったのではない。彼女たちの実際の生活を知り、真実は何であったかを先入観なしに受け容れる態度が必要なのである。時代を下るにつれて次第次第にブロンテ姉妹の真実がわかってくるのは歓迎すべきことで、そのことによってわれわれの「ブロンテ学」がより豊かになっていくことであろう。

平成一三（二〇〇一）年六月五日　パトリック・ブロンテがリーズでおもちゃの兵隊を買った日

編者

シャーロット・ブロンテの生い立ち

中岡　洋

「事実は小説よりも奇なり」ということばがあるように、シャーロット・ブロンテ（Charlotte Brontë, 1816-55）の生涯は実に一編の小説である。人の生涯を真実の姿において伝えることはまさに至難の業である。特に作家の場合にはその創造された作品の世界が実人生と混同されがちであり、なかでもシャーロット・ブロンテの場合には作者自身と『ジェイン・エア』のヒロインが生き写しのように言われるので、なおさら語るのはむずかしい。

シャーロットの一生は、実際、それだけで一編のすばらしい「女の一生」であった。いわゆる小説よりもはるかに興味津々たるものがある。母親と同じ三八年間の生涯のなかで、母親のように六人もの子どもは生まなかったけれども、そして一人の子どもを身籠ったまま死んでしまったけれども、この娘は母親以上に多彩な、そして輝かしい生涯を送った。「多彩」といっても決して「波瀾万丈」ではなく、むしろ控えめな、それでいて充実した生涯であった。作家としては一気にスター・ダムにのし上がった実力は驚嘆のほかはない。

シャーロットは一八一六年四月二一日、ヨークシャーはブラッドフォードの西六キロ余の、ソーントンという村で生まれた。父親はパトリック・ブロンテ（Patrick Brontë, 1777-1861）という三九歳の司祭、母親はマリア・ブランウェル・ブロンテ（Maria Branwell Brontë, 1783-1821）という三三歳の主婦で、シャーロットは彼らの三女であった。父親はアイルランド、カウンティー・ダウンの出身で、貧農の長男としてその鋭敏な頭脳と何事も達成しないでは措かない努力によって、教区牧師らに認められ学校教師となり、やがてはケンブリッジ大学を卒業して聖職者となった。彼の父親ヒュー・ブランティー（Hugh Brunty, or Prunty）は無学な農夫であり、文盲であったが、すぐれた語り部であったので、近所の農夫たちは毎日夕食後ヒューの家に集まっては彼のいろいろな語りを楽しんだという。そのような才能はパトリックにも伝わっていて、子どもたちにアイルランドの昔話をして聞かせたのである。ブロンテ姉妹の作品にアイルランド的な要素を見出せるのはそのためである。

マリア・ブランウェルは遠くペンザンスの富裕な商人の娘で、いとこのジェイン・フェネル（Jane Fennell, 1791-1827）の話相手としてヨークシャーに来ていたとき、ジェインの父親ジョン・フェネル（John Fennell, 1762-1841）が校長をしていたメソディスト派神学校でパトリックと出会い、意気投合して一八一二年一二月二九日ガイズリー教区教会で結婚式を挙げた。

シャーロットが生まれたとき、姉のマリア（Maria Brontë, 1814-25）とエリザベス（Elizabeth Brontë, 1815-25）は近所のエリザベス・ファース（Elizabeth Firth, 1797-1837）の許に引き取られて面倒を見てもらっていた。ファース家はソーントン教区の信者総代で医師の家柄であった。ブロンテ家とは日ごろから親交が続いており、エリザベスは次女エリザベスの名付け親となり、後にはアンの名付け親となったばかりか、シャーロットの名付け親、ペンザンスのシャーロット・ブランウェルの代理人ともなった。そのときエリザベス・ファースは一九歳であった。シャーロットの他の名付け親はエリザベスのいとこ、フランセス・ウォーカーとその夫、ハーツヘッドの教区司祭トマス・アトキンソン（1780-1870）であった。

シャーロットは幼いころから利発な子で、物覚えはよかった。彼女の後に弟パトリック・ブランウェル・ブロンテ（Patrick Branwell Brontë, 1817-48）、エミリ・ブロンテ（Emily Jane Brontë, 1818-48）、アン・ブロンテ（Anne Brontë, 1820-49）が生まれた。四人はソーントン村のマーケット・ストリート七四、七六番地にあった当時の司祭館の、向かって右側の一階の部屋で生まれたのである。その家はテラス・ハウスの一部であるが、現在は「ブロンテ誕生の地」として記念館になっている。

アンが生まれてまもなく父親のハワース転任が決まって、四月二〇日、一家は七台の荷馬車に家財道具を積み込んでハワース司祭館へ移り住んだ。ここが彼ら一家の永遠の住まいとなった。一八一四年の末から一六年七月二八日までブロンテ家に手伝いに来ていた伯母のエリザベス・ブランウェル（Elizabeth Branwell, 1776-1842）が一八二一年五月上旬ふたたびブロンテ家の手伝いにやって来た。しかしこんどは母親マリアの健康が急速に衰えていき、彼女は結局その年の九月一五日、三八歳で子宮内翻症と慢性貧血の合併症のため死亡した。これはシャーロットをはじめ、ブロンテ家の子どもたちにとっては最初の痛恨事で、生涯消えることのない欠如感を植え付けた。これから後次々に大きな打撃が彼女たちの人生に襲いかかってくることになる。

みずからも詩人で幾冊か詩集を出版していたパトリックは教育熱心な父親で、娘たちにはほとんど理想的な教育を施した。長女のマリアは母親が世を去った後では、十分に父親の話相手となり、新聞雑誌を精読して父親と議論をするほど利発な娘であった。

マリアとエリザベスは短期間ウェイクフィールドのクロフトン・ホール・スクールに在籍していたが、月謝を負担しきれず退学し、開校したばかりの、カウアン・ブリッジにあるクラージー・ドーターズ・スクールに入学した。ここはウィリアム・キャルス＝ウィルソンが理事長を務める半慈善学校で、躾が厳しいだけでなく、生活環境も不健康であった。ここにマリアとエリザベスは一八二四年七月二一日に入学した。開校時に入学できなかったのは二人が百日咳やお多福風邪から十分回復していなかったからである。この病後の子どもをむりに学校へ送ったことが取り返しのつかない悲運をもたらすことになった。同校にシャーロットは八月一〇日、エミリは一一月二五日に入学した。それから翌年の五月までの間ブロンテ姉妹は生涯癒すことのできない精神的外傷を受けた。贅沢を嫌い質素倹約のうちに精神的な力を育てようという教育理念に加えてカルヴィニズムに近いきびしい宗教教育が施された。特に長女のマリアは生活習慣が規則ずくめの学校に馴染めず、いつも教師に叱られていたらしい。シャーロットとエミリは自宅以外のところがどんなに恐ろしい場所であるかをいやというほど教え込まれた。幸い末娘のアンはまだ学齢に達していなかったので、この悲劇を免れた。後年創造される彼女たちの文学の差異はまずここで作られたといってよい。シャーロットとエミリは姉がいっしょに居てくれるという安心感が突如打ち壊され、底知れぬ不安に見舞われた。無防備な彼女たちの心がどれほど傷ついたか想像に難くない。ここで受けたトラウマはブロンテ文学の随所に発見することができる。

一八二五年年頭にブロンテ姉妹の将来に大きな影響を及ぼすタビサ・アクロイド（Tabitha Aykroyd, ?1770-1855）が女中としてハワース司祭館に住み込んだ。彼女はこれから後シャーロットと同年に死ぬまで姉妹の生活に深くかかわり、ヨークシャー方言まるだしで地方の昔話を語って聞かせた。ブロンテ文学の土俗性はタビーを中心としたヨークシャー生活の忠実な描写に由来するところである。姉妹はタビーを母親のごとく愛し、老いてはよく面倒を見た。

マリアは一八二五年二月一四日に退学し、五月六日に死亡し、エリザベスは五月三一日に退学し、六月一五日に死亡した。シャーロットとエミリは六月一日に退学して、理事長の別荘、西海岸のシルヴァーデイルで一夜を過ごし、ハワースに帰った。帰宅したとき彼女たちはすでにマリアを失っており、半月後にはエリザベスの死を見送った。

一八二六年六月六日、いよいよブロンテの文学が始まった。前夜リーズからの土産として父親がブランウェルに買ってきた「おもちゃの兵隊」一二個がブロンテの子どもたちに文学的な遊びを始めさせた。子どもたちそれぞれがお気に入りの兵隊を選んで、思うままに名前を付けた。シャーロットは「ウェリントン公爵」、ブランウェルは「ボナパルト」、エミリは「グレイヴィー」、アンは「ウェイティング・ボーイ」と命名した。『アラビアン・ナイト』の影響を受けながら「若者たちの劇」が始まり、また『イソップ寓話集』の影響を受けて「われらの仲間」という劇が演じられた。『イソップ寓話集』から「ヘイ・マン」「ボウスター」「クラウン」「ハンター」らが選ばれて巨人族が住む島が作られたが、それらはやがて「島の人々」として発展して行きブロンテ文学の基となった。シャーロットはワイト島にウェリントン公爵らを、ブランウェルはマン島にジョン・ブル、アストリー・クーパー、リー・ハントを、エミリはアーラン島にウォールター・スコット一族を、アンはガーンジー島にロード・ベンティンク、マイケル・サドラー、ヘンリ・ハルフォードを選んで住まわせ、いろいろな

1820年のドレス

超自然的現象を織り混ぜながら物語を綴っていった。それらはウェリントン公爵の長男アーサー・ウェルズリー（Arthur Richard Wellesley, 1807-58）を主人公とする「グラス・タウン」の物語に進展し、さらに「アングリア」の物語がそれに続いた。こうした架空の物語はシャーロットを中心として演じられ、一八三一年一月一七日にシャーロットがロウ・ヘッドへ入学した後も盛んに創造されていった。途中でエミリとアンが「ゴンダル」を創造して枝分かれしていったけれども、シャーロットは一八三九年ころまでは「アングリア」の世界に没頭していた。これらの初期作品群はブロンテ、特にシャーロット・ブロンテの文学的宝庫であり、ほとんど無尽蔵の文学的興味を汲み出すことができる。

とりわけ「島の人々」「アルビオンとマリーナ」「捨て子」「秘密」「呪文」「ヘンリ・ヘイスティングズ」「キャロライン・ヴァーノン」などの作品は十分にシャーロット・ブロンテの幼い日々の文学的遊び心が披瀝されている。ここではこれらについて詳述する暇がないけれども、シャーロット・ブロンテの作品世界を楽しませてくれることはいうまでもない。

先にふれたように、一八三一年一月一七日、シャーロットはミス・マーガレット・ウラー(Margaret Wooler, 1792-1885)が経営するロウ・ヘッド・スクールに入学した。シャーロットの学費を自発的に支払ったのはトマス・アトキンソン師夫妻であった。彼らの住む「グリーン・ハウス」は学校から一マイルも離れていなかった。これらの名付け親である司祭夫妻は後にシャーロットの作品の反宗教性のためにシャーロットとは疎遠になってしまった。

ちょうど同じころメアリ・テイラー(Mary Taylor, 1817-93)とその妹マーサ(Martha Taylor, 1819-42)が入学しており、また生涯の親友となったエレン・ナッシー(Ellen Nussey, 1817-97)も一週間遅れで入学して来た。マーサ・テイラーは茶目っ気のある可愛い少女であった。シャーロット、エレン、メアリの三人は大の仲良しとなって、生涯変わらぬ友情を交わした。エレンとメアリはともに一八一七年生まれで、シャーロットよりは一歳年下であったので、それなりにシャーロットを尊敬していたが、その尊敬にも二人の間には差があった。エレンは何ごとでもシャーロットの言うことをよく聞いてすなおに服従するようであったし、いろいろあった縁談でもいちいちシャーロットの意見を聞いた。またシャーロットの手紙はすべて保存しておく性質であった。それに対してメアリは、テイラー家の人々はみなそうであったらしいが、進取の精神に富み、シャーロットの才能に負けまいとする勝ち気なところがあり、小説を書きさえした。シャーロットの弟ブランウェルに恋したが、彼にその気がないことがわかるとその後一生恋をしなかった。そしてシャーロットの手紙は一通も保存していなかった。メアリはシャーロットに面と向かって彼女が不美人だと言い、シャーロットの架空の物語も「地下室でじゃがいもを育てているようなものだ」と貶して憚らなかった。それでいて二人ともシャーロットの親友であり続けた。そのことはシャーロットの人生をより豊かにしたと思われる。この二人との交際に加えて、校長ミス・ウラーとの出会いはシャーロットの人生に大きな影響を及ぼした。ときには病弱な妹に対する扱いをめぐって不仲になったこともあったが、互いに尊敬の心を抱きあい、この師弟愛も生涯続いていった。カウアン・ブリッジ・スクールでの不幸な出来事を乗り越えて、シャーロットは恵まれた一時期を過ごすことができたのであった。

一八三二年五月シャーロットはミス・ウラーズ・スクールを退学し、ハワースには絵画の先生が招かれて姉妹とブランウェルに初歩の指導をしたらしい。絵の勉強はシャーロットの視力を著しく低下させた。ハワース司祭館にピアノと音楽教師が来たのは一八三四年であったが、シャーロットは視力が弱かったために音楽の才能を磨くことができなかった。

退学後もエレンやメアリとの交際は続けられた。三五年七月二九日シャーロットは同校の助教師として、エミリは生徒としてロウ・ヘッドへ赴いた。同年秋ブランウェルがロイヤル・アカデミーに入学するので、エミリの教育費をシャーロットが負担し、できるだけ父親の重荷を軽くしようとしたのである。しかしエミリはたちまちホームシックに罹り、アンと交替せざるを得なかった。エミリは後年ハリファックスの近くにあるサザラムのロー・ヒル・スクールに音楽教師として働きに出たが、そのときも長くは続かなかった。

シャーロットが作家となるにはどのような作品、書物を読んでいたかという興味ある問題に一条の光を投げかけてくれるのが、一八三四年七月四日付エレン・ナッシー宛の手紙である。そのなかでシャーロットが挙げる詩人たちはミルトン（John Milton, 1608-74）、シェイクスピア（William Shakespeare, 1564-1616）、トムソン（James Thomson, 1700-48）、ゴールドスミス（Oliver Goldsmith, 1728-74）、ポープ（Alexander Pope, 1688-1744）、スコット（Sir Walter Scott, 1771-1832）、バイロン（George Gorodon Byron, 1788-1824）、キャンベル（Thomas Campbell, 1777-1844）、ワーズワス（William Wordsworth, 1770-1850）、サウジー（Robert Southey, 1774-1843）であり、シェイクスピアの喜劇と『ドン・ジュアン』を避けるように忠告しているが、『カイン』はシャーロットの許容範囲であったのかもしれない。小説家はウォールター・スコットただ一人を勧めている。シャーロットが読んだ詩人・小説家を列挙すればほとんど無数になるであろうが、それらのなかで彼女に深い影響を及ぼしたのは、スコットをはじめとするロマン主義の文学者たちである。これから後に彼女が読んで吸収していった作家たちも同じ線の上にある。

一八三八年早々にミス・ウラーの学校そのものが、デューズベリ・ムアに引っ越ししたこともあって、必ずしもブロンテ姉妹にとって幸せな時期が続いたとはいえない。それはまた経営者のミス・ウラーについてもいえることで、この時代に女手一つで私塾を経営することは難事業であったであろう。結局ミス・ウラーは一八三八年に経営権を妹イライザ・ウラー（Eliza Wooler, 1808-84）に委ねたが、一八四一年の暮れに学校経営を放棄してしまった。

一八三九年三月、シャーロットは生涯で四回あった求婚経験のうち最初の結婚申し込みを受けた。相手はシャーロットの親友エレン・ナッシーの兄ヘンリ・ナッシー（Henry Nussey, 1812-67）であった。彼女は自分が聖職者の妻にふさわしくないロマンティックな性質をもっているという理由で断った。シャーロットが抱いていた聖職者の妻のイメージは「性格があまり目立ちすぎず、熱心でありすぎずたり、独創的でありすぎたりしては」いけなかったし、「気立ても穏やかで信心深さは疑いの余地がなく、精神はむら気がなく、陽気であり、その身体的魅力は［夫の］眼を楽しませ、正当なプライドを満足させるに十分なものでなければならない」というものであった。

それからブロンテ姉妹の家庭教師時代が始まった。シャーロットは「アングリア」の空想の世界から袂を分かって現実の苛酷な世界へ乗り出していった。一八三九年五月シャーロットはロザーズデイル、ストウンギャップ・ホールのシジウィック（John Benson Sidgwick, 1800-72, Sarah Hannah, *nëe* Greenwood, 1803-87）家の家庭教師となった。ミス・ウラーの妹（Susan, or Susannah, *nëe* Wooler, 1800-72）の夫エドワード・カーター師（Edward Nicholl Carter, 1800-72）の紹介であった。家庭教師職のつらさは身に染み「家庭教師は存在をもたない」と感じて、七月一九日には同家を辞したが、この間にシャーロットはとても大きな収穫があった。後年書くことになる『ジェイン・エア』で描いたゲイツヘッドのイメージをストウンギャップ・ホールから、ソーンフィールドのイメージをノートン・コンヤーズ・ホールから掴むことができた。

その年の八月初旬シャーロットは二度目の結婚申し込みを受けた。相手は、もと父親の助任司祭でコルン教区教会司祭をしていたウィリアム・ホジソン（William Hodgson, 1809-74）の助任司祭デイヴィッド・プライス（David Pryce, 1811-40）であった。シャーロットはプライスのアイルランド的な饒舌とお世辞が嫌いで断った。彼は翌年血管破裂で死亡した。

その年の九月シャーロットは東海岸のブリドリントン（バーリントン）の西、イーストンのハドソン家でエレンと初めてのヴァカンスを楽しみ、自由の空気を満喫した。ここは当時バートン・アグネスの助任司祭をしていたヘンリ・ナッシーの紹介によるものであった。初めて「巨大なビール醸造樽」（海）を見たといっているが、実際は一八二五年に西海岸のシルヴァーデイルで見たはずである。

一八四一年三月二日シャーロットはロードン、アッパーウッド・ハウスのホワイト（John White, ?1790-1860）家の家庭教師となった。ミス・ウラーから自分の学校を引き継いでくれないかという依頼があって、承諾の返事をしたところ、その後の連絡がなく、結局ホワイト氏の忠告を入れて、外国留学をし、外国語を身につけ箔を付ければ成功の可能性が高くなると考え、伯母に留学費用を出してもらいたいと頼み承諾されて、その年の一二月下旬ホワイト氏宅から辞した。留学先は二転三転したが、メアリとマーサ・テイラーのいるブリュッセルへ行くことになった。学校はテイラー姉妹が留学しているシャトー・ド・ケーケルベールではなく、イギリス大使館付属チャペル司祭ジェンキンズ師（Rev. Evans Jenkins, ?1797-1856）の紹介によって、もっと学費の安いマダム・エジェ（Claire Zoë Parent, 1804-90）経営の寄宿女学院に決まった。

一八四二年二月八日、シャーロットはエミリやテイラーきょうだいとともに、父親パトリックに連

1842年のドレス

れられてブリュッセルに向かってハワースを出発した。これは文字どおりシャーロットにとっての鹿島立ちであった。極論すればこのブリュッセル留学がなければ、作家シャーロット・ブロンテは存在するようにはならなかったであろう。シャーロットがここで得たものは測り知れない。まずコンスタンタン・エジェ（Constantin Georges Romain Heger, 1809-96）との恋愛がシャーロットに魂を吹き込み、彼の文学教育が作家としてのシャーロットの本質を形成したといってもよい。もちろんそれまでの文学的な遊びをとおしてシャーロットら姉妹は文学的自己形成をほぼ終わっていたと見る見方もできるであろう。しかしこの留学先での新しい幾多の刺激は一段とシャーロットを成長させ、大人の文学への道を歩み始めさせたように思われる。マダム・エジェとの確執も彼女の人間的経験として大きな意味があったであろう。しかしムシュー・エジェに対する恋慕はシャーロットの初恋であり、失恋に終わったけれども、大きな収穫を残した。これまで彼女はシジウィック氏やホワイト氏、あるいはウィリアム・ウェイトマン師（William Weightman, 1814-42）などに好ましい感情を抱いたかもしれないけれども、それらは彼女の内面を裂き、血を吐く恋となりはしなかった。エジェとシャーロットの間には何があったというわけではない。ただ彼らの間には侵しがたい同一性、親和力が働いていた。彼らには瞬時にわかりあえる共通したものがあった。エジェはシャーロットより七歳年上であったが、すでに二度の結婚を経験していた。宗教教育を主眼とするこの学校でムシュー・エジェは文学を講義し、特にロマン主義文学がわかる人物であった。弁護士になろうとして留学していたパリで、コメディー・フランセーズでアルバイトとして劇の「さくら」を演じ、そこで朗々たる声を磨きあげた。彼が担当する文学の授業のなかでシャーロットはうっとりとするような彼の声と講義の内容に魅了されていたのである。シャーロットが自分のロマン主義的文学の在り方に承認を与え、自信をもち得たのはエジェの講義を通してである。彼が提出させた幾編かの「エッセイ」は記念碑的文学遺産であり、シャーロット文学のいわばアイデンティティー証明書のようなものである。

一八四二年一〇月末、伯母エリザベス・ブランウェルの危篤、次いで死亡が報せられ、急遽姉妹は帰国の途に着いたが、ハワースに帰り着いたのは一一月八日であった。エミリはそのままハワースから動かないことになったけれども、シャーロットは父親を慰め友人たちに会い、そして一八四三年一月二七日ふたたび飛び立つ鳥のようにブリュッセルへ向けて出発した。今度はエミリを連れず一人で行ったが、そのことが予想以上の苦しみを彼女に背負わせることになった。次第に高まっていくエジェへの恋情とマダム・エジェの嫉妬による包囲網が彼女を追い詰めていった。彼女はブリュッセルという大都会にありながら語り合う友もなく、絶対的な孤独に陥っていた。そして長い夏休みの間に耐えがたい苦悩の淵に沈んだ彼女は藁をも掴む思いでサン・ギューデュール大聖堂の懺悔室へ向かった。一八四三年九月一日のことであった。そこで彼女が何を懺悔したのかはわからない。けれどもイギリス国教会の信徒でありながら、ローマ・カソリックの教会に立ち入るのは精神的異常を来していたとしか思われない。その事実を伝えたのは妹エミリに対してであったが、シャーロットは誰かにそれを伝えないではいられなかったし、エミリならばこの苦しみをわかってくれ秘密も守ってくれるという信頼があったのであろう。フランス語、ドイツ語の習得もほぼ終わり、彼女は後ろ髪を引かれる思いでブリュッセルを後にしたのである。

一八四四年一月三日シャーロットはハワースへ帰り着いた。それから翌々年五月までの間に少なくとも七通の恋文を書いた。そのうち四通はブリティッシュ・ライブラリーに所蔵されている。恋々として綴られるシャーロットの心情には哀切胸を打つものがある。

しかし運命の赴くところ一連の恋文をスプリング・ボードとしてシャーロットの運命は急展開を示した。すなわち七通目の恋文を書いたと思われる一八四六年五月には彼女の文学的生涯が具体的に始まっていた。その前年の秋、シャーロットはエミリの詩稿を発見し、エミリとの諍いを起こしながらも、その「独特の音楽」に打たれて、それらが出版に値すると妹たちを説得し、三人姉妹による詩集を出版しようと話を纏めた。シャーロットは一九編、エミリとアンはそれぞれ二一編を自分の作品から選び出して、シャーロットが渉外係となり、エイロット・アンド・ジョーンズ社から『カラー、エリス、アクトン・ベル詩集』(*Poems by Currer, Ellis, and Acton Bell*, 1846) を刊行した。この記念すべきブロンテ姉妹の処女詩集がたった二冊しか売れなかったというのは有名な話である。もっともよく褒められたのはエリス・ベルの作品であったが、このときすでにシャーロットは詩においてさえ小説家としての片鱗を見せていた。彼女の詩作品はすべて物語を語り、妹たちの作品に比べて長編であった。詩集が刊行されないうちからシャーロットは小説の出版へと乗り出し、三人姉妹がいわば競作の形で小説を書き上げようという約束をしたらしい。シャーロットが絶対的な推進力となっていた。シャーロットは『教授』(*The Professor*, 1857)、エミリは『嵐が丘』(*Wuthering Heights*, 1847)、アンは『アグネス・グレイ』(*Agnes Grey*, 1847)を書き始めた。

このころパトリック・ブロンテの視力が著しく低下したので、シャーロットはエミリとともにマンチェスターへ行き、父親の手術が可能かどうかを確かめた。その結果シャーロットは八月一九日パトリックを連れてマンチェスターへ赴き、白内障の手術を受けさせた。手術は成功したが、シャーロットは慣れない料理の面倒を見、歯痛と頭痛に苦しみながら、同時に『ジェイン・エア』(*Jane Eyre*, 1847)を書いていたのである。彼らがハワースへ帰ったのは九月二八日であった。彼女は幾度か歯痛と頭痛を乗り越えながら、『ジェイン・エア』を書き継ぎ、また前作『教授』を次々と数社へ送りつけた。しかしながら妹たちの小説がトマス・コートリー・ニュービー社(Thomas Cautley Newby)から出版されることが七月上旬に決まったにもかかわらず、シャーロットの作品はどこにも引き受け手が見つからなかった。最後に送ったスミス・エルダー社(Smith, Elder & Co.)からまた返送されてきた原稿といっしょに、好意ある手紙が届いたのは八月六日のことであった。シャーロットは鋭意『ジェイン・エア』を書き上げて同月二四日にスミス・エルダー社へ発送した。これは同社の出版顧問ウィリアム・スミス・ウィリアムズ（William Smith Williams, 1800-75）氏を感動させ、社長のジョージ・スミス（George Smith, 1824-1901）もただちに出版を決意し、たちまちベスト・セラーとなった。それが呼び水となって妹たちの作品も一二月中旬日の目を見た。『ジェイン・エア』の成功はブロンテ姉妹の作品を世に出すきっかけになったばかりでなく、その名を不朽のものにしたのであった。まことに『ジェイン・エア』の成功なくしてブロンテ姉妹は存在し得なかった。

翌年六月には妹の作品『ワイルドフェル・ホールの住人』（*The Tenant of Wildfell Hall*, 1848）が世に出たが、この作品のアメリカでの版権問題が絡んで、スミス・エルダー社からの問い合わせの手紙が姉妹を驚かせ、シャーロットはアンを連れ雷雨をついてキースリーまで歩き、急行列車でロンドンへと駆けつけ、自分たちの身許を明かすことになった。偉大な作家として手厚いもてなしを受けた後、ヨークシャーに引き上げたが、自分の身許まで明かされたエミリは激怒した。彼女は死ぬまで自分たちが作家だということを他人には決して漏らさないという固い約束をシャーロットにさせていた。シャーロットはそれゆえ妹が死ぬまでエレン・ナッシーにさえみずからが作家だということは一言も漏らさなかった。目の前に校正刷りを広げられてもエレンは何も訊ねることができなかったし、シャーロットもそれに関して一言も言わなかった。シャーロットがどれほどエミリを大切に思っていたかがわかる。

シャーロットはラダイツ暴動を扱った次作『シャーリー』（*Shirley*, 1849）に取りかかり、親友エレン・ナッシーをモデルに、「キャロライン・ヘルストン」(Caroline Helstone)をヒロインにして書き始めたが、一八四八年九月には放蕩三昧にさんざん悩ませられた弟ブランウェルを失い、一二月には大黒柱のように頼りにしていたエリミに死なれ、翌年五月には残っていた唯一人の妹アンをスカーバラで失うに至った。『シャーリー』執筆中に三人ものきょうだいを次々と見送ったシャーロットは人生の希望を失いかけたが、エミリをモデルとした「シャーリー・キールダー」(Shirley Keeldar)を新たなヒロインとして打ち出し、やっとの思い出で、一八四九年八月二九日『シャーリー』を脱稿し、一〇月二六日出版した。前作『ジェイン・エア』に比べると、出来栄えはよくなかった。翌月二九日から一二月一五日までジョージ・スミス宅に滞在し、サッカレー(William Makepeace Thackeray, 1811-63)やハリエット・マーティノウ(Harriet Martineau, 1802-76)らに面識を得、文壇の寵児となった。

一八五〇年はさらに新たな友人たちが彼女の周辺に集まって来た。ランカシャーのパディハム、ゴーソープ・ホールに住むサー・ケイ＝シャトルワース夫妻(Dr.James Philips Kay, 1804-77, Jane Shuttleworth, 1817-72)との交際は八月にエリザベス・ギャスケル(1810-65)との知遇を得させ、またエディンバラでジョージ・スミスと落ち合って市街を見学したり、アーサーズ・シートに登ったりした後、アボッツフォードのスコット邸を見て感激した。一二月一六日から二三日までウィンダーミア湖畔アンブルサイドにハリエット・マーティノウを訪ね、親交をさらに深めた。

シャーロットは一八五一年三月二四日から四月四日まで、スミス・エルダー社の幹部社員ジェイムズ・テイラー(James Taylor, ?1813-74)の訪問を受け、その間に彼は結婚の意志のあることをほのめかした。パトリックは乗り気であったようであるが、シャーロットは彼が側にくると鳥肌が立って生理的に反発を覚え、意志のないことを伝えた。これが彼女の受けた三回目の求婚であった。

また五月には大博覧会を見学し、ホートン卿（Richard Monckton Milnes, 1st Baron Houghton, 1809-85）と知り合い、サッカレーの講演会を聞き、マンチェスター、プリマス・グロウヴにギャスケルを訪ねた。

一八五二年五月下旬から七月一日まで東海岸のファイリーに赴き、『ヴィレット』の執筆に勤しむとともに、六月四日にはスカーバラへアンの墓に参り、一一月二〇日には『ヴィレット』を脱稿し、翌年一月二八日に出版した。その間前年一二月一三日父親の助任司祭アーサー・ベル・ニコルズ師がシャーロットに求婚し、パトリックは激怒して、ニコルズをカーク・スミートンへ転任させることになった。ニコルズはなかなか諦めなかった。一方作品はギャスケルの『ルース』（*Ruth*, 1853）と競合することを避けて時期をずらして出版されたが、『ヴィレット』に対する批評はきびしいものがあり、なかでも親友と思っていたハリエット・マーティノウからの歯に衣着せぬ痛烈な罵倒はついには二人の友情を完全に決裂させてしまった。シャーロットは孤独のなかで前後左右進退谷まっていた。シャーロットは父親のアーサーに対するあまりに不当な言葉に批判の態度をとって一家に冷たい空気が張り詰めていたちょうどそのとき、ギャスケルがハワースを訪問した。シャーロットはその後ミス・ウラーを東海岸のホーンシーに訪ねたりしながら、できるだけ自宅にいないよう工夫していた。しかしニコルズは、オクスノップの司祭で友人のグラント（Rev. Joseph Brett Grant, d.）を通して、シャーロットに会う機会を得、シャーロットの心も次第にニコルズを受け入れる方向に傾斜して行き、一八五四年四月三日には二人の間に婚約が成立した。これはニコルズの誠実な人柄の勝利であった。

シャーロットとアーサー・ベル・ニコルズ師の結婚式は六月二九日に挙行され、ただちにアイルランドへ新婚旅行に出かけた。ダブリン、バナハー、キルキー、キラーニー、ギャップ・オブ・ダンロー、グレン・ギャリフ、コークを巡って、ダブリンに引き上げ、ハワースに帰着したのは八月一日であった。特にアーサーが育ったバナハーのキューバ・ハウスには深い感銘を受け、自分の夫がりっぱな人であると信じ込もうと努めた。シャーロットは『ヴィレット』に対するきびしい批評を乗り越えようと、みずから新天地を開くつもりで大きく人生の舵を切ったように思われる。自分の行く末に対する不安、父親の老齢、やがて父親の死によって余儀なくされる司祭館からの転居を恐れていた。大彼女に経済的な不安があったとは思われない。作家としてすでに名声を恣にしていたシャーロットが何の必要があって、ニコルズと結婚したのであろうか。母親を失い、姉二人を葬り、三人の弟妹を次々に奪われたシャーロットの孤独の悩みは底無しの淵であったのであろう。

シャーロット・ブロンテのハネムーン・ドレス

一八五五年一月上旬、シャーロット夫妻はゴーソープ・ホールにケイ＝シャトルワース夫妻を訪ね、風邪を引いた。ハワースに帰り着いてから荒野に散歩に出て風邪を悪化させ、ついに寝ついてしまった。二月一七日には長年家政婦として母親のように愛情を注いでくれたタビーが八四歳でこの世を去った。妊娠中で食欲のない生活を送るうち次第に体力を失い、結局シャーロットはもう二度と起き上がることができないまでになった。

そして一八五五年三月三一日、希有の天才ブロンテ姉妹の長姉シャーロット・ブロンテはハワース司祭館で年老いた父親パトリック・ブロンテと誠実そのものの夫アーサー・ベル・ニコルズに看取られながら死んでいった。享年三八歳であった。

第一部
シャーロット・ブロンテのイギリス

19世紀の王立

第一章　服飾の概要

佐々井啓

服飾はいつもその時代の人々の意識を反映しているものである。一七世紀のフランス宮廷がヨーロッパのモードの中心となって以来、服飾の主導権はフランス宮廷にあり、イギリスはつねにフランスを手本として装ってきた。しかし、産業革命の成果による一九世紀の新しい市民社会の誕生は、イギリスにおいてあらたな側面をもたらした。すなわち、テイラーの技術と貴族的な意識による完璧な装いのダンディが登場し、男子服においてはイギリスが中心的な役割を果たすようになったのである。このような流れのなかで、シャーロット・ブロンテの作品に描写されている人々と、彼女自身の生きた一九世紀の前半を中心として、一八世紀末から一八九〇年代までの約百年間の服飾を概観してみたいと思う。

一　一七九〇年〜一八一〇年

一七八九年のフランス革命は政治体制の変化をもたらし、ヨーロッパの服飾は大きく影響を受けた。イギリスでは正式な場合にはまだ一八世紀の宮廷服を着ていたが、次第にフランス革命調の服飾に変化していく。

男子の服飾

フランスの王政を否定する人々は宮廷服をも否定したが、貴族たちはまだ一八世紀の服装をしばらくは保っていた。それは、盛装としてのコート（coat）とウエストコート（waistcoat）、ブリーチズ（breeches）からなっている。コートは、絹や上質の毛織物で作られ、高い衿と広い折り返しがつき、前は斜めに大きくカットされ、下に着ているウエストコートが見えている。ウエストコートは長い袖のついている上着であり、前面は刺繍や飾りボタンで飾られた装飾的なものであった。やがてコートが細身になっていくと次第に丈が短くなり、ついには袖のないものも登場する。ブリーチズは、膝下の長さのズボンであり、靴下状のホーズ（hose）を上にかぶせてバックルなどで留められていた。また、衿元にはネッククロス（neckcloth）が結ばれている。その大きさは、幅三〇センチメートル、長さ一メートルほどであり、首に巻いて結んだ先を前に垂らしていた。

また、日常着としてのコートに、フロック（frock）がある。フロックは、イギリスから始まったものであり、背中に縫い目のない、ゆったりとして小さな立ち衿がつき、毛織物でつくられた実用的な上着である。後ろには燕尾があり、前のボタンをダブル形式につけたものなど、しゃれた着こなしが見られるようになる。さらに、乗馬用のコートであったライディング・コート（riding coat）、フランスではルダンゴット（ridingote）が、丈の長いコートとして防寒用に用いられた。

一方、革命派の人々は、労働者の上着と長ズボンを着用し、サン・キュロット（sans culotte 仏）と称して、革命の印である赤・白・青の三色を取り入れた服装をした。このスタイルは、やがてヨーロッパの市民服に大きな意味をもつようになった。

女子の服飾

宮廷服であったフランス風ローブ（robe 仏、gown, dress）は、麻布に籐や鯨のひげ、針金などで形作ったフープ（hoop）を下に用いて、横に大きく張り出したスカートが特徴であった。上半身はコルセット（corset）でタイトに形作られているが、衿もとは大きく開き、胸にはリボンや刺繍などの装飾がある。袖は肘の下でレースなどのフリルがつけられることが多い。豪華な絹織物で作られ、華やかなドレスである。フランスでは革命後には用いられなくなったが、イギリスでは一八一〇年ごろまで盛装に着用されていた。

実用的なドレスとして一八世紀後半に用いられたイギリス風ローブは、フープをつけずに硬い麻布で作った腰当を後ろに入れ、トレーンを曳く形である。また、マリー・アントワネットが好んで用いたドレスは、王妃のシュミーズという室内着風であり、薄手の絹や麻、モスリンの白地で、装飾がなくフープもつけない形である。

革命時の女子服は、男子服のような変化はすぐには見られなかったが、やがて宮廷のフープをつけたドレスにかわって、古代風ローブと呼ばれる簡素なドレスを用いるようになった。これはギリシャ・ローマ時代の衣服をアレンジしたものであり、そこには、自由な古代社会への憧れがあるといわれている。古代風ローブは、薄い一枚の白い布で作られ、胸のすぐ下からストレートに下がる筒型のドレスで、素材は薄地木綿や寒冷紗などであり、透けるように薄い織り地のものもあった。これらは、主にイギリスの産業革命による綿織物の生産の増大によっているのであり、インド製の高価な綿布に代わって、またたくまにヨーロッパじゅうに広まっていった。一八〇一年のモード誌には、ヴェールのついた白いドレスとコートが見られる。革命後には、白いドレスに青いサッシュベルト、赤いショールなどの三色の取り合わせが流行した。

ヴェールのついたシュミーズ風ドレスとコート、マフ1801年

さらに、ナポレオンが皇帝となって、古代風ローブは宮廷服としての形を整えていく。

すなわち長袖のついたドレスの左肩にマントを付けた形と、短いパフスリーブのドレスに後部にトレーンを留め付けた形となった。

二　一八一〇年～一八三〇年

服飾史上これまでフランスが優位に立っていたが、革命後の混乱のうちに新しい服飾が誕生した。それは実用的な市民服であり、その起源はイギリスであった。

男子の服飾

ナポレオンを中心としたフランス宮廷では、派手な色の絹のコートにぴったりしたブリーチズという復古的なスタイルを好んだが、次第に青年たちは、細身のトラウザーズ（trousers）を用いるようになっていった。これはイギリス風の好みであり、男子服はイギリスが主導権を握った。上着には毛織物のフロックが用いられていたが、次第に前裾がウエストの部分で水平にカットされ、後ろに燕尾を垂れた形が一層洗練されていった。白麻製のシャツの立ち上がった衿もとには白麻や黒絹の大きなネッククロスが用いられた。袖口には幅広のカフスが付けられ、今日のワイシャツに近い形となった。ウエストコートは、裾が四角く裁断され、打ち合わせはシングルとダブルの両方がある。色は、フロックとは異なる派手な色が好まれた。トラウザーズには、カシミヤ、コール天、南京木綿などが用いられ、縞柄も多い。帽子は、黒のビーヴァーやフェルト製の円筒形で狭いブリムのあるトップ・ハッ

ダンディなスタイル

ト（top hat）が用いられていた。
このようなイギリス風の洗練された着こなしは、ダンディに代表される。ダンディとは、摂政王太子（後のジョージ四世、在位一八二〇—三〇）とその取り巻きの青年貴族たちの好みであり、その中心は、ジョージ・ブライアン・ブランメル（George Bryan Brummell 1778-1840）であった。彼は、派手な服装で人目をひくのではなく、優れた材質と最高の仕立ての技術による身体にフィットしたスタイルをめざしたのである。そして、完璧に計算された言動によって、ボー（beau 仏）の称号を与えられた。ブランメルの装いの一例をあげると、次のようである。

朝の装いとしては、他の紳士たちと同じく、ヘシャン・ブーツにパンタルーンズか、またはトップ・ブーツに鹿革のブリーチズと青いコート、明るい色または淡黄色のウエストコートである。もちろんすばらしくフィットしているものであるが。イヴニング用として、ある時彼は、青のコートに白いウエストコート、踝のあたりをぴったりボタン留めにした黒のパンタルーンズ、絹の縞の靴

狩猟から帰った男たち　1810年

下にオペラハットという装いであらわれた。いつも彼は注意深く装っているが、決してファッションの奴隷ではない。(1)

このように、ブランメルが青いコートを好んでいたので、ダンディの代名詞は青いコートであった。また、彼は、薄い糊をつけたネッククロスを気に入るように結ぶために、何枚も費やしていたという。

また、一八一〇年の挿絵に、狩猟から帰った男性の姿が描かれている。ここでは、短めのライディングコートにウエストコート、ブリーチズが用いられている。

市民の服装は、外観的にはほとんど区別がつかないほど画一化されてきたが、やはり、素材や仕立てなどの違いは明らかであった。

女子の服飾

シュミーズ風のドレスが次第に形を整えてきて、スカートの部分がやや裾広がりとなり、数か所リボンで留めたマムルク袖や、パフスリーブの下からタイトな長袖が続く形など、さまざまな変わり型の袖が見られた。これらの薄手のドレスには、濃い色合いの短い丈の上着であるスペンサー（spencer）が好まれた。これは、立ち衿や折り返しの衿がつき、前開きで、ビロード、カシミヤ、モスリン、絹などで作られている。一八〇八年にはイベリア半島戦争により、三角形の飾りを垂らしたスペイン風のデザインが好まれるようになり、スペイン風スペンサーやスペイン風ラペルなどの名称が見られる。

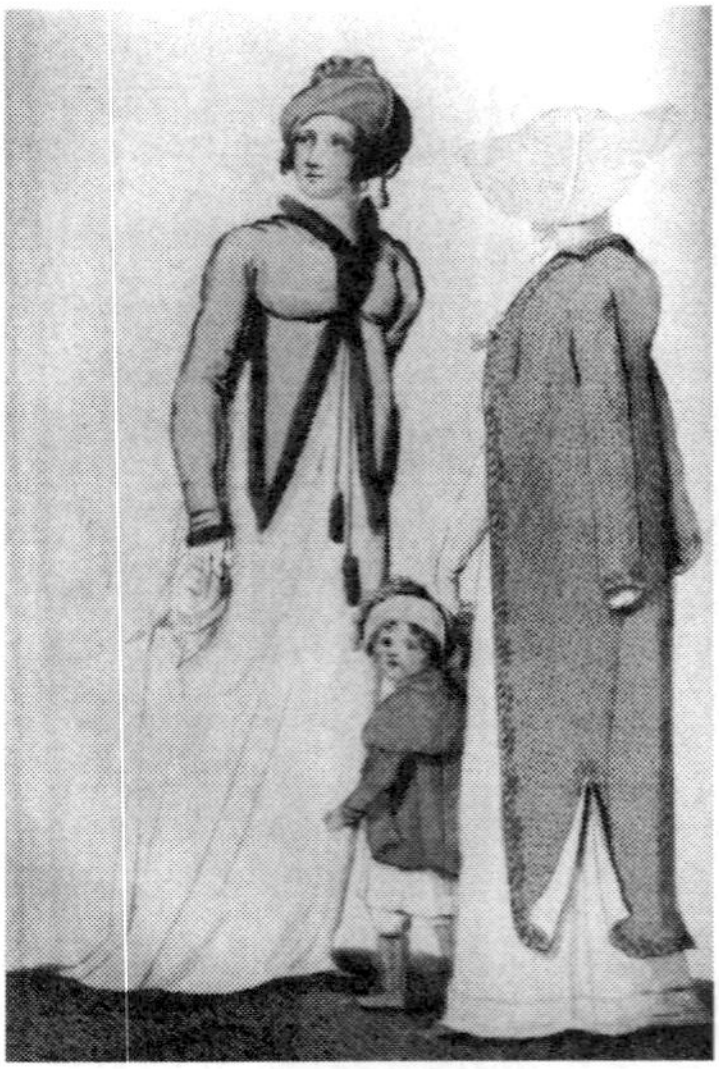

スペイン風スペンサーとコート
1808年

二〇年代には、ウエストの位置が次第に下がり始めた。一二四年ごろには、袖や衿、裾にフリルや飾り紐、刺繍などの装飾が多くなり、二八年ごろには衿明きが横に広がって肩幅が大きくなって、袖も上部が膨らんだパフスリーブから次第にジゴ袖（gigot仏、leg of mutton）へと変化していった。外衣としては、小さめの肩掛けから大型のカシミヤのショールまで、さまざまなものが流行した。また顔をおおうような帽子や、

左―キャリッジ・ドレス
右―イヴニング・ドレス　1824年

乗馬用ドレス、ヴァンダイク風ラフ　1816年

ターバン風のかぶりもの、ベレーのような平らな帽子のほかに、おおきなブリムのついた麦藁やサテンの帽子に花や羽飾りのついた華やかなものが用いられた。

一八一六年のモード誌には、青いメリノの乗馬服が紹介されている。衿元には、下のシャツの衿とは離れたヴァンダイク風のレースの二重のラフ（ruff）が取り巻いている。ラフは、エリザベス朝の流行であったが、このころふたたび用いられている。また、一八二四年には、キャリッジ・ドレスとして、ピンクの外套であるペリース（pelisse）を羽織り、プリーツのある長いスカートのドレスにレースのヴェールのついた鍔の大きなレグホーン・ハット（leghorn hat）をかぶった女性が見られる。

三　一八三〇年～一八五〇年

男子の服飾

ダンディによって洗練されたコートは、さらに幾つかの形を生み出した。夜会用には、黒のコートが正式なものとなり、ドレス・コート(dress coat)、イヴニング・コート(evening coat)と呼ばれたが、やがてスワロー・テール・コート(swallow tail coat)という名称もみられるようになる。ディケンズの『ピクウィック・クラブ』(*The Posthumous Papers of the Pickwick Club*, 1836)には、「燕尾服(swallow tail)として着られていた時代に、この緑のコートはしゃれた服装といったものだったが」という部分がある。

ウエストコートにも地味な色が多くなったが、黒のコートには白いウエストコートが組み合わされた。トラウザーズは裾が細くなり、ふくらはぎから下がボタン留めになったものや、裾のストラップを靴の下にかけるものなどがあった。コートとは別の色や縞柄などが用いられていた。

盛装のフロックとは異なり、新たにフロック・コート(frock coat)が昼の礼装用として登場した。これは乗馬服を起源とする外套用のコートから派生し、燕尾のない、ウエストから下にたっぷりとしたフレアーをもつ形である。やがて四〇年代には、前裾を斜めにカットしたモーニング・コート(morning coat)が、朝の散歩や昼の略装として用いられるようになった。

外套としては、丈の長いグレート・コートや短いトップ・コート、ケープつきのコート、ラグラン・スリーブのコートなど、さまざまな形が見られる。

女子の服飾

女性のドレスのウエストラインは、三〇年代にはほぼ正常な位置になり、スカートの裾は次第に広がっていった。イヴニング・ドレスは肩を大きく露出し、襞飾りやレース、リボンなどの装飾がなされた。袖もまた肩から下がった位置につけられ、ベレー型の袖やジゴ袖など上部が大きく膨らんだ形が流行したが、四〇年代にはふたたび細い袖となる。スカートは二枚重ねたり、段ひだ飾りを裾につけたりしたものが見られる。このころからスカートを広げるために、馬の毛を織り込んで張りのあるクラン地のペチコートが用いられるようになった。

ジゴ袖のついたドレス　1832年

ドレスの上には、肩掛けやショール、防寒用のコートやマントなどが用いられていたが、特に大きなカシミヤのショールは高価であるが大流行した。また、房飾りのついたヴェルヴェットの腰丈のマントや長方形のショールも好まれていた。帽子は、麦藁や絹のつばのある形に花やリボンの飾りのあるものが用いられていたが、四〇年代には顔のまわりを包むボンネット（bonnet）が中心になった。

一八五〇年のモード誌に、ウエディングドレスが紹介されている。それは、ダマスク織の白いドレスで、クレープ

左—イヴニング・ドレス
右—ウエディングドレス　1850年

地の波型飾りとレースが縦に装飾されている。袖は肘から開いているが、カフスのように同じ装飾がついている。頭には白いバラとオレンジの花飾りとレースのヴェールがつけられている。左のイヴニングドレスは胸の部分はイギリス風の四段のバーサ（bartha 垂れ衿）であり、白いバラとオレンジの花のブーケが胸元を飾っている。スカートもイギリス風の十三段の襞飾りで、白いバラの飾りが前部の開きにつけられている。

　このような白いドレスが結婚式のドレスとして定着したのは、一八四〇年のヴィクトリア女王の結婚式以後のことであろう、といわれている[2]。三〇年代以降、上流階級ではさまざまな色のドレスが流行するようになり、そこで白いドレスが特別なものとして結婚式に用いられるようになったのである。ヴィクトリア女王のウエディングドレスは、「白サテン製、オレンジの花の飾り、ホニトンレースのヴェール」というイギリス産の素材を用いてアピールしたというが、このスタイルが影響を与えていることは明らかであろう。

子どもの服装　1850年

『ジェイン・エア』では、ジェインの結婚のドレスとして真珠色の絹のドレスとロンドンから取り寄せた刺繍のある美しいヴェールが描かれている。ジェインは、このような衣裳は貴婦人でなければ身につけないものであるといい、平民の自分は手製の刺繍なしの四角い短い絹レースのヴェールを被りたいと思うのである。(3)(Cf. p.32)『教授』では、フランセスが質素ではあるが全身を透きとおるような白いドレスに身を包み、膝の下まで届く長いヴェールをギリシャ風に細かく編んだ髪に桃色の花冠で留め付けている様子が表されている。

いずれにしても、ウエディングドレスの形はその時の流行のドレスと同じで、わずかにたっぷりしたスカートやレースの飾り、ヴェールで区別がなされる。それまで結婚後に着られる色物のドレスを結婚式に着ていた中流階級の女性たちも、次第に安価な素材であっても白いドレスを用いるようになったのである。

一八五〇年のモード誌に子どもの姿が描かれている。男児は四角い衿明きのゆったりとした上着とトラウザーズであるが、少女たちは、下にパンタルーンズをはき、シンプルなデザインではあるが、大人とほぼ同じ形のドレスを用いていた。

四　一八五〇年～一八七〇年

男子の服飾

イヴニングコートは黒が正式なものとなり、ウエストコートにも黒が用いられるようになった。トラウザーズは、無地のほかに縞や格子などの柄物が見られる。シャツは白麻や木綿であり、衿とカフスが糊づけされてとりはずしができるようになった。黒いサテンのクラヴァット(cravat)はネッククロスより小さくなり、蝶結びにされる。フロックコート、モーニングコートもほぼ同じであるが、形がゆったりしたものとなった。

左―フロック・コート　右―グレート・コート
中―イヴニング・コート (Cf. p.34)

日常着として、ジャケット(jacket)が用いられるようになった。ジャケットは裾の短い上着で、折り返しの衿とラペルがあり、トップのボタンを留めて着る。明るい

クリノリンの製造　1865年

色のウエストコートとゆったりしたトラウザーズを組み合わせる。

これまで正式な場に用いられていたトップ・ハットに加えて、日常用にクラウンの低い、幅広のつばのついたボーラー・ハット（bowler hat）が考案されて用いられるようになった。

女子の服飾

ドレスのスカートは次第に大きく広がるようになったが、クラン地のペチコートではたいへん重くなったので、一八五六年に鋼鉄や鯨骨でかご状に作られたケージ・クリノリン（cage crinoline）に代わった。鋼鉄のクリノリンは工場で生産され、大量に出回るようになったが、最大のものは裾回りが七から八メートルにもなった。このような巨大なクリノリンは、一八六六年を最後にして、次第に縮小されていった。

一八六〇年のモード誌には、美しいドレスの女性たちが

クリノリン・スタイルのドレスと乗馬服　1860年

描かれている。左から見ると、まず、黒い絹のドレスは緑のパイピングや黒いレースの飾りがある散歩服であり、ボディとスカートはウエストに縫い目を作らずに一続きに作られていて、ベルギーの麦藁の帽子がかぶられる。次の白いオーガンジーのモスリンで作られた若い女性のドレスには、藤色の絹のひだ飾りがついている。袖はふくらんでおり、衿明きは大きく、スカートはウエストでギャザーがとられている。乗馬服は、ナンキン（南京木綿）のキルティングであり、白い木綿のブレードで縁取りされている。衿はなく、ケープもついていないが、襟元には黒い絹のクラヴァットを付けている。短い裾は両腰で四角くカットされ、後ろに男子服のようなテール（tail）を形作っている。最後に、緑の訪問服は、濃い緑地と、白地の上に緑の花の模様がある布がストライプになっている。衿とカフスはレースであり、稲藁のボンネットにはバラや葉の飾りがある。

このようなクリノリン・スタイルのドレスは、華やかな布地と豊かな装飾とによって多くの女性に装われたが、さまざまな諷刺を生み出した。『パンチ』（*Punch*）には一八五六年頃から登場し、男性が女性をエスコートして階段の手すりの外を歩かなければならなかったり、突風でクリノリンがあおられ、スカートが傘のようにさかさまになっていたりする場面が載っている。また、乗り合い馬車に乗るときにはクリノリンを車の屋根に掛けなければならない、という諷刺は、いかにもありそうなことだと思えるほどである。

老夫婦と若い女性　1859年

一八五九年の雑誌の挿絵には、老夫婦と若い女性、子どもたちが描かれている。彼らの服装は決して華やかなものではなく、ごく普通の人びとの日常着である。若い女性の黒っぽいドレスは、前にエプロン状の布をつけていて、白い衿にブローチが留められている。老婦人は布のキャップをかぶっていて、肩にはショールが掛けられている。老人は丈の長い部屋着風の上着にウエストコートとクラヴァットを身につけている。子どもたちは、ドレスの上にスモック風のエプロンを重ねている姿で描かれている。

五　一八七〇年～一八九〇年

男子の服飾

引き続き黒いイヴニング・コートが盛装であるが、白いウエストコートと白いタイ（tie）が用いられる。やがて八〇年代には燕尾のない夜会用の略装にディナー・ジャケット（dinner jacket）が用いられるようになった。これはスモーキング（smoking 仏）、タキシード（taxedo 米）とも呼ばれ、食後に喫煙室で男性のみが集まるときの装いである。昼の服装であるフロック・コート、モーニング・コートに加えて、ジャケットとトラウザーズを同じ素材で仕立てたスーツ（suit）が日常着として用いられるようになった。それらはウーステッドやチェックのツイードなどで作られている。シャツは衿を折り返す形がみられ、結び下げるネクタイ（necktie）も登場した。ロンドン郊外のアスコット競馬場で、絹のスカーフ状のアスコット・タイが用いられ、一般にも流行した。

帽子は、トップ・ハット、ボーラー・ハットのほかに、日常着には柔らかなフェルトで作られた、中央に窪みのあるホンブルグ（homburg）が用いられるようになった。

狩猟などのスポーツ服としてノーフォーク・ジャケット（Norfolk jacket）が取り入れられた。これは、ツイードなどで作られ、後ろに襞のある、ポケットやベルトのついた実用的な上着で、共布でつくられた膝丈ののニッカーボッカーズ（knickerbockers）をはき、ハンティング・キャップ（hunting cap）をかぶる。

初期のバッスル　1871年
左—ゴーズ　右—クラン地

女子の服飾

巨大なクリノリンは一八六六年を最後に急速に小さくなり、後ろの部分のみ広げるクリノレットや、後ろ腰に襞飾りをたくさんつけたペティコートが用いられたが、六八年には、後ろ腰のみを持ち上げる腰当てであるバッスル（bustle）が登場した。バッスルは、硬い布で襞をたくさんつけたものやクッションのような詰め物をしたもの、鯨骨や鋼鉄で枠組みを作ったものなど、さまざまな種類がある。

一八七一年のモード誌には、後ろ腰がやや膨らんでいるドレスが紹介されている。左の藤色に細い縦縞がある段ひだ飾りのスカートには黒いレースの縁取りがあり、同色の水玉のジャケット風の上着を組み合わせている。グレーのドレスは上のスカートをたくしあげているが、同じ色の短いケープつきのコートをはおっている。

バッスル・スタイルのドレスとコート
1871年

やがて、八〇年頃には、バッスルはいったん姿を消し、ウエストの切替えのないタイトなプリンセス・ラインのドレスが流行する。このドレスには、オーヴァースカートが装飾的に後ろでまとめるようにたくしあげられたり、細かいプリーツのスカートの上に重ねられたりしている。外出には、上にさまざまな形のコートを用いる。

プリンセスラインのタイトなドレスとコート
1881年

しかし、八三年から九二年頃までは、ふたたび後ろ腰を強調するバッスル・スタイルが大流行する。スカートは二枚重ねられることが多く、上のスカートはいろいろな方法で後ろ腰を強調するデザインとなった。イギリスでは、バッスルをドレス・インプルーヴァー（dress improver）ともいい、当時の健康についての論議では、コルセットとともに非難の対象となっていた。

バッスル・スタイルのドレス　1887年

また、八〇年代には、男性のジャケットのデザインを取り入れたテーラード・スーツ（tailored suit）が登場し、スポーツ服や散歩服などに用いられているが、このような男性と似たスタイルは必ずしも好意的に受けとめられてはいなかった。しかし、女性の活動が活発になったことにより、「新しい女」（New Woman）の代名詞としてテーラード・スーツは次第に浸透していった。

左―ジゴ袖のついたドレス
右―ジャケットとスカート　1893年

九〇年にはいると、次第にバッスルをつけない、自然に裾に向かって広がるスカートが用いられるようになる。九三年のモード誌には、ジゴ袖のついたドレスと、ジャケットとスカートを組み合わせたスーツが見られるが、このようなスタイルが一般的となった。袖にはさまざまな変わり型が見られ、ブラウスにも同様のデザインが展開されている。

また、女性のスポーツが盛んになり、六〇年代末から、スカートの下にゆったりしたブリーチズやトラウザーズをはいた海水着が登場したが、九三年には、サイクリング・コスチュームにこれらのズボン式の下衣がはじめて着用された。上にはテーラード・ジャケットやシャツ型のブラウスを用い、下衣には細身のブリーチズやゆったりしたブルーマーズ（bloomers）をはいてさっそうと自転車に乗る女性は、やはり「新しい女」であり、年配の女性や紳士たちからは眉をひそめられていたのであった。[4]

このように、一九世紀を通して、女性はそれぞれ自分の生き方を模索していたのではないだろうか。慣習を破って新しい生き方をすることには多くの困難があるが、自己を主張する一つの手段として、服飾の表す意味は大きかったと考えられ、いつの時代にも共通する表現であると思われるのである。

［注］

（1）Captain Jesse, *The Life of Beau Brummell* Vol.1,（JOHN C. NIMMO, 1886）p.63.

（2）坂井妙子『ウエディングドレスはなぜ白いのか』勁草書房一九九七年第二章

（3）一八一二年のモード誌には、白いドレスにヴェールをつけている女性が描かれており、ジェインの姿と重なるのではないだろうか。

（4）佐々井啓「十九世紀後半の女性の脚衣—ブルーマーから自転車服へ—」服飾美学第十八号所収服飾美学会一九八九年

第二章　作品における骨相学の功罪

多田知恵

シャーロット・ブロンテがヴィクトリア朝時代に大流行した骨相学から大きな影響を受けていたことはよく知られている。骨相学という語にはなじまないわれわれでも、人相学といわれるとわかるような気がする。前者は一九世紀初頭に、後者はそれより少しばかり早い一八世紀末にヨーロッパ大陸からイギリスに流れ込んできた。骨相学は「科学」と称して始まったが、その後の研究により、骨相学で示されたことは単に想像上の仮説にすぎないことが明白となり、またたく間に「まがいもの」と見なされ科学の領域から余儀なく排除された。一方、人相学は今なおわれわれの身近にある。今では死語と化してしまった骨相学ではあるが、人の心理や能力を司る器官が脳に局在するという新説は、当時の人々を魅了し、ハリエット・マーティノウ (Harriet Martineau, 1802-76) ら唯物主義を標榜する人たちの絶大な支持を得た(1)ようである。

骨相学はウィーンの医師ガル（Franz Joseph Gall, 1758-1828）とその弟子シュプルツハイム（Johann Kasper Spurzheim, 1776-1832）によってイギリスへもたらされ、(2)彼らの熱心な講演と出版活動により、文明の発達と自然科学の進歩にわき返っていたヴィクトリア朝の人々に浸透していった。人の性格や素質は、脳のある特定の場所（器官）に在る機能の発達如何によって決定され、ある能力が発達している人の頭蓋はその能力を支配する器官部分に隆起があり、逆にある能力に劣る場合その能力を司る器官部分で窪みを呈し、誰でも骨相学の理論を学べば人の性格や能力を見抜くことができるとガルは提唱した。さらに性格や能力は生まれた時から決定されているというガルの主張に対して、クーム（George Combe, 1788-1858）が、努力してある気質や能力を鍛えれば、さらに発達させることが可能であると唱え始めたことにより、ますます骨相学の人気は高まっていった。ブロンテらが愛読した『ブラックウッズ・マガジン』（*Blackwood's Magazine*, 一八一七年創刊）や『フレイザーズ・マガジン』（*Fraser's Magazine*, 1830-82）は、ガルの骨相学に対して真向から対立し、骨相学者を笑いものにしたという。それにもかかわらず、頭蓋を見れば人の能力や気質がわかると訴えた骨相学は大衆の熱烈な支持を得ていったようである。

人相学はスイス人の主任司祭で詩人のラーバター（Johann Caspar Lavater 1741-1801）の『人相学断片』（*Fragments of Physiognomy for the Increase of Knowledge and Love of Mankind*, 1775-78）全四巻の出版に端を発し、まずヨーロッパに人相学旋風をまき起こした。数年後その英訳版が出版されたことからイギリスでも大きな支持を得るようになった。ラーバターは、人の顔に神が刻んだしるしを読み取る能力はある特定の人にのみ与えられた天賦の才であると主張した。

論理的思考を好み、人の心理や性格に大きな関心を寄せていたブロンテが、まるで脳を解剖するがごとき骨相学の理論に特別な興味を抱いたであろうということは、容易に想像できる。また、容貌全体の調和や統一感のなかに気質の顕れを認めるという人相学の考え方は、画家になろうと絵の勉強をしてきたブロンテには理解しやすく、また共感を得やすいものだったであろう。(3)

このように骨相学と人相学はまったく別個の主張から大衆に訴えていくわけであるが、『ジェイン・エア』(*Jane Eyre*, 1847) が出版された当時、骨相学者と名乗る人たちは、骨相学と人相学の双方の理論の重複をうまく組み合わせて利用していたようである。特に額は知性のありかとして両者の見解は一致しており、ブロンテの作品でも人物が十分な知性の持ち主かどうかの暗示として額の様子や印象を語る場面が数多くある。目は言語能力のありか、あるいは心の窓と考えられ、そこに思考や感情の表出があるとみなした点でも両者の主張は似ていた。一九世紀半ばには、骨相学および人相学が提唱された頃の区別はほとんどなくなり、人の顔や頭部を見て、性格や気質の傾向および能力などを言い当てることが一般的だったようである。

一八五一年六月、ブロンテは身許を伏せて、当時流行の骨相学者ブラウン博士を訪ねている。博士の判定は以下のようである。


神経質な気質といえるでしょう。脳は大きく、頭部の前面と上方には著しい隆起が認められます。

家庭においては温かく愛情深い女性でしょう。子どもに対しては思慮分別のある愛情を示すでしょうが、放任の結果子どもがわがままに育ってしまうことは好みません。……彼女は深く強い愛情の持ち主です。実際、この性質が彼女の性格の主たる要素です。しかし、友人選びにはかなり慎重で、彼女が共感できるような美質を備えた人とは滅多に出会わないでしょうからこの慎重さは彼女にとって都合のよい性質となっています。いかなる義務の放棄も彼女の誠実さや正義感は許さないでしょうし、そんな場合、彼女は熱心に非難を表明するでしょう。……彼女は神経質で、……。ときどき、事実をもっともだと受け入れられず、悲観的な考え方に陥ってしまう傾向があります。…自力本願というよりも頑固で、正義を何よりも優先します。年長者や尊敬に値する人たちを敬い、信仰心に篤い人です…。

堅い友情で結ばれた友に乞われれば、自分の興味関心に反しても要求された援助ができるよう奮闘するでしょう。実際彼女の頭蓋には、共感する心が豊かなことを示す特徴が認められます。この頭蓋は知性の著しい発達を示しています。頭は大きく、同時にりっぱに隆起しています。そこには非常な思慮深さと包括的な理解能力が刻印されています。非常に哲学的な額で、洞察力のある明快な知性の存在が見てとれます。…この女性にはすばらしい言語能力があります。もし彼女がその能力の運用に務め、能力にふさわしい扱いをしているならば、彼女の洗練された感受性は、明瞭で正確な気迫のこもった言葉で、雄弁に、しかし冗長に陥ることなく表現されるでしょう…。人為の動機分析においては、彼女は独自の能力を発揮するでしょう。…彼女はガルの教義の真偽に関しておそらく疑問を持っているでしょう。しかし、この教義、すなわち新しい精神哲学の体系[5]を研究すれば、彼女のそのすぐれた理解力は、さらに実際的なものになり、対象の細かな点にまで注意が向くよう働き、より質の高いものとなるでしょうし、啓発したいと思う友人の性格や気質について、さらに正しい見解を得ることができて、その教義は彼女の幸せに貢献するものとなるでしょう。[6]

この判定は、計算能力と音楽の才能に関する箇所を除いて、ブロンテにとって十分満足できるものだったようである。[7]言うまでもなく、当時の彼女は骨相学に詳しく、骨相学による人物評価を随所に用いた『教授』(*The Professor*, 1857) をすでに脱稿し、骨相学者さながらのロチェスターとジェインが登場する『ジェイン・エア』や多彩な登場人物たちがそれぞれ特徴ある容貌を付与された『シャーリー』(*Shirley*, 1849) をすでに出版している。外見と内面を結びつけた骨相学の理論は、これらの作品の登場人物の創造過程で大いに利用されていた。

骨相学者たちの内面の読み取りは、次のような骨相学的脳地図[8]に基づいている（図1）。ブラウン博士の言葉と脳地図とを照合すると、ブロンテは目の周りに認められる芸術的才能と「慈愛」、「尊敬」、「頑固さ」、「誠実さ」、「慎重さ」、「模倣」、「理想を追求する能力」、「友情・愛着」、「独立心」などを司る能力の発達が著しいということになる。額や目の周りは、直接目で、大きさや出っ張り具合を確かめられるが、髪の毛に覆われた部分については、たとえば『ヴィレット』(*Villette*, 1853) のポール・エマニュエルのように「短く刈り込んだ[9]」頭なら隆起の様子を目で見て測ることもできるが、リッチモンド（George Richmond, 1809-96）のクレヨン画に描かれているようなブロンテの髪型[10]では、実際の頭蓋の隆起などおそらくわかりようがない。アン（Anne Brontë, 1820-49）の『ワイルドフェル・ホールの住人』（*The Tenant of Wildfell Hall*, 1848）では、ヒロインのヘレンは結婚して初めて、夫アーサーの頭に触り、「尊敬」の念のありかとされている頭頂部が窪んでいることがわかる。[11]一方で『ジェイン・エア』出版当時の読者にはロチェスターの「慈愛」の欠如した絶壁状の額は想像しやすいものだったであろう。しかし「慈愛」、「尊敬」、「誠実さ」、「愛着」の器官に欠如がみられ、[12]「自己崇拝」、「頑固さ」、「破壊性」、「闘争性」の器官に異常な発達が認められる頭蓋を「差し掛け小屋[13]」のような形の頭蓋と称するのは、想像上の理論のうえに成りたつ空想にすぎない。

シャトルワース（Sally Shuttleworth）は『シャーロット・ブロンテとヴィクトリア朝時代の心理学』（*Charlotte Brontë and Victorian Psychology*, 1996）において、骨相学の流行のめざましい勢いには人々の「ヒエラルキーのマップを書き換えようという明らかな目的[14]」があったと分析し、シャーロット・ブロンテが骨相学の教義にひかれたのは、彼女自身がヴィクトリア朝の階級制度のなかで特権階級でも下層階級でもない境界層に位置していたからだと結論している。なるほど『教授』のなかで、地位も身分も経済力もないウィリアム・クリムズワースに対してハンズデンは、工場経営者の異母兄エドワードの頭蓋は平民の頭蓋で、貴族の頭蓋をもつのはウィリアムのほうであると言った。またウィリアムのように「理想を追求する能力」、「比較力」、「自己崇拝」心、「誠実さ」の素質が発達している人は工場経営の事務助手などに甘んじているべきではないと彼の曖昧な態度を批判した。[15]実際、ヴィク

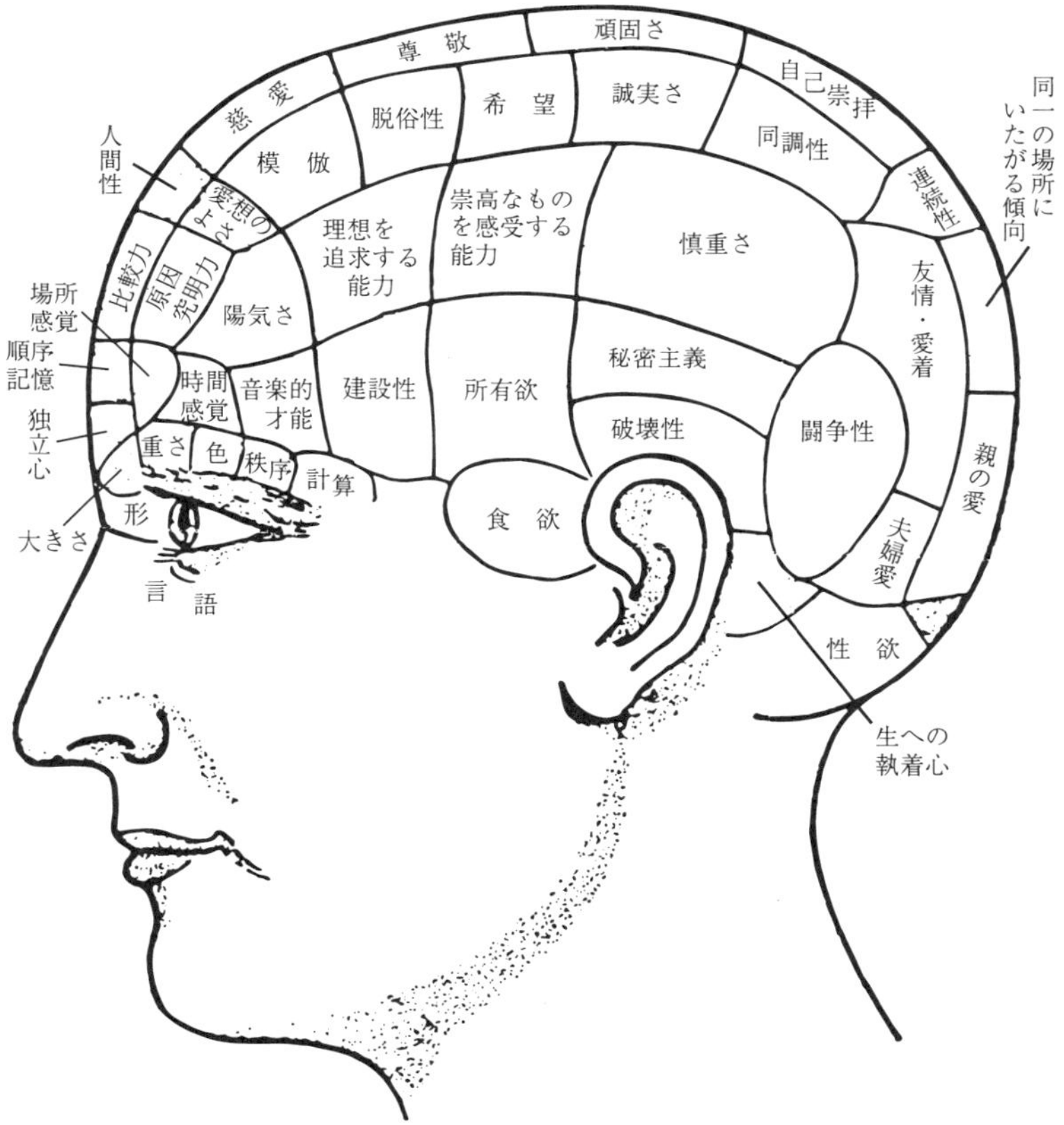
尊　敬
頑固さ
慈　愛
脱俗性
希　望
誠実さ
自己崇拝
同一の場所にいたがる傾向
人間性
模　倣
同調性
連続性
理想を追求する能力
崇高なものを感受する能力
慎重さ
比較力
原因究明力
友情・愛着
場所感覚
陽気さ
秘密主義
順序記憶
時間感覚
音楽的才能
建設性
所有欲
闘争性
独立心
重さ
色
秩序
計算
破壊性
親の愛
形
食　欲
大きさ
夫婦愛
言　語
性　欲
生への執着心

図1　骨相学的脳地図

トリア朝時代の読者は『教授』に見られるこのような地位の逆転に慰められたり、満足を感じたりしたかもしれない。しかしブロンテが骨相学に興味をもつようになったのはそのような理由からばかりではないように思われる。

G・H・ルイス（George Henry Lewes, 1817-78）との書簡で[16]、ブロンテが人物造形における明確な容貌や個性の付与について言及していることを考慮すると、作中人物がどのような性質をもち、どのような外見をしているかということは、作家シャーロット・ブロンテにとってかなり重要なことであったと考えられる。『シャーリー』のミスター・ヨークの容貌も実に詳細に描かれ、その外見から内面を読み取る作業がまさしくここで行なわれている。

…五五歳くらいだが、銀白色の髪が彼をより老けて見えさせていた。額は広いが高くはない。…顔のどの造りもすべて完璧にイギリス人のものだが、ノルマン人の血統ではない。俗悪で、優美さを欠いた、品位のない顔つき。…人に従う質の顔ではなく、人を蔑む、皮肉屋の顔であった。人から先導されたり駆り立てられたりする質の顔ではなかった。かなり背の高い、均整のとれた屈強な体格で、態度には堂々とした高潔さがあった。無骨者と疑わせるようなものはなにひとつなかった。

まず、ミスター・ヨークには尊敬する心の器官がなかった。その欠如はかなり大きく、そのため、尊敬する心が要求されるあらゆる瀬戸際で彼は誤った方向に向かってしまう。次に、彼には比較する能力の器官がなかった。そのような欠如は人から共感する心を奪ってしまう。三番目に、彼には慈愛の心や理想を追求する能力がほとんどなかった。その不足は彼の性質から誇りや優しさを奪い、彼にとってそういうものはこの世に存在しないものとなっていた。

尊敬する心の欠如は、目上の人々に対して彼を寛容性のない人間にしていた。王侯、貴族、僧侶や、王朝や議会や制度などの決まりごとや、法規や儀式や権利や要求のほとんどが彼にとって忌まわしいもので、まったくばかげたものだった。…尊敬する心の不足はまた、すばらしいものを誉めるという自然に沸き上がる感情に対して彼を何も感じない人間にしていた。…神や天国を信じてはいるが、それは畏怖の念や想像力や優しさに欠けた人が信じる神であり天国であった。

比較する能力の弱さは彼を辻褄の合わない人間にしていた。…彼は罵られる人たちの立場に自分を置き換えて考えることができなかった。人々が犯す間違いとそこへ彼らを誘惑するものとを比較して考えることができなかった。欠点とそれがもたらす不利益とを比較対照することもできず、同じような状況に自分が立たされた時どのような影響が及ぶかを理解できなかった。…口では平等を唱えるが、心の中は尊大な人物であった。

ごく普通の慈悲心が欠けているために、愚かな言動に対して彼は我慢できなかったし、彼の強く、抜目のない性質をいらいらさせるあらゆる欠点に対して彼は耐えられなかった。その結果彼の痛烈な皮肉は全く抑制されることはなかった。憐れみ深い質ではなかったので、ときに、どれほど深く人を傷つけたかに気づくこともなく、どれほど深く突き刺してしまったかを気にかけることもなく、何度でも人の心を傷つけてしまうだろう。彼の心に理想を追求する精神が不足しているからといってそれを欠点とはまず言えないだろう。音楽を聴くのに適したすぐれた耳、色や形を正しく見定める目が彼を趣味のよい人間にしていたのだから。[17]

「尊敬」する心が不足するため自分以外の人の存在や価値を認めたり評価したりできず、「比較」能力の欠如のため人の立場にたてない。従って人との共感もない。「慈愛」の心に欠けるため周囲の人やものを容赦なく攻撃し、他に対する思いやりもない。無責任な言動に傷つく人がいることなど想い及ばない。「理想を追求する」心の持ち合わせがないため、人としての誇りさえもない。これがミスター・ヨークのほんとうの姿である。このような資質や能力の不足を補って彼をりっぱな紳士に見えるよう機能しているのが、過去に大陸の生活で身につけた文化や芸術の直接体験の記憶のみである。彼の横と後ろに異様に張り出した頭蓋からこれらのことがすべて読みとれるのである。

『教授』のリューテル校長の本性に主人公が気づくときにもやはり骨相学に拠った観察は真実を見逃さない。広々とした隆起を示しているようにみえた彼女の額に発達していたのは慈愛とか献身とか熱情の心ではなく、偽装された感情や利己主義の気質であった。彼女にとって慎み深さや愛情や公平さというのは欠点でしかない。謙虚さを見下し、尊大な態度には跪く。彼女にもし「尊敬」の心や「比較」する力があったとしても、「慈愛」の心にまったく欠けるため、それらの能力は全て利己主義の実現に向けられる。

このようにブロンテの作品のなかでは、人物の性格や気質について骨相学の機能器官説に基づいた性格分析がなされることが多い。脳地図に示された四一の機能をすべてもちながら、不足する能力と過剰に発達した能力が総合的に作用して人の性格を特徴づけるという骨相学の主張は、作品のなかで生きている人物たちを通して実証されているようである。

『ジェイン・エア』の人物たちには、他の三作品に勝る詳細な容貌が与えられている。なかでもブロックルハーストは独特である。鼻、口、歯が大きく、出歯、眉毛は毛深く、円柱のごとくひょろ長い体型の人物である。一九世紀末、出歯と毛深い眉という容貌が犯罪者特有の人相として考えられていた（実際に逮捕された人々の容貌は異なっていたということである）ことがわかってみると、(18) ブロンテのブロックルハーストへのこのような容貌の付与は意図的にも思われて興味深い。人相学によれば、鼻や顎の様子にも確かな印が刻まれているということである。たとえば『ジェイン・エア』のセント・ジョンの容貌は次のように描かれる。

…背は高くすらりとしていた。その顔立ちは目を引きつけた。ギリシャ人のようによく整った輪郭の顔であった。まっすぐ伸びた古典的鼻、古代アテネ人の口と顎。実際、彼のようにイギリス人でありながら、これほど古代古典の典型に近似した顔の人は滅多にいない。…大きな青い目、茶色の睫、象牙のように色白の高い額にはところどころ無造作に金髪が垂れかかっていた。こう語れば穏やかな描写である。しかし、描写されている彼からは、穏やかな性質とか従順な性質とか感じやすい性質とかあるいは落ち着いた性質とかいう印象をほとんど受けなかった。彼はいま静かに座っているけれども、彼の小鼻、口、額のあたりには何か心の中にある落ち着かない、あるいは厳しい、あるいは一途に求める熱望といった性質を暗示するものがあるような気がした。(19)

ここでは小鼻と口と額が暗示する何かがジェインを不安にしている。セント・ジョンの鼻はギリシャ古典時代の青年像のまっすぐ伸びた美しい鼻を連想させる。しかし小鼻は、そこに刻まれた印があることを感じさせずにはおかない。人相学を知る読者なら、これはセント・ジョンが心の内にもつエネルギーや決断力への暗示であるとすぐ気づいただろう。なぜなら人相学は小鼻の隆起をエネルギーや決断力の現れであると解釈していたからである。額に漂う不穏な要素は、「慈愛」の欠如によるものである。一方で神への「崇敬」の念は異常に発達しているため、神のために生きようとする心や、神を求めて止まない執拗な心が額に現れる主な、同時に唯一の特徴となる。すなわち、調和のとれた外見に対して、このような不調和な心のありようが容貌に漂っていたのである。

顎に関する人相学の特別な考え方は、顎は男性ホルモンのありかという誤った知識からきたもののようである。(20)この男性ホルモンはテストステロンと呼ばれ、免疫システムを弱めると考えられていた。従って大きい顎にはテストステロンが多くあり、それは肉体的に健康であるということを意味した。ヴィクトリア朝の人々はこの言説を真実であるとして、彼らは小さな顎よりも大きな顎の方を、そして骨相学の突起に鑑みるなら、張り出した顎の方をより男らしい顎として歓迎した。こうして、広く張り出した顎を「野心」と「意志力」が刻印された顎と見なすようになったようである。このような顎は作中の女性にはほとんど現れない。そんななかで『ジェイン・エア』のミセス・リードと『ヴィレット』の寄宿学校のパリジェンヌの先生だけには、大きい、しかも張り出した顎が付与されている。人相学と顎との関わりがわかってくると、このような事実もわれわれの興味を一層引きつける。

セント・ジョンの「アテネ人のような」口と顎は、強大なペルシャに対して不利な状況から勝利し、アテネの繁栄と古典芸術の黄金時代を築いたアテネ人を連想させる。そのような連想と、口許に感情や気持ちの表出があるという人相学の主張とが結びつけば、セント・ジョンの口と顎に現れているのは内面の固い意志と大望を抱く傾向ということになるだろう。「槍をかつぐ人」などの彫像に見られる口や顎がセント・ジョンの容貌に重なって見えてくる。(21)(22)

このように人物の容貌描写を詳細にみていくと、あるべき容貌にあるべき精神性をというブロンテの声が聞こえてきそうなほど、彼女が容貌と性格（あるいは心の傾向）の妥当な結びつきに留意していたことがよく伝わってくる。それゆえ一層、人相学によって定義された額や鼻や顎に現れる性質や心の傾向についての体系は、ブロンテを引きつけただろうことが容易に想像できる。また骨相学は、人の言動と性格を理論的に結びつけ、ブロンテにとってはまさに欲していた体系が目の前に提示されたようなものだったのではないかと思われる。

登場人物に関するこのような造形のなかで、『ヴィレット』に見られる神話や古代ギリシャ、聖書を引用した容貌描写には興味深いものがある。たとえばセント・ジョンの再来かと思わせるほど美しく均整のとれたジョン・グレアム・ブレトンの容貌に「意味のない左右対称」、「真実味のない笑いを呈した唇」、「疑わしい笑い」、「東方の」顔、「ネブガドネザル王のような」などの言葉が用いられ、エジプトの正面立像に範をとったギリシャ・アルカイック期の彫像をわれわれに連想させる。[23] 性格や気質は外見に現れるというブロンテの基本的な考え方に変わりはないものの、古代ギリシャ・ローマの芸術作品からの連想は、人相学や骨相学の教養のみに従った容貌の付与よりもはるかに豊かに登場人物の個性を想像させてくれる。

確かに骨相学や人相学はブロンテの作品の独自性を高め、読者を引きつける力になってはいる。しかし、四つの作品を通して、額が狭いと理知性に欠け、広くても高さがない額やあるいは高くても広がりのない額は、人との共感に欠けたり尊敬する心が不足しているという骨相（人相）学の教義はブロンテの人物造形を型にはまったものにしているような印象を与える。『教授』のエドワード・クリムズワース、『ジェイン・エア』のロチェスター、『ヴィレット』のジョン・グレアム・ブレトンやポール・エマニュエルらは、よく似た鼻や顎をもち、彼らに対してわれわれは一様にエネルギッシュな、決断力のある、野心をもった、意志の強い人物を想像してしまう。これはブロンテが好んで用いた人相学の弊害かもしれない。作品は異なりながらも、シャーロット・ブロンテが創造する人物たちに似たような印象をわれわれが抱いてしまうのは、骨相学や人相学の教義に依存した人物の造り方にその原因の一端があるように思われる。

出典

A.Brontë, *The Tenant of Wildfell Hall*（ed.by Hargraves, with Introduction by Winifred Gérin, Penguin Books）
C.Brontë, *Jane Eyre*（ed.by Q.D.Leavis, Penguin Books）*The Professor*（ed.by Heather Glen, Penguin Books）*Shirley*（ed.by Andrew and Judith Hook, Penguin Books）*Villette*（ed.by Mark Lilly, with Introduction by Tony Tanner, Penguin Books）

［注］

（1）Sally Shuttleworth, *Charlotte Brontë and Victorian Psychology*（Cambridge U.P.1996）, p.60, p.63. Thomas James Wise and John Alex.Symington, *The Brontës:Their Lives, Friendships & Correspondence*（The Shakespeare Head Press, 1933）Vol.III, p.341.

（2）彼らは、危険思想家として国外追放を命じられ、初めにパリへ、そしてエディンバラへ渡った。Dr.Ian Jack, “Phrenology, Physiognomy and Characterisation in the Novels of Charlotte Brontë”, *Brontë Society Transactions*, Vol.15, No.5（1970）, p.382.

（3）Christine Alexander and Jane Sellars, *The Art of the Brontës* “The Influence of the Visual Arts on the Brontës”（Cambridge U.P., 1995）に詳しく述べられている。

（4）たとえば、『ジェイン・エア』では‘large’ ‘lofty’ ‘high’ ‘low’が、『教授』では‘broader’ ‘large square’ ‘an ample space’ ‘narrow’ などが、『ヴィレット』では‘high but narrow’ ‘low’ が『シャーリー』では‘broad, not high’ ‘small’などの語（句）が額の形や大きさに言及して用いられる。

（5）ガルは科学者としてではなく、哲学者としてヴィクトリア朝時代に確かな位置を確立した。“Phrenology, Physiognomy and Characterisation in the Novels of Charlotte Brontë”, p.383.

（6）*The Brontës* Vol.III, pp.256-258.

（7）*The Brontës* Vol.III, pp.258-261.

（8）二木宏明著『脳と心理学』（朝倉書店:1984）p.7. ガルは二七の精神機能を挙げたということだが、その後三五に増え、この脳地図では四一になっている。脳地図は George Armitage Miller（1920-）, *Psychology:The Science of Mental Life*（New York:Harper & Row, 1962）p.252 からの引用。ミラーによればこの骨相学における機能の局在図が、後に心理学者たちが採用する人の本能や素質のリストの先行リストになったということである。

（9）*Villette*, p.430.

（10）一八五〇年六月、ブロンテはロンドンで当時流行の画家リッチモンドに肖像画を描いてもらった。骨相学の博士に診てもらったのは、肖像画からちょうど一年後である。

（11）*The Tenant of Wildfell Hall*, p.218.

（12）*Jane Eyre*, p.163.

（13）*The Professor*, p.129.

（14）*Charlotte Brontë and Vicrorian Psychology*, p.65.

（15）*The Professor*, pp.59-60.

（16）*The Brontës*, Vol.III, pp.98-99.

（17）*Shirley*, pp.76-78.

（18）Daniel McNeill, *The Face*（London:Hamish Hamilton,1998）pp.166-167.

（19）*Jane Eyre*, p.371.

（20）*The Face*, p.44.テストステロンに関しては、高木健太郎、中山昭雄著『三訂新版生理学入門』（朝倉書店:1970）「性腺」に詳しい記述がある。

（21）*The Face*, p.43.

（22）「槍をかつぐ人（ドリュフォロス）」ポリュクレイトス作。紀元前四二〇年頃作とも四四〇年頃作ともいわれている。現存しているのはローマ時代に作られた模倣。吉川逸治監修『西洋美術史』（美術出版社:1989）、嘉門安雄編『西洋美術史要説』（吉川弘文館:1958）参照。

(23)　*Villette*, p.219, p.160, p.355, p.163.

第三章　父と娘——教育と結婚問題——

小野ゆき子

一　シャーロットの育った環境とパトリックの教育方針

シャーロット・ブロンテ（Charlotte Brontë, 1816-55）を語るのに父パトリック（Patrick Brontë, 1777-1861）なくしては語れないほどこの教育熱心な父親の存在は大きい。パトリックはアイルランド（Ireland）の貧農の家庭に育ち、多くの努力を重ね勉強して、ケンブリッジ大学（Cambridge University）に給費生として入学し、首席で卒業し聖職に就いた。その父親の書斎に並ぶ本や雑誌がブロンテ家の子どもたちの知識の源であった。この家にはいわゆる児童書はなかった。そして子どもたちが社会一般、政治や芸術などに関心をもつよう父親自らが教育していた。

シャーロットと四女のエミリ（Emily Brontë, 1818-48）は姉たちとともに寄宿していたカウアン・ブリッジ（Cowan Bridge）の学校から、姉二人が亡くなったのをきっかけに家に連れ戻される。その後の姉妹の家庭教師は父親と伯母と彼女らの読む活字であった。

子どもたちは小さい時から自然に詩や文を書き始めた。父親も子どもたちの創作活動には目を細め、ときには大局的なところから助言をしていた。父親の自由にのびのびと個性を活かしていく教育方針のもと、八歳から一四歳までをハワースの牧師館で過ごすシャーロットであるが、彼女の学力も約一年ほど在籍したカウアン・ブリッジの学校では評価されず「書くのは並。計算は少々。仕事はきちんとする。…年齢のわりには賢いが系統だった知識はない」(1)という教師のコメントが残されている。

父親はどちらかというと体が丈夫ではないほうで、よく気管支炎を患った。彼が大病をしたとき、自分が死んだなら財産もない牧師の娘たちは路頭に迷うのではないかと大いに心配した。息子ブランウェル(Patrick Branwell Brontë, 1817-48)のことはともかく、娘たちのことは心配の種であった。当時、女性が結婚しなかった場合、自活するために品格を落さずに収入を得る方法としては、ガヴァネス(Governess)や学校の教師の職があった。

娘が系統だった学問を身につけ自立可能な状態となるためには、ふたたび学校に入れなければと父親は考える。そこでソーントン(Thornton)にいたころから仲よくしており、シャーロットの名付け親でもあるトマス・アトキンソン(Thomas Atkinson, 1780-1870)夫妻に相談したところ、彼らはロウ・ヘッド校(Roe Head School)を紹介してくれた。そのうえ、シャーロットの学費の援助を申し出てくれた。その学校は生徒数わずか一〇人ほどの小さな寄宿学校で、四人姉妹で経営しており、父親パトリックの教育方針に近い比較的自由な教育を行なっていた。学校はアトキンソン師の牧師館から一マイルほどの距離にあり、シャーロットの様子をときどき夫妻に見てもらえるという安心があった。

ロウ・ヘッド・スクール

一八三一年一月、シャーロットはこの学校に入学し、終生の友二人にめぐりあう。そのうちの一人エレン・ナッシー（Ellen Nussey, 1817-97）によると、「シャーロットのはじめ低かった学力も彼女の努力により、半年後には学校で一番となり」、後には頼まれて教師として母校の教壇に立つまでになったのである。

パトリックの教育方針のなかに「ある場所を天国にするも地獄とするのもその人間の心ひとつ」(2)という考えがある。ハワースをはなれて将来の自立の道をつかむための第一歩を踏み出したシャーロットの場合、父親の考え方からすると、彼女の前向きに生きようとする精神が彼女の運命を良い方向に向け始めたということになる。

二　ブリュッセル（Brussels）留学および再留学のいきさつ

ガヴァネスのように他人の家に一人で住み込んでの生活は、内気な姉妹にとってはかなりきびしいものであった。そこで姉妹がともに暮らしながら収入を得るには、学校経営がよいと考える。ウラー先生（Miss Wooler）からも自分の学校を手放してもいいという話があり、姉妹は学校設立を前向きに考え始めた。しかしそのとき（一八四一年八月）、一通の手紙がシャーロットの許に届けられる。それはロウ・ヘッド寄宿学校時代のもう一人の友人で、ブリュッセルの学校に留学しているメアリ・テイラー（Mary Taylor, 1817-93）からのもので、絵画や留学そして海外旅行など刺激の多い内容であった。これを受け取ったときの興奮を、シャーロットはエレンに宛て次のように書いている。

見たい、知りたい、学びたいという非常に切迫した渇望、何か心の内にあるものが、ちょっとの間、形となって膨らむように思われました。私は持っている力が発揮出来ていないことを意識してじれてしまいました。（一八四一年八月七日付）

それから一ヵ月半後に、シャーロットは伯母に大陸に留学したいので援助して欲しい旨を手紙で懇願している。「友だちからのアドバイスで、イギリスには学校がたくさんあり競争がはげしいため、その学校に特長がなければ結局は学校経営も失敗に終わってしまうかもしれない。そのためには更なる勉強が必要である。ついては伯母様の援助をいただいてベルギーのブリュッセルでフランス語、イタリア語、ドイツ語を学びたい」（一八四一年九月二九日付）という内容のものであった。ロンドン（London）よりさらに遠い大陸のブリュッセルに行きたいというのだ。父親と伯母とのあいだで話合いがなされ、シャーロットの提案が受け入れられるまでに一ヵ月の日数を要した。

一八四二年二月八日、ブリュッセルに向けて出発。同行者は父親パトリック、テイラー兄妹、そして共にブリュッセルで学ぶことになった妹エミリの四人であった。ベルギーに行くのには、まずリーズ（Leads）からロンドンまで汽車で一二時間行き、ロンドン埠頭からオステンド（Ostend）行きの定期船に一四時間乗る。さらにオステンドからブリュッセルへ馬車で一日がかりという長旅であった。シャーロットにとって初めてのロンドンの印象は『ヴィレット』の第五章で「駅馬車を降りたとき、辻馬車の御者たちや近くに待っている人たちの耳慣れない言葉は、私には外国語のように奇妙に思われた」(3)と書かれている。

オステンド行きは毎週二回しか運航されない。出発までの間、ベルギー領事館でパスポートをとり、ロンドン市街を見物し、(4)宿の目と鼻の先にあるセント・ポール大聖堂（THE DOME）の鐘の音に感動し時を過ごした。

私は（セントポール寺院のドームを）見つめているうちに、私の内なる自分が動き始めました。…私は突然、今までは本当の意味では生きていなかった自分がついに人生を味わい始めようとしているのを感じました。…やって来て良かった。…臆病者以外の誰が、小さな村で自分の全生涯を過ごし、自分の才能を永久にひっそりと錆びつくにまかせるでしょうか。(5)

これから広がる未知の世界に羽ばたいていくシャーロットの、心の底から湧き出てくる活力がルーシー・スノウ（Lucy Snowe）を通して読者にも伝わってくる。

学問の道を広げるためとはいえ、遠いブリュッセルに娘を送り出すということは、シャーロット本人の意欲はもちろんのことだが、その実行に許可を与えた父親パトリックの強い信念に注目しておきたい。女子本来のやるべき家事一般はもちろんのこと、自力で収入を得ることを可能にするほんとうの意味での女子教育がブロンテ家ではなされていたのである。

さて一行はロンドンからオステンドに到着した。『ヴィレット』の第七章でルーシーが泊まった宿についての描写がある。

この宿は実は大ホテルだった。…私は真上の高い天井、絵が書かれたまわりの壁そして部屋を光で満たしている広い窓をじっと眺めた。…（とうとう）天窓からのまぶしい光でいっぱいの大きなホールに降りたった。(6)

筆者は一九九九年五月、ドーヴァー（Dover）からフェリーでオステンドに渡り、シャーロットが描いたホテルが残っているのではないかというわずかな期待をもって、船着場の近くを探してみた。オステンド駅と隣あった船着場の前は広々としており、魚介類専門のレストランが建ち並ぶ。近くには小さなホテルがいくつかあるが、ルーシー・スノウが泊まったような大きなものは見当らない。船着場から街を抜け、海岸のボード・ウォークを歩いて二〇分くらいのところに、ひときわ大きなホテルを見つけた。天井は高く広い窓からは燦々と光が入っている。一階はレストランとカフェテリアになっており、仕切りやカウンターを取りはずせばまさに大ホールと言える広さである。

シャーロットがオステンドに立ち寄ったのは二度とも冬の季節で通常は天気が悪い。たまたま晴れていたのかも知れないが「天窓からのまぶしい光でいっぱいの…」というこの描写は、ルーシー・スノウに従ってシャーロットの前途への明るい期待を象徴する陽光であると理解できよう。

シャーロットたちはオステンドから一日がかりでブリュッセルに到着する。翌朝一五日、テイラー兄妹と別れエジェ寄宿学校（Pensionnat Heger）へと向かった。このエジェ寄宿学校の創立者は「マダム・エジェ（Claire Heger, 1804-90）の伯母で、修道女であった。彼女の修道院はフランス革命中に破壊されたので、彼女はイザベル通り（Rue d'Isabelle）に移り住んで、若い女性のための学校を設立した」(7)ということである。マダム・エジェは、伯母の仕事を引継ぎ、中産階級以上の裕福な家庭の子どもたちをあずかり教育していた。生徒数はベルギー人の子弟を中心に九〇名近くおり、イギリス人の生徒もシャーロットたちを含め何人かいた。一八四二年五月にエレンへの手紙で、シャーロットは「私は一、二週間前に、二六歳になりました。…この人生の成熟期に私は女学生です。…ガヴァネスの生活と比べてとても楽しいし、わたし自身の性分にとても合っています」と書いている。

筆者は当時の地図を求めてブリュッセルの王立図書館を訪ねた。旧市街を一望に見渡せる高台にあり、シャーロットが野外コンサートを聞いたと言われる公園も近くにある。この図書館では英語を話せる職員の数は少ないが、対応は親切で、昔の地図を保管してある部屋に案内してくれた。イザベル通りは一八六六年の地図には存在するが、その後区画整理がおこなわれたらしく、一九三一年の地図上では消滅している。

シャーロットとエミリが入学して五カ月経った七月のある日、マダム・エジェは、二人にもう半年滞在を延期するよう勧める。給料は出ないが、シャーロットは英語を教え、エミリも音楽を教えるかわりに、宿泊費と食費はただで、フランス語とドイツ語の勉強ができるという有難い条件が示された。

このように充実したブリュッセルでの毎日であったが、悲しい知らせが相次いで届けられた。親友メアリの妹マーサ・テイラー（Martha Taylor, 1819-42）と、父パトリックの助任司祭で、ブロンテ家の食堂に笑いをもたらしてくれたウィリアム・ウェイトマン（WilliamWeightman, 1814-42）がいずれもコレラに罹り亡くなったということであった。さらに悪いことには、伯母エリザベスが急性胃閉塞で、一〇月二九日に亡くなったという知らせである。シャーロットとエミリの二人は急遽ハワースに戻った。

年が明けて、シャーロットは、ブリュッセルに戻ってふたたび勉強を続けたい意志を父親に伝える。コンスタンタン・エジェ（Constantin Heger, 1809-96）先生から預かってきた手紙は、「お嬢様方の勉学の完全な中断が将来に及ぼすであろう結果については、私どもより貴方のほうがよりすぐれた判断をお下しになり、…（もしこのままなら今までの留学も）無益になってしまうものと諦めなければならず、それを思えば深い悲しみに沈みます」(8)という内容であった。父親はその説得力のある手紙に心を動かされ、シャーロットがブリュッセルに戻ることを許可する。今回、エミリはハワースに残り家事を担当することになった。

そしてエジェ寄宿学校での彼女の二度目の生活には、エジェ氏と彼の義弟に規則的に英語を教える仕事が加わった。しかしシャーロットがエジェ氏にほのかな恋心をいだいたことが夫人を怒らせ、その英語の授業は彼女によってカットされてしまい、マダム・エジェとの間がうまくいかなくなった。シャーロットにとっては、父親の視力の衰えと父親が高齢であることも心配で、結局ハワースに戻ることになる。

帰国してからのシャーロットは父親を残して家を離れることはできないと考え、ウラー先生から話のあった学校ではなく、自宅を改造して学校経営をしようと計画をたてる。しかし結果は生徒が集まらず、年来の夢は実現しなかった。

父親の健康を第一に配慮して行動するシャーロットに、父親への深い愛情だけでなく父親と娘の間の太い絆の存在を窺うことができる。

三　父親のシャーロットへの期待とシャーロットの家族愛

父が牧師としての職を得るまで一生懸命努力したように、シャーロットも作家として羽ばたくまでの間、ウラー先生の寄宿学校での勉強、ガヴァネスとしての社会勉強、さらにハワースの狭い社会からブリュッセルへの留学など地道な努力を重ねていった。

当時の女性の幸福を考えると、結婚することが最良の方法であった。しかしシャーロットには男性のために縫物や料理をすることはしても、それだけで人生を終わらせたくないという本音があった。その彼女の心意気が彼女の周りの人たちの心を動かした。父親、伯母をはじめ、系統だった学問を教えてくれたウラー先生、さらに外国語の指導や教師になるための自信を植えつけてくれたエジェ先生夫妻、そして彼女の小説を認め、出版の努力をしてくれたスミス・エルダー社（Smith Elder and Co.）の文芸顧問のウィリアムズ氏（William Smith Williams, 1800-75）と社長のスミス氏（George Smith, 1824-1901）など、作家シャーロット誕生までには多くの人々が彼女に関わっている。

父親は他の子どもたちも、シャーロットのように積極的にそれぞれの人生を切り拓いてくれることを望んだが、彼の希望に全面的に答えてくれたのはシャーロット一人である。一人息子ということで大きな期待をかけていたブランウェルは途中で挫折し、エミリも才能がありながら、内向的な性格が邪魔をし、自分から進んでものごとに対処していくタイプではなかった。末娘のアン（Anne Brontë, 1820-49）もおとなしすぎる性格であった。

シャーロットの奔走により、エミリの『嵐が丘』（*Wuthering Heights*）、アンの『アグネス・グレイ』（*Agness Grey*）はニュービー社（Newby）が出版を約束してくれ、彼女自身の『教授』（*The Professor*）

はどこの出版社にも受け入れられなかったが、ウィリアムズ氏とスミス氏の温かい助言により、彼女の次の作品『ジェイン・エア』(*Jane Eyre*)がスミス・エルダー社から出版される。活字になった『ジェイン・エア』を父親に見せたとき、「誰もおまえのこともおまえの名前も知らないんだよ」と言っていた父親が、一家のお茶の時間に「おまえたち、知っているかね、シャーロットが本を書いていたんだって。そしてそれが案外上出来らしいんだ(9)」と喜びを隠せない様子で語っている。またシャーロットの留学の際も娘たちをブリュッセルへ送っていくばかりか、積極的に自らフランス語の用語ノートを作り、「次の会話の言いまわしは、フランスあるいはヨーロッパ大陸のいかなる地域への旅行者にも適している。完全に、マスターするとよい(10)」と注記している。これらすべて自分の若かりし頃の意欲ある行動と、シャーロットの行動を重ねあわせ、娘に対してというよりは、息子に対するような期待をシャーロットにかけていたものと思われる。

期待だけではない。父親はシャーロットを頼りにもしていた。一八四六年八月、父親がマンチェスター(Manchester)で目の手術を受けた際、シャーロットは父親の希望どおり手術室に入り、父親の不安を取り除く手助けをした。そのときのことを、パトリックは「神のめぐみと外科医の技術、それにシャーロットの気遣いと勤勉な看護婦のお陰で…(11)」とノートに記している。父親は手術によって視力を取り戻すことができた。

シャーロットは、幼い頃から、自分の欲望はさておき、家族のことを第一に考える習慣が身についていた。『ヴィレット』の第四章で、ミス・マーチモント(Miss Marchmont)に「自分の運命をそれが何であろうとも受け入れ、そして他の人たちの運命を幸せにするように努力しなければならない」(12)と言わせている。

ブランウェル、エミリの相次ぐ死に出会い、今度はアンの具合が悪くなったとき、シャーロットはウィリアムズ氏宛てに「試練の澱を飲みほしたと思いましたが、エミリが咳をしたように、今アンが咳をするのを聞くと、まだ味わわなければならない強い苦味があるのではないかと私は心配に震えます」(一八四九年一月一八日付)と書き、きょうだい全員が死んだ後の悲しみについては、同じくウィリアムズ氏宛てに、「同情ではなくて労働が癒しになるにちがいありません」(一八四九年六月二五日付)と言っている。すなわち自らを忙しくすることが悲しみに対する良薬だと彼女は考えたのである。

四　シャーロットの結婚に対する父親のこだわり

彼女の理想とする男性はなかなか現われなかった。父親の教会の助任司祭たちは男というだけでいばっており、シャーロットから反発をかっていたため結婚の対象にはならなかった。また彼女は「私はオールド・ミスになる運命が決まっています。…私は一二歳の時からずうっとその運命に覚悟を決めています」(一八三九年八月四日付)とエレンに宛てた手紙で述べているように、家族思いのシャーロットは父、弟、妹をおいて自分だけ幸せにはなれないと思い、男性を意識し始める思春期の一二歳頃から、将来の自分の結婚を夢見ることをあきらめていたふしがある。しかし彼女に結婚を申込みむ男性はいた。そのうちの一人、ヘンリ・ナッシー（Henry Nussey, 1812-67）はエレンの兄でシャーロットより五歳年上である。彼女は彼の誠意のないプロポーズに断わりの手紙を出している。結婚に対するシャーロットの考えはというと、「尊敬出来ない人とは説き伏せられても結婚してはいけません。はげしい情熱というものは、それは望ましい感情ではないと確信しています」ということであった（一八四〇年五月一五日、エレン宛）。

シャーロットが好意をもった人はいる。スミス・エルダー社の社長のスミス氏や、エジェ寄宿学校のコンスタンタン・エジェ先生である。二人とも片思いで終わった。彼女の愛に十分に応えてくれた人が、父パトリックと同じアイルランド出身で、父親の助任司祭のアーサー・ベル・ニコルズ（Arthur Bell Nicholls, 1818-1906）であった。パトリックが目の手術でマンチェスターに行っている間も、彼が教会の留守を守ってくれた。

ニコルズ師からの求婚を父親に伝えたとき父親の激怒は大変なもので、彼女はそのときの様子を一八五二年一二月一五日、エレンに宛てた手紙のなかで「彼のこめかみの血管がむち縄のような形に浮き出てきて、目は急に血走ってきた」と述べ、彼女の想像を絶するものであったようである。そのとき父親は七五歳で彼の心の中は複雑であった。娘を結婚させなければという気もちと、世の中から認められる大作家になったほどの最高の娘を、あのような男に渡すことは出来ないという気持ち、そしてシャーロットがもし結婚したら、彼女に頼りきっていた自分は今後どうなるのであろうかと思う不安が入り混じったものであった。

結婚話はあるときには、親子の関係に異常な事態をもたらすこともある。D・H・ロレンス（D・H・Lawrence）の「息子と恋人」がその一例かもしれない。母親を思うあまり結婚もできず、「自分は母のコントロール下にあり、そこから抜け出すことが出来ない。母なんか死んでしまえばいい」とまで息子は思う。これはまさに異常な親子関係である。

『ヴィレット』の第三七章で娘ポーリーナ（Paulina）の結婚について、本人と父親ムッシュ・ド・バソンピエール（M.de Bassompierre）のそれぞれの気もちが表されている箇所がある。ここには娘を手放したくないだけの父親のエゴが全面に出ているが、その箇所を列挙してみることによってシャーロットとニコルズ師との縁談ばなしが出たときのパトリックの本音を、シャーロットはどのように受けとめたかを想像して見たい。

「きっとパパは最初は怒るでしょうね。…ショックを受けるでしょうね」「フン！ あの子たち（グレアム・ブレトン（Graham Bretton）とポーリーナ）は私のこと――老いた父親のことなど考えはしないんだ！ 私は邪魔なんだ！」「私の小さな娘は私の全財産なのだ。私は他にはもう娘も息子もいないんだよ。ブレトンはどこかほかを探した方がよいのだ」「彼は娘とは似合いじゃないよ」女主人公ルーシー・スノウは説得する。「だから、もしブレトン先生をお断りになると、他の求婚者が出てくるでしょうよ。あなたがどこへいらっしゃろうとも、彼女との結婚を熱望する人に欠くことはないと思いますよ」「ブレトンさんにお嬢様を差し上げた方が他の人に差し上げるより、別れたような感じはしないでしょうね」「確かに。ルイーザ・ブレトン（グレアムの母 Louisa Bretton）とは長いつきあいだ」「私はパパを不幸にするくらいなら、死んだ方がましだわ」「私はパパをほっておいたりしません」「私には義理の息子なんて要らないよ。国中で最高の男だったとしても、そうなってくれとは頼まない」(13)

最終的には父親パトリックは、シャーロットの結婚を許すことになり、彼女はニコルズ師と一八五四年六月二九日、三八歳で結婚する。シャーロットの結婚は彼女の母親の燃えるような激しいものではなかったが、それは感情に溺れずに、ゆっくりと愛を育んだ彼女が理想とする結婚であったと言えよう。同年八月二二日、ウラー先生に宛てて次のように書いている。

私の夫の健康のために乾杯の音頭をとってくれた村人の一人が彼のことを「堅実なクリスチャンであり、親切な紳士である」と述べてくれました。私はその言葉が私の心の琴線に触れたことを認めます。…このような人物に値し、このような人物を獲得することの方が富や名声あるいは権力のどれを得ることよりもよかったと思います。

五　おわりに

シャーロットはウラー先生に宛てた同じ手紙の中で父親についても「父の幸福や健康に対する気遣

いと共に長生きして欲しいと思う願いがなぜだかわからないのですが、結婚する前よりも、今の方が私の心の中で強くなっているのです。ニコルズ師が法服や法衣を着るのを見るたびごとに、この結婚がパパに老年になってからの助けを確保することができたと考えて心が休まります」と述べている。

家族のことをいつも思い、やっとつかんだ幸福な結婚生活も九ヵ月で終止符を打つ。一八五五年三月三一日、最愛の父親を遺しての旅立ちであった。

聖職者である父はこのような苛酷な時にあっても冷静さを失わない。ミセス・ギャスケル（Elizabeth Gaskell, 1810-65）に宛てて、「私たちは気を強くもって、悲しみに耐えるべきで、他の方々を私たちの悲しみに引き込んではいけない[14]」と書いている。この言葉は先にも述べたが、ミス・マーチモントに「私たちは、自分の運命をそれが何であろうとも受け入れ、そして他の人たちの運命を幸せにするよう努力しなければと言わせている箇所を思い出させる。これはシャーロットが常日頃心がけていることであり、この精神こそ彼女の偉大なる父親パトリックの教えを受け継いだものと言い切ってよさそうである。

［注］

（1） Frank Katherine, *Emily Brontë:A Chainless Soul*（London, Hamish Hamilton, 1990）p.49.

（2） Brian Wilks, *The Brontës:An Illustrated Biography*（London, Hamlyn.）白井義昭訳『ブロンテ―家族と作品世界―』（彩流社、1995）p.139.

（3） Charlotte Brontë, *Villette*（Penguin Books, 1979）p.108.

（4）中岡洋編著『ブロンテ姉妹の留学時代』（開文社出版、1990）p.9.
（5）*Villette* p.108.
（6）*ibid.*, pp.120-121.
（7）Frank Katherine, 前掲書、p.161.
（8）ギャスケル著、中岡洋訳『シャーロット・ブロンテの生涯』（みすず書房、1995）pp.275-276.
（9）*ibid.*, p.385.
（10）Frank Katherine, 前掲書、p.155.
（11）白井義昭訳、前掲書、p.221.
（12）Charlotte Brontë, 前掲書、p.101.
（13）*ibid.*, pp.521-530.
（14）白井義昭訳、前掲書、p.284.

参考文献

Thomas James Wise/John Alexander Symington, *The Brontës: Their Lives, Friendships & Correspondence*, Vol.I 1727-1843, Vol.II 1844-1849（Oxford, Basil Blackwell, 1980）手紙文の引用はすべて拙訳による。
中岡洋・内田能義嗣 共編書、『ブロンテ姉妹の時空—三大作品の再評価』北星堂書店、1997
Fraser, Rebecca, *The Brontës・Charlotte Brontë and Her Family*（New York, Ballantine Books, 1988）

第四章　父と娘と——情愛と忠誠と——

宇田和子

一　父を視野に

「わたしたちはばらばらになって別れようとしています。エミリは学校へ、ブランウェルはロンドンへ、そしてわたしはガヴァネスになろうとしています。…ブランウェルをロイヤル・アカデミーへやりエミリをロウ・ヘッド（Roe Head）へやったなら、パパの限られた収入では手いっぱいになることを知っていたからです。…家を離れることを考えると、とてもとても悲しいです。でも「義務」と「必要」——これらは逆らえない厳格な女主人たちなのです。エレン、あなたに言ったことがありますよね、あなたが自立していることに感謝すべきだって。(1)」一八三五年七月、シャーロット・ブロンテがかつて学んだウラー校へ、今度は教師として立つ日を前に、友人エレン（Ellen Nussey, 1817-97）に宛てた手紙の一部である。かつての学業を評価されて、母校の教師職を提供されて妹の学費は免除され、幸先のよい職業生活の第一歩と思われるのだが、一九歳のシャーロットは諦めに満ちている。家

パトリック・ブロンテの両親ヒューとエリナーが駆け落ち結婚をしたマハラリー旧教会

を離れたくないけれど、離れてお金を得る必要があり、父の収入不足をまず自分が補うことを義務と考えているからである。エレンに対して羨んでいる「自立」とはここで、「生活できるお金の所有」を意味している。

さて寄宿学校教師職、諦めて就いた職であれば、たとえミス・ウラー（Margaret Wooler）の学校であってもシャーロットにとっては耐え難かった。悩んだあげくシャーロットは、一八三七年三月に、時の桂冠詩人サウジー（Robert Southey, 1774-1843）に、自分の人生の夢を書き送った。彼女の夢は作家となって身を立てることだったが、サウジーの返事は冷厳にも「文学は女子一生の仕事とはなりえません」という旨のものであった。シャーロットは忠告に感謝し、二度と野心的にはなるまいことを述べる第二の手紙をサウジーに書き送る。「わたしの父は限られてはいますがそこそこの収入のある聖職者で、わたしは一家の最年長子です。父は他の子どもたちとの公平を期しながら、わたしの教育にできる限りの出費をしてくれました。ですからわたしは、学校を出たならばガヴァネスになることが、わたしの義務であると考えました。…父の忠告に従って（父は幼少のころから…賢く親しい口調をもってわたしに助言を与えてくれていますが）わたしは、女が果たすべきすべての義務を注意深く守ろうと努力するだけでなく、それらの義務に深く興味を抱こうと努力してきました。でも、いつも成功しているわけではありません。なぜならときどき、教えたり縫い物をしたりしているときに、こんなことをしていないで読んだり書いたりしていたい、と思ってしまうからなのです。[2]」第二の手紙を見てみると「義務」と「必要」から教師となったシャーロットの、義務と必要の内訳がわかってくる。お金を稼ぐ「必要」は父親と一家に対する「義務」であり、シャーロットにおける「義務」はさらに女としての「義務」を含むので二重となる。二一歳、すなわち成人を目前とした彼女は、父親の定めた道筋と自分の内に沸き立つ思いの葛藤に苦しんでいるのである。シャーロットの生活の背景に、父親と娘の関係は重い意味をもったと思われる。本論考はシャーロット・ブロンテの父親パトリック・ブロンテ（Patrick Brontë, 1777-1861）を視野に置き、シャーロットの生涯と作品を考察し、その結果として一九世紀初頭イギリスにおいてシャーロットが示した一つの精神性を照射しようとする試みである。

二　父と子たち

パトリックの生まれは一七七七年三月一七日、聖パトリックの日。北アイルランドのダウン州

(County Down) であった。パトリックの父親は小作農。そしてパトリックの下には九人の弟妹が続き、彼は一〇人きょうだいの最年長であった。パトリックが後にミセス・ギャスケル (Elizabeth Gaskell, 1810-65) に語った言葉に従えば「わたしは小さな頃から本が好きで、数年間学校へ通い、そして十六歳のとき、父がわたしに金銭的援助はできないことを知っていたので、自分で何かすることを考え始め、学校を開いて五年か六年それを続け、それからあるジェントルマンの家の家庭教師になりました。ここからケンブリッジ大学へ移り、セント・ジョンズ・コレッジに入学しました。[3]」豊かではない家の最年長子、身をまかなう必要あって教職にとは、パトリックとシャーロットの立場・方向に類似が存在することが見えるのだが、しかし男女の違いが存在し、男であるパトリックには大学への道が許されていた。一八〇二年一〇月入学。一八〇六年四月卒業。そして同年一〇月に聖職位を取得して、エセックスのウェザーズフィールド (Wethersfield) へ助任司祭として赴任した。国教会に属しイングランドで職務を始める直前に、彼はアイルランドへ戻り家族のもとで数日を過ごしたがこれ以降、故郷へ帰ることはしなかった。アイルランドを離れようとするやり方は、彼がケンブリッジに入学した時に、自分の姓を、大陸を想起させるBrontëの方へ移してしまったようなものだろう。パトリックの心は中央志向であったのである。

一八一二年に結婚し六子が生まれ、一八二〇年に終身司祭としてハワースに赴任するが、彼には文芸の才あるらしく、この時までに詩集三冊と物語一冊を出版している。ハワースの教区司祭としての彼の職務は多忙であった。多産多死の時代にあり、加えて衛生状態のよくないハワースでは、子どもの四一パーセントまでが六歳以前に死亡し、パトリックは年平均一四〇の葬儀を行っていたという(4)。イングランド北部では農作物が豊かというわけにもいかず、加えて大陸封鎖や機械化に起因する経済変動は貧困と社会不安を生んでいた。訪れるべき家は多く、慰めるべき病人も多かった。しかし、司祭としての決まり仕事の多忙にもかかわらず、彼は村の衛生改善に尽力し、困窮者を助けるための請願書を書き、そして村に日曜学校を開設した。知を身につけて権力を授けられた者として、自分の足許に寄る者たちへ情と誠を注いだのである。

私生活にも、彼を語るエピソードは数多い。子どもたちの食事に肉を与えなかったとか、派手な色の長靴を焼却処分してしまったとか、火事を恐れて司祭館にカーテンを掛けさせなかったとか…。これらの話の真偽はともかくとして、これらの話が語られた背景には、彼の質素謹厳な性格があり、彼の生まれ育った時代と土地の生活水準が存在するだろう。草屋につましく住まい、勤勉といたわりをもって家族知人と日々を暮らし、そして遂に肉体を離れた不滅の冠を頂く、とする人生観が、例えば一八一一年出版『草屋詩集』中の長編「草屋に住む幸いな人々」に謳われている(5)。

六人の子どもたちは「年齢以上にまじめで静かであった(6)」という。子どもたちの精神的発達が早かったことを示すとともに、もう一つ、妻マリア（Maria Brontë, 1783-1821）が病気だったからである。一八二一年九月一五日、パトリックは妻を失い、このとき残された子どもたちは七歳、六歳、五歳、四歳、三歳、そしてわずか一歳。そしてパトリックは、妻の死のわずか三カ月後、再婚のために、旧知の女性に結婚の申し込みをする。即刻、拒絶。しかし再婚努力は二年間、三女性に及び、ここで彼は断念する。なりふりかまわぬ再婚努力の実状は、二番目の求婚相手、イザベラ・デュアリー（Isabella Dury）の憤りを読むと判明してくる。「（わたしがブロンテ師と再婚するなどという噂は）まったく根拠のないものです。何とも愚かに、財産はないのに六人の子がおまけとして付いてくる人と結婚するなんて、わたしが露ほども思うはずがありません。」[7] イザベラの言葉を裏から読めば、ばかげていると思われようと財産がないと言われようと、ブロンテ師には六人の子に母親が必要だったのである。

四〇歳半ばで禄二〇〇ポンドしかない彼に、第二の妻となってくれる人はいなかった。子どもたちの母親・司祭館の女主人の役割は、亡き妻の独身の姉が勤めてくれることとなった。死が多く、〈剰余の女〉問題があって〈老嬢〉が多かった時代には、亡くなった妻の未婚の姉が、妹の家を見ることはよくあることであった。司祭館では子どもたちに対し、伯母が躾と家事指導を取り仕切り、父親が学科を教えてやった。伯母（Elizabeth Branwell, 1776-1842）はブロンテ師より三カ月早い一七七六年の生まれで、気候穏和な港町ペンザンス（Penzance）の裕福な商人の家に生まれ育ち、親が付けた生涯の年金五〇ポンドをもち、最新の女性雑誌を購読し、ブロンテ師と臆することなく政治論議をする女性であった。厳格・偏屈を言われることもある伯母であるが、伯母の生き方は、自分自身の金を持ち、自分自身の意見を述べ、自分が必要とされる場で自分の働きを有益なものになしていた、自立した女性の例であろう。

父親と伯母の養育のもと、子どもたちがどのように成長していったかを象徴的に示すのは、一八二四年ころかと推定される父親と子どもたちの仮面問答である。「もっとも欲しいものは?」「年齢と経験。」「ブランウェルに対する最良策は?」「説き聞かせて、それがだめなら鞭でたたいて教えること。」「男女の知性の違いを知る方法は?」「身体の違いに準じて考えること。」「この世の最良の書物は?」「聖書、次いで自然という書。」「最良の女性教育は?」「家をよく司るよう教えるもの。」「何を待って現世の時を過ごすべき?」「幸福な永遠に備えることを。」最年長が一〇歳になるかならないかの子どもたちが、家庭内対話であるのに仮面をかぶり、父親ではあるが司祭の問いに、自発であるが教え込まれた模範を答える一コマである。男女の違いを意識して、神と自然の教えに従い、家を守って遂に神の国に至ること。本来の自己は仮面の下に隠すことをまず飲み込ませ、そしてこれだけの誘導尋問をなす父親も父親であるけれど、自分で答えを述べてはいるが、自分の立場をわきまえて模範返答を演ずる子どもたちもまた子どもたちである。日常の生活から、父親は父かつ師であって、こうした父親に、(おそらくは大変に賢い)子どもたちは忠実であったと思われる。

一九世紀の初めころは、産業革命を経た工業技術の時代であったから、教育に対する必要と要求は格段に増大していた。こうした時代に、薄給の聖職者であるブロンテ師が、子どもたちに与えてやれるものは、生計を得る資としての教育であった。カウアン・ブリッジ(Cowan Bridge)に聖職者の娘たちのための慈善学校が開かれたことは、聖職者たちからの教育需要を示し、開校後間もないこの学校にブロンテ師が上の四女を送ったことは、当時の自然であった。だがこの学校のため、ブロンテ家の上の二女は失われ、結果としてこの時九歳のシャーロットがブロンテ家の最年長として残された。

三　最年長子となって

二姉喪失がもっとも心に傷を与えたのはシャーロットに対してであったろうと、ジュリエット・バーカーは述べている。(8) カウアン・ブリッジでシャーロットとエミリが二姉の苦しみを眼前に見たのだが、シャーロットの目の方がエミリのものより大人に近かったからである。しかし心の傷という点で、姉たちの死はバーカーが述べる以上に深刻なものであったと思われる。なぜなら母親マリアが死んだ後、近しい母親役を勤めてくれていたのは最長姉のマリアであったから、姉マリアの死はシャーロットに対し、母親マリアを再度失ったことを意味するからである。

しかし母親喪失に関しては、そもそも五歳時点での喪失は手痛かった。ミセス・ギャスケルは「シャーロットは後年、母親の記憶を思い出そうと一所懸命努めて、二、三のイメージを取り戻すことができた」(9) と書いている。五歳のシャーロットで、実母の記憶は必死になってよみがえる。ならば、彼女の弟妹においては実母の記憶はないであろう。シャーロットの場合、記憶の彼方に実母はあるが現実のなかには実母はいない。そのため彼女は、心のどこかにつねに慕わしく存在するが実体を手にすることができないという、情愛対象の影によって（あたかもヒースクリフであるかのごとく）悩まされ続けることとなる。幼児の心理発達に関する定番理論とされているブリッジズの書（K. M. B. Bridges著『幼児期初期における情緒発達』*Emotional Development in Early Infancy*, 1932）によれば、基本的な人間情緒は生後二年の間に出現し、幼児期を通して情緒はさらに発達し、五歳ころまでに成人情緒のおおよそが出現するという。シャーロットは、自分の記憶が残る年齢で、「希望、羨望、失望、不安、羞恥」[10]といった成人情緒を身に備えていたときに、母親の死を経験したのである。

しかし母親喪失を埋め合わせてくれるものもまた存在した。母子間の愛着と分離に関する研究としては古典とされるジョン・ボウルビィ（John Bowlby）の『母子関係の理論』によれば「母親からの分離の影響を多少軽減する条件として現在知られているのは、愛玩物、他の子どもといっしょにいること、…養母による母性的愛撫」であり「対照的に、見知らぬ人、見知らぬ場所、および見知らぬ行為は、つねに脅かしをもたらす」[11]という。ブロンテ師は養母を求め、伯母を得た。一方子どもたちは、ペットを愛して物語作りを玩具とし、きょうだいたちで固着をし、シャーロットの場合は、エレンを親友として頼ったのであった。そして対照として、ブロンテ家の子どもたちは一家そろって、見知らぬ人・場所・行動、すなわち見知らぬ文化に対しては、違和や批判や恐怖を示す。家を離れたくないシャーロット、社会的人間として機能し得なかったブランウェル、ハワースを離れては病に落ちてしまうエミリ。しかしそのなかでもいちばん長く家庭教師が続き、「やさしくておだやかなアン」とエレンに評されて、きょうだいじゅうで人づきがもっともよかったかと思われるアンにおいては、母子分離の時期が二歳以前であったこと、ブランウェル伯母が彼女をお気に入りにして養育してくれたという事情が存在する。

さて、カウアン・ブリッジからウラー校、そしてウラー校教師から家庭教師を経験したが、自分の家以外で生活するのが大儀と実感をしたシャーロットは、自家に留まる方策として、自分の学校開設を計画し、ブリュッセル留学を実行する。矛盾するようであるけれど、今の自分の枠より外へ出たいという渇望が存在していたからであった。メアリ・テイラー（Mary Taylor, 1817-93）の手紙のなかでブリュッセルの有り様を読んだとき、シャーロットは自分が「閉じこめられて単調な仕事をしているという強い苛立ちの感じ」を覚え、「お金が与えてくれるかもしれない翼[12]」の具有を願ってしまったのであった。大きな場で活動したいという野心、活動を可能とするものとしてのお金の意識は、サウジーの手紙あっても押しつぶされてはいなかった。

シャーロットとエミリはエジェ塾（Pensionnat Heger）を目指して旅立った。父親は初めての地への案内をしてくれた。ロンドンではチャプター・コーヒー・ハウス（Chapter Coffee House）に宿泊した。この宿は、父親が聖職位を受領した際の宿であったが、ブランウェルがアカデミーを志願した際の宿でもあり、そして後にカラー・ベルとアクトン・ベルが正体を明かすため上京する際の宿となる。シャーロットはブリュッセルで全二〇カ月学んでハワースへ戻り、ブロンテ姉妹学校の宣伝をするが、応募した生徒はゼロであった。誰でも学校を開くことができて、私設学校が乱立していたそのころの、シャーロットの夢の翼の失墜であった。

挫折のなか、彼女の仕事は次第に自分本来の夢、つまり出版へと帰着して行く。だが背景には、一八四二年ブランウェル伯母が亡くなって、ブロンテ三姉妹が各自四〇〇ポンド近い遺産を受けていたことが存在する。詩集出版、次いで小説出版の努力において、自費出版をしたり内金を打つだけの金銭的裏付けを、姉妹はこのとき有していたのである。必要との闘いに敗北を重ね、しかし金に従う絶対の必要からは解放されたときに、自分の経験を素材とし、家族や近隣、身近な事件を背景・モデルに、ときには自伝と銘打つけれど出版販売を前提として、シャーロットは小説を書いたのであった。われわれはこれらの作品に、シャーロット自身の夢と現実、周囲に対する認識と評価を見ることができるだろう。

四 作品において

四作品の執筆は一八四六年から一八五二年にわたるため、それらはシャーロットの変わらぬ面を示しながらシャーロットの変化もまた映し出す。作品が変わらず示しているものは何だろう。母親喪失が、父親の補充努力にもかかわらず、シャーロットの心に不安を残していたろうことはまず言える。四作品の主人公たちすべてに親はない。このことは、老アーンショー夫妻やリントン家の大旦那様・大奥様がいた『嵐が丘』、愛情に満ちた夫と妻・父親と母親であったグレイ夫妻の存在とは異なっている。ウィリアムとフランセス、ジェインとロチェスター、シャーリー、キャロラインとムア兄弟、ルーシーとポール――これら孤児たちの多くは年齢がなく、お金がなく、確たる保護者や住む場所もなく、したがって、安定した自分の在処を求め、場所から場所、国から国、保護者から保護者へ旅することとなる。そして彼らの旅はすべて、自分自身の家に終結する。カナンと呼ぶこともある最終地で、主人公たちが手にしているものは住居、結婚、子ども、仕事、お金、地位、血縁。シャーロットが生活の安定要件と感ずるものはこれらの事項と思われる。

しかし事項に合致しない終結状況もいくつかある。『教授』および『ジェイン・エア』では、妻はお金を得るための仕事はしていない。だが家に価値を置く者にとって、家を維持し子どもを育てる営みは、貨幣報酬を得るための仕事と同様、意義深いものだったのであろう。

ジェイン・エアの夫、ロチェスターは身体に不自由があるが、これはなぜだろう。この作品の執筆は一八四六年のことだがこの年の七月にシャーロットは、老齢で病む母親を介護するエレンから介護生活の意義を問う手紙を受け取って、こう答えた。「あなたが取るべき正しい道は自分の利益を最大限に犠牲にする道です。最大の自己犠牲がおのずと他者の最大利益となり…そしてこの道が自分にとっての繁栄と幸福につながると信じます。[13]」シャーロットはエレンに対し、自分を押さえて親に尽くせと説いていた。そして同じくこの夏、シャーロットは一カ月余りマンチェスターに部屋を借り、白内障の手術を受け暗室で横たわる父親の世話をした。手術において「パパは並はずれた忍耐と気丈さを示しました。医師たちは驚いた様子でした[14]」という。かつては自分を異境へ導き力となってくれた人が、依然高潔、しかし故郷を離れた土地へ赴き今は助けを要するとき、感謝し尊敬をして、その身に仕えることを甲斐あることと感じたことであろう。自分の父親ほどの年齢で、自分と心一つのロチェスターに手足となって働くジェインの裏には、父とその娘シャーロットが存在する。

『ヴィレット』のみは結婚したかが定かでないが、これはなぜだろう。この作品の執筆は一八五二年のこと。この時点でシャーロットには幸福な結婚を、夢の実現・究極の生活として描く必要はなかったし、できなかったからだろう。彼女はこのとき有名作家となっており、自分一人で収入を得る感覚は、数年来のものとなっていた。主人公の生活設計をするときに、他者と身を一つにする方向で協力して自立をはかる必要はなかった。女主人公は最初から冷たい人物、スノウでありフロストでよかったのである。そしてまたこのときシャーロットはすでに三六歳。自分が若くないことを実感し、オールド・メイドの範疇にあることに諦念を抱いていた。きょうだい喪失にも起因する身体不調と憂鬱が加わって、シャーロットはバラ色の結婚を思い描くことができなくなっていた。だから彼女の心情では、ポール・エマニュエルは海難死しなければならなかったのである。ところがミセス・ギャスケルに従えば、ブロンテ師が「憂鬱な印象を残すような小説が嫌いだったので」シャーロットに「結婚させて、いつまでもとても幸せに暮らさせてやってくれと頼んだ」[15]のだという。曖昧さの残る結末は、父親を入れた結果であった。

だがこの時期、心身の不調に苦しむシャーロットが誰か心の拠り所を求めていたことも確かであった。だからニコルズ氏（Arthur Bell Nicholls, 1818-1906）の求婚は、予期していたことであり希望の光を感ずることでもあった。しかし一八五二年一二月一四日の夜、シャーロットが申し込みを受けたとき、彼女はその場で自分で答えることはせず、父親に報告をした。すると「パパの状態が軽視できないものとなったのです。こめかみの静脈が鞭のように浮かび上がり、目が突然真っ赤となりました。わたしはあわてて、あしたの朝、ニコルズ氏にはっきりと断ります、と約束したのです。」[16]父親の反対を見て取って、シャーロットはわれを忘れて拒絶した。ニコルズ氏は他の任地へと去って行ったが文通は続き、一八五四年春、ふたたびニコルズ氏と会ったとき、シャーロットは彼への尊敬と愛情を確認した。ニコルズ氏はブロンテ師に面会をして、私利の意図なく忍耐強いことを証明した。父親の許可が与えられ、二人は婚約した。一年と四カ月、シャーロットは自分の心の傾きを父親に沿わせ続けたのであった。

妻となって「つねに必要とされつねに用をしている」生活を「すばらしくよいこと」(17)と感じたが、シャーロットの結婚生活はシャーロットの死をもって、わずか九カ月で終わりとなる。死の引き金は風邪。死亡診断書では結核。しかし三九歳になんなんとするシャーロットは、妊娠していたのであった。結婚すれば妊娠をするだろう。妊娠すれば身体の弱いシャーロットの身はもつまい。このことが実は、父親が結婚に反対した理由の一つであった。父親の懸念は的中したのである。シャーロットの全生涯は、彼女三〇歳の執筆作『ジェイン・エア――自伝』において未来の分までが描かれている。自分の身を立てる必要があって、お金や所属を求めて旅をする。自我強く誇り高く野心ももち、努力して次第に金や地位の階梯を登り、そして終極としての家庭生活に到達する。この旅路、ジェインのそしてシャーロットの生涯であるが、またもう一人の生涯と類似する。パトリック・ブロンテ師の生涯である。サウジーへのあったがごと娘は父親の例示と忠告に従って、父を辿って生きたのである。

五　時代のなかで

アイルランド人オリバー・ゴールドスミス（Oliver Goldsmith, 1730?-74）は一七六六年『ウェイクフィールドの牧師』を出版した。『教授』においてすぐれた書として言及されるこの小説の冒頭で、ゴールドスミスは「この小説の主人公はこの世の三大徳性を一身に兼ね備えている。すなわち牧師・夫・父親である」と書き、さらに続けて「結婚してたくさんの子どもを育てている正直な男の方が、人口論を論ずる独り者の男より社会の役に立っている」と書いた。メアリ・ウォルストンクラフト(Mary Wollstonecraft, 1759-97)による『女性権利の擁護』は、一七九二年に出版されて知者に衝撃を投げかけた。フランスに革命が起き、イギリス人は革命の恐怖を目の当たりにし社会安全の要を確認した。そして一八二三年コヴェント・ガーデン(Covent Garden)ではオペレッタ『クラリ』のなかの歌「埴生の宿」が大人気を博した。一八三七年にはヴィクトリア女王が即位をし、女王は九子を産んで夫君を慕い家庭の模範を示した。一八四七年にテニソン(Alfred Tennyson, 1809-92)は『プリンセス』を発表し、知の優位を武器にして男をしのぐ女たちを描いたが、実はこの詩を嫌っていたという。コヴェントリー・パットモア(Coventry Patmore, 1823-96)は一八五四年から九年にもわたり例の『家庭内天使』を書き続けたが、この詩がヒットしたのは一八八七年の廉価版の発売時、ヴィクトリア朝も末に近いころのことであった。ブロンテ師の生まれたころからシャーロットの亡くなるころまでで区切っても、男と女、親と子ども、家族と社会に関する言説は、古い・新しいを交えて前・今・次の時代を映し出し、交雑を見せながら何かの当代模様を提示する。一九世紀前半のブロンテ家の父と娘は、どんな模様を提示しているだろう。父の情愛と子の敬愛、父の教えと子の従順、類似の性格、類似の希求、そして類似の人生……。これらは父娘間の絆模様と言えるだろう。そしてこの絆、母親欠落分だけ情や必要の撚り合わせが強かった。

『イギリスにおける家族、性、結婚、一五〇〇年から一八〇〇年』においてイギリスの家族の様相を通観し、「一八世紀の末までに、個人の幸福が公共の善…と同等視されるようになっていた。…しかし一九世紀には、家族、家長、学校、宗教、国家すべての利益が一時ふたたび強く叫ばれて、そしてついに、二〇世紀における情愛的個人主義の時代へと突入する」[18]と述べ、一九世紀を、公共が個人に一時期優先した時代と見解する。George K. Behlmer は *Friends of the Family*, Stanford U.P., 1998 において、公権力と家族間における介入・扶助・排除・受容の交錯を述べながら、イギリス一九世紀の前半に、家族生活の質向上が近隣個人の善意によってはかられており、そうした個人善意の活動が後半の法行政整備につながったことから、一九世紀前半を人的関係による生活質向上努力の期と見なしている。David Roberts は *Paternalism in Early Victorian England*, Croom Helm, 1979 においてイギリスの父権制の歴史を概観した後、歴史を通して父権制を弱化させていたイギリスが、産業革命・フランス革命という大変動を経験し、ふたたび庇護と忠誠の絆のなかに社会の安寧を求めようとしたのが一九世紀初頭であるとする。すなわちヴィクトリア朝初期を、父権制の復活期と見解し、こうした父権制主張者のなかにはサウジー、コウルリッジ（Samuel Taylor Coleridge, 1772-1834）、ワーズワース（William Wordsworth, 1770-1850）、アーノルド（Matthew Arnold, 1822-88）らがいたと例示する。ブロンテ家が読んでいた人物、ブロンテ家と接触あった人物も、父親・教会・地主・国家の篤志のもとで、秩序と福祉をはかることを主張していたのであった。

父権や家庭を言われる世紀は、「新しい女」を孕んだ世紀でもあった。こうした世紀の一員としてシャーロット・ブロンテは、一人生きる面を見せながら、父親の配慮で育まれ父親に配慮を捧げ返し、家族の情愛のなかに充足を見る人であったろう。

［注］

（1） T. J. Wise & J. A. Symington eds., *The Brontes: Their Lives, Friendships & Correspondence*（Basil Blackwell, 1932）Vol. I, p.129.

（2） *ibid.*, pp.157f.

（3） Juliet Barker, *The Brontes*（Phoenix, 1995）p.2.

（4） *ibid.*, p.96

（5） 『ブロンテ全集10詩集**』（橋本清一訳、みすず書房、1996）pp.1151-1168

（6） Elizabeth Gaskell, *The Life of Charlotte Brontë*（Penguin, 1975 rp. of 1857）Vol.I, Chap. 3.

（7） Rebecca Fraser, *Charlotte Brontë*（Methuen, 1988）p.30

（8） Barker, p.140.

（9） Gaskell, vol. I, Chap. 3.

（10） 平井誠也編、『発達心理学要論』（北大路書房、1997）pp.104f.

（11） J・ボウルビィ（黒田他訳）、『母子関係の理論Ⅱ分離不安』（岩崎学術出版社、1977）p.60.

（12） Wise & Symington, vol. I, p.240.

（13） Wise & Symington, vol. II, p.101.

（14） *ibid.*, p.108.

（15） Gaskell, vol. II, Chap. 11.

(16) Wise & Symington, vol. IV, p.29.

(17) *ibid.*, p.145.

(18) Lawrence Stone, *The Family, Sex and Marriage in England 1500-1800* (Abridged Edition, Harper, 1979) pp.424f.

第二部　初期作品から『教授』へ

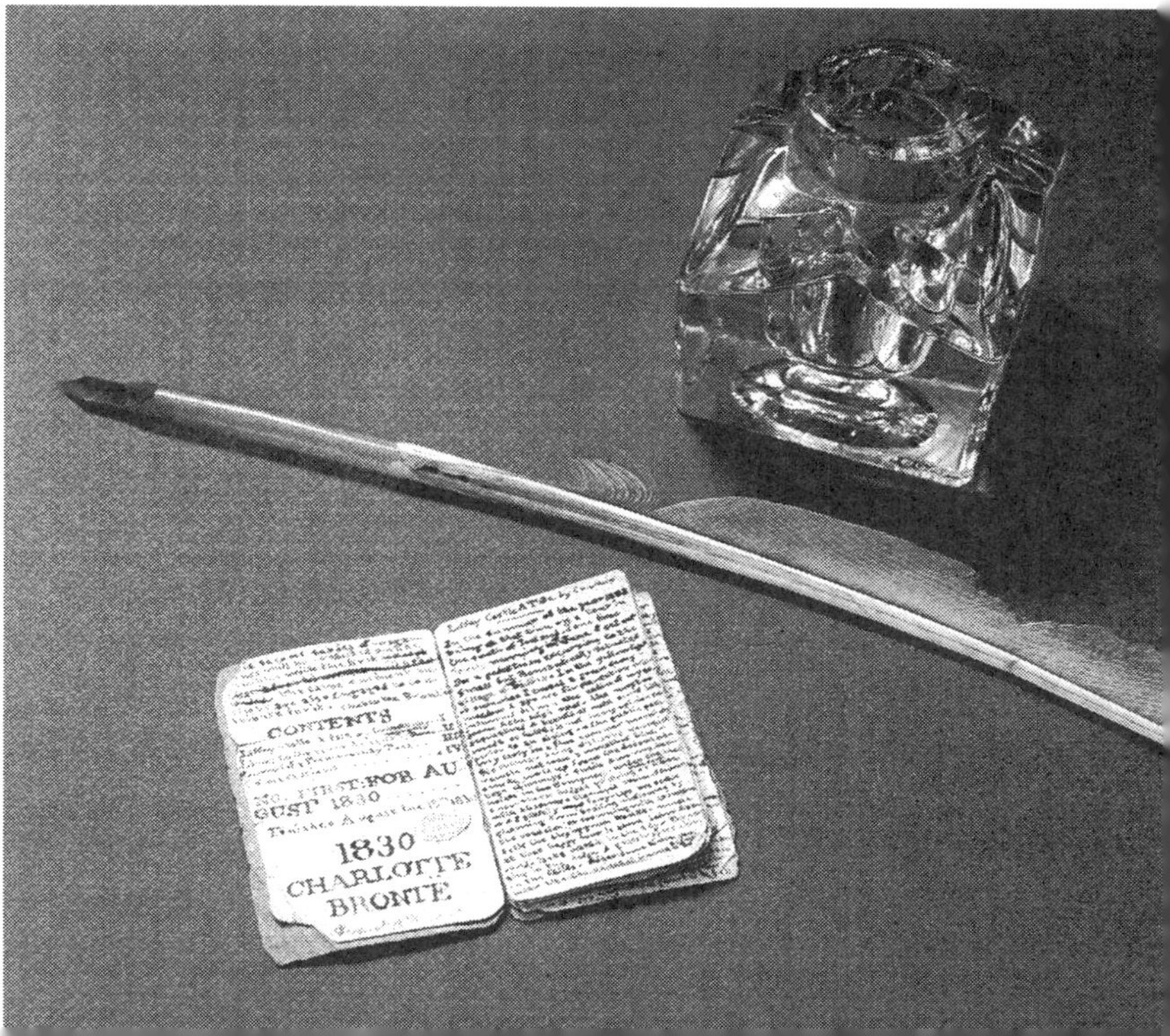

第五章　初期作品に見る植民地的要素

岩上はる子

本稿は、アフリカ植民地を舞台としたブロンテ初期作品に登場するクォーシャ・クォーミナ（Quashia Qaumina）とゼノウビア・エルリントン（Zenobia Erllington）を中心に考察するものである。クォーシャは原住民アシャンティー族（the Ashantees）の首領として、つねに白人支配に抵抗し植民地の平和を脅かし続ける。ゼノウビアはメアリアン・ヒューム（Marian Hume）の脇役として造形されて以来、初期作品に一貫して登場し、彼女以外のヒロインの造形にも大きな影響を与える。アフリカ在住の非イギリス人女性として特異な地位を占めるゼノウビアは、クォーシャと同様に植民地社会のアウトサイダー的な存在である。以下では、イギリス人植民地にあって共に周縁に位置する二人がどのように形象されたか検証し、シャーロット・ブロンテ（Charlotte Brontë, 1816-1855）にとってアフリカ植民地のもつ意味を述べてみたい。

イギリス植民地主義の歴史的コンテキストのなかで、周縁に追いやられた植民地の側から『ジェイン・エア』を読むと、一九世紀イギリス帝国主義のイデオロギーの影響下にあったシャーロットが歴然と現れてくる。だが、シャーロットの植民地に対する関心は『ジェイン・エア』より二〇年あまり早く書かれた初期作品にまで遡ることができる。まだ一〇代前半であったブロンテたちが作り出した、アフリカの架空の王国を舞台に繰り広げられるイギリス人勇士による国家建設の物語がそれである。

ブロンテたちは自分たちが住むイギリス北部の暗く寒冷な山岳地帯とは、人種や民族、気候風土、生活習慣がまるで異なる西アフリカの架空の王国を舞台に、ウェリントン公爵（Duke of Wellington）、後にその息子ドゥアロウ侯爵（Marquis of Douro）、長じてザモーナ公爵（Duke of Zamorna）を主人公に、みずからが物語の主人公や彼らを守る魔神となって次々と冒険を繰り広げた。初期作品におけるシャーロットのスタンスは当初イギリス人支配者の側にあった。だが白人の支配に抵抗するアフリカ原住民を描くなかで、シャーロットの征服者としての視点は微妙な揺らぎを見せる。シャーロットは帝国主義者としてスタートしながらも、作品を書き進めるうちに白人の人種的優越性をそれほど絶対的なものとは受け入れられなくなってくるのである。

（一）

ブロンテ初期作品として現存しているのは、一八二六年から一八三九年までに書かれた作品群である。「グラス・タウン物語」として総称されている最も初期の物語は、アフリカの西海岸にイギリスから漂着した「一二人の勇士」が自分たちの都市を建設し、原住民を征服して、やがてアフリカ全土に広がる連邦国家を樹立するという壮大な物語である。その構想の情報源になったと思われるのが、一八一七年に創刊された保守派の月刊雑誌『ブラックウッズ・マガジン』である。ブロンテたちは一八二五年から四一年頃まで同誌を愛読し、二九年にはその形式をまねて自分たちの雑誌を発行したほどであった。「グラス・タウン物語」では、植民地の建設という構想から、地理、原住民、風俗習慣といった情報の多くを『ブラックウッズ・マガジン』の記事に依存していた。

一八二〇年代から三〇年代の『ブラックウッズ・マガジン』を見ると、インドやアイルランド問題と並んで、アフリカ関連の記事をほとんどの号で取り上げている。早くは一八二六年六月号に、探検家デナム少佐（Major Denham）、クラッパートン大佐（Captain Clapperton）、ウドニー医師（Dr Oudney）によるアフリカ探検記*Narrative of Travels and Discoveries in Northern and Central Africa in 1822, 1823 and 1824*の書評が掲載されている。この記事にはアフリカ北部の地図が添えられていた。それをブランウェルが模倣してグラス・タウン連邦の地図[1]を作成したことは疑い得ない。筆者ジェイムズ・マクウィーン（James Macqueen）は、その後も'Civilization of Africa: Sierra Leone'と題する政府高官宛ての書簡を連載し、一八二七年三月号では、アフリカ植民地貿易の拠点をニジェール河口のフェルナンド・ポー（Fernando Po）に設置することを主張していた。ブロンテたちの物語における商業と文明の中心地グラス・タウン（Glass Town）は、他でもなくこのフェルナンド・ポーだと言われている[2]。

シャーロットによる「ある夢想の物語」（一八二九年五月）では、一七九三年三月、一二人の若者たち(3)を乗せた無敵号《インヴィンシブル》が嵐でトリニダード島（Trinidad）に漂着した後、南大西洋を航海、三カ月後アフリカの西海岸に上陸する。若者たちは原住民のアシャンティー族を撃退し、魔神の助けを得て数カ月で植民地を建設した。その後、若者たちの中からウェリントン公爵となったアーサー・ウェルズリー（Arthur Wellesley）を国王に選出、ここにグレイト・グラス・タウンを首都とするグラス・タウン連邦が成立した。一八二七年六月のことである。「アルビオンとマリーナ」（一八三〇年一〇月）では、勇士たちの植民地は今や「世界の驚異たるアフリカの偉大な都市」となり、その壮大な建築物や壮麗な街並みは「ニネヴェやバビロンといった古代都市さながら」に発展を遂げている。

ブロンテたちは手近の書物や新聞の記事あるいは聖書などで読んだ古代都市や、まだ見ぬロンドンのイメージなどを寄せ集めて、この架空の都市を作り上げた。たとえば第三章の冒頭のグラス・タウンに関する形容は、シャーロットがロンドンに出かけた友人エレン・ナッシー（Ellen Nussey, 1817-1897）に宛てた手紙の文言そのままである。一八三四年二月二〇日付の手紙には、「ヨーロッパ商業の中心地と呼ばれ」世界中のどの都市よりも「壮麗な帝都」という表現があり、また同年六月一九日付けの手紙には「バビロンかニネヴェか、それとも古代ローマの魔都」という比喩が用いられている。そのような絢爛たる都に滞在している友が少しも感動をみせない様子に、シャーロットは驚きを隠せない。「華やかで眼も眩むような魔都を前に、平静さを失わず都会の悪に染まらずにいられる」友に賛辞を送りながらも、その文面にはロンドンへの好奇心と憧れの感情を溢れさせている。

グラス・タウンはアフリカ大陸の中央に白人入植者たちが作り上げた、いわば〈虚栄の市〉であり、

「アルビオンとマリーナ」では南イングランドの片田舎に住む人々にとって誘惑と危険に満ちた異国となっている。彼の地に出かけて行くのは男性であって、女性はイングランドの牧歌的な世界に留まり、恋人の無事の帰還を待つしかない。外に出て誘惑に曝されるのは男性で、植民地アフリカは彼のモラルを試す倫理的空白地帯として位置づけられているのである。

（二）

繁栄を極める白人入植者の町グラス・タウンは、強固な要塞によって外側の広大な砂漠と原住民たちが住む山岳地帯と隔てられている。町にとっての最大の脅威は、「この繁栄をわれわれとは違った眼で見ている(4)」かもしれないアシャンティー族である。なお『ブラックウッズ・マガジン』一八二九年九月号に'The British Settlement in West Africa'という記事が掲載されている。そこにはアシャンティー国の地理的な特定と、彼らの〈獰猛さ〉に関する記述が見られる。当時はまだアフリカ奥地の探検が進行中であり、ニジェール川の源流も特定できていない時代であった。ヨーロッパ人が入植地で出会う原住民は〈野蛮人〉で、植民地の安全を脅かす脅威と見なされていた。

ブロンテたちの記述もまたこうした視点を反映している。ブランウェルはシャーロットにやや遅れてグラス・タウンの成立過程を記録した「若者たちの歴史」（一八三〇年一二月から三一年五月）のなかで、一八二七年にアシャンティー族との戦いでヨーク公フレデリック・オーガスタス（Frederick Augustus, Duke of York and Albany, 1763-1827）が戦死した史実を含みながら、彼らとの戦闘を繰り返し描いている。シャーロットの物語でも、戦いは魔神たちの後ろ盾をもつ勇士たちの圧倒的な勝利に終わっている。アシャンティー族は肌の黒い縮れ毛というステレオタイプで描かれ、排除されるべき他者集団と見なされていた。

だがシャーロットのその後の物語では、アシャンティー族長クォーシャ・クォーミナが個性的な登場人物になっていく。父王が勇士たちとの大戦《グレイト・ウォー》で戦死した後、ウェリントン公爵の養子として育てられたクォーシャは長じて反旗を翻し、グラス・タウン（後にアングリア）連邦の平和を脅かす存在になる。だが彼の描写には否定と肯定とが入り混じり、シャーロットの矛盾した姿勢が窺える。たとえば「緑のこびと」（一八三三年九月）では、公爵に手厚く保護され我が子のように愛しみ育てられながらも、根深い本能的な憎しみを忘れないクォーシャは忘恩の徒として蔑まれる一方で、「長身で美形の一七歳の若者」に成長した彼は「肌あくまでも黒く、生き生きと燃えるような瞳をしていた」と、その容姿は魅力的に描かれている。また戦場での彼の凛々しい姿は気品すら感じさせるものがある。アングリアでの教育にも感化を受けることのないクォーシャは、いわば飼い慣らされることのない〈高貴なる野蛮人〉としての魅力を持たされているのである。

クォーシャ・クォーミナの姓名は'nigger'を意味する'Quashee'という人種差別用語と、一八二三年にデメリラ蜂起を率いたイギリス領ギアナの黒人奴隷の指導者クォーミナ・グラッドストーン（Quamina Gladstone）の名に由来することが指摘されている。[(5)] シャーロットは一方では黒人に対する蔑称を用いながら、他方では白人支配に抵抗する革命家として賛美するという矛盾した姿勢をもっていたと言える。後にクォーシャはアングリア連邦に対する武装蜂起に成功し、その首都エイドリアノポリス（Adrianopolis）を陥落させ、ザモーナ軍の敗走した街を蹂躙する。その模様をシャーロットは「ロウ・ヘッド日記」[6]に記している。そこには主を失ったアングリア王妃メアリ・ヘンリエッタ（Mary Henrietta）の部屋で、酔いしれたクォーシャが浅黒い巨体を王妃の愛用していた寝椅子に横たえ、その四肢を広げて眠りこんでいる姿が生々しく描かれている。「ザモーナの屋敷で勝ち誇り、その夫人の寝室を犯し！」思いを遂げたクォーシャは、その顔に「残忍な歓喜の色」を浮かべている。汚されたメアリ王妃の部屋は陵辱の比喩であり、ここではクォーシャの強靭な肉体が放つ暴力性と性的側面が強調され、彼が植民地にとっての軍事的な脅威というだけでなく、性的にも強力なライバルとなり得ることが暗示されている。

クォーシャはウェリントン公爵の宮殿で育ち、ヨーロッパの教育を授けられたことから、彼をまったくの〈野蛮人〉と呼ぶことはできない。クォーシャが象徴する恐怖について、ファードゥーズ・アジム[7]は原住民を植民地化したことによって生じてくる模倣の恐怖であると分析する。すなわちアングリアの宮廷で育てられたクォーシャは、もはやヨーロッパ文明と接点をもたない原住民ではなく、植民地化された他者としてヨーロッパ人入植者とつながっている。なぜなら原住民に文化を伝えることを意図したヨーロッパの教育と訓練が、植民地化された原住民のなかにヨーロッパへの憧憬を生み出したからである。つまり原住民を経済的・文化的に自分たちのシステムのなかに組み込む植民地政策が、逆に植民地の権力と権威に取って代わろうとする脅威的な存在を生み出す結果を招いたのである。

大都市グラス・タウンの華やかさの裏に、つねに原住民の反乱の恐怖が暗い影を落としているのは、植民地がいかに繁栄しようとも、それが原住民の犠牲によって成り立つ陸の孤島にすぎないことを暗示しているからである。

一方、スーザン・マイヤーはクォーシャの反乱について、当時ロウ・ヘッド（Roe Head）での教師生活を「惨めな捕らわれ人」として「椅子に繋がれて」いると感じていたシャーロットが、支配者である白人への反乱に成功したクォーシャに自らの立場を重ね、植民地において白人支配に呻吟する原住民の立場に親近感を覚えるようになったと指摘する。(8) イギリス人入植者の原住民に対する支配体制を、そのまま一九世紀中葉のイギリス家父長制と読み替えてみるとき、シャーロットの視点はきわめてラディカルな側面を現わす。物語に見られる白人女性とアシャンティーの比喩的な結合は、女性の秘めている反乱の力を強烈に暗示しているのである。

その後のアシャンティーの運命は、二四年後のアングリアを描いた、いわば未来小説とも言うべき「未だ開かれざる書物の一頁」（一八三四年一月）に見ることができる。この作品はクォーミナの処刑に始まり、アングリア皇帝エイドリアン（Adorian, the Emperor）となったザモーナと黒人妻ソファラ（Sofala）との間に生まれた奇形の息子と、妻の弟シャンガロン（Shungaron）の処刑で終わっている。未来のアングリアでは黒人は排除され、白人の単一民族社会が樹立されるかに見える。だが黒人は物語の外へ完全に放逐されるわけではない。物語では王国の崩壊と皇帝の世継ぎの悲惨な末路が予言されている。冒頭のクォーシャの斬首に呼応するかのように、若き国王アーサーの生首が新妻ハーマイオニー（Hermione）の膝に置かれる運命が待ち受けている。つまり未来のアングリアにおいても、アシャンティーの白人支配に対する根深い恨みは消えることはないのである。

またこの作品にはクォーミナの娘と称するゾレイダ（Zorayda）が登場する。その容姿は〈黒髪と黒い瞳〉を持ちながら、うなじは〈抜けるように白い〉といった矛盾を含んでいる。彼女はクォーミナの養女であって血を分けた娘ではないと判明するが、必ずしも純粋な白人女性ではない。ゾレイダの父親である画家エティ（Etty）は、パーシーと彼のイタリア人妻マリア・ディ・セゴヴィア（Maria di Segovia）の間に生まれた一人息子であることが明らかにされるのである。ザモーナもパーシーも過去における道徳的過ちのために、現在、絶頂を極めている彼らの王国は将来の崩壊を運命づけられている。ただし共に混血児でありながら、ゾレイダとザモーナの黒人の息子とでは、その運命は対照的である。ザモーナと黒人女性の接触はタブーであるかのように、その息子は異様な姿の奇形児として生まれ、父親に名前すら呼ばれることなく抹殺される。それに対して、クォーシャの養女ゾレイダは、異質の人種の血を受け継いでいるにも拘わらずアングリアの白人社会への復帰が許される。他のヨーロッパ人との混血は認められても、アフリカ人との混血は許されないのである。

アシャンティー族長クォーシャ・クォーミナは、最後まで白人社会に敵対し同化を拒むことによって、白人支配や権力への抵抗という政治的な視点を提供していた。シャーロットは家父長制社会にあって男性への従属を強いられているイギリス人女性の地位が、植民地の被支配者の側に近いことを感じる。だがアフリカ原住民と白人女性との関係は明らかに断絶しているのである。作品に現れたアフリカ人との混血への恐怖、そして何より黒人女性が登場しないことが、そのことを物語っていると言えよう。初期作品では「アフリカの女王の嘆き」（一八三三年二月）にクォーシャの母親がわずかに登場する以外、黒人女性は見当らない。クォーシャという黒人男性が造形されながら、黒人女性は描写の対象にされていないのである。黒人女性に代わって登場するのが、肌だけが黒いアフリカ在住の非イギリス人女性ゼノウビア・エルリントンである。

（三）

ゼノウビアは「アルビオンとマリーナ」（一八三〇年一〇月）において、アフリカの新興国家の首都グラス・タウンに在住する才媛レディー・ゼルジア（Lady Zelzia）として初めて登場する。彼女は「漆黒の大きな輝く眼」と「同じ色のふさふさした髪」をもち、「ローマ人のような」端正な目鼻立ちと「浅黒い肌」の豊満な体躯をしている。その魅惑的な容姿ばかりでなく、豊かな学識と名声、人を逸らさぬ話術によって、ゼルジアはグラス・タウン社交界に君臨している。物語では南イングランドに住んでいたアルビオン（Albionことドゥアロウ侯爵アーサー・ウェルズリー）という名のイギリス人貴公子が、今をときめくアフリカの植民地グラス・タウンに出かけ、その街の華麗さを象徴するような女性ゼルジア（ことゼノウビア・エルリントン）に魅惑される。だがその誘惑を振り切って故国で待つ恋人マリーナ（Marinaことメアリアン・ヒューム）の許に戻ったが、彼女はすでに恋人の帰国を待たずに死亡している。

この物語の構図には、イギリス対非イギリスという対比が読みとれる。イギリス人男性が植民地に出かけ、誘惑を受けながらも無事帰国するというストーリーは言うまでもなく、主要人物の名前と役柄にも対比的な意味が込められている。貴公子アルビオンの名はブリテン島の雅名で、その原義は「白い土地」で、ブリテン島南部の海岸の白亜質の絶壁からこの名が生じたという。マリーナの名も、アングロ・サクソンの伝説的英雄ロビン・フッドの恋人マリアン（Maid Marian）を思わせる典型的なイギリス人女性の名である。彼女は緑濃いイギリスを代表する色白の華奢で清楚な乙女として描かれ、対するゼルジアは浅黒い肌をした大柄な身体を、孔雀の羽根飾りと真紅のビロードの衣装に包んだ異国的な女性となっている。アルビオンの心を奪うゼルジアのその妖艶な美しさと洗練された社交術は、霧深いイングランドの森の奥で父親と隠者のような暮らしをしているマリーナには無縁なものである。色白のメアリアンは恋人をひたすら思い続ける精神的な愛と結びつけられているのに対して、黒髪、黒い瞳、黒い肌をしたゼノウビアは情熱的で暗い官能を秘め、魅力と危険を併せもつアフリカ大陸と結びつけられている。

初期作品の最初のヒロインであるメアリアンは「アルビオンとマリーナ」より三カ月ほど前に書かれた「へぼ詩人」第一巻（一八三〇年七月）の第二場に初めて登場する。兄ドゥアロウ侯爵の片想いの相手としてチャールズ卿の夢のなかに現れたメアリアンは、「草色の衣」をまとい「純白のスカーフ」を巻いた森の妖精のような乙女である。「アルビオンとマリーナ」ではその描写はさらに詳細になり、「はしばみ色の絹のような巻き毛」が「雪のように白い首筋や額」にこぼれかかり、「一重の真珠の首飾りの他、宝石は一切身につけない」清楚で可憐な女性として描かれている。シャーロットはメアリアンの肖像画を後にウィリアム・フィンデンの版画『ジャージー伯爵夫人』を模写する形でスケッチし、「英国婦人」の題名を付けている。(9) メアリアンは清楚で淑やかなイギリス人女性の典型としてイメージされているのである。

対するゼノウビアのモデルは、その名が示すように、高い教養と美貌で知られたシリアのパルミラの女王である。シャーロットのゼノウビアは文芸サロンを開き、東洋の言語を学び、ヘロドトスやアイスキュロスを原典で読み、ペルシャの詩人とイギリスの詩人を比較するという知的な女性である。またその洗練された社交術は、パリの社交界に君臨した「スタール夫人」に勝るとも劣らぬとされ、その浅黒くエキゾティックな容貌は「現代のクレオパトラ」に喩えられている。博学なゼノウビアはみずからが著作をものし、男性の方が知性においてすぐれているという仮説を覆すことのできる女性である。また誇り高く強い自我の持ち主でもある彼女は男性の権威に屈せず、夫パーシーにすら従おうとはしない。

ところがチャールズ卿の眼を通して描かれるゼノウビアは、知性溢れる姿より、むしろその知性を無にするような狂乱した姿が描かれることの方が多い。たとえば「ヴェレオポリス訪問」第一巻第二章（一八三〇年一二月）では、アーサーとメアリアンの仲睦じさを語るチャールズ卿（Lord Charles）に激昂したゼノウビアが、彼を階段から蹴落とす場面がある。それまでは難解な修辞法を説いていた彼女が嫉妬をむき出しにする姿を、チャールズは揶揄している。さらにこの作品に挿入されたバッド大尉（Captain Bud）による「恋敵」という寸劇では、嫉妬に狂ったゼノウビアがメアリアンにナイフを振りかざす場面が描かれ、日頃の才媛の狂乱ぶりをチャールズとバッドが嘲笑するのである。

チャールズ卿の視点は男性のそれである。そこには女性の知性と情熱は互いに相容れないという前提があり、それらを備えた女性そのものが社会の求める女性像と対立するという認識がある。「ヴェレオポリス訪問」の第五章でウェリントン公爵を初めとするグラス・タウンの名士たちの間で、チャールズの一件が話題になったとき、ドゥアロウ侯爵以外はすべてゼノウビアの行動を批判する。ゼノウビアの激情的性格よりも彼女の知性に嫉妬し警戒している文筆家のトリー大尉（Captain Tree）は、ゼノウビアの黒い肌が原住民を連想させると揶揄し、彼女の優れた才能を貶め自分たち男性より劣位に置こうとする。またウェリントン公爵は女性の本分は家庭にあるとし、ゼノウビアを性役割のなかに固定化しようとする。女性を伝統的な性差と社会的地位のなかに押し込めようとする男たちのなかで、青鞜派ゼノウビアに理解を示すのはドゥアロウ侯爵だけである。だが侯爵が敬意を払うのは、アイスキュロスを原典で読むほどの学識の持ち主としてのゼノウビアであって、彼女が激情のあまり理性を失い暴力を振るうことは弁護しない。

男性社会におけるゼノウビアの評価は、チャールズ卿がグラスタウンの主役たちの肖像画を眺めて人物批評を加える「絵本を覗き見て」（一八三四年五月）に集約される。卿は「一介のブルーストッキングがこれほどの美形であってよいものか」と、ゼノウビアが知性と美貌の両方を兼ね備えていることに驚嘆する。だが「その眼！　あの黒髪！　なんというみごとな肢体と容貌であろう。黒い羽根飾りを揺らし、王冠と見まごうターバンを巻いた姿は冒しがたい品格を漂わせている」と、ゼノウビアの威厳を称えながらも、同時に彼女の容姿の異邦人的な特徴を伝えることを忘れない。そして次に、ゼノウビアが「夫エルリントン卿とも互角に渡り合う」ほどの女拳闘家で、ときに「その美貌を台無しにするほどの狂気じみた怒りの発作を起こす」ことに触れ、実際に腫れ上がった自分の耳を証拠として示すのである。「喩えて言えばひびの入ったダイヤモンド、汚水の流れる雄大な風景、真鍮の混じった金鉱脈、才識兼備の異教の女性」と、チャールズは否定的な評価で結んでいる。

ゼノウビアは可憐で受け身なメアリアンには描き得なかった、女性の深層に潜む性的情熱や強烈な自我意識の持ち主として造形された。それが可能であったのは、まず第一にゼノウビアが植民地に住む異邦人だったからである。ゼノウビアはヴィクトリア朝のイギリス人女性を束縛してきた家父長制や、家庭や結婚のイデオロギーから自由であり、性役割に束縛されることのない女性となっている。第二の点は、ゼノウビアを男性の視点からネガティヴな形で提示したことである。女性の知性や情熱を冷やかすチャールズ卿の視点は、そのままシャーロットのそれであるわけではない。むしろ人種・性差・階級による差別意識をもったチャールズの視点が男性中心の偏りを露呈すればするほど、読者の疑問と批判は醸成されることになる。だがゼノウビアの造形には矛盾があり、シャーロット自身の態度に揺らぎが見えることも指摘しておかねばならない。女性の自己犠牲というイデオロギーから自由であったはずのゼノウビアが、支配的な夫パーシーとは激しく対立しながら、いまだに想いを残すザモーナ公爵の前では誇りを捨てひざまづく。彼女にとって愛することは、自己の尊厳をみずから傷つけることでしかない。ゼノウビアは女性の社会的地位という問題だけでなく、女性にとっての愛（性）と主体性の問題を提示しているのである。

女性にも情熱があることを強烈に示したのがゼノウビアであるが、彼女の提示した問題はミナ・ローリー（Mina Laury）によって受け継がれる。ザモーナの愛人であり召使いであるミナの立場は微妙である。彼女はその階級の低さと愛人という立場ゆえに、アングリア社会では周縁に置かれている。父と故郷を捨てザモーナへの愛に殉ずることを選んだミナにとって、夫に仕え家庭を守るという伝統的な女性の生き方の選択肢はない。社会的な束縛から自由なミナは自立した強い女性であり、ザモーナ王妃メアリの愛が受け身であるのとは対照的に、彼女はザモーナへの愛をみずから訴えて憚らない。だが男性に伍して戦場に赴くほどのミナが、ザモーナの前ではまったく主体性を失い絶対服従する。その姿はハーレムでサルタンに仕える女奴隷に喩えられている。[10] ザモーナへの愛に自己を埋没させるミナは、女性にとっての愛の問題をゼノウビア以上に鋭く突きつけているのである。

ゼノウビアの系譜に位置づけられるバーサ・メリスン（Bertha Mason）においては、過剰な情熱は彼女の主体性だけでなく精神のバランスを奪うものとされている。ジャマイカ生まれの白人クレオールのバーサは周縁に位置づけられ、その狂乱した姿はイギリス人ジェインの眼にはまるで獣のように映る。またイギリス人ロチェスターが回想するバーサとの生活は、地獄として描き出されている。バーサの狂気とカリブ海の風土は一体化されており、その狂気の風土を離れ西インドの対極に位置するイギリスにおいてバーサと正反対のジェインに出会うことで、ロチェスターは浄化・救済される。[11] ポスト・コロニアリズム批評は、このヨーロッパ対非ヨーロッパの図式に着目し、『ジェイン・エア』を大英帝国のイデオロギーを体現したテクストと捉える見方を提示した。

だがここで考えてみたいのは、非ヨーロッパの世界がシャーロットの作品において、つねに負の価値を背負わされ、周縁に追いやられるべき要素であったのかということである。すでに見たように、アシャンティー族長クォーミナの抵抗には、イギリス家父長制社会への女性の反発という視点が重ねられていた。またイギリス植民地社会の異邦人であるゼノウビアは、それゆえにこそイギリス社会の規範を免れ、他のヒロインにはない激しい情熱と強い個性を発揮し得たと言える。シャーロットはイギリス社会では認められない要素を初めは異邦人のゼノウビアに、次にイギリス社会のアウトサイダーであるミナ・ローリーに描き込んだ。時代のモラルから自由な彼女たちに対するシャーロットの態度は、羨望と不安の入り混じった両義的なものであったが、その後のヒロインはメアリアン・ヒュームの延長ではなく、ゼノウビアの情熱を何らかの形で引き継いだ女性たちなのである。

シャーロットが妹アンのために書いた残存する最古の原稿[12]は、病気の母親に薬を飲ませる心やさしいイギリス人の女の子を主人公としていた。だが家庭での義務を果たすよい子の話は行き詰まり、舞台をアフリカ植民地に移したとき、初めてシャーロットは創作意欲を掻き立てられ、膨大な量の物語を生み出すことになった。ブロンテたちが構築したアフリカの架空の王国は、当時のイギリス社会のさまざまな制約から自由であり、そこでは男女や階級による差別を受けることなく自由奔放に物語を展開することができたのである。

［注］

（1）ブランウェルの「若者たちの歴史」（'The History of the Young Men', 12.1830-5.1831）の口絵に描かれた地図。

（2）Christine Alexander, *The Early Writings of Charlotte Brontë*（Oxford: Basil Blackwell, 1983）p.30.（邦訳『シャーロット・ブロンテ初期作品研究』岩上はる子訳、ありえす書房、一九九〇年、五六頁）

（3）ブランウェルの「若者たちの歴史」（既出）では勇士たちは一二人となっており、その顔ぶれもシャーロットの一二人とは異なっている。

（4）Charlotte Brontë, 'A Romantic Tale' ch.3（邦訳・ブロンテ全集第一一巻『アングリア物語』所収、みすず書房、一九九七年）

（5）Susan Meyer, *Imperialism at Home: Race and Victorian Women's Fiction*（Ithaca and London: Cornell University Press, 1996）p.44.

（6）'Well, here I am at Roe Head,' ed. Christine Alexander, in *Jane Eyre*, ed., Richard J. Dunn (New York. London: Norton, Second Edition, 1987) p.413.

（7）Firdous Azim, *The Colonial Rise of the Novel*（London and New York: Routledge, 1993）pp.125-8.

（8）Susan Meyer, *Imperialism at Home: Race and Victorian Women's Fiction, Ibid.*, pp.38-47.

（9）'English Lady'（15.10.1834）Christine Alexander and Jane Sellars, *The Art of the Brontës*（Cambridge University Press, 1995）p.237.

（10）『ジェイン・エア』でハーレムやサティーが女性の性的隷従の表象として使われていることは指摘されているが、初期作品にすでにその例が見られる。「呪い」（一八三四年六月）の第五章に、死を前にしたザモーナが妻メアリに殉死（サティー）を迫る場面がある。この記述は『ブラックウッズ・マガジン』一八二八年二月号（第二三巻）に掲載

された 'Burning of Indian Widows' という記事に基づいていると思われる。ハーレムに関しても同誌に 'Visits to the haram, by Meerza Ahmed Tubee: translated from the Persian' というハーレム探検記が長期にわたって連載されており、シャーロットがこれを読んだ可能性は高い。

(11)「帝国の中の『ジェイン・エア』——ジェーンの主体と非ヨーロッパ的他者——」『思想』No.897（岩波書店、一九九九年三月）一一一—一三六頁

(12) Charlotte Brontë, 'There was once a little girl and her name was Anne', *An Edition of the Early Writings of Charlotte Brontë*, 1826- 1832. ed.Christine Alexander（Oxford: Basil Blackwell, 1987）p.3.

第六章　最初の本格的小説『教授』の特徴

上山　泰

はじめに

『教授』（*The Professor*, 1857）はシャーロット・ブロンテ（Charlotte Brontë, 1816-55）の生前には何度も出版を断られ、没後になってやっと出版された。出版されたのは他の作品より遅れているが、出版の順序にかかわらずこの小説はシャーロットの最初の本格的小説であり、彼女の最初の小説としての特徴がよくあらわれている。

最初の小説といっても、この作品を書くより前にかなり長期の文学的活動を行い、学校での経験も積んでいた。彼女の経験についてギャスケル夫人（Mrs. Elizabeth Gaskell, 1810-65）の『シャーロット・ブロンテの生涯』（*The Life of Charlotte Brontë*, 1857）を参照しながらふりかえってみたい。

最初は物語の創作からはじまる。父のみやげの兵隊人形によって、姉妹で架空の物語を作っていたことはよく知られている。シャーロットは弟のブランウェル（Patrick Branwell Brontë, 1817-48）と共に

「アングリア」(Angria) という空想の世界をつくって物語を書いていた。その時期は一八二六年から一八三九年頃までで、一〇歳から二三歳頃まで一三年も創作を続けていたことになる。

次に生徒として学び、教師として教えた学校での経験がある。彼女は一八二四年にカウアン・ブリッジの学校 (Cowan Bridge, School for Clergy Daughters) に入学して一年くらい在学し、一八三一年にはロゥ・ヘッド (Roe Head) のミス・ウラー (Miss Wooler) の学校に入学して約一年在学し、また一八三五年から三年ほどは同じ学校の助教師として教えている。家庭教師としては一八三九年五月から七月までシジウィック家 (Sidswick) で、一八四一年三月から一二月までホワイト家 (White) で教えている。一八四二年には妹のエミリ (Emily Bronte, 1818-48) と共にブリュッセル (Brussels) のエジェ夫人 (Mme Heger) の女子寄宿塾に入学し、叔母の死のため同年一一月に帰国した。さらに単身で一八四三年にふたたびブリュッセルで学んだが、この時は英語の監督教師としての経験も積んだ。一八四四年一月にハワース (Haworth) に帰った。

姉妹で学校設立の計画を話し合ったのは一八三九年から四〇年にかけてであり、その後も実現のための計画をたてたり、ミス・ウラーからの学校譲渡の申し出を辞退したこともあり、さらに一八四五年頃にはハワースにおいての学校を計画したが生徒が集まらず断念した。このように学校設立も計画していたのである。

詩については、ハワースに帰国した翌年の一八四五年に詩集を計画し、一八四六年には三姉妹の詩集が出版されている。しかし「アングリア物語」のなかにも折にふれて詩が挿入されているので、長年にわたって詩を作っていたものと思われる。

『教授』は帰国後にブリュッセルの塾での経験が故郷で書かれている。しかしただブリュッセルにおける経験だけではなく、イギリスでの教育の経験や、果たせなかった学校の計画、「アングリア物語」の創作や詩などこれまでの彼女の経験のすべてがこの作品に織りこまれている。

この作品はまた後に続く彼女の小説、『ジェイン・エア』(*Jane Eyre*, 1847)、『シャーリー』(*Shirley*, 1849)、『ヴィレット』(*Villette*, 1853) などの出発点としての特徴ももっている。したがってこの作品はシャーロットの小説のなかでも重要な位置をしめている。

このようなことを考慮してこの小論では、一・これまでの作品の継続、二・シャーロットの小説の発足の二側面を中心としてこの小説を考察して行きたい。

一　これまでの作品の継続

この小説は序文にあるように、作者がリアルに述べようとつとめた作品なので、「アングリア物語」のような架空的なことは述べられていない。しかし初めて本格的小説に移行した作品でもあるので、「アングリア物語」の人物描写や、手法が多分に残っている。

後に書かれたシャーロットの小説では語り手や主人公が女性であるのに対して、この小説の特徴として先づ挙げられるのは、語り手で主人公が男性だということである。これは「アングリア物語」の手法であると同時に、女性である作者の経験を男性の立場に置くことによって、客観的に眺めなおして見るようと意図されていると思われる。また女性の作品と思われないように、カラー・ベル(Currer Bell)という曖昧なペンネームを用いていることとも関連があると思われる。ギャスケル夫人の『シャーロット・ブロンテの生涯』には次のように述べられている。

個人的に知られることを嫌ってわたしたちは自分自身の名をカラー・ベル、エリス・ベル(Ellis Bell)、アクトン・ベル(Acton Bell)、という名前で隠した。曖昧な名を選んだのは明らかに男性的な洗礼名をとるのはちょっと良心の咎めでできなかったし、女性だと名乗るのは嫌であった。なぜなら——当時はわたしたちの書き方、考え方がいわゆる「女性的」だとは感づきもしなかったけれども——女性作家というものは偏見をもって見られやすいとぼんやりとした印象をもっていたからである。(1)

このようにペンネームとも考え合わせると、男性が語り手で主人公になっていることが理解できる。「アングリア物語」では貴族・英雄などが大活躍をするが、主人公クリムズワースは貴族の血統であり、イートン校を卒業している。しかし父母はなく、孤児であり、生涯を自分で生きぬくように努め、伯父による聖職に就く話を断る男性である。彼は貴族の親類に頼って生きていくことを欲しない。主人公は序文にある「低きにある者は転落を恐れずにすむ」と述べられている生き方をする。
作品ではウェリントン公爵(Duke of Wellington)が偉大な人物として崇拝されており、女主人公のフランセス（Mdlle Frances Evans Henri）は次のように述べている。

「ウォータールーのことをおっしゃっていましたね。ナポレオンにいわせればウェリントンは戦争の法則など無視して頑張り通し、戦術から見ればありえない勝利を収めました。私は彼と同じようにしたいですわ。(2)」

「アングリア物語」でも貴族や英雄が偉大な人物として崇拝されており、ウェリントン公爵もその例として、多くの個所で述べられている。次もそのような例の一つである。

「そうです、ウェリントン公爵閣下です。あなた方が誰だか知りませんが、大将閣下はボナパルトの征服者、ヨーロッパの解放者なのですよ。(3)」

偉大な英雄とは反対に、主人公の兄エドワード・クリムズワース（Edward Crimsworth）は冷酷な性質で、会社に雇った弟に対してさえ冷たい扱いをする。作品のなかでは次のように述べられている。

「一箇の動物として、エドワードはぼくよりはるかに優れていた。彼は肉体的に勝っているのと同様精神的にも優越していれば、ぼくは奴隷ということになる」というのも、この男には自分より弱い存在に対するライオンのような寛大さは期待できなかったからだ。その冷たい貪欲な眼、厳しい無愛想な態度が、彼は容赦しない人間であることを告げていた。(4)

「アングリア物語」にも冷酷な男がよく登場する。次のような人物も一例である。

気質は極悪かつ残忍極まりない。一切の行動を際立たせるのは冷酷かつ暗殺者さながらの残忍さである。物腰は横柄かつ野蛮である。彼の犯す殺戮行為は狂暴この上ないものである。(5)

作品中には詩が三篇挿入されている。この作品を書いていた頃三姉妹は詩稿の準備をしており、一八四六年に詩集を出版した。姉妹は以前から詩を読み、詩作を行っていたようで、「アングリア物語」にもときおり詩が挿入されている。このような方法は「アングリア物語」にも従っているといえるだろう。なお後の作品『ジェイン・エア』と『シャーリー』にも少し詩の挿入がある。

小説のなかで詩は同じ状況のところで三篇挿入されている。最初の詩はクリムズワースが愛している生徒のフランセスを訪ねた時のことである。家に入ると静かで誰もいないように思われたが、立聞きされていることも知らずに古いスコットランド民謡を口ずさむ声が聞かれた。これはウォルター・スコット（Walter Scott, 1771-1832）の詩で一二行でとぎれている。これによってシャーロットが詩をよく読んでいたことがわかる。

次に読まれた詩はフランス語であったが、英語に訳されている、四行一連で五連あり、シャーロットが書いたベルギー時代の詩がそのまま転用されて使われている。従ってシャーロットが先生であるエジェ氏（M. Heger）に対する気持ちが直接述べられていることになる。生徒として先生に感謝し、先生に服し、勤勉である気持ちをもっている一方、先生は自分に対しては愛のために他の誰よりも厳しく矯めたことが述べられている。

三つ目の詩はフランセスに会った後、無理にとりあげたもので前の詩の続きとなっているが、この作品のために書かれた詩である。長い詩で四行一連の詩が二八連も続いている。この詩も自分の経験に基づいたもので、生徒が先生に対して詠んだ詩である。詩に登場する生徒はジェイン（Jane）という名である。その詩は次のような内容を詠っている。すなわち気力が弱ったとき、やさしい先生のために「希望」や「愛」が心を癒してくれる。すっかり健康を取り戻すと先生は厳しくなった。いちばんの難問を割りあてられたが讃められはしなかった。しかしそのなかに秘密の意味を読むことができた。先生から月桂の冠をいただいた。やがて別れねばならない時が来たが、つらくなったときには戻っておいでと言われたという主旨の、生徒から見た先生の深い愛の詩である。このように生徒として先生に対する尊敬の念を、先生の温かい愛情を詩によって切々と訴えている。詩の形で述べられた生徒としての先生に対する愛の表現である。先生としてのクリムズワースは生徒としての彼女の思いを汲みとることができたので、先生としての冷たい態度を溶かしてもよいと次のように考える。

今では内心の白熱を外に見せることが許されている――相手の熱情を尋ね、求め、引き出すことが[6]。ここで彼は先生として生徒のフランセスから次のようなフランス語による答えや問いを引き出すのである。

「先生、とても尊敬申しあげています。」[7]

「ムッシューはよい先生であったと同じくらい、よい夫になれますか?」[8]

「先生は私の一番よいお友達でした」[9]

「あなたの忠実な生徒です。心からあなたを愛する生徒です。」[10]

彼女は次に英語で述べている。

「先生、私は先生と一生を共にすることに同意します。」[11]

クリムズワースはこのようにして詩と、それに続く会話によって、フランセスから愛のこもった問いや答えを引き出すことに成功して、二人はめでたく結ばれることになる。このような方法で先生と生徒の純情な、一途な愛が述べられているところにもこの作品の特徴があるだろう。

以上のようにこの作品には多少の変化は見られるものの、これまでの文学活動の続きと見なすことができるのであろう。

二　シャーロットの小説の発足

シャーロットは『教授』からはじめて、四篇の小説を書いていった。この小説には後の小説に引き継がれているいろいろの側面が含まれている。この小説には後の小説に述べられる萌芽があり、後の作品の方向づけともなっている。ここではその幾つかをとりあげてみたい。

シャーロットの小説ではしばしば人生が旅にたとえられている。この小説の序文にはジョン・バニヤン（John Bunyan, 1628-88）の『天路歴程』（*The Pilgrim's Progress*, 1678-84）について述べられ、「困難の坂」[12]（'The Hill of Difficulty'）や、「低きにある者は転落を恐れずにすむ」[13]という文が引用されている。作品のなかで人々は巡礼の旅をする。主人公のクリムズワースは兄エドワードの工場から出発し、ブリュッセルの学校で教師として苦労をする。これは『天路歴程』の第一部でクリスチャン（Christian）が「滅亡の街」（'City of Destruction'）から出発し、「絶望の泥沼」（'Slough of Despond'）や「虚栄の市」（'Vanity Fair'）で悪戦苦闘するのに譬えられている。クリスチャンが苦しみの後ついに「天の都」

（'Celestial City'）に到達するのと同様に、クリムズワースは最後にはイギリスに帰る。第二部では「滅亡の街」に残っていた妻のクリスティナ（Christina）が四人の息子マシウ（Matthew）、サミュエル（Samuel）、ジェイムズ（James）、ジョウゼフ（Joseph）と隣人マーシー（Mercy）を連れて夫の後を辿る。しかしこの作品では一部と二部が重ねられて同時並行となり、妻のフランセスはブリュッセルで夫とともに苦闘し、四人の息子と隣人の代りに一人息子のヴィクター（Victor）を連れて夫と息子と三人で目的地「天の都」であるイギリスに到達することになる。このように人生を旅に譬える手法は後の小説にも引き継がれている。

『天路歴程』と異なり、その第一部と第二部のテーマが重ねられているのは、主人公クリムズワースと女主人公フランセスがともにシャーロットの分身であり、彼女の経験が二人に分けて述べられているからであり、二人でいっしょに行動することになるのである。二人とも父母はなく、孤児である。シャーロットも幼くして母親を亡くしている。孤児のテーマについては次作『ジェイン・エア』や『ヴィレット』で十分に展開されている。序文で述べられているように、富や高い身分、美しい娘や貴婦人との結婚はよくないとされ、額に汗して働かねばならないというキリスト教信仰に基づく倫理観によって、ウィリアムとフランセスの孤児な苦闘の生涯が描かれている。

『教授』という作品名の通り、この小説の主人公は教授であり、学校と教育が主題になっている。教授という呼び方について、作品のなかには次のような説明がある。

「ここベルギーでは、教授というのは先生のことです。それだけですよ。」(14)

この小説では学校生活が描かれているが、次作『ジェイン・エア』ではローウッドの学校とソーンフィールドの家庭教師の生活が活写され、『ヴィレット』でも学校が重要な舞台となっている。ブロンテ姉妹は学校で学び、教えた経験があり、また成功しなかったとはいえ、学校設立の計画も立てていた。また家庭教師も経験している。従って教育は姉妹にとって重要な課題であって、『教授』においては長年果たせなかった夢が実現したことになっている。同じように妹のアン・ブロンテ（Anne Brontë, 1820-49）も『アグネス・グレイ』（*Agnes Grey*, 1847）においても家庭教師の経験を述べ、学校の設立という果たせなかった夢を作品のなかで実現させている。

シャーロットは生徒として学び、また教師としての経験も積んでいるので、この作品では自分の経験を教師、生徒両方の立場から述べている。ここではシャーロットの実践的な教育方法を作品のなかから汲み取ってみたい。

シャーロットの教育方法は経験によって体得されているので、作品のなかでは大体一貫してその方法が堅持されている。その方法とはただ知識を教え込むだけではなく、各人の才能を引き出すように努めることである。クリムズワースの教育方法を作品のなかから例をあげて見てみたい。

クリムズワースがはじめて教壇に立ったのはブリュッセルのペレ氏（M. Pelet）の男子の学校であった。生徒の多くはフランドル人（Flamands）であり、知能の程度は低かったが、彼は次のように対処した。

努力ということにこれほど向いていない彼らには、最低限の努力しか求めないこと――略――これら非合理で強情な性向の持ち主たちに対しては、いつも優しく、思いやりを持ち、ある点までは向こうに合わせさえしてやること――こういうことが必要なのだ。(15)

ぼくは自分の授業を一番愚かな生徒の最低の水準まで引き下げた――略――だがそこで一言でも無礼な言葉があれば、また少しでも反抗的な動きがあれば、その瞬間にぼくは専制君主に変貌した。(16)

次に授業を受け持つことになったリューテル嬢（Mdlle Reuter）の女子寄宿塾での方法はどうであったか考察してみよう。

彼は女子の生徒には次のように対処した。一例として、教室に行くと最前列に美女の三人組が女王然として他の生徒たちを圧倒して座っていた。少年たちとちがってくすくす笑いや囁き声が聞かれた。書き取りの最中に三人の美女は愚問を発したりして授業の邪魔をしようとした。これに対し、ノートを出させて誤りを指摘したりして、個人ごとに断乎とした態度をとって授業を進めた。そのために彼の教え方は次のような結果となった。

最前列の三人の美人たちは、今ではぼくの一貫した冷たいあしらいによって高慢の鼻をへし折られて、手を静かに膝の上に重ねて姿勢を正していた。彼女たちはもうくすくす笑いやひそひそ話をしなくなり、ぼくのいる前で生意気な口をきく元気もなくなっていた。(17)

女子塾での教育についてのもう一方の面、女主人公でクリムズワースと結婚することになるフランセスに対してどのように教育し、成長させたかその方法を考察してみよう。

彼女は両親はなく孤児であり、正規の教育を受けていない。このような生徒を教育して教養のある淑女に育てあげ、塾長になり、二人でイギリスに帰国することになる成長の過程が述べられている。フランセスはレース編を教えるとともに、英語を習いに女子塾に来ている。彼が英語を読ませると非常に発音が上手だったので、教育によって自信がつけば、教養ある淑女になれるだろうと思った。

作文の課題を出したが、比較できないような出来栄えの文を書いたので、誤りを指摘して次のように述べて励ました。

「神様と自然があなたに授けた能力を磨きなさい。そして苦悩に襲われ不正に圧迫されたような時には、自分の才能が稀な力を持っていると自覚して、そこから恐れることなく十分な慰めを汲み取りなさい。(18)」

彼女は欠点も意識していたが、いいところを汲み取って行った。彼は個人的に話し、厳しいことも言って学力を伸ばすよう努めた。ありきたりの課題に限定せず、文学の教育をして読書を課した。そのため彼女はたちまち変身し、学校でも新しい地位を固めた。教育方法の利点により彼女の教師としての態度も変わった。彼女の才能が全員に知れわたったために彼女は学校から解任されてしまったのである。

彼女は姿を消したが、彼女は生徒であるとともに恋人になっていた。彼がやっと彼女を見つけて、彼女の家を訪ねたとき愛の言葉を引き出すことができた。ここでウィリアムは彼女からイギリスへ行く希望を聞く。彼女はブリュッセル第一のイギリス人学校でフランス語で地理、歴史、文法、作文などを教える教師となる。やがて二人は結婚し、彼女はブリュッセルでもっとも評判の高い教育施設の一つといわれる学校を設立し、塾長になり、生徒から尊敬され慕われた。彼はこのようにして彼女を成長させ、一〇年後二人はイギリスに帰って行った。

この小説には後の作品にも引き継がれるテーマの一つ、女性の自立、男女の平等が盛り込まれている。結婚した後も女性は男性に頼らず、共に職をもって働かねばならないという現代にも通じる当時としては新しい考え方を作者は抱いていた。このことはフランセスによって述べられているので引用したい。

「そうすれば私たち二人で同じ職業につくことになります。それがいいわ。そうすればわたしも

"I noiselessly lifted a little vase and slipped the money under it"

ウィリアム・クリムズワースとフランセス・アンリ
アーサー・H・バックランド画

あなたと同じように、成功にむかって自由に努力できるでしょう」[19]

「わたしがあなたに厄介をかけてはいけませんもの――どんな点でもあなたの重荷になってはいけないわ」[20]

「わたしが職を捨てることをおっしゃっていましたわね。おお、だめです！　私はそれを放しませんわ」[21]

「わたしは何かの形で活動しなければいけません。あなたと一緒です。わたしは知っています、ムッシュー、楽しむためにだけ一緒にいるような人たちは、共に働き、たぶん苦しむような人たちに比べるなら、本当にお互いに好きになることも、それからお互いに尊敬し合うことも決してないんです。」[22]

この小説はブリュッセルを追憶して、イギリスで書かれたものであるが、異郷にあって祖国、郷土への思いが底に流れている。また後のシャーロットの小説にも流れている、郷土であるイギリスに対する愛国心について考察してみたい。

イギリスへの愛着はフランセスが母方の祖先の国イギリスへ行きたいという強い願望によくあらわ

れている。イギリスはフランセスにとっては約束の地カナン（Canaan）なのである。

「お金をためて海峡を渡るのです。わたしはいつもイギリスをわたしのカナンの地だと思っていました。[23]」

「イギリスに行って暮します。そこでフランス語を教えます」彼女はこれを力をこめて発音した。彼女が「イギリス」と言ったとき、それはモーゼの時代のイスラエルびとがカナンと言ったであろうような風であった。[24]」

フランセスはイギリスへ行く目的について次のように述べている。

「イギリスは他とはくらべものにならない国だと聞きました。本にもそう書いてあります。イギリスについてぼんやりした考えしかもっていないので、わたしはその考えをはっきりと、明確にするためそこへ行きます。[25]」

この小説にはもう一つ、宗教的テーマと国民性が盛り込まれている。女子塾でのイギリス人の生徒のなかには、大陸にいるイギリス人の娘とイギリスから来たイギリス娘がおり、大陸にいる娘については、親が負債か不行跡のため故国を追われ、娘たちはプロテスタントの教育を受けることができず、カトリックの学校をかえながら、貧弱な教育を受け、悪習を身につけている様子が描かれている。これに反しイギリスから来たイギリス娘はプロテスタントの教育を受け、知的であり、節度と品位がある。同じイギリス娘でも、イギリスで育った方がすぐれていることが述べられて、宗教についてもイギリスのプロテスタントを褒めている。このことについてフランセスは述べている。

「わたしはもう一度プロテスタントの人々と暮らしたくて仕方ないのです。プロテスタントはカトリックより正直です。ローマ教の学校の建物は壁に穴があり、床は空ろで、天井はニセ物なのです。この塾のどの部屋にも、ムッシュー、覗き穴や立ち聞きの穴があります。建物がそうならその住人も同じで、少しも信用なりません。(26)」

イギリス人と対照的にペレ氏の学校にはフランドル人がいる。二人のベルギー人の助教師はフランドル人であり、土地の原住民であるが、ペレ氏には軽蔑されていた。生徒たちもフランドル人が多数を占めていたが、全般に知的能力は低く、動物的本能は強いので、クリムズワースはそれに応じた教え方をした。またフランス人についても述べられている。

彼は骨の髄までフランス人であって、自然は彼の性格の成分を調合するにあたって獰猛という国

民的特質を入れるのを忘れていなかったのだ。(27)

しかし反面イギリスのいろいろの悪い面もハンズデン（Yorke Hunsden）によって述べられている。次にその一例を引用してみよう。

別にロンドンでは生活必需品の値段がずっと高いとか、税金が余計に取られるとかいう理由からではなく、ひとえにイギリス人が神の大地の上のあらゆる国民にまさって愚行に捉われ、イタリア人が司祭の、フランス人が虚栄の、ロシア人がツァーの、ドイツ人が黒ビールの奴隷であるのに比べてもはるかに卑屈な奴隷、すなわち世間体や、外見をつくろいたいという欲望の奴隷となっているからである。(28)

この他にもハンズデンは多くのイギリス批判をしている。しかし欠点をも含めて祖国イギリスへの愛を作品から汲み取ることができる。

おわりに

シャーロットの最初の本格的小説として『教授』のいろいろな特徴を見ながら考察してきた。先に述べたように、この作品はこれまでの文学活動の続きが見られるとともに、以後の作品の方向づけも行っている。シャーロットの文学作品の特徴が作品のなかに集約されているのである。
またこの作品はブロンテ姉妹の作品としての姉妹に共通した面ももっている。三姉妹ははじめ匿名でそれぞれの小説を書いた。しかし最初、作品は一人の男性が書いたものと思われていた。ギャスケル夫人の『シャーロット・ブロンテの生涯』に述べられている。

匿名で小説を出版することに伴うジレンマが姉妹のうえに増大しつつあった。多くの批評家は三人のベルの作品として出版されたすべての小説が、一人の作家の作品で、ただ彼の成長と成熟のそれぞれ異なった時期に書かれたものにすぎないと信じてやまなかった。(29)

このように三姉妹の作品は読者から見れば、一人の作品と思われるほど共通した面が幾つもある。二、三の共通点をあげてみたい。フランセスの願っていたカナンの地、すなわち帰国して住んだところは次のように述べられる。

工場の煙もまだこの緑を汚していず、川はまだ清らかな流れのままで、大きく起伏する丘陵はいまだに羊歯に覆われた谷間に原初の野生の自然を蔵している――自然の苔、早蕨、ブルーベリーの花、葦とヒースの香り、のびやかで清々しい微風がそこにある。(30)

このような自然は『嵐が丘』（*Wuthering Heights*, 1847）や『アグネス・グレイ』の自然でもある。自然への愛はまた動物愛ともなる。狂犬病の犬に噛まれた愛犬をクリムズワースが射殺するのは、『アグネス・グレイ』において家庭教師の家で子供にいじめられる鳥をアグネスが殺したこととも重なっているだろう。

女性の自立の問題も『アグネス・グレイ』と共通している。教育についても、学校設立についても、教師や家庭教師などをしながら姉妹はともに考え、働いたのである。シャーロットもアンも教育についての小説を書いた。エミリの『嵐が丘』においてさえ、ヒースクリフ（Heathcliff）が姿をくらましていた間、何らかの方法で教育を受けていたことがそれとなく示唆される。

以上考察してきたように、『教授』はシャーロットの最初の小説として、いろいろな面から見て、彼女の作品のなかで重要な小説であるといえるであろう。

テクスト

The Shakespeare Head Press（Kinokuniya, 1989）*The Professor, The Miscellaneous and Unpublished Writings of Charlotte and Patrick Branwell Brontë*, Vols. 1, & 2. *The Life of Charlotte Brontë*（John Grant, 1924）引用文の訳は「ブロンテ全集第1巻、第11巻、第12巻」（みすず書房一九九五・七年）を使用させて頂いた。

[注]

（1） Elizabeth Gaskell, *The Life of Charlotte Brontë*（John Grant, 1924）, p.265.

（2） Charlotte Brontë, *The Professor*（The Shakespeare Head Press, Kinokuniya, 1989）, p.225.

（3） *The Miscellaneous and Unpublished Writings of Charlotte and Patrick Branwell Brontë, Vol. 1*（The Shakespeare Head Press, Kinokuniya, 1989）, p.12.

（4） *The Professor*, p.234.

（5） 都留信夫他訳『アングリア物語』（みすず書房一九九七）, p.3

（6） *The Professor*, p.234.

（7） *ibid.*, p.235.

（8） *ibid.*, p.236.

（9） *ibid.*, p.236.

（10） *ibid.*, p.236.

（11） *ibid.*, p.236.

（12） *ibid.*, Preface.

（13） *ibid.*, Preface.

（14） *ibid.*, p.59.

（15） *ibid.*, p.67.

（16） *ibid.*, p.67.

（17） *ibid.*, p.122.

（18） *ibid.*, pp.141-2.

（19）*ibid.*, p.237.
（20）*ibid.*, p.237.
（21）*ibid.*, p.238.
（22）*ibid.*, pp.238-9.
（23）*ibid.*, p.185.
（24）*ibid.*, p.148.
（25）*ibid.*, p.149.
（26）*ibid.*, p.151.
（27）*ibid.*, p.194.
（28）*ibid.*, p.204.
（29）*The Life of Charlotte Brontë*, p.325.
（30）*ibid.*, p.272.

第七章 『教授』――現実と夢――

八十木裕幸

シャーロット・ブロンテ（Charlotte Brontë, 1816-55）の最初の作品『教授』（*The Professor* 1844-46 に脱稿）を三視点に絞って論ずることにする。つまりリアリズム、ロマンティシズム、フェミニズムの側面からである。副題の「現実」とはリアリズムの世界を含意し、「夢」とはロマンティシズムからフェミニズムの世界への幹流を大意とする。この『教授』は「書き出しは弱く全体的に出来事とか魅力ある事に不足しているとシャーロットが言った」(1)にせよ「彼女の他の三作品に登場するような非合理的要素はない」(2)。つまり自分の意のままに小説にしたことを意味し、彼女の作品の基調を知るうえで重要である。しかもエジェ氏（Monsieur Heger）への恋がブリュッセル（Brussels）を離れてもさめやらず悩み、「愛されていないのだろうか――わたしは愛しているのに、わたしは深い悲しみに囚われ――希望もない、この虚しさをわかっていても――深い悲しみは消え去らない、無駄と分かっていても喜びを求め夢みてしまう」(3)という一八三七年に書かれた詩を思い起こさせる精神状態のなかで書かれた小説であると思える。

第一はリアリズムの側面であるが、一九世紀からの範疇的名銘からすると、あるがままの実体を実際的に写実的に描写することであり、平凡な日々の生活の側面を彩色することなく、これこそ現実だという正真正銘の印象を与えるように記述することを意味する。この時代の代表的写実作家はジェイン・オースティン（Jane Austen, 1775-1817）であり、きわめて狭い領域の日常生活や人物を的確に詳細に描写し、経験した題材をとりあげた。批評家ルイス（George Henry Lewes, 1817-78）は一八四八年シャーロットにオースティンを推奨したのだが、それに対してシャーロットは「整頓され範疇に納まっている。思い削がれて小型化してしまうを容認できない」(4)と返答した。しかしリアリズムを意識して草稿するということが『教授』の序文(5)で記されているのは、エジェ氏に影響されたためである。(6)

第二はロマンティシズムの側面である。刺激的な出来事や理想を追い求め満たそうとして想像力をもって描くことであろうが、シャーロットの時代の代表的ロマン主義作家はウォルター・スコット（Sir Walter Scott, 1771-1832）であり、シャーロットは強い影響を受けたと言われている。『教授』のなかにスコットの言葉が引用されていることからもその影響を知ることができる。彼は豊かな想像力と詳細な背景描写によってロマンスとリアリズムを巧みに結合させ、詩情豊かな郷土小説や歴史小説を著述した。シャーロットは実体験を題材として登場人物の主要な部分をあくまでもロマンチックなものとして描き、不随的な部分に実在の人物の特徴を重ねるという手法をとったのである。

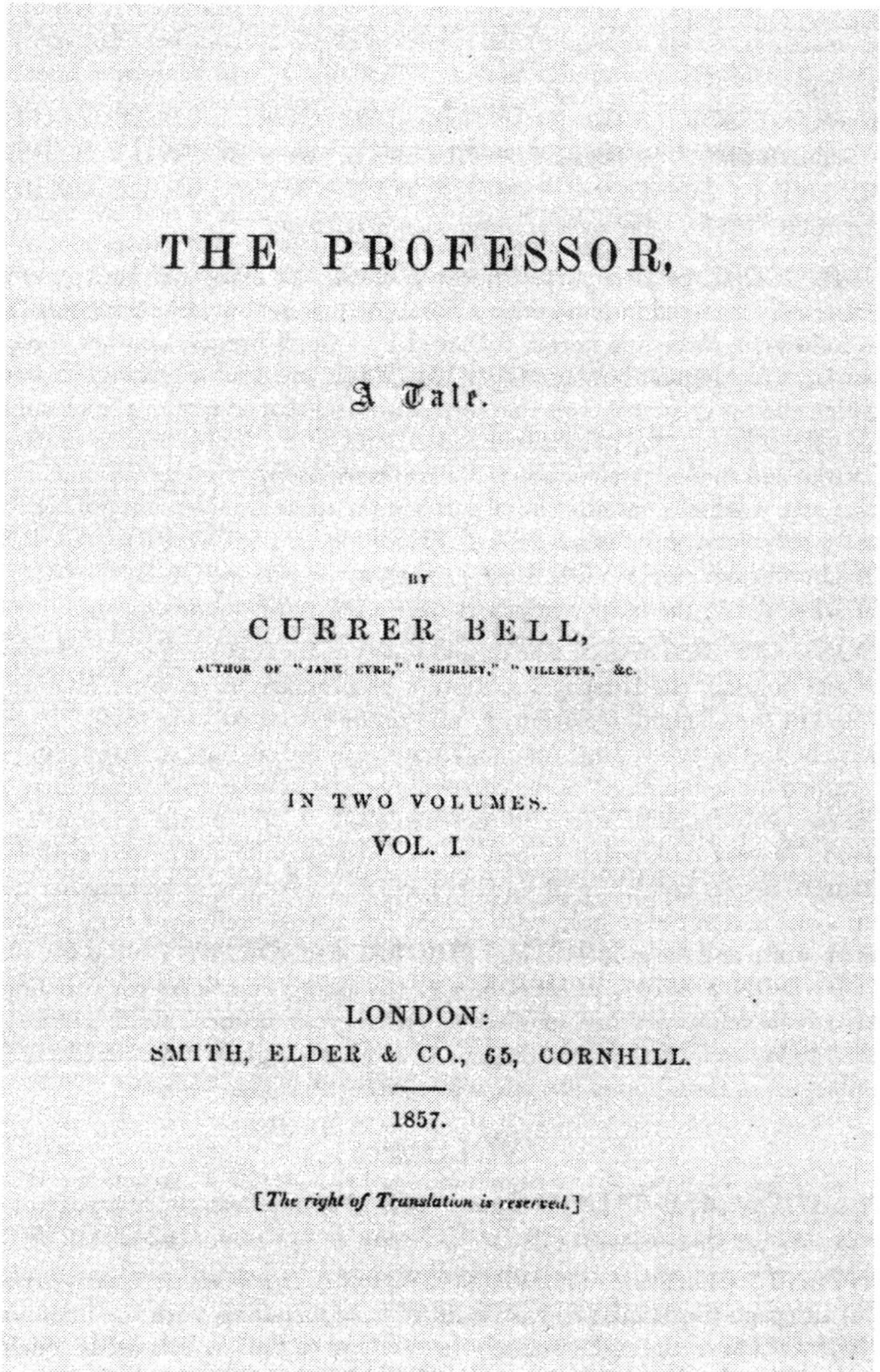

THE PROFESSOR,

A Tale.

BY

CURRER BELL,

AUTHOR OF "JANE EYRE," "SHIRLEY," "VILLETTE," &C.

IN TWO VOLUMES.

VOL. I.

LONDON:

SMITH, ELDER & CO., 65, CORNHILL.

1857.

[*The right of Translation is reserved.*]

『教授』初版タイトルページ

第三はフェミニズムの側面である。シャーロットはミルトン（John Milton, 1608-74）の作品を熱心に読んだと言われている。このことも「教授」のなかに時折見せる『失楽園』からの引用があることから窺い知ることができる。「人間は男女の差を越えて、魂と自由意思をもった存在であるゆえに、神の前で平等である。というミルトンの考え方ー男女平等思想は、まさにブロンテに意識的に受け継がれたものであった」(7)という。自分の強固な意志をもち、意見を表明し、男性中心の社会であることを意識しながらも、従順に夫に従うのではなく、夫とともに歩むことを、自分の意志で決定し自己実現をめざすことで、自由の覚醒をはかったと思える。このことはフランセス（Frances Henri）の結婚後の言行からも明らかであり、そこから彼女の女性としての自己確立の主張を読み取ることができる。

舞台はロンドンから離れたイギリスの工場地帯にある兄エドワード（Edward Crimsworth）の工場に雇ってもらった弟ウィリアム（William Crimsworth）が、兄の冷淡さと酷使と横暴さと誤解によって解雇される。そこで知人の紹介でブリュッセル（Brussels）に渡り、男寄宿学校の英語教師になり、さらに能力を認められて隣の女寄宿学校でも教えることになる。その彼のクラスに、その学校でレース直しを教えている助教師でイギリス人との混血である清新なヒロインのフランセスが英語を勉強したいということで彼の授業を受けることになり、次第に彼女への個人指導に情熱を注ぐようになる。その結果、彼女はすばらしい能力を発揮し、彼女自身の人間性までもが変わっていく。その指導に嫉妬し機嫌を損ねた女校長ゾライード（Mille Zoraide）女史がフランセスを退学させる。育んだ宝物を奪われたウィリアムは校長の表裏の欺瞞さを知り辞職する。その後校長ゾライード女史と男寄宿学校長ペレ氏（M.Pelet）が結婚することになる。ペレ氏のところに居たウィリアムは、このままではいずれゾライードの偽善と好色の煩悩に悩まされることになるだろうし、また他の下宿で生活するには給料もさほど上がらず苦しい生活を余儀なくされるだろうと測し、両人への人間不信もあり、その男性寄宿学校も辞職する。一カ月探しまわってようやくフランセスに出会うことができ、お互い欠かせない存在であることを認識し、急速に愛を育むようになる。フランセスは幸運にもフランス語教師の職に就き、ウィリアムも高等学校で英語を教えることになる。二人の生活基盤ができたことでウィリアムが求婚し結婚する。フランセスは自立のために仕事を続けるが満足できず、さらにやりがいを求めて自分の学校を設立する。ウィリアムも協力援助し大成功する。二人は一〇年間懸命に働き一生困らないだけ蓄財する。この間に息子ヴィクター（Victor）も生まれ育ち、フランセスの夢であったカナンの地（Canaan）、つまりウィリアムの生れ故郷であるイギリスに帰る。何かと手を差し伸べてくれた恩人ハンスデン（H.Y. Hunsden）が隣に住み、親しく交際を続けながら幸せな生活を送る。

（二）リアリズムの側面

シャーロットは『教授』を著す際に以前詩集を発行した時に用いた——性別が不明なカラー・ベル（Currer Bell）という筆名をふたたび使用した。そして『教授』をリアリスティクな作品に仕上げるために、『教授』の序文のなかで次のように記述している。「これを書いたペンは何年もの間の練習で相当にすり減っていたのだ。私が『教授』を書きはじめる前は何も発表していなかったのは事実であるが——しかし多くの不器用な試みに手をつけていて、それらは書き上げる側から破り棄てられるものだった。こうする間に私はかってもっていたかもしれないような、飾り立てた冗長な文章への好みを捨て、質素で地味なものこそ好むようになったのだ」[8]。第一章の最後の部分にも同じ意図を示す次のような文章がある。「…ぼくの話は何も胸躍るようなものではないし、それに何も不可思議なことなど起こらない。しかしぼくと同じ仕事で苦労した何人かの人びとの興味を惹くかもしれない。彼らはぼくの経験の中に何度も自分たちの経験の反映を見ることだろう」[9]。つまりシャーロットと弟ブランウエル（Branwell）が大人になっても空想の世界を享受してその世界を描いた「アングリア物語」(Angria) のロマンスから意識的に脱却し、リアリズムに立脚して書きあげようとしたのである。つまり作者自身の体験に基づく作品を描くことによって真実のもつ特性に訴えようとした。第一九章の書き出しでは、感情を抑制し現実世界を見据えることの必要性を説いている。「小説家たるものは何があろうと現実生活の研究に倦んだりしてはならない。もしこの義務を良心的に果たしていれば、彼らは派手な光と影の対照で隈取られた人生図をあれほど描かなくなるだろう。…」[10]

　このようにシャーロットはブリュッセルの体験を中心に、できるだけ冷静で客観的に小説に描きこもうとした。多くの人たちが指摘しているように兄エドワードの工場をはじめて見たときの描写[11]。ウィリアムが兄の工場をやめることを決心し散歩にでかけたグローブ通りの風景[12]。第七章に登場する風景[13]。ウィリアムが授業で初めてフランセスを目にし彼女が着席した場寄宿舎の位置。教室[14]その周辺描写[15]。

所はブロンテ姉妹がよく座った場所だといわれ[16]、ウィリアムがフランセスを探し周りようやく再会できたプロテスタン墓地はシャーロットの親友のメアリ・テイラーの妹マーサ（Martha Taylor, 1819-42）が埋葬された場所だといわれている[17]。女寄宿学校長ゾライード女史とエジェ夫人（Madame Heger）の酷似[18]。ウィリアムとエジェ氏（Monsieur Heger）の人間的特徴と職場での立場の酷似[19]。女生徒たちの人物像や「この三つの絵は実物をモデルに描いたものである」[20]など、多くの実体験が場面に取入られている。特に詳細な背景描写が多々用いられているが、その一部を取り出すと次のような箇所がある。主人公ウィリアムがイギリスの兄の工場での事務をやめ、知人ハンズデンからの紹介状を携えてベルギーのブリュッセルの彼の知人ブラウン氏（Brown）に会い、教授の仕事を紹介してもらい、うれしさを抱いて通りに出たとき目にした光景は、シャーロットが学んだエジェ氏の学校周辺の様子であると言われている。「きらきらと澄み切った空気、深い青色の空、白塗りや白塗りの家々の明るく清潔な風情などが初めて目に入った。ロワイヤル通り（Rue Royale）にはりっぱな家が並んでいることもわかった。そしてその広い舗道をゆっくり歩きながら、ぼくはそれらの広壮なお屋敷を次々と目に収めて行ったが、そのうちに公園の鉄柵や門や樹木が見えて来て…そこから一筋の狭い裏通り（後にイザベル通り（Rue d'Isabelle）と呼ばれていることを知った）を見下ろした。…」[21]とある。またフランセスの部屋の様子[22]。フランセスの家からの帰り道の状況[23]。イギリスの生れ故郷に構えた自分たちの家の周囲の様子[24]なども写実的に描かれている。リアリスティックな描写にロマンティックな要素を含めて人間の印象を語る場面もある。第一四章でウィリアムは彼が授業中の瞬時に感じたフランセスの印象を次のように述べている。シャーロット自身のことであろう。「ほっそりした姿は一七歳あたりにふさわしいかもしれない。しかし顔にうかんだ何となく不安げで物思いに耽っているような表情は、もっと年上である標とも思われる。彼女はみんなと同様地味なウールの服に白いカラーを付けていた。顔立ちは教室の誰とも似ていない—それほど丸顔でなく、くっきりしていたが、しかし整っているとも言えない。頭の形も違っていて、上半分が人並み以上に広がっており、下の方はかなり狭かった。ぼくは一目見ただけで、彼女はベルギー人ではないと確信した。肌の色、表情、目鼻立ち、体型、すべてが彼らとははっきり異なっており、明らかに別の民族のタイプ—豊かな肉体と血の活力にそれほど恵まれぬ、それほど陽気、物質的、無思慮という性質を持ち合わせない民族のタイプである」(25)。兄エドワードと同じ地域にある工場主のハンズデンが、ウィリアムを通りすがりに家に招待してくれたとき、コーヒーを飲みながら彼を観察する様子(26)。ブリュッセルの男性寄宿学校の校長ペレ氏に会った初対面の印象(27)。女教師と女生徒のはじめての印象(28)。女寄宿学校で目立つ三人の女生徒の印象を語るペレ氏(29)。クラスの成績発表をしたときの女生徒の様子(30)。ウィリアムの指導でフランセスの英語が上達し、人間性までもが変わっていく様子(31)。男性寄宿学校を退職することに決心するときの様子(32)。ハンズデンがウィリアムを訪れて来たときの様子(33)。フランセスとウィリアムの一人息子ヴィクター（Victor）の人間的特徴(34)などを挙げることができる。『教授』のなかに取り上げられている手紙、作文、詩などにも写実的側面がある。フランセスが学校を退学させられ、姿を現さなくなったある日、ウィリアムに彼女から感謝の手紙が届くのだが、その手紙の内容(35)。ハンズデンが訪ねてくるという手紙(36)。英作文の課題としてウィリアムに提出したフランセスの才能豊かさを秘めたすばらしい作文の内容。[37] ウィリアムの指導によりますます英語の才能が伸び彼女の作文をクラスの生徒に聞かせたとき、そのすばらしさに生徒が賛辞をおくった作文の内容。[38] ウィリアムがフランセスの部屋を訪ねたとき、フランセスが一人ひっそりと口ずさんでいた詩。それはウォルター・スコットの詩とフランセス自身が作った詩であり、紙に書いて置かれていた。フランセスがウィリアムと出会って尊敬から愛情へかわり、フランセスの夢であるイギリスへ一人旅立つまでを歌った独白の詩。[39] 言い換えればシャーロットがエジェ氏と出会ってから別離までの詩であり、心底から彼を愛し手を差し伸べられるのを待ち望んでいる切ない思いの詩である。一時的に憂鬱症にかかったときのこと。[40] これはシャーロットがハワース（Haworth）に帰り、エジェ氏の返信を待ち焦がれている様子に似ている。結婚式当日のフランセスの透きとおるような白衣に身を包んだ清楚な衣裳[41]など、さまざまな場面を抽出することができる。自然の情景や人間観察描写はリアリスティックであるが、手紙、作文、詩の独白、花嫁衣装などはリアリズムを追い求めた情熱の表現といえる。

（二）ロマンティシズムの側面

『教授』の序文に次のような表現がある。「しかしその後に起こったことから、私は出版社というものが大体においてこうしたやり方をあまり好まないことを知った。彼らはもっと想像豊で詩的なもの―高揚した空想や、人びととの哀愁への好みや、もっと美しい、世間離れした―そういう感情をもっと調和した作品を読みたかったのである。実際ものを書く人間が原稿を売りこもうとしてみるまでは、彼は一体どれほどのロマンスと感受性の宝が、そんなものを隠しているとは夢にも思えない人々の胸に隠れているか、まったくわからないのである。実業人たちは一般に現実的なものを好むと思われているが、試してみるとこの考えが誤りとわかることがしばしばである—途方もない、すばらしい、胸を躍らせるようなこと—不思議と驚異と恐怖への熱烈な愛が、表面は真面目で落ち着いて見えるいろいろな人の魂を揺さぶっているのだ」(42)。

次の詩はウィリアムがフランセスの部屋を訪れたとき、彼女がひとり自分の部屋で口ずさんでいるのを戸口で耳にし、さらに彼女の部屋に入ってノートに書かれた彼女の詩を机の上にみつけ、とがめる彼女からうばいとるようにして読んだ詩の最後の部分である。ウィリアムに今まで受けた愛情溢れる恩恵に感謝し、これから別れを告げてカナンの国イギリスへ旅たとうとするときの切ない詩である。シャーロットがブリュッセルを去るにあたって自分の恋心をエジェ氏に知ってもらい、もう一度私の方を向いて欲しいという恋心が伝わってくる。シャーロットの離別という真実と、こうあって欲しいというロマンティシズムに心を馳せた狭間の詩と言えるだろう。つまり「シャーロットは体験とアングリアで培われた想像の世界を思い、それを自在に取り入れた」(43)のである。

・・・

急げという声、彼は行きなさいと言った
　そして次にわたしをぐいと引き戻した

彼はわたしをかたく抱いて、低くささやいた—
「彼らはなぜ私たちをわけるんだ、ジェイン？
きみはわたしに見守られて幸福でなかったか？
わたしは忠実でなかっただろうか？
愛しい娘よ、他の人間が同じほど
真実な、深い愛をきみに抱くだろうか？

神よ、わたしの養い子を見守りたまえ
おおこの優しい頭を守りたまえ！
風が荒れ、嵐が狂う時
この子のまわりに保護をめぐらせたまえ！

彼らがまた呼んでいる。わたしの胸をはなれなさい
ジェイン、きみの真の避難場所を去りなさい
しかし欺かれ、追われ、虐げられた時には
またわたしのもとに戻っておいで！」(44)

兄エドワードの工場で働いたのだがあまりの冷遇に耐えかね退職し、知人の紹介状を持ってベルギーに渡り、初めての異国の光景を目にしたときさまざまな思いがウィリアムの頭をかけめぐる。今までの惨めな人生と飛び出せなかった別世界への憧れを胸に抱いて「生まれて初めて腕の中に自由を抱擁し」[45]これからの人生に希望と期待を抱く瞬間である。ウィリアムは風邪を引き体調が悪かったが授業に行き、校長ゾライード女史がとても心配し優しく親切にしてくれる。それは好意に満ちた情熱があり、非常に愛情をもった眼差しで彼の方を見る。ウィリアムは彼女の手を敬意を込めてやさしく握りしめ感謝を示さずにはいられない[46]。その日の放課後二人はそれとなく庭にでる。今まさに恋に落ちようとしている[47]。この場面は自然を背景に人間の心の高揚とうまく呼応している。いとおしいフランセスを学校で見かけなくなって一ヵ月が過ぎ、探すのを諦めかけ、何げなく引き込まれるように入ったルーヴァング門外、プロテスタント墓地（The Protestant Cemetery, outside the gate of Louvain）で彼女を見付けたとき、彼女を「思慮と先見、勤勉と忍耐、自己犠牲と自己抑制を体現している存在」であり「真実と名誉、自立と良心の模範」であると同時に「優しさの泉、静かであるとともに温かい、無尽蔵であるとともに純粋な自然の感情、自然の情熱…のもの言わぬ所有者」[48]であることを確信する。それはまさにフランセスへの愛の確かな手応えである。まさにロマンティシズムの創造と言えよう。そして次のように言う。「ぼくは手をそっと彼女の肩に置いた――…驚きが彼女の瞳を丸くし、ぼくの顔に視線をあげさせるより早く、認識が表情豊かな光でその瞳を満たしたのである。…力強い喜びの感情が明るく暖かく彼女の顔中に拡がった。…それは夏の夕立の後に輝き出る夏の太陽だった。…ぼくはその眼の光を心の底から愛した。…その音声を愛した—『わたしの先生！　わたしの先生！』…親もなくそこに立っている彼女を愛した。…ぼくにとっては宝のような女性—ぼくと同じ考え、ぼくと同じ感情を感じる、この世におけるぼくの最良の共感の対象、ぼくの愛の収穫を納める理想の神殿。…そして彼女の腕を取って墓地の外へと彼女を導いて行った時、ぼくは自分がもう一つのべつの感情、信頼と同じほど強く、尊敬と同じほど揺るぎない、そしてその両者よりもさらに熱烈な感情を抱いていることを感じた—それは愛の感情だった」(49)。ウィリアムがゾライード女史とペレ氏の寄宿学校をやめて職探しに奔走し「敗北つぐ敗北」をかさねていたが、ようやくヴァンデンフーテン氏(M.Vandenhuten)の紹介と強力な推薦でブリュッセルの高等学校の英語教授に採用されることになったとき、彼は喜びを露わにして彼に礼を言う(50)。職が決まりフランセスと生活できるだけの資力ができ結婚を申し込める状況になったからであり、歓喜そのものである。ウィリアムは彼女の独り言の詩を耳にし、さらにノートに書かれた詩を読んだとき、彼の心は和らぎ自分の心情をせきらに吐露し、相手の熱情を尋ね求め引き出したく、幸福を満たそうとする自分の感情を抑制することはできない。『『フランセス、きみはぼくの妻になってもよいというほど—ぼくを夫として受け入れてもよいというほど—ぼくを思ってくれているだろうか？』』ぼくは彼女の心臓が高鳴るのを感じた。『愛の紫の光』が彼女の頬に、額に、首に、熱く映えるのを見た。ぼくは彼女の眼の表情を探ろうとしたが、睫毛と瞼がそれを遮って立ち入りを禁じていた。…『ムッシュはよい先生であったと同じくらい、よい夫になれますか？』『努力するよ、フランセス』…『先生は、いつもわたしを幸福にしてくださいました。わたしは先生のお話を聞くのが好きです。先生のお顔をみるのが好きです。先生の側にいるのが好きです。先生はとてもよい、りっぱな方だと思います。先生がいいかげんな人や怠ける人に厳しいのは知っていますけれど、熱心に話を聞く人や勤勉な人には、たとえ頭は悪くても、とても親切でいらっしゃいます。先生、わたしは喜んでいつまでもごいっしょに暮らします』…『先生、わたしは先生と一生を共にすることに同意します』[51]。まさにメロドラマ的なロマンティシズムである。

(三) フェミニズムの側面

フランセスは結婚するにあたってウィリアムに「わたしは、もちろん教える仕事を続けたいということです。…二人が同じ職業につくことになります。…わたしがあなたに厄介をかけてはいけませんもの――どんな点でもあなたの重荷になってはいけないわ」と自分の意志を明確に述べる。これに対してウィリアムは「男にとって自分の愛するものを養うこと――神が野のユリにしたもうように食を与え、衣服を与えるということには、自らの力を感じさせ、自らの正当な誇りにかなうような何物かがある」と考え、さらに自分の給料だけで十分暮らして行けるという。つまり女性軽視、男権優位の思想が見え隠れしている。そこで次のようなやりとりがある。「きみに休息を与えるという幸せをぼくに味あわせてくれたらいい」[52]。「結婚してあなたに養われるなんて考えてごらんなさい、ムッシュー、そんなことはできません。それに毎日がとてもとても退屈になるに決まっていますわ！　あなたは朝から晩までお留守で、狭く騒々しい教室で教えていらっしゃる。そしてわたしはひとりぼっちですることもなく家にとり残されるでしょう。そうすればわたしは憂欝で怒りっぽくなり、あなたはじきにわたしに飽きてしまうでしょう…わたしはなんらかの形で活動しなければなりません。あなたといっしょにです。わたしは知っています、ムッシュー、楽しむためにだけいっしょにいるような人たちは、共に働き、たぶん共に苦しむような人たちに比べるなら、ほんとうに好きになることも、それからお互いに尊敬し合うことも決してないんです」(53)。シャーロットはミルトンの思想の底流にある男女平等思想を享受したことによって、また幼い頃の苦しみから培われた自立心によって自分自身の意思を明確に確信を持って表明している。夫とともに共通の喜びを味わうべきだということをこの小説のなかで浮き彫りにしている。夫と比較して収入が少ないことに不満を持ち、もっとましなことをするという(54)。資力もできたころ、フランセスは自分の学校を建てたいと言い、活動的で興味深い役に立つ仕事を求める(55)。「強い意志、行動力、積極性がしっかりと落ち着いた葉群、詩的感情と熱意に包まれている姿」(56)。「いつもすべてにおいてぼくを主人として立てるのが彼女の意向であった」(57)。「家にかえると女校長先生はぼくの眼前から消え失せ、ぼくの小さなレース直しの娘フランセス・フランセスが魔法のようにぼくの腕の中にもどってくるのだ」(58)。「ムッシュー！　もしも妻の本性が結婚した男の性質を嫉み嫌うば、結婚とは奴隷状態になるほかありません。奴隷制はすべて正しい考えの人間が憎悪します。そして反抗の代償が拷問だったとしても、その危険を冒さなければなりません。自由へのただ一つの道が死の門を通っているとしても、その門を通らなければなりません。自由は欠かせないものです」(59)。シャーロットの強靱な意志の強さを感じる。「わたしには運命が自分に与えるすべての苦しみを生きぬくだけの勇気と、最後まで正義と自由を求めて闘うだけの信念が与えられていると思います」[60]。『彼は名誉ある、心から愛すべき――』…声が途切れ眼が潤んだ。…彼女は両腕でぼくに抱きつくと、激しい熱意をこめてぼくを胸に押しつけた。…彼女の表情と動作はまるで霊感のようにぼくを打った…」[61]。フランセスは生涯最後までウィリアムを「ムッシュー!」と呼び通す。シャーロットのエジェ氏に対する敬愛の心情であろう。

シャーロットは『教授』の中に実体験を題材として、リアリスティックに絵画的詳細さを取り入れたが、主要テーマであるブリュッセルでの恋に目を向けたとき、実存する人たちをそのまま名指しで描くことは許されなかった。そこでシャーロット自身をヒロインのフランセスに投影し、エジェ氏をウィリアムとし、そのウィリアムの動きにシャーロットの実体験を上乗せし、エジェ夫人を女寄宿学校長ゾライード女史にすりかえ、実際の隣の男寄宿学校長をペレ校長にしたて、男性ウィリアムを語り部としながらも女性であるシャーロット自身が登場人物すべてのことを直接語るという一人称小説に仕上げたのである。つまり客観的ではなく、一方的主観的立場から執筆したのである。シャーロットはルイスに宛てた手紙の中で「心のおもむくままに事実と真実を取り入れ、想像力を抑制しロマンスをさけ、興奮を抑え、明るい色合いをさけ、穏やかな落ち着いた事実に基づいた事柄を描くつもりです」[62]ということであったが、シャーロットがブリュッセル体験を主要テーマにして芸術化しようとしたとき、リアリズムだけでは限界があり、ロマンス的要素をふんだんに盛り込まなければ体験の神髄を伝えることができず、そのために夢や憧れや喜びや直接的感情を造形し震撼させる部分を創造しなければならなかったのである。『教授』はシャーロットの理性と道徳感、空想力と情熱という面を特徴としているが、『教授』を通して自分の果たせなかった恋の実現のために想像し、幼いときからの自立への願望を求め、内的生活を中心に事実を踏まえ、激しい情熱を表白しようとしたのである。写実的描写が多いが、この描写は外面的な情景に多く、他の部分には現実性の中にロマンティクが混在する表現になっている。つまり指摘した三点が『教授』の中心的命題として混じりあい、シャーロット自身の情熱を小説のなかに具現化しようとしたのである。結果的には文壇の主流外にいたシャーロットはヴィクトリアニズムに反発し、内省的批判的態度を示しめしつつ、自分なりの燃えるような情熱を追求したことになる。『教授』はリアリズムとメロドラマティックなロマンティシズムそしてフェミニズムの交錯した作品であるといえる。シャーロットの本質は「あの澄明な知性の光の励ましがなければ、男の炉辺も家庭も冷えきってしまうことだろう」(63)というところにあったように思える。この『教授』には「ショッキングな出来事」や「スリルに溢れた刺激」はないが、この作品を基調として、今まで以上に自らの経験に自らの想像の世界を折り込んで、その後の作品である『ジェイン・エア』(*Jane Eyre*, 1847)と『シャーリー』(*Shirley*, 1849)に共通する外界への渇望、そして『教授』を根底としながら、さらに自叙伝的に写実的円熟さを増して作品とした『ヴィレット』(*Villette*, 1853)と繋がっていくのである。

[注]

(1) Tom Winnifrith, *A New Life to Charlotte Brontë* (Macmillan Press, 1988), p.180.
(2) Vynthia A.Linder, *Romantic Imagery in the Novels of Charlotte Bronttë* (Macmillan, 1985) p.1.
(3) Tom Winnifrith, *A New Life to Charlotte Brontë* (Macmillan Press, 1988), p.63.
(4) Elaine Showalter, *A Literature of Their Own* (Princeton University Press, 1999), p.102.
(5) Charlotte Brontë, *The Professor* (Oxford, The Shakespeare Head, 1857), Preface.
(6) Laura L.Hinkley, *The Brontës, Charlotte and Emily* (London, Hammond, Hammond & CO, LTD., 1947), p.179.
(7) 日本英文学会、英文学研究 Vol. LXXV1（日本英文学会、1999年9月30日）, p .35.
(8) Charlotte Brontë, *The Professor* (Oxford, The Shakespeare Head, 1857), Preface.
(9) *ibid.*, p.10.
(10) *ibid.*, p.166.
(11) *ibid.*, p.9.
(12) *ibid.*, p.28.
(13) *ibid.*, pp.54-56.
(14) *ibid.*, p.83.
(15) *ibid.*, pp.109-110.
(16) *ibid.*, p.119.
(17) *ibid.*, p.175.
(18) *ibid.*, pp.133-134.
(19) *ibid.*, pp.162-163.

(20) *ibid.*, pp.99-103.
(21) *ibid.*, p.59.
(22) *ibid.*, p.180.
(23) *ibid.*, p.188.
(24) *ibid.*, pp.272-273.
(25) *ibid.*, pp.126-127.
(26) *ibid.*, pp.31-32.
(27) *ibid.*, ,p.61.
(28) *ibid.*, pp.83-84.
(29) *ibid.*, p.96 .
(30) *ibid.*, pp.117-118.
(31) *ibid.*, pp.153-155.
(32) *ibid.*, p.197.
(33) *ibid.*, p.210.
(34) *ibid.*, pp.278-279.
(35) *ibid.*, pp.199-201.
(36) *ibid.*, pp.201-202.
(37) *ibid.*, pp.137-139.
(38) *ibid.*, p.155.
(39) *ibid.*, pp.226-233.

(40) *ibid.*, 241.

(41) *ibid.*, p.259.

(42) *ibid.*, Preface.

(43) Tomd Winnifrith, *A New Life to Charlotte Brontë* (Macmillan Press, 1988), p.181.

(44) Charlotte Brontë, *The Professor* (Oxford, The Shakespeare Head, 1857), p.233.

(45) *ibid.*, p.54.

(46) *ibid.*, pp.107-108.

(47) *ibid.*, pp.108-109.

(48) *ibid.*, p.177.

(49) *ibid.*, p.177.

(50) *ibid.*, pp.223-224.

(51) *ibid.*, pp.234-236.

(52) *ibid.*, pp.237-239.

(53) *ibid.*, pp.237-239.

(54) *ibid.*, p.261.

(55) *ibid.*, ,p.262.

(56) *ibid.*, p.264.

(57) *ibid.*, p.267.

(58) *ibid.*, p.267.

(59) *ibid.*, p.270.

(60) *ibid.*, p.270.
(61) *ibid.*, p.271.
(62) Eleanor McNees, *The Brontë Sisters Critical Assessments* Vol. IV (Helm Information Ltd, 1956), p.11.
(63) Charlotte Brontë, *The Professor* (Oxford, The Shakespeare Head, 1857), p.9.

なお『教授』の日本語訳は日本ブロンテ協会編、海老根宏訳、「ブロンテ全集 第一巻『教授』」、（みすず書房、1995）を用いた。

第三部　『ジェイン・エア』

第八章　『ジェイン・エア』のナラティヴに見る読者像

緒方孝文

はじめに

『ジェイン・エア』の最終章は、「読者よ、わたしは彼と結婚した」（READER, I married him.）という呼びかけで始まる。フェミニズム批評では、この言葉は女性の「読者」により強い印象と効果を与えていると解釈する。「作者」や「ナレーター」に性差があるように、それまでは男性中心の、あるいは中性的なものとされていた「読者」の性差を意識することによって、作品をとらえ直そうとする試みである。しかし、「読者」という呼びかけはこの作品の全章にわたって頻繁に出てきており、そのすべてについて女性の「読者」を想定するには無理があるように思われる。実際、シャーロット・ブロンテ（Charlotte Brontë, 1816-55）自身はジェイン・オースティン（Jane Austen, 1775-1817）の作品における情熱の欠如を指摘している有名な手紙（一八五〇年四月一二日）のなかで、readerという語に対してhim という代名詞を用いていることや、『ジェイン・エア』に好意的な批評を与えてくれたのがサッカレー（William Makepeace Thackeray, 1811-63）という男性の「読者」であることなどを考え合わせると、彼女がナラティヴにおいて「読者」の性差をそれほど意識していたとは思えないのである。本論ではもう少し広い見地から『ジェイン・エア』に頻出する「読者」への呼びかけの効果を考察し、ナレーターが想定し期待している読者像がどのようなものであるかを探ってみたい。

一　記憶・言葉・読者

『ジェイン・エア』は自伝形式を採りながら、プロット上は結婚で終わる話を結婚後一〇年経ったジェインがナレーターとなって描写する。つまり、この作品に描かれている事柄はすべてナレーターであるジェインの記憶を通して呼び戻され、再構築された体験にほかならない。読者はプロットを追うことによって主人公のジェインに同化していくが、その主人公を描くナレーターとしてのジェインには、自分の記憶は正確か、記憶に忠実に描いているかという、記憶の絶対性・正当性に対する疑いがつねに付きまとっているわけである。ジェインは自分の人生をビルドゥングス・ロマンとして描くにあたってクロノロジカルな時間の流れを軸にしているが、これはあくまでもナレーターである彼女の記憶にもとづく時間的流れのことであって、絶対的・物理的な時間性を意味するものではない。言うまでもなく、人間にとって物事は決して均一に記憶されているわけではない。強く頭に残っている部分があり、曖昧な部分があり、まったく忘れ去られている部分がある。

これは正規の自叙伝のつもりで書いているわけではない。記憶の応答が何がしかの興味を与えそうだとわかっているときだけ、記憶を呼び起こせばよいのだ。というわけで、わたしはこれからの八年について、ほとんど何も言わないことになる。（第一〇章）

「これからの八年」とは、ヘレン・バーンズの没後、ローウッド学院に生徒・教師として過ごした日々のことである。また、後にソーンフィールドを離れてマーシュ・エンドに辿り着くまでの旅のことはかなりのページを割いて描写しているにもかかわらず、ゲイツヘッドからローウッドに向かう旅については、「このときの旅をほとんど憶えていない」（第五章）と言って簡単に済ませてしまう。さらに、結婚後一〇年経っているにもかかわらず、結婚後の生活についてはナレーターはほとんど口を閉ざしている。こうした描写の不均一についてナレーターはそれを記憶の濃淡に帰しているが、読者との関係における創作上の視点から見た場合、その沈黙・空白部分の存在意義はすでに先輩作家のフィールディング（Henry Fielding, 1707-54）やスターン（Laurence Sterne, 1713-68）らが彼らの作品のなかで実証している。例えばフィールディングは、『トム・ジョーンズ』（*The History of Tom Jones*, 1749）で、一二年間の空白期間を置いて幼少時からいきなり一四歳のトムに描写が跳ぶことについて、読者論の立場から次のように説明している。

そのようなことをするのはわれらの品位と気楽さとを考えるからばかりではなく、また読者の利便を考えるためでもある。というのは、かくすれば読者が楽しみも報いられるところもなく読みつづけて時を浪費されるのを防げるとともに、またそういう折には、読者の持たれるすばらしい知恵を働かせて、空白になっている期間を各自の憶測で埋める機会を提供することにもなるからである。憶測されるだけの根拠となるものは前のほうでちゃんとお知らせするように気を配ってある。(第三巻第一章)

「読者の持たれるすばらしい知恵」とはつまりは「想像力」のことであろう。読みにおける「想像力」の作用については後述することとして、ここではナレーターは語らない部分についても読者の読みにおける積極的な生産性を期待しているということに注目しておきたい。

また、ナレーターは記憶のもつ曖昧性や不連続性に描写の不均一の原因を帰しながら、読者に与えるより強い効果を期待して意図的にアーティスティックな操作を加えてもいる。例えば、ヘレン・バーンズの死を扱う第九章は時間の流れが逆行しており、ペストの蔓延が収まった陽気な春の明るさから始まっている。「このいつもと違った自由の喜びが訪れた原因について、これから語らねばならない」と逆説的に読者の関心を引き寄せておいて、ヘレンの不幸をもち出す。

では、ヘレン・バーンズはどうしたのか? なぜわたしは、この自由で楽しい時をヘレンといっしょに過ごさないのか? ヘレンを忘れてしまったのか、それともわたしはヘレンとの清らかな交

友にあきてしまった人でなしか？（第九章　原文には？が付加）

シャーロットは読者の存在を意識した疑問符（？）をよく使う。疑問を投げかけておいて「読者よ」と呼びかける語りの手法は彼女の常套手段である。この三つの？に続いてナレーターは「読者よ、確かにわたしはこのことを知っており、痛感していた」と述べ、ヘレンの死について告白する。ヘレンの死を知らされた読者は、ここで初めて章の冒頭に描かれたその年の春に「いつもと違った自由の喜びが訪れた原因」を理解できるのである。

『ジェイン・エア』にはさまざまな謎が出てくるが、不可解な出来事に読者の関心を引き寄せ、謎の解明を後々まで引き伸ばすことによって緊張感を持続させ、最後に真実を衝撃的に暴露するというゴシック小説の必要絶対条件を充たすために、ナレーターによるこうした語りの操作は必須のものである。ジェインの婚礼衣装が何者かによって引き裂かれるという結婚式前日の出来事について語る場面で、ナレーターは「それを知っているのは、わたしだけだった。…しかし、読者よ、それが何であるか、彼が帰って来て、わたしが秘密を話すまで待っていただきたい」（第二五章）と述べる。つまり、「読者よ」と語りかけるナレーターの存在を暗示させながら、奇怪な出来事の内容については登場人物としてのジェインの口を通して語らせようとするアンビヴァレントな姿勢を見せている。物語をあやつるナレーターとしては、ジェインが雷に引き裂かれたとちの木に直面したり赤ん坊の夢を見たという話を用意し、読者に不吉な予感を強めていけばよいのである。

このように微妙に見え隠れするナレーターの存在によって、読者は主人公であるジェインとの距離とナレーターであるジェインとの距離の間でつねに修正を迫られている。『ジェイン・エア』のおもしろさは表層のプロットのみにあるのではなく、むしろ登場人物—ナレーター—読者の間の多層的な構造から生まれる葛藤によって、読者主体が読みの調整・修正を求められていく過程にあるように思われる。作品に描かれた叙述と読者との対話とは、主人公であるジェインとの対話であるとともに、結婚を経験しほぼ三〇歳に成人したナレーターとの対話である。「読者よ」という呼びかけによってナレーターの存在に気づかされた読者は、主人公であるジェインの言葉とナレーターであるジェインの言葉との差異に気づき、意味の修正を求められる。読者主体が読みのダイナミズムにおいて解釈の修正を余儀なくされるのである。

さて話を元に戻して、ジェインのナレーションはすべて記憶をもとにしてなされていると述べたが、そこで生まれる大きな問題は、呼び戻された記憶をいかにして言葉に置き換えるかということである。作品全体を通して登場人物のジェインは、自身の感情や思索を言葉にするということについて非常に意識的である。ゲイツヘッドのジェインにとっては、言葉とは感情の爆発に伴う意志とは無関係な自己主張にほかならなかったが、ヘレン・バーンズやテンプル先生との出会いがきっかけで彼女は言葉の理性的な側面を学んでいく。抑制された言葉で話すことが真実を伝えることになるということを知るのである。確かにジェインは作中概して話し手であるよりは聞き手であることが多い。しかし、読者にとって彼女が必ずしも寡黙に思えないのは、ナレーターによる彼女の心の内の解説が登場人物としてのジェインの声と重なって聞こえてしまうからであろう。ジェインの心理描写において特徴的なことは、キーワードとなる語がクォーテーションで囲まれ、自問自答の対話形式になっていることである。例えば、ロチェスターとの結婚が破棄になった直後に自分の身の振り方を考えるジェインの心の葛藤と結論は、「どうしたらいいだろうか?」―「去れ!」(第二七章)という台詞化した疑問―返答の対話形式で認識されている。つまり思考を言語化することによって、彼女は自身の陥っている問題を確認し、解決に向けて取るべき道を認識するのである。言語化は彼女に自身のアイデンティティーを認識させる重要な手段である。彼女をローウッドからソーンフィールドに移動させるのは「新しい苦役」(第一〇章)という実質のある言葉の力であり、また、マーシュ・エンドからファーンディーンに引き付けるのも「ジェイン! ジェイン! ジェイン!」という言葉(ロチェスターの台詞)に「今行きますわ!」という言葉(ジェインの台詞)で答えたためである。

ところが同時に、言葉は残酷にもジェインに行く手を阻む障害をもたらすことにもなる。ジェインとロチェスターの結婚が破綻になったのは、結婚式で弁護士の異議として発っせられた「言葉の暴力」(第二六章)のためである。また、セント・ジョンとの結婚を躊躇するジェインは、彼との不一致について「…愛という言葉そのものが、わたしたちの間では不和の種子なのですから」(第三四章)と述べる。マーシュ・エンドにおけるジェインとセント・ジョンとの関係がしっくりしないのは、彼らの対話が言葉を媒体としてではなく目の動きや表情を読み取ることで行なわれていることが一つの原因であろう。しかし、より本質的な問題は、会話が多いとか少ないとか、叙述性があるとかないとかということではなく、伝達媒体としての言葉にはそれ自体限界があるという、言葉そのものに内在する宿命についての認識がセント・ジョンに欠けているためである。ある概念を言葉にするということは、世界を切り取り限定するという意味で、開放されたロマンスや幻想の世界を阻止してしまうことになる。つまり、言語化とロマンスとは対立概念なのである。言葉にすればするほど、逆説的にますます多義的な表現空間が狭められていってしまうことに、ジェインの葛藤の本質があると言えるだろう。ロチェスターとの最初の面接でジェインは三つの想像画を描くが、「わたしが想像しましたものは、とうていわたしの力では表現できないものだった」（第一三章）と述べ、表現手段としての限界が内在していることに彼女は焦躁感を強くするのである。

こうした言葉の限界についての主人公ジェインの戸惑いは、ナレーターとしてのジェイン自身の問題でもある。例えば、テンプル先生の外見を非常に細かく述べた後に、ナレーターは次のようなコメントを付け加える。

最後の仕上げとして読者よ、上品な目鼻立ち、色白だが清らかな顔色、堂々たる立居振舞いを付け加えれば、言葉で表現できる限り正確なテンプル先生の外見をご想像頂けるだろう——（第五章）

「言葉で表現できる限り」ということは、逆に言えば言葉では表わし得ない部分があるということになろう。ナレーターと読者、つまり〈語る—語られる〉関係を考えた場合に、この説明は単に語る側の限界を述べた言い訳的なコメントなのであろうか。言葉の表わし得ない部分を読者に想像してもらいたいという読者に対する期待を表わす説明のようには読み取れないだろうか。ここでもまた、スターンが『トリストラム・シャンディ』(*The Life and Opinions of Tristram Shandy*, 1760-67)のなかで、スロップ医師の外見や行動描写に際して「想像してください」を連発したり(第二巻第九～一一章)、ウォドマン未亡人の人物描写をまるまる一ページ白紙にして読者の「空想」にまかせている(第六巻第三七章)ことなどを思い出す。スターンいわく、「読者の悟性に呈しうるもっとも真実な敬意とは、考えるべき問題を仲よく折半して、作者のみならず読者のほうにも、想像を働かす余地を残しておくということなのです」(第二巻第一一章)。語る側の限界を補うものとして、読者の積極的参加が要求され、そこに想像力の必然性が生まれてくるのである。

二　ロマンス・想像力・異化

『ジェイン・エア』は夢幻の世界の物語である。主人公のジェイン・エア自身が文字通りairのようにとらえどころのない存在と見られるが、彼女の現実認識は一貫して現実を幻想化することによって行なわれる。幼少時に本や絵画の世界に想像力を羽撃かせていたジェインは、例えば人物の認識に関してもまるで想像画を描くように想像をめぐらす。

でも、ロチェスター氏はいまだに醜男とわたしに見えたのだろうか？　いや違う。読者よ、感謝

の念と、すべて楽しく快い多くの連想のお蔭で、彼の顔はわたしがいちばん見たいものとなっていた。(第一五章)

ジェインは新しい人物や状況との出会いに際して、必ず前もって頭のなかで想像画を描く(実際に絵として描くことも多い)が、この例のように実際に当の人物に会った後でさえ、彼女の認識は連想や想像によって色づけられている。ナレーターはさらに、リード夫人の葬式からソーンフィールドに帰ってきたジェインの目を「ハシバミ色のきらきらした目」と描写したロチェスターに、「(読者よ、わたしの目は緑色なのだが、彼の間違いを許してあげてください。きっと彼には新しく染め直したように見えたのだろう)」(第二四章)と修正のコメントを付け加える。ロチェスターの人物認識がイメージ化され、色づけが行なわれているということがこのコメントの主旨である。物語を通してジェインを「妖精」「幻」「魔女」「天使」などと呼び続けるロチェスターと、「空想」「連想」「幻想」といったフィルターを通してものを見るジェインとは、結局は同じ認識のパターンを踏んでいるのである。

そして大事なことは、このような人物認識は実は登場人物やナレーターだけではなく、読者のものでもあるということである。例えば、読者が「ジェインはきれいではない」とか「セント・ジョンは冷たい人間だ」と言うときに、何を根拠にしているのであろうか。初対面でジェインについて言った「たいしてかわいくはない」(第一四章)というロチェスターの言葉は、プロポーズの翌日になると「かわいい」「きれい」「美人」に変わり、フェアファックス夫人もジェインは最近きれいになったと言う（第二四章）。また、ジェイン自身も鏡に写った自分の顔を見て「もはや器量が悪いとは思えない」（第二四章）と言う。マーシュ・エンドではセント・ジョンはジェインに「美人とは言えない」、「美の気品と調和が欠けている」（第二九章）と言い、ジェイン自身も自分の「不器量」を意識するが、セント・ジョンの妹ダイアナはジェインを「とてもかわいい人」（第三五章）と言う。また、ジェイン自身は自分をロチェスター的な人物だと認識しているが、ロザモンド・オリヴァーはジェインがセント・ジョンに似ている（第三二章）と言う。あちこちに垣間見られるこうした異なった見解は、ビルドゥングス・ロマン的な成長に伴う変化の表れと見るよりも、読者の認識がいかにイメージに基づく主観的印象にすぎないものであり、歪曲化されたものにすぎないかということを教えてくれてはいないだろうか。

「歪曲」や「誤認」という言葉を使うと非常にネガティヴな意味合いになってしまうが、要するに文学用語で言えば「異化」（Defamiliarization）ということであり、ロマンティシズムの世界を構築する原動力としての「想像力」がもたらす一種の心的作用なのである。「空想化」「妖精化」「偶像化」という認識のプロセスは、この小説においては決してネガティヴにとらえられてはいないということを読者はまず確認する必要があるだろう。ジェインとロチェスターが再会し結びつくのは、幻想化から目覚め現実をリアリスティックに把握したときに可能となるという読み方は浅薄である。ファーンディーンで結婚を誓い合った後も、ロチェスターは前にも劣らずジェインを「妖精」と呼び、ジェインはロチェスターを妖精物語に出てくる怪物の「ブラウニー」にそっくりだと評する。つまり、「現実化」が彼らを開眼させ結びつけたのではなく、逆に「幻想化」の絶対性を認識したときに、彼らの結びつきが成就するのである。（ついでに言うと、物語に述べられていない二人の結婚生活について必ずしも明るい希望を感じ取れないのは、幻想化が継続しているためではなく、逆にエデンの園の外側にある「不便で不健康」（第三七章）な場所という現実の世界に彼らの物語空間が移動してしまったからである。窓際に座りカーテンの向こうの外界（現実）を垣間見ながらも、それまでは部屋のなかに留まる存在であったジェインが、最後に外に飛び出してしまうのである。）ジェインがセント・ジョンとの結びつきを拒絶したのも同じ認識による。つまり、セント・ジョンという神格化された人間のなかに「あやまちを犯すことのある人間」「不完全な人間」（第三四章）という現実を見たときに、ジェインは彼とはいっしょになれないと確信する。神格化がくずれ現実が見えた時点で彼女の興味は失われるのである。

このような徹底した幻想化あるいは非日常化によるロマンティックな現実認識は、まさにナレーターが読者に求めているものである。第一二章でグレース・プールの奇妙な笑い声や行動について述べる場面で、ナレーターは「(ロマンス好みの読者よ、平凡な真実を述べて申し訳ない！)」という注を差し挟んでいる。readerという一般化した読者概念に'romantic'という形容詞をかぶせているが、これは読者にロマンティックであってほしいと願うナレーターの期待そのものではないだろうか。「奇妙な笑い声」に関する想像的な世界は、ロマンティックな読者にしか味わいえないものなのである。こうした読者像は、作者の含意をテクスト内で受けるという意味ではウェイン・ブース（Wayne C. Booth）

の「含意された読者」（implied reader）に近いし、テクスト解釈において言語的・文学的素養を備えていながら読み違いもするというスタンリー・フィッシュ（Stanley Fish）の「素養のある読者」（informed reader）に似ているとも言えよう。

現代批評に見る一連の読者論においてもっとも避けられるべき議論は、ナレーターの絶対性・権威性によって読者が一定の読みを押しつけられるという考え方である。例えば、フィッシュの読者反応批評はいわゆるテクストの「無政府状態」を防ぐために「解釈共同体」という概念を取り入れているが、同時に「解釈共同体」を強調しすぎると読者から読みのリベラリズムを奪ってしまうことになるという危険性を胎んでいる。ナレーターから読者への語りというベクトルは、その下に読者から語られたテクストに向かう反作用的な逆方向のベクトルに対する期待が伴っているのである。ナレーターが読者に読書という営為的行為のなかで求めているこうした力と方向性は、『ジェイン・エア』においては読者がロマンス化することによって可能となるのである。

三　語りを超えるもの——読者への期待

ナレーターが読者に同化を求めているからといって、それはナレーターが作り出したロマンスの世界を読者が受動的に受け入れるということでは決してない。ナレーターが作り出した想像の世界を理解するには、読者自身も想像力を活発に躍動させる必要があり、そこに読むという行為の創造性が存在する。したがって、ナレーターの第一の目的は、読者の側に想像力を喚起させ活性化させることによって、語られていない空白の部分――イーザー（Wolfgang Iser）の言う「仮想領域」――に遊ぶ空間を創造させることである。繰り返すが、これはナレーターが読者に与える伝達手段としての言葉が、イメージや具体的説明に満ちているということではない。そうではなくて、読者自らがナレーターの言葉のもつ意味を解体して、想像性に富んだ新しい意味を生産するという能動的・積極的経験が必要とされるということなのである。ナレーターとしてのジェインが「読者」という言葉で呼びかけることによって読み手に期待しているのはまさにこの点である。テレパシー的なロチェスターの呼び声による二人の結びつきの描写を前にして、ナレーターはテレパシー的な交信という出来事が「興奮のなせるわざだったのかどうかは、読者に判断していただくしかない」（第三五章）と述べている。この言葉は読者に想像力の喚起を促し、読みにおける異化作用を求めるナレーターの期待そのものである。

『ジェイン・エア』は表層的には非常にアレゴリカルな小説である。火と水（氷）、動物と大理石という対照的なイメージで表されるロチェスターとセント・ジョンの人物設定をはじめとして、場面・天候・季節の象徴性、色彩の用い方など、明らかに特異性を浮き立たせ顕在化させるという特定の意図をもって扱われている。しかし、こうしたアレゴリー性は読書という創造的行為においては、かえって解釈に障害をもたらしてしまうことも事実である。今まで述べてきたようなナレーターが読者に期待する想像力の喚起がアレゴリー性によって妨害されてしまうからである。例えば、「赤い部屋」の赤という象徴性・アレゴリー性によって、読者は読みの可能性を拘束させられてはいないだろうか。実際、部屋の家具のなかには白いものも少なからずあるではないか。また人物で言えば、セント・ジョンはほんとうに氷の人、大理石の人なのであろうか。もしも読者がナレーターから与えられたこうしたイメージを受動的に受け入れて解釈すると、マーシュ・エンドの場面のおもしろさは半減してしまうだろう。人間的愛情よりも宗教的熱情を尊ぶというのなら、どうして彼は、助手としてあるいは妹としてインドに同行すると言ったジェインに同意しなかったのだろうか。セント・ジョンは実際に官能的なロザモンド・オリヴァーと人間的な恋愛をし、詩を読み（第三二章）、ジェインを助手ではなく妻として求めているではないか。こうした矛盾はナラティヴの観点から見るとすべてナレーターに責任があると同時に、その解決はナレーターではなく読者に求められているのである。

このように考えると、ジェインとセント・ジョンとの出会いが描かれたマーシュ・エンドの場面（ジェインの人生行脚の第四段階）が、この小説でいちばんおもしろい箇所だとさえ思える。なぜなら、ここにはナレーターの沈黙と饒舌が混在していて、セント・ジョンとジェインの真の（隠れた）姿を読み取るべく読者の想像力が喚起させられるからである。ここでは「読者よ、こんなことをくどくどと述べるのは不愉快だ」とか「読者よ、その日のことをこまごま述べるのはご勘弁願いたい」（第二八章）というように、語りに対する躊躇や拒否がくり返し述べられている反面、実際にはこれまでの二回の旅にはなかったほど、風景や心理、物乞いの様子などが詳細に語られている。もちろん、ここでジェインが語りたくないと言っている対象は乞食同然の放浪の旅のことであるが、ロチェスターとの別れ―セント・ジョンとの出会いというコンテクストのなかで考えると、それはナレーターであるジェインの心象風景でもあるわけで、沈黙と饒舌というふたつの相反する欲求のはざまで揺れ動くジェインの微妙な心の動きは、セント・ジョンという人物に対する複雑な感情として読み取れるのである。

また、ジェインはセント・ジョンの魅力は宗教的熱情であって、彼の説教に深い感銘を受けたと言っていながら、実際にはその説教をそのまま引用することを差し控えている。同様に、物語の最後に描かれているセント・ジョンの後日譚はジェインが受け取った彼自身からの手紙によっているにもかかわらず、手紙の内容を読者が客観的に見ることはない。読者はセント・ジョンからの手紙を読んだジェイン・ロチェスター夫人の解釈と印象を提示されるだけである。ジョン・ジョーダン（John O. Jordan）はナラティブ論の立場から最後の後日譚に見る'narrative closure'を'narrative disclosure'と見なし、語りによってジェイン・エア（エアはフランス語のRを暗示する）と読者（Reader）が結びつくというおもしろい解釈をしている。つまり、ジェインが出会う人物はリード、ロチェスター、リヴァースとみなRを頭文字にもつ人物であるが、物語の最後で結びつく最も重要な人物はReaderつまり「読者」であると述べる。Rという文字の暗示はともかくとして、物語の最後でジェインが'narrative disclosure'を通して読者に期待しているものは大きいだろう。ジェインの情報開示は非常に抑制されてはいるが、それは読者の想像性・創造性を期待し尊重した抑制であって、だからこそ読者はジェインのセント・ジョンへの複雑な思いについて想像の羽を広げることができるのである。ナレーターの語る言葉を読者が想像力を駆使して異化すること、そしてまた、語られていない部分を想像力で補い多義的な物語空間を作り出すこと、これが「読者よ」という呼びかけによって期待されている読みの創造性なのではないだろうか。

参考文献

引用における日本語訳は、小池滋訳『ジェイン・エア』（ブロンテ全集第二巻、みすず書房、一九九五年）による。

Booth, Wayne C. *The Rhetoric of Fiction.* Chicago: Univ. of Chicago Press, 1983.（米本弘一／服部典之／渡辺克昭訳『フィクションの修辞学』水声社、一九九一年）

Fielding, Henry. *The History of Tom Jones.* Maryland: Penguin Books Ltd, 1975.（朱牟田夏雄訳『トム・ジョーンズ（一）～（四）』岩波文庫、一九九二年）

Fish, Stanley. *Is There a Text in This Class?* Massachusettes: Harvard Univ. Press, 1980.（小林昌夫訳『このクラスにテクストはありますか』みすず書房、一九九二年）

Iser, Wolfgang. *The Implied Reader.* Baltimore: Johns Hopkins Univ. Press, 1983.

石原千秋（他）『読むための理論　文学―思想―批評』世織書房、一九九二年.

Jordan, John O. "Jane Eyre and Narrative Voice"（Included in Diane Long Howeveler's A*pproaches to Teaching Brontë's "Jane Eyre"*).

Sterne, Laurence. *The Life and Opinions of Tristram Shandy.* Maryland: Penguin Books Ltd, 1967.（朱牟田夏雄訳『トリストラム・シャンディ（上・中・下）』岩波文庫，一九七一年）

土田知則、神郡悦子、伊藤直哉『現代文学理論　テクスト・読み・世界』新曜社、一九九六年.

Wise, Thomas James, Oxon, Hon. & Symington, Alexander, ed. *The Brontës: Their Lives, Friendships & Correspondence Vols. I-II, & Vols. III-IV.* Pennsylvania: Porcupine Press, 1933.

本稿は『駒沢女子大学研究紀要第五号』に掲載した論文を再編したものである。

第九章　『ジェイン・エア』を次代に伝える

田村妙子

学生時代、英語の時間に『ジェイン・エア』を縮約教科書で勉強したとか、文庫本で上下二巻一気に読んでしまったとか、または映画で見て筋は知っているとか、そんな経験をもつ人は多いと思う。何らかの形で長年親しまれてきた名作であるからには、現在は言うに及ばず未来に至るまで、いつついつまでも読み伝えていきたいと願うのはブロンテ文学愛好者の当然の心情である。こんな思いから、現在の動向を調べた上で未来の展望を考察してみることにした。

1. 現在の若者は『ジェイン・エア』をどう読んでいるか

ブロンテ文学研究者はさておき、一般の人や学生たちが果たしてどの程度の関心をもって、このロマン主義文学の最高傑作を読んでいるのか、その実態はわかっていない。せめて、限られた学生だけでもよい、彼らの作品に対する反応を調べてみようと思い、わたしは授業に『ジェイン・エア』を取り入れ、約一年を経過した後一つの調査をおこなった。対象は四年制大学一回生の法学部、経済学部、経営学部、男子二四三人、女子五人、計二四八人であり、特に英文学に興味をもっている学生というわけでは決してない。授業の時間数は、週一回九〇分の一年分であるので、縮約教科書を使ってもその全部を読み切ることはできない。従って実際に授業として取り上げる部分は『ジェイン・エア』の中の「ローウッド」と「ソーンフィールド」の場面ぐらいである。作品全体を知らなければ当初の目的は達成されない。そこでわたしは学生たちにあらかじめ原作の日本語訳を読んでおくように勧めている。込み入った筋を把握するにはこれは欠かせないことと思っている。しかし全員が言われたとおり実行するわけではない。最後の手段は『映画』である。一九九六年製作のイギリス映画『ジェイン・エア』（脚本ヒュー・ホワイトモア、監督フランコ・ゼフィレッツリ、出演シャルロット・ゲンズブール、ウィリアム・ハートなど）を見せた後、次のようなアンケート用紙を配り、後日回収してレポートの得点とした。

『ジェイン・エア』は、物語が展開する舞台に即して5つの場面に分けられる。順を追って「あらすじ」を書くと次のようになる。

1．ゲイツヘッド――ジェインは生後すぐ父母を亡くし伯父の家に引き取られるが、その伯父も1年後に急死、その妻リード夫人が仕方なく彼女の面倒をみている。リード夫人は三人の我が子ばかりを可愛がって懐かないジェインを虐待する。ジェインはリード家の長男ジョン（一四歳）と喧嘩をし、その罰として伯父が息を引き取った「赤い部屋」に閉じ込められ、恐怖のあまり幻覚を見、失神する。誰もジェインを可愛がってくれないなかで、わずかに女中のベッシーだけがやさしさを示してくれる。リード夫人は薬剤師ロイドを介してブロックルハースト師と連絡をつけ、ジェインを半慈善学校のローウッド女学院に送り込んでしまう。

2. ローウッド――ブロックルハースト師が理事長を勤めるローウッド女学院では、学校経営がうまくいかず生徒たちは衣食住すべてにわたって残酷な扱いを受ける。伝染病が発生しクラスメイトが死んでいくなかで、ジェインに深い信仰心の模範を見せるヘレン・バーンズも重い病気におかされて死んでいく。ジェインは校長のテンプル先生の指導のもとに優秀な成績をおさめ6年後には教師にまでなるが、テンプル先生の結婚を機に新天地を求めたくなり、独り立ちしようとする。

3. ソーンフィールド――ジェインは新聞広告によってロチェスター家の家庭教師の職を得てそこに住み込む。館の主人ロチェスターがパリから連れてきた子アデールの教育を担当してほしいと家政婦フェアファックス夫人に頼まれる。やがてロチェスターとの運命的出会いがあり二人は身分の違いと年齢差を越えて互いに恋心を抱くようになる。種々の試練の後二人は結婚を決意するがロチェスターに狂人の妻がいることが判明。ジェインは取りすがるロチェスターを振り切って館を抜け出す。

4. ムア・ハウス――荒野をさまよい心身ともに極限状態のジェインに救いの手を差し出すのは牧師セント・ジョン・リヴァースとその妹たちである。やがて元気を取り戻したジェインは彼らと生活を共にし教区の学校を任される。そんな折り、叔父ジョン・エアの存在、その叔父がジェインに莫大な遺産を譲渡していたこと、三人の兄妹とジェインは偶然にも従兄妹であることが判明。ジェインはその遺産を平等に分割する。一方ジョンはジェインに求婚しインドへの同行をせまるがジェインは愛のない結婚には同意できずそれを斥ける。テレパシーでロチェスターの不思議な呼び声を聞いたジェインは、彼の安否を尋ねようと、ソーンフィールドへ急ぐ。

5. ファーンディーン――着いてみるとソーンフィールドは焼け落ちており、狂妻は焼死し、主人は視力と片腕を失うという大怪我をしてファーンディーンに引きこもっていると聞く。ジェインはすぐさまファーンディーンに駆けつける。そこに盲目のロチェスターを見出し、二人の真心が通じ合い、やがて結婚する。夫の視力も回復し、長男も生まれて、夫婦は幸福な生活を送っている。

映画『ジェイン・エア』を見て、右の5つの場面のうち、何番にもっとも興味をもったか、その次は何番か、いちばん面白くなかったのは何番か、その理由も述べよ。

①もっとも興味をもったのは○番。その理由は↓

②その次に興味をもったのは○番。その理由は↓

③いちばん面白くなかったのは○番。その理由は↓

回答の結果は次の通りである。（数字は人数）

場面	①	②	③
1. ゲイツヘッド	9	14	113
2. ローウッド	76	64	39
3. ソーンフィールド	77	74	19
4. ムア・ハウス	7	25	40
5. ファーンディーン	79	71	27
特になし			10

「①もっとも興味をもったのは」「②その次に興味をもったのは」の二つの質問の間には大して差がないのでひっくるめて考えると「3. ソーンフィールドの場面、計一五一名」「5. ファーンディーンの場面、計一五〇名」で、断然多く、「2. ローウッドの場面、計一四〇名」が僅差でそれに続く。「1. ゲイツヘッドの場面」は人気がない。その分「③いちばん面白くなかったのは」の項目で断突に数字をふやしている。しかし「その理由は」を読んで、この質問が不的確なものであることを痛感

した。「おもしろくない」とは「興味がない」の意味のつもりであったが、なかにはそれを「不愉快だ」の意味に取り違えているものが相当数いることがわかった。曖昧な表現の質問であったと反省している。

さて「興味をもった」の筆頭である「ソーンフィールドの場面」に関する理由を幾つか列挙してみよう。

「ジェインとロチェスターの出会いから、二人の愛が高まっていく過程がよかった」

「ジェインが過去から解放され、人間として扱われ、愛し合う仲になる。すばらしいことだ。わたしもいつか大切な人に出会えるかもしれない！」

「自分の力で家庭教師の職を得て、力強く明るい将来を目指すジェイン！　好きだ！」

「何でも前向きにチャレンジするジェイン。そんなジェインも恋はするのだなあ」

「二人の間には皮肉に満ちた言葉が交わされたり素直な気持ちが交流したりする。ほんとうは二人ともやさしい人間だとわかる」

「ジェインの自然な会話のなかでロチェスターの心が解きほぐされていく。人が人を変えることができるのだ。驚きだ。感動した！」

「散々いじめられたリード夫人なのに許してあげるジェインに感動した。恨みを許すなんて、勇気のいることだ」

「狂妻の存在がわかり出て行こうするジェイン。必死で止めるロチェスター。ジェインも辛いがロチェスターだって辛いんだ」

「『妻がいるからこの結婚は無効』と告げる弁護士に感情をむきだしにして喰ってかかるロチェスター。それまでは皮肉っぽい冷たさでしか物を言わなかったロチェスターだったが、今や彼の苦悩は爆発したのだ。心の内を正直に表現する彼が好きだ」

以上、作品中の人物に自分の感情を移入させて率直な思いを述べたのであろう。若い人たちの作中人物に寄せる熱気が感じ取れた。

同じソーンフィールドの場面を、小説の構成の面から見たものもあった。

「二人が出会い恋になり、狂妻の出現で壊れてしまう。変化に富んだ話の展開が面白い」

「ロチェスターの部屋が火事になるところをジェインが助けて、二人の心が通じ合うきっかけを作っている。その後二人の心境がどんどん変化、高揚していく。うまい作劇術だ」

「狂人の妻がいるなんてうまく意外性を盛り込んでいる。結婚がひっくりかえる出来事があってこそ、ラストが引き立つというものだ」

「ブランシュの登場をからめて二人の恋のはがゆさを浮きだたせている。巧妙だ」

当時の生活、社会の状態に目を向けた者もいた。

「屋敷の贅沢な暮らしにはびっくりした。ローウッド・スクールとの違いは大きすぎる」

「この時代の上流社会の遊びがどんなものかわかっておもしろい」

「狂人の妻を離婚できないような法律が、そのころ、すでにあったことに驚く」


次に「興味をもったもの」として「5．ファーンディーンの場面」を取り上げてみる。

「変わり果てたロチェスターと結婚するとは、愛の深さ、絆の強さに感動した」

「愛する人が突然目が見えなくなり片腕になってもなお結婚するとは！　自分ならどうするだろう？　判断に苦しむだろうな。ジェインの純愛に心を打たれる」

「ジェインは人を形ではなく心で見ている。ロチェスターはジェインの愛を信じていた。信じることの大切さを痛感した」

「予想していたラストはジェインがまた新しい仕事を探しに旅に出るという感じかと思っていたが、やっぱり、ハッピー・エンドがいいなあ」

「『わたしの命が尽きるまで看病する』というジェインの言葉。こんな熱いきれいな恋をしたい！」

「ロチェスターは体に深手を負うという代償で、ありあまる愛を手に入れた」

「ジェインにはどうしても幸せになってもらいたかったので、結婚という結末はうれしい」

「ハッピー・エンドにはなっているが二人はほんとうに幸せか？　その続きがある気がする」

ほとんどが二人の結婚という結末をよかったと安堵するなかで、最後の発言はこの後に続くかもしれない漠然とした不安を感じ取っているように思える。「女性はプディングを作りストッキングを編みピアノを弾きバッグに刺繍をほどこしてさえいればよいというのは男性の了見が狭いからだ（第一二章)」と言って女性解放運動の先頭に立っているかに見えたジェインが、安穏と家庭の主婦の境遇に甘んじているわけはない。必ずや、何らかの形でこの平和は崩れていくという危惧を感じさせられたのではなかろうか。

三位に「興味をもったもの」として上がったのは「2．ローウッドの場面」であった。「ヘレンとジェインの友情はすばらしい。二人の話のなかでジェインが『もう一人にはなりたくない』という子どもながらの訴えに共鳴する」

「『天国でずっといっしょだよ』と言ったヘレン。仲間は他の何ものにも代えがたい」

「友だちの大切さ、友を失ったときの悲しみを知った。せつなかった」

「テンプル先生との別れからジェインは一人立ちして自分の世界を拡げようとした。自分をためそうとした。そんなジェインを応援したくなる」

現代の若者は孤独であり、ほんとうに心の許し合える友人、仲間を求めていることがうかがえる。そのほか、ローウッド・スクールに対する批判はなかなか手厳しい。

「現在ではあり得ないような学校の仕打ちに愕然とし、腹が立つ。生徒は人間でないとでも思っているのか！」

「ローウッドのような場所がこの世にあることに驚いた。外に漏れなければ何をしてもよいというのか！　腹立たしさを覚える」

「女の子にとっては何よりも大切な髪の毛をあんなふうにハサミで切ってしまうなんて、残酷！そんなことが許されるとでもいうのか！」

「学校も、ブロックルハーストも、恐すぎる女の先生もヘンだ。信じられない。でも、今の世の中、あんな学校も必要かな？」

ぬるま湯のなかで学校生活を送ってきた学生たちにとっては、ローウッド・スクールでの出来事は想像を絶することなのであろう。


さて、数値は少ないが「興味をもったもの」に「4．ムア・ハウス」をあげたものの言い分はどうであろうか。

「今まで一文無しのジェインが急に金持ちになるとか、テレパシーがでてきたり、話の急展開がおもしろい。そしてあの二人はどうなるのだろうとドキドキさせるところがまたいい」

「莫大な遺産が転げ込むなんて痛快！　いいなあ」

「手に入った遺産を従兄妹たちと分かち合って『自分はもう一人ではない』と喜ぶジェイン。現代の人間では考えられないことだ」

「クライマックスへの序曲だと思う。これあってこそジェインとロチェスターが結ばれることがよく分かる」

最後に「興味をもったもの」に「1. ゲイツヘッドの場面」をあげた者はこう言う。

「他の子供たちと差別されながらも生きていくジェインの精神面の強さに感心」

「『赤い部屋』に入れられたジェイン。あまりにもかわいそう。あの部屋は異常すぎる。ジェインが精神崩壊を起こさなかったのが不思議なぐらい」

「逆境にめげずにちょっと反抗してみせたりする小生意気なジェインが好きだ」

「ジェインの『わたしが嘘つきならあなたを好きだと言うわ』が痛快。もっと言えば！」

最後の問い「いちばんおもしろくなかったのは」で逆に首位を占めた「1. ゲイツヘッドの場面」の理由はこうである。

「ストーリーの最初は大切だが、それが残酷すぎるのだ」

「幼い子の不幸は見たくない。つらい。大人のいじめなんてえげつない」

「リード夫人の行為、言葉がどれほどジェインの心を傷つけたか！　人が人を虐待する、強い者が弱い者をいじめる、人間として最低の行為だ」

二位の「4. ムア・ハウスの場面」が「おもしろくない」理由は次のごとくである。

「話の内容が突発的で現実離れし過ぎている。いきなり遺産の話やジョンの求婚など無理がありすぎる。ジェインとロチェスターがどうなるのかの方が気になるのに」

「奇跡めいたことが多すぎるし、内容的にも浅く感じる」


三位「2．ローウッドの場面」を「おもしろくない」とする理由を見てみよう。

「この年齢の子には規律が厳しすぎて残酷だ。あまりにも悲しくて見るのがいやになる」

「ヘレンの死はかわいそうすぎる。人の死によって人を感動させようとしたり涙を流させたりするのはよくない」


四位「5．ファーンディーンの場面」では次のような理由があげられている。

「ありきたりの結末はおもしろくない。もっとドロドロしてほしい」

「ヘレンの死に比べるとこのハッピー・エンドには感動しない。二人の結婚は意外だ」

「振り切って出て行ったジェインがあっさり戻って仲直りなんておかしい。ジェインはそのまま独自の道を切り開くべきだ」

「衰えたロチェスターを見たジェインがたじろがないのはおかしい。目が治るのも現実性がなくいやだ。それぐらいならいっそ、ダメな男ではあるが生涯支え続けた、という方がいい。これって男の身勝手かな?」


最後「おもしろくない」の最下位は「3．ソーンフィールドの場面」であるが『狂人の妻』についての記述が多かった。時間的には『狂妻の死』はジェインがムア・ハウスにいるときに当るが、ここでまとめて述べてみよう。

「ロチェスターが狂人の妻の存在をジェインに打ち明けなかったのは悪い。結婚したいと思えば何もかも言わないといけない。それに貴族の女性と遊びほうけるのを見せつけるなんて、男として許せない」

「たとえ狂人の妻であっても屋敷に置いているということはそれなりに大事にしているのだと思う。そんな中途半端な気持ちでジェインと結婚しようとするのはおかしい」

「結婚できなかったジェインもかわいそうだが、家のためにあんな女と結婚させられたロチェスターの方がもっとかわいそう」

「狂妻の叫びは凄かった。でもロチェスターの救いの手を払い退けて自ら火の中に身を投じるとは壮絶だ。何か言いたいことがあったであろうに。狂妻自身のことより、その妻をもたねばならなかったロチェスターに同情が集まるように仕組まれていておもしろくない」

　以上、賛成反対、良い悪い、好き嫌い、と表現の形は違っていても、総じて全学生が興味をもってこの作品に接し、その結果「人間の愛の深さに感動した」と受け取れる。「おもしろくない場面」は「特になし」とした学生が一〇人いたことは、それを如実に語っている。

2. これから先『ジェイン・エア』はどう読まれていくのであろうか

これから先のことを展望するにあたって、数十年という年月を経てもなお『ジェイン・エア』を読んだときの少女時代の感動は消えないという人の意見をきいてみた。「他の小説には例のないことだが、作者は女主人公にいわゆる『美人でない知的な女性』を選んでいること、さらにその女性が当時としては考えられない『自立した女性』であることにまず驚いた」、という。「ジェインとロチェスターが、ことばというよりは『目と目で』会話を交わし理解し合うのを紙面から感じ取りすばらしいと思った。この読後感は数十年たった今も変わらない」、と言う。長い年月、同じ評価を受け続けるだけの何かを『ジェイン・エア』はもっているということである。この作品が時の試練に立派に耐えていることを証明している。また、「ジェインが逆境に育ったにもかかわらず、偏見に耐え、正しい価値観をもった人に育ったのも驚きであった」、と言う。このことは確かに特筆すべきことであるとわたしも思う。親が愛情を惜しみなく与えて育てた子供は、自分が親になったとき、同じように愛をもって子どもに接するものだ、とはよく聞く話である。また逆に親から虐待された子は、自分もその子どもに対し虐待を繰り返すそうだ。そういうなかでジェインはどうであろう。伯母からの差別、虐待、『赤い部屋』での恐怖を経験しながらも正しく成長しているではないか。これは、ジェイン自身の克己心もさることながら、ローウッドで親友ヘレンや恩師テンプル先生から受けた影響がジェインの精神的成長にとっては計り知れぬほど大きなものであったと推測される。

さらにもう一人同じ年代の人の意見を伝えたい。「ロチェスターは不遇な育ち方の故に頑なに心を閉ざし、自分の欲求はすべて命令と暴力でしか得ることはできない。その彼がジェインのような運命に甘えることとなく理性的な自立した個性に出会い、次第に心を開いていくようになったのである。ここでバーサの狂気に着目したい。バーサは遺伝的に発狂する運命にあったように書かれてはいるが、これは逆にロチェスターの暴力に心を痛めつけられ通した、いわゆる、心的外傷後症候群[1]ではなかろうか」、というのが女医であるこの友人の考察であった。ソーンフィールドのモデルの一つと言われるノートン・コンヤーズの邸内に狂女の部屋があり、シャーロットはここを訪れたとき三階に狂女がかくまわれていた話を聞いていたと思われる。当時こういう部屋があったことは狂気の人間が人目をはばかってここに入れられていたということであろうし、日本でも座敷牢に精神の異常をきたした家族を密かにかくまっていたことは知られている。ただ、昔のこと故、その原因は何であるかを究明し治療しようというような医学的配慮はまったくなかったであろう。バーサの狂気が先か、ロチェスターの精神的暴力が先か、その前後関係は判然としないが、悪い相互作用が繰り返されて、果てはあのような放火、焼死というような悲劇につながっていったと思われる。こうなるとバーサの狂気がただ悪いと決めつけられなくなる。しかもそれを助長したのが夫であるロチェスターの態度だとすればなおさらである。精神病は病気の一種で、社会が温かく見守り、保護し、治療できるようにもっていかねばならないという認識は、ロチェスター対バーサの関係が、単純に善と悪とには分けられないことになり、今後の『ジェイン・エア』の読み方にも影響を及ぼすであろう。

最後の結末が結婚に落ち着いたことに関しては「ふたたびロチェスターのもとへ走ったジェイン。弱い彼には私が要る。私しか彼を救えない。彼の友人として、介護者として、やがて究極の愛としての結婚へと進もう」とジェインの心境を述べ、「今は裕福になった彼女にして、この決断、行動に、毅然たる自立をみる。必ずしも平坦でない未来も想像できるが、彼女に甘い期待はない。それらを敢然と受け止め、乗り越えて行くにちがいない」というように、自立を果たしていればこそのジェインの決断と見ている。なるほど今やジェインに金銭的不安はない。また不美人が急に美人になったわけではないが、相手が障害をもつ身であれば相対的にジェインは優位に立ったことになる。こうして何のひけめも感じることなく結婚に突き進もうと決断できるのはジェインが自立を果たしていればこそであるというのであろうが、『自立』の意味が当初ジェインが目指していたものと何か違っているようにわたしには感じられてならない。ジェインが目指したものは、家父長制価値観にとらわれることなく女性の能力を活動させる場を求めて自己実現に努めることであった。いや、そのはずであった。それなのに結婚して子どもをもうけ一〇年間森のなかでただ平穏に暮らしているという事態を『自立』の結果とは受け取りにくいのだ。中岡洋氏の言う「勇ましく旗を振った者は最後まで旗を振りとおすのが社会的責任というものである」(2)ということばがいつまでも心に残る。

結婚を愛の究極の形とみる考えは、今後大幅に変更を余儀なくさせられるであろう。今まででも未婚の母が話題にのぼり、現代は非婚時代の到来であるとさえ言われている。さらにパックスという性を問わない同棲形態まで、ごく当り前のこととして認められる時代が来る気配である。二、三〇年前、夢見心地で華々しく結婚した夫婦が、熟年になって離婚する例が急増しているという。四〇代、五〇代になって妻は今こそ自己実現をしたいと願う一方、夫は妻をいつまでも型にはめておきたいらしく、その軋轢で従来の平穏であるべき結婚生活が破綻してしまうというのである。今や結婚という形態が今まで通りの愛の究極の形ではあり得なくなる。ヴィクトリア朝時代の家父長制社会体制では、女性の幸福は結婚であったものが、これから先の時代では結婚なんて大昔の風変わりな制度ぐらいにしか見られなくなるかもしれない。これは極論ではあるが、少なくとも現代のわれわれの受け止め方とは大いに違うであろうことは確かである。従って、この結婚という結末を、敢えて「女性の自立」面から見ても価値あるものとするためには、この作品が作られた当時の時代的背景の認識なくしては考えられないと思う。

ただいつの時代も変わらぬもの、それは、人が人を愛し愛される心と心の交流であり、人間の根源的、普遍的感情である。そして『ジェイン・エア』を読む人は、誰であれ、またいつの時代であれ、この愛の拡がりを心にいっぱい感じるかぎり、『ジェイン・エア』は不朽の名作であると言い切ることができるであろう。

［注］

（1）一九九〇年一一月、新潟県の女児が小学校からの帰宅途中、男に連れ去られ、九年二カ月にわたって監禁されていた事件で、その女性はこの心的外傷後ストレス障害（ＰＴＳＤ）のため、その連れ去った男に対する恐怖心にさいなまれていたという例がある。

（2）中岡洋編著「『ジェイン・エア』を読む」（開文社出版　一九九五年）一五三ページ

第一〇章　ジェインの幸福

佐藤郁子

I．シャーロットの試み

魅惑的な小説を書いた作家がいる。荒涼とした大地にヒースが咲き風が吹きわたる原風景から、人間の本質を見極めようとした女性である。彼女は自然と語らい現実との調和を詩い、人間性を追い求め、心の声に耳を傾けた女性の姿を描写しようとした。一八四七年一〇月の初版以来、読み継がれている『ジェイン・エア』(*Jane Eyre*, 1847) の作者シャーロット・ブロンテ (Charlotte Brontë, 1816-55) である。

小説家シャーロットと『ジェイン・エア』の主人公が重なることはよく知られている。それは、シャーロットの人生を彷彿とさせる経験がジェインの物語として、小説のなかで複雑に絡まり、現実と虚構の区別がなくなるかのように繰り広げられるからである。そしてシャーロットが投影されているジェインの半生がジェイン自身の回想で語られていくのである。

不器量で貧しく孤独だったジェインの語りには、「いつもみなの顔色をうかがっていて、陰で何かたくらんでいるみたいな、あのいやな根性曲がりの子」[1]と思われていた少女が、自立と幸福を追求し、強い意志と新しい考えをもつ女性に成長する姿がある。

貧しい牧師の父と富裕な家柄出身の母が相次いでチフスで他界した後、ジェインは母方の親戚のリード家へ引き取られた。「弱々しく、ひいひい泣いていた。一晩中揺り籠のなかで泣き続けていたこともあった。他の赤ん坊みたいに元気よく泣くんじゃなくて、怨めしそうにめそめそ泣くんだ」[2]とリード夫人（Mrs.Reed）に疎まれたジェインは、尊大で反抗的な孤児と決めつけられて憐れな少女期を過ごす。そして、一〇歳でリード家から追い出されるように慈善学校に入れられたときから、家父長制の厳しい社会で、自分だけを頼る人生を歩むことになるのである。ゲイツヘッド（Gateshead）のリード家の厄介者から、ローウッド女学院の生徒と教師、ソーンフィールド（Thornfield）のロチェスター（Rochester）家のガヴァネス、ムア・ハウス（Moor House）のモートン（Morton）の小学校教師、そしてファーンディーン（Ferndean）でのロチェスター夫人として、暮らす家を替えるにつれて、彼女は能力や経済力を身につける。時の流れとともに、自立する人生を選択し幸福を追い求めるのである。

ジェインは能力を研き、知力を深め経済的自立という目標に対して努力を惜しまない。独身女性の社会的立場の弱さや自分の性格や容姿も理解し、美貌よりも精神を重要に考えて判断する姿に迷いはないのである。それは幸福を探す日常のなかで、堅実に理想の生活を築こうとするかのようである。

しかし、ジェインは自問自答で行う自己分析の結果に現実との矛盾を意識するために、彼女の自信に満ちた態度は変わる。これが人間の本質への理解の始まりだったかもしれない。

彼女の社会的背景は限られているが、社会性が要求される日常での人間関係は広がり、これまでの認識と現実を比較する機会が多くなる。そして悲惨で憐れな経験がもたらす比較は、ときには偏見に満ちた独断的な理論となってジェインの屈辱的な感情と孤独感を増すことにもなった。しかし自然を友として思い悩む現実を受け入れるたびに、ジェインの精神力は確固としたものに成長するのである。

一九世紀のイギリス社会において、条件の良い結婚に頼らず男女同権を願い、自立する人生を模索する女性たちが現れてきた。矛盾する社会のなかで、新しい考えをもった行動力のある人々と現実を体験したシャーロットは、教育を受けた女性の人生を、力強く純粋な心と道徳感をもった人間の物語を一つの試みとして書き上げたのである。

シャーロット・ブロンテの人物像について、ヴァージニア・ウルフ（Virginia Woolf, 1882-1941）が批評している。二〇世紀初頭に、『評論』（*Essays*, 1967）(3)のなかでシャーロットの世界を論ずるウルフもまた新しい女性像を求めていた。ウルフは作品のなかに、人間の本質や日常にある真実を描くために新しい形式の小説を確立しようとしたのである。

シャーロット・ブロンテを考えるとき、私たちは現代社会とは何のかかわりあいももたなかった人を想像しなければならない。考えを前世紀の五〇年代に、野性のままのヨークシャーの荒野にぽつんと立つ司祭館に戻さなければならない。あの司祭館に、あの荒野に、不仕合わせなまま、さびしく、貧困のなかに、狂気のなかに、彼女は永遠にいるのである。（略）現実問題について、シャーロット・ブロンテには、考えさせる力は全然ない。彼女は人生の諸問題を解決しようと試みはしない。そんな問題が存在していることに気がついてさえいない。彼女のもてる限りの力は、しかもそれは抑圧されているので、一段とすさまじいものなのだが、「わたしは愛する」、「わたしは憎む」、「わたしは苦しむ」という主張に注がれている。[4]」

しかし、シャーロットは主人公の主張する言葉に、激しい感情のなかにこそ自立を願う女性の人生や幸福のあり方、人間性を追求する自意識を作り上げようとしたのではないかと思う。

シャーロットは妹たちと――エミリ（Emily Brontë, 1818-48）とアン（Anne Brontë, 1820-49）――『カラー、エリス、アクトン・ベル詩集』（*Poems of Currer, Ellis and Acton Bell*, 1846）を出版した後、各々の小説も出版する計画を立てた。そして、エミリの『嵐が丘』（*Wuthering Heights*, 1847）とアンの『アグネス・グレイ』（*Agnes Grey*, 1847）だけがニユービー社との契約が成立するのである。このとき、シャーロットは「あなたたちが間違っているのを証明してあげるわ。わたしと同じように、小さくて、不器量だけど、あなたたちのヒロインと同じように、おもしろいヒロインをみせてあげるわ[5]」とある試みがあることを言っている。

『教授』（*The Professor*, 1857）の出版を拒否したスミス・エルダー社の非常に丁重に、思慮深く理性的な精神で、とても知識のある識別力をもって検討していた断り状が、適切な助言にもなり[6]、シャーロットの試みは『ジェイン・エア』に暗示され、新しい主人公を生み出す原動力になっていたからである。そこには女性の経済的自立への道やフェミニズムに共鳴する人々の間に生まれた声を主張することも含まれていた。

ジェインはゲイツヘッドで誤解と無理解が引き起こす現実を批判し、その原因としてジェイン自身を冷静に分析する。

「異質な人間。気質も能力も好き嫌いも、まるで彼らと反対の人間、彼らの利害に適うことも、彼らの喜びを増すこともない役立たずの人間。彼らからの対応にひそかに怒りを覚え、彼らに判断をひそかに軽蔑している不愉快な人間。今ならわたしにもわかっている。もしわたしが楽天的で、快活で、かわいくて、気ままで世話を焼かせるおてんば娘だったら――かりの現実のわたしと同じように天涯孤独の居候だったとしても――リード夫人はわたしの存在をもっと我慢できただろう。(7)」

愛情のない孤独な生活で形成される感情は、利己的になり、現実からの逃避と自立を目標にして向けられる。願望は幸福になることに凝縮されるのである。目標に近づく旅人のような歩みのなかにジェインの人生がある。

一方、ウルフも伝統的なイギリス小説ではない新しい形式を確立するために、ある実験を試みているのがわかる。

新しい小説のための、新しい形式について、或る考えに思い至ったからである。(略)わたしの疑念は、それが、どれだけ人間の心を包みこめるかということだ。人間の心をそこに網で捕らえることができるくらい対話をつくる能力が私にあるだろうか。（略）わたしの望みはもう自分の仕事に十分熟練していろいろなたのしみを人に提供できるようになりたいということだ。ともかく、わたしはもっと模索し、実験してみなければならない。[8]

この試みの前に、ウルフは人間の本質を描写するために、鋭い洞察力と緻密な観察力で真実を和解させ、ジェイン・オースティン（Jane Austen, 1775-1817）の作風の影響を受けて、初期作品を書いている。それは現実と想像力を調和させ、日常の静かな生活からさまざまな人間を描き続けたオースティンに対する賛辞からも推測ができる。また、彼女が風刺的に眺めた知的な事柄や人生の批判を鋭い洞察力によって表現し、人間性を提示した作家であると認めていたこともある。[9]彼女にとって新しい形式を確立することは、オースティンの手法のような従来の形式からの脱却を意味したのである。

「わたしは運がよければ、来週、『ジェイコブの部屋』(*Jacob's Room*, 1922) を書き始める」[10]、あるいは「わたしは作家として失敗しているのだ。時代遅れで、年をとっていて、これ以上は何もできない」[11]とあるように、苦悩の末に『ジェイコブの部屋』を刊行する。独自の新手法により、ウルフ文学の先駆的な役割を果たしたこの小説の主人公は、声に導かれ、暗示を受けて人生を歩み続けるのである。また、ウルフが論じたように、情熱的に「わたし」を主張したシャーロットが自然界の現象や心の声で操ったのも主人公の人生だと思う。

この二作品の主人公たちは、旅人のように住む処を移り、さまざまな経験を得て成長している。その行動を促すものは自然界からの暗示であり、決意させるのは五感に響く誘いであり、その感性を呼び覚ます存在である。

一つの試みとして、シャーロットは小説にフェミニズムを取り入れて、対等な人間関係と自立する条件の必要性を知らしめる。さらに、それは新しい時代を生きようとする主人公の本質を鮮明にするほどに、大きな影響力を及ぼす存在になっていると考えられる。

Ⅱ．ジェインと情熱

『ジェイン・エア』はシャーロット・ブロンテの最初に出版された小説ではあるが、初めて書かれた小説ではない。詩作から小説へと移行した第一の作品『教授』の出版拒否の後、シャーロットが自信をもって書き上げた小説である。

孤児になったジェイン・エアは、リード家からローウッド女学院に寄宿させられるのを初めとして四回移動し、五つの家で暮らしている。それは、ゲイツヘッドのリード家の厄介者からローウッド女学院の生徒と教師として暮らすとき、ローウッドからソーンフィールドのロチェスター家のガヴァネスとして職に就くとき、ソーンフィールドからムア・ハウスのモートンの小学校教師として一人暮らしをするとき、ムア・ハウスからファーンディーンの別荘でロチェスター夫人としての生活を始めるときである。

これらさまざまな環境にあっても、ジェインは成長し、自分の力で得たお金と時間に満足し、厳しい現実と社会の矛盾を理解しながら生き抜く術を身につける。小さくて、貧相で、不器量で、有利になる親戚もない女性が男性によって決められる人生を避ける意志と知力をもつ。それは、当時のイギリス社会にあって、結婚ができない女性や結婚以外に生活の道がない女性たちの実態を反映するとともに、知的で、経済力のある女性が手にできる自由と幸福と満足感がある可能性を実感させたのである。

ジェインの心に響くもの、家を移る決心をさせるものは何なのか。さまざまな状況を受け入れ、理解したうえでの判断を信じるジェインがいる。そこには、自分の意志で決める行動を導いている現象もある。ときには自然界からの風であり、ときにはジェインの心の奥から語りかける呟きであり、突然聞こえる強力な意志をもつ声である。

これらの現象には、ジェインを過去に立ち返らせたり、現在の事実を見せたり、未来を予言する能力があるように思われる。そして、驚くことにジェインはこの不思議な力を信じているのである。

予感とは不思議なものだ！　共感も、前兆もそうだ。この三つが結び付くと、人間がまだ解く鍵を見出していない一つの謎を作りだす。わたしは生まれてから予感を笑い飛ばしたことがない。それは、わたし自身が不思議な予感を体験したことがあるからだ。共感も実在して人間の理解も及ばぬ働きをすると、わたしは信じている。前兆というものも、自然と人間の共感にすぎないのではあるまいか。(12)

「そのために、エミリとシャーロットがともにいつも自然の援助を求めているのは、人間性のなかにある大きな眠っている情熱を言葉や行為で伝えられるよりも、もっと強力に必要だと感じている」(13)ように、不思議な現象を感じるときに、ジェインの心に本来の姿や本心が映し出されるのである。シャーロットは自然の力を意識し利用して、ジェインの心にローソクの炎のように揺れ動く情熱を置いていているかのようである。旅人のようにとジェインを駆り立てる現象は、ゲイツヘッドから燃えつづける情熱の炎に働きかけるのであろうか。

ジェインは敬愛するテンプル先生の結婚と退職を機に、新しい仕事と生活を考える場面がある。ローウッドの自分の部屋の窓を開けると風が吹く。自由を求めて祈るとき、風とともに妖精が枕に助言を残したと直感するのである。さらに、「仕事を求める人は広告を出せばよい。『――県ヘラルド』新聞に広告を出せばよい。（略）広告文と料金を入れた手紙を『ヘラルド』紙編集長に送ればよい」(14)という助言に従って、ジェインは生徒としての六年と教師としての二年の歳月を過ごしたローウッドからソーンフィールドに移り住む。そして、ロチェスター家の養女アデール（Adele）のガヴァネスとして働くソーンフィールドでも、現実の不安を見抜かれ未来を予言されるのである。

当主ロチェスターとの結婚が決まるとき、自然はジェインに警告する。月の光は未来への不安や屋敷の秘密で脅かす。不吉な予感が、得体の知れない力がジェインに近づくのである。月夜の果樹園でロチェスターが愛を告白する時風が吹く。「吹き抜ける。果てしない彼方へ行く。次第に強く吹き、

風が唸り声を立てて月桂樹の並木道を吹き抜け、わたしたちに襲いかかる。土砂降りの雨が落ちてきた」(15)

風は一段と強く吹き荒れ、雷が轟き、稲妻が光り、果樹園にある栃の木を半分に裂くほどの雷は、無情な現実に巻き込まれるジェインの運命を暗示しているようである。

結婚式前夜にも風が吹く。「白い幻よ、しばらく一人でそこにいておくれ、とわたしは言った。わたしは熱っぽい気分だ、風が吹く音が聞こえる。外へ出て風に当たって来よう」(16)と風に吹きつけられながら果樹園を歩く様子は、受難の絵のように不気味で、不安にかられるジェインを、血のように赤い月が雲の間から覗いているのである。さらにその前夜にも、「激しい風ではなくて――『陰気な呻くような音』、もっと気味の悪い風は、闇夜の惨めな夢と、恐ろしい幻想を繰り広げているのである」(17)かのように警告しているのである。不安は的中し、教会での挙式の朝、まさに夫婦となる瞬間にロチェスターの狂人の妻バーサ（Bertha）の存在が、屋根裏の秘密が暴かれるのである。結婚は無効となり、「熱い希望に燃えていた女――もうちょっとで花嫁となるばかりだった女――は、また元の冷たい孤独な娘に戻ってしまった」(18)のである。そして、心の声が、恐ろしい声がここを離れるように、自力でロチェスター家から出るように誘い出す。

ジェインはソーンフィールドを去り、夢のなかで見せられたように荒野を彷徨うことになる。荒れ果てたヒースの景色のなかに倒れたとき、夜風が彼女の上を通りすぎる。リヴァース家（Rivers）の人々に助けられ、ムア・ハウスでの生活が始まる。質素だが教養があり、穏やかで充実した生活はジエインに安らぎと幸福感を、モートンの小学校教師の仕事は快活さを与える。そして、幸運にも伯父の遺産を相続し、リヴァース家の人々――セント・ジョン（St.John）とダイアナ（Diana）とメアリ（Mary）――が従兄弟だと判明することから新たな変化が起こる。信頼できる親戚と経済的な安寧を手に入れるジェインの傍をそよ風が吹き、セント・ジョンがジェインに信仰と義務として必要な結婚を求める。ロチェスターへの愛とジョンの説教の間で悩み続けるが、その義務に応えようとする瞬間に樅の木で囁く風が吹くのである。

部屋のなかは月の光でいっぱいだった。（略）それはわたしの五感に働きかけ、五感は今やその呼びかけに目覚めさせられ、そこからか叫び声が聞こえた。ジェイン！　ジェイン！　ジェイン！（略）そして、それは人間の声だった――知っている愛する人の、よく憶えている声――エドワード・フェアファックス・ロチェスターの声だ。⑲

風が運んだ声で心は決まり、ファーンディーンへ向かう。そして、ロチェスターにもジェインの声が聞こえてたと知り、魂のめぐりあいを感じるのである。

彼女は現象の暗示と心の声に導かれている。孤独のなかから自由と愛情と自立の生活を求めるのか、迷わずその暗示を合図に行動して幸福を追求している。月の光は現実と未来を映し、天空を駆ける風と声はジェインの情熱を呼び覚まし、その心に迷いを起こさないのである。

Ⅲ. ジェイコブと影

『ジェイコブの部屋』刊行以前に、ヴァージニア・ウルフが書いた作品には伝統的小説形式の要素がある。それは、主人公を中心とした物語を進展させ、そこに人間の本質や真実を描く手法である。これらの要素を考えると、彼女が苦悩の末に書き上げた『ジェイコブの部屋』は、古い形式からの脱皮を計る意図が隠された作品であることがわかる。

「もし、これが賢明な実験だというのなら、私はこれが終わったとして、ボンド通りのダロウェイ夫人を書くつもりだ。[20]」、あるいは「名声は『ジェイコブの部屋』を発表してから、奇跡のように私を訪れたが、私は今後、ゆっくりと静かに高まることを望んでいる。[21]」と日記に書かれているように、ウルフの試みは成功し、小説の新形式は確立しはじめたのである。この実験的小説は、『ダロウェイ夫人』(*Mrs.Dalloway*, 1929) 以後の諸作品との類似性の比較により、ウルフ文学のプレリュードとして位置づけられる。

『ジェイコブの部屋』には、ウルフが試みたように、主人公が中心の物語性も明確な主人公の姿もない。

スカーバラ (Scarborough) からロンドン (London) に移り、ギリシャ (Greece) へ渡り、そしてふたたびロンドンへと戻る主人公ジェイコブ・フランダース (Jacob Flanders) の軌跡が、ジェイコブの成長とともに語られ明確になるだけである。その生涯は十四章から成り、さまざまな経験をする彼の姿は断片的に現れるにすぎない。しかし、ジェイコブの人物像がより鮮明になるような「不愉快で、不安になる存在」[22]がある。この存在は外面的には彼の姿に輪郭を与え、内面的には彼の個性や心理や思想を特徴ちけている。「不愉快で、不安になる存在」は実体がなく多様に変化し、主人公の人生を操り、彼の運命を決定するのである。ジェイコブの世界や心を傍観し、その人生を凝視し、彼を彷徨させることができるのである。

『ジェイコブの部屋』について、ウルフの夫で批評家のレナード（Leonard Woolf）は、「天才的な作品だ。他のどんな小説にも似ていない。人物たちは、皆幽霊だ。とても奇妙なものだ。登場人物達は、あやつり人形で、運命によってあちらこちらへ動かされている。私は運命がこのように動くとは思わない。」[23]とウルフに感想を述べている。

実験的な作品において、ジェイコブの運命を操るのは、この「不安になる存在」として彼に随伴する音や影や声である。これらの存在は、拡大されて彼に近づき、意志があるかのように擬人化されていく。音は現実を正確に知らせ、影は部屋を移る度に成長するジェイコブの傍で未来を映し、声は彼の歩むべき人生を導く案内人のイメージをもつのである。そして、ジェイコブもこれらの存在の影響を知るようになる。

波の上を走るような灯、燈台にともった灯や岩の姿を見つめているジェイコブ・フランダースがスカーバラの海岸にいる。兄アーチャー（Archer）が「ジェーイコブ！　ジェーイコブ！」と呼ぶ声で彼の人生が始まる。その声は「妙な悲しさを帯びて、あらゆる肉体とも、あらゆる情熱とも無縁のままでこの世に生まれ出て、ひとりぽっちで返事もしてもらえず、岩にあたって砕ける」[24]ようにうら悲しく、ジェイコブを追いかけるのである。スカーバラで幼年時代を過ごしたジェイコブの人生は、ロンドンから大きく動き始める。ケンブリッジ大学時代の仲間、法律家時代の同僚、教授、娼婦、恋人、人妻、ボエミアン風の友人など多様な人々との交友関係から得る知識と体験で、彼は成長し人生や孤独を意識するようになる。その生活は、学寮や下宿の部屋では古典と文明を肯定し、ギリシャでは学問や歴史を確認し、存在の事実を求めて戻ったロンドンで、社会的大動乱に巻き込まれてその生涯を閉じるまで続いているのである。窓辺に佇む友人ボナミー（Bonamy）が、「ジェイコブ！ ジェイコブ！」と呼ぶ声で人生の歩みが終わるのである。

ジェイコブの人生は、無関係に思われるものを並列させ、そこから第三の感情を引き出そうとするモンタージュ手法[25]の導入により、各章はすべて断片的に書かれているのである。そこには整然とした区切りはなく、独立した短編にも思える。そして、これらの短編は『ジェイコブの部屋』の軸として結びつけられ、各々が移動することによって彼の旅を進めるのである。ジェイコブのいる場所はスライドのように次々と変化するが、時間の経過は年代順に並べられ、時刻は教会の鐘で明らかになっている。

窓辺に佇み、思いめぐらすという繰り返しのなかで、時は確実に過ぎ去り、ジェイコブは成長し、人生は色付けられていく。彼は現実を遮断できる部屋を持った時から人生を意識する。部屋が代わるにつれて、声に導かれた人生は変化し、巨大化し、捉えることができないほどになっている。その時の認識にウルフの人生観が語られ、彼女の心の声が響き、ジェイコブは人生を終えるのである。

Ⅳ．ジェインの幸福

「シャーロット・ブロンテは、美しく、金持ちで、才能のある主人公ではなく、小さくて、不器量で、貧乏で、孤独な女性を主人公にした小説を書いた。また、その女性を彼女が愛する男性との関係において、道徳的な問題で苦悩させることを意図したという。[26]」

『ジェイン・エア』は孤児となったジェインが自立と幸福を追求して結婚する恋愛小説でもあり、フェミニストの主人公の性格はシャーロットの考えと一致していると知られている。ジェインには、「わたしは自由な人間で、独自の意志を持っています[27]」という自負がある。彼女はジェイン・エアの存在を、自立する女性を主張するのである。しかし、自立する生活に満足感を覚えながらも独力で得られる生活力の無さを実感し、結婚にも幸福を見出そうとする。ジェインの心の変化は、対照的な二人の男性からの求婚で明確になる。それは、ジェインの内面に魅力を感じた男性からの愛情のある豊かで楽しい生活か、彼女の才能だけを必要とする男性からの義務的な質素で厳しい生活かを選択したときである。ジェインは自立の生活のために安全な家を必要とするのと同時に、愛情と経済を共有し、相互理解ができる結婚を求めるのである。ロチェスターの愛とセント・ジョンの説教に迷いためらう姿には真意が感じられる。二人の本心を考え、セント・ジョンのを拒否するのである。それは、神が決めたと説得する彼はジェインを便利な道具としか認めていないと理解したからである。

遺産の相続は彼女の経済的不安を解消し、迷うことなくロチェスターのもとへ向かわせる。その心に余裕が生まれ、変わり果てた彼に献身的に尽くし結婚するのである。彼を慕う姿に自立する女性の母性が感じられる。しかし、ジェインにとって、真の幸福につながるのは愛情ある結婚で二人の関係が対等に一致することなのである。「わたしは最高に幸せ、言葉では語り尽くせぬほど幸福な人間だと思っている。（略）二人は性格がまったく合い——結果として完全な夫婦和合が生まれた」[28]と確信するからである。

ジェインは独力で自立する人生よりも、幸福になれると判断した結婚を選択している。対等の関係を保ち、愛情のある家庭に幸福と人生を探しあてたのでる。

人生の選択を迫られるとき、情熱が消えそうなとき、ジェインは幸福になると直感しているかのように風や声に従うのである。その導く存在は窮地にある彼女の心に伝わり、情熱の炎を燃やすのである。それは人間性にある真実なのだろうか。月の光や吹き抜ける風、そして心の声は魂の化身のようにジェインの情熱に響き続けたのではあるまいか。

［注］

（1）『ブロンテ全集』2、小池滋訳　『ジェイン・エア』（みすず書房、1995）第3章

（2）*idid.*, 第21章

（3）Virginia Woolf: *Essays*（The Hogarth Press, 1967）

（4）『ヴァージニア・ウルフ著作集』7、朱牟田房子訳　『評論』（みすず書房、1995）、pp.112-113.

（5） *Daily News*, April. 6, 1855
（6） "Memoir of Ellis and Acton Bell." in *Wuthering Heights*（1850）
（7） 『ジェイン・エア』 第2章
（8） Virginia Woolf: *The Writer's Diary*, January 26, 1920.（The Hogarth Press）
（9） Virginia Woolf: "Jane Austen", *The Common Reader*, First series, p.177（The Hogarth Press, 1975）
（10） *The Writer's Diary*, April 10, 1920.
（11） *idid.*, 1921.4.8
（12） 『ジェイン・エア』 第12章
（13） 『評論』 p.117.
（14） 『ジェイン・エア』 第10章
（15） *idid.*, 第23章
（16） *idid.*, 第25章
（17） *idid.*, 第25章
（18） *idid.*, 第26章
（19） *idid.*, 第35章
（20） Virginia Woolf: *The Writer's Diary*, June 23, 1922.
（21） *idid.*, 1925.4.20
（22） Virginia Woolf, *Jacob's Room*（The Hogarth Press, 1975） p.91. "The pbscene thing, the alarming presence"
（23） Virginia Woolf: *The Writer's Diary*, July 26, 1922.
（24） Virginia Woolf: *Jacob's Room* p.7.

(25) フランス映画用法、ソ連のエイゼンシュタイン（1898-1948）あたりから考えられた方法

(26) Jane Sellars: Writer's lives, *Charlotte Brontë*（The British Library, 1997 p.61.

(27) 『ジェイン・エア』第23章

(28) *ibid.*, ch. 38.

第一一章　ジェイン・エアはなぜソーンフィールドを去ったのか

杉村　藍

『ジェイン・エア』(*Jane Eyre*, 1847) は、主人公ジェインが自分の子ども時代から結婚するまでを回想するというかたちで語られる。主人公自身が語り手でもあるこの小説には、彼女のひたむきな情熱や苦悩が鮮やかかに表現されている。主人公の直接的な語りは作品の魅力の一つであり、読者は彼女と一体となって物語の世界を進んでいく。しかしながらすべてがジェイン一人の視点によって描き出されているため、読者は物語のなかで彼女が語らなかったことや、あるいは彼女自身さえ気づいていなかったために触れることのなかったことに関しては知ることができない。単眼的視点の弱点がここにある。

『ジェイン・エア』にはこのように、語り手が充分語っていないために、もしくは気づいていなかったために、読者には疑問が残ってしまう点が幾つかある。そうした疑問の一つに、なぜジェインがソーンフィールド・ホールを去り、そしてそこにふたたび戻って来るのかという問題がある。彼女がホールを去る直接の原因は、結婚を約束していたエドワード・ロチェスターにすでに妻がいたことが発覚したことにある。発狂し監禁されていた妻バーサは後に館の火事の際死んでしまうが、ジェインはその事実を知らぬままふたたびソーンフィールドへ戻るのである。ロチェスターが依然妻帯者であると思い込んだままの彼女がなぜ彼の許へ戻って来るのか。バーサの死の報せが届いていなかった彼女にとって、状況はソーンフィールドを去ったときと何も変わっていなかったはずである。それにもかかわらずなぜ彼女はソーンフィールドへ戻ったのか。またそもそも彼女がホールを立ち去った真意はどこにあったのか。

この問題について、多くの批評家がそれぞれに解釈を試みている。例えばシンシア・A・リンダーは、ロチェスターに妻がいたことや、ジェインがホールに戻るきっかけとなった不思議な呼び声に関して、単に親近感や肉体に惹かれる感情から、精神的価値に基づいた成熟した愛へと愛情が深まっていく過程を描くための工夫であるとしている。(1) またヘレン・モグレンのように、ジェインがロチェスターの許を去ろうと決心したことを、彼女の自立への重要な第一歩と位置づける批評家もいる。モグレンは、これをジェインが自己を守るための行動であったと評価している。(2) 他にもヴァレリー・G・マイヤーのように性の意識に注目したケースもある。マイヤーはジェインがロチェスターとの結婚に対して抱いていた不安の真の原因を肉体的な接触にあるとし、よく指摘されるように彼の経済的支配力に対する不安がその主な原因ではないとしている。(3) この他にも、多くの研究者がさまざまな視点に立って解釈を行なっている。

ソーンフィールドを去るまで

ではここで、ジェイン自身は自分がソーンフィールド・ホールを立ち去ることに関してどのように述べているのかを見てみよう。第二七章の冒頭、ロチェスターの妻の存在が明かされて結婚式が取り止めになった午後、一人部屋に閉じこもったジェインは次のような自問自答をしている。

午後しばらくして、わたしは頭をあげてあたりを見回し、太陽が西に傾いて壁を金色に染めているのが目に入った。わたしは尋ねた、「どうしたらよいのだろう」。

しかしわたしの心が出した答え――「すぐにソーンフィールドを去るのだ」――はあまりにも素早くそして恐ろしく、耳をふさいでしまったほどであった。今はこんな言葉には耐えられない、とわたしは言った。…

しかしそのとき内なる声はわたしにはそれができると断言し、そしてそうすべきだと予言した。

（第二七章）

ロチェスターとの結婚が叶わないとわかった後、自分がこれから一体どうしたらよいのかと考えたとき、すぐさま思い浮かんだのがこの「ソーンフィールド・ホールを去る」ことであったという。

また、彼女がホールを去るという行動を起こす直接的な契機となったのは、彼女が見た夢であった。

わたしは（夢のなかで）月が出て来るのを見守っていた――その丸い表面になにか運命の言葉が書かれているかのような強い期待を抱いて。月はかつてない現われ方で雲から現われ出た。最初に一本の手が黒い雲の層を突き抜けてそれを払い除けた。それから月ではなく白い人間の姿が、輝く額を地上に向けて紺碧の空に輝いた。その姿はわたしをじっと見つめた。それはわたしの心に語りかけた。その声ははかりがたいほど遠くから聞こえたが、しかし同時にわたしの心のなかで囁いているかのように非常に近いものでもあった。――

「娘よ、誘惑から逃れなさい」

「母よ、そういたします」（第二七章）

ジェインは夢から覚めると同時にこのように答え、そして起き上がると簡単な身じまいを済ませソーンフィールドを出て行ってしまうのである。

ここで注目したいのは、ジェインが館を去ることを思いついたり実際に行動に移すきっかけとなるものが、彼女自身というよりは彼女が感知しない「何ものか」によってもたらされたように書かれていることである。最初の引用ではジェインの意志とは関わりなく内なる声が、そしてまた二番目の引用では夢に現われた母なる月がそれぞれ彼女にソーンフィールドを立ち去るようにと命じている。まるで彼女が誰か第三者の強力な意志によって行動に駆り立てられているかのようである。ここではジェインが自ら考え主体的に行動しているという印象は稀薄である。

しかし実際に考え行動を起こしているのはジェイン自身に他ならず、彼女に助言したり行動を強いたりする第三者は存在しない。先の引用に出てくる「内なる声」も「母なる月」も、いずれも彼女の意識が生み出したものにちがいない。彼女はそれらがあたかも自分自身とは関わりなく存在するもののように書いてはいるが、やはり紛れもなくジェインそのものなのである。

ジェインがソーンフィールドを去るという件に関して実際に関わりをもっていた人物は、この問題の直接の原因を作ったエドワード・ロチェスターである。では彼女は彼に対してはどのように述べているのであろうか。

わたしはわたしの愛を眺めた。わたしの主人のものであった愛を――あれは、彼が創ったものであった。…ああ、もう二度と彼の方を向くことはできなのだ。誠実はしぼみ――信頼は打ち砕かれてしまったのだから！　ロチェスターさまはわたしにとってすでに以前の彼ではない。彼はわたしが考えていたような方ではなかったからだ。わたしは彼の不道徳に責めを帰すことはすまい。わたしを騙したのだとは言うまい。しかし、くもりない真実という特性は、彼に対する観念からは消え去った。わたしは彼の前から去らなければならない。そのことがわたしにはよくわかっている。いつ――どのようにして――どこへ――それはまだわかっていない。しかし彼自身がわたしをソーンフィールドから急いで追い出すだろうということは疑いない。彼はわたしに対して真実の愛情を抱くことはできなかったようだ。移ろいやすい熱情にすぎなかったのだ。その熱情に邪魔が入った。彼はもはやわたしを望みはしないだろう。(第二六章)

これは作品中、ジェインがソーンフィールドを去るという考えを述べた最初の箇所である。自分がロチェスターにとって不要なものとなったという意識が、ホールを去る直接の動機になっていたことがわかる。愛する者に疎まれたくないという、逆説的ではあるが彼女の愛情の現われである。

しかしこのように愛していればこそ、彼との結婚が成就しなかったことに対する悲しみと、その原因を創った彼を非難する気持ちはなおさら強いものだったにちがいない。ロチェスターの不道徳に責めを帰したくないと言いつつも、ジェインは彼の愛情の性質を次々と否定していく。特に引用の冒頭では彼女とロチェスターとが二人で育んだはずの愛を「彼が創ったもの」と表現することで、結婚に至るまでの過程でロチェスターが果たした役割の大きさを表すと同時に、彼の責任の重大さも示し、暗に彼を非難している。

後にロチェスターがバーサとの結婚の経緯を語った際にも、ジェインは決してはっきりと彼を咎め立てることはなかった。それどころか、「わたしを許してくれますか」というロチェスターの最初の問いかけですぐに彼を許したと述べている(第二七章)。けれどもそれは言葉に出してではなく、表面には表わさずただ心の底だけで許したという。許していたのならなぜ彼女は、ロチェスターが何よりも望んでいたであろうその許しの言葉を一言口にしなかったのであろう。また、果たして彼女はここで述べているようにほんとうに彼を許していたのであろうか。

ロチェスターへの愛が深ければ深いほど、彼と結婚することができない現実に対する絶望もまた深く、そして彼が誠実ではなかったことへの憤りも激しかったはずである。しかし彼女はそれを直接ロチェスターにぶつけない。彼に対してはもはや口を閉ざしてしまうこと、これがジェインの深い絶望と怒りの表現だったのではないであろうか。そしてその表現の究極的な行動が、ロチェスターには一言も告げることなくソーンフィールドを立ち去ってしまうことだったのではないであろうか。

しかしジェイン自身、彼女の行動の真意に気づいていなかったように思われる。彼女はソーンフィールドを去るという問題をめぐって自問自答する際、しきりと神や法律、道徳を引き合いに出している。

わたしは神によって与えられ、人間によって認められた法律を守ろう。わたしは自分が正気で狂ってはいないとき――いまのわたしのように――わたしが受け入れた道徳を守ろう。法律や道徳は、誘惑のないときのためにあるのではない。今のような、肉体と魂がその厳格さに対して反逆したときのためにあるのだ。法律や道徳は厳格なものである。それらは侵されてはならない。もしわたしの個人的な便宜のためにそれを破ってもいいとしたら、その価値は何にあろう。それは価値あるものなのだ――わたしはずっとそう信じて来た。（第二七章）

ソーンフィールド・ホールのモデル、ノートン・コンヤーズ

法律や道徳、特に神は絶対的な権威の象徴である。これらを後ろ楯とすれば、ジェインの行動は誰の目にも——もちろん、彼女自身にとっても——是認されるものとなる。ジェインは自分の真意を「内なる声」や「月なる母」の夢という、自分とは切り離されたものによってもたらされたかのように表現していたが、それと同じようにして宗教や道徳、法律によって自分の行動の動機づけを行なっているのである。これほどまでに自分の外部に行動の動機があるかのように描いている点が、反対にその動機が他ならぬジェイン自身の内部にあったことを窺わせる。ほんとうの動機に気づいていたからこそ、彼女はそれを必死に隠蔽する必要があったのではないであろうか。

ジェイン・エアはなぜソーンフィールドに戻ったか

ジェイン・エアは、小説では概して道徳的で信仰心の篤い人物として描かれている。しかしこのソーンフィールド出奔に関しては、はたして道徳や神の問題が実際に重要であったのか疑問である。この点について考えるために、今度はジェインがソーンフィールド・ホールへ戻る場面をみてみよう。彼女がホールに戻る直接のきっかけとなるのは、ロチェスターの不思議な呼び声を聞いたことである。

心臓は早く、そして強く動悸を打った。わたしはその鼓動を聞くことができた。突然、それがとまり、ある言いようのない感情が貫き、すぐさま頭と手足に伝わった。その感情は電撃のようなものではなかったが、しかしそれと同じようにきわめて鋭く、奇妙で、驚くべきものであった。それはわたしの感覚に働きかけ、それまでの活動がせいぜい麻痺状態にすぎず、今その状態から目覚めよと呼び起こされたかのようであった。感覚は期待に満ちて活気づいた。筋肉は骨の上で震え、目と耳は待ち構えた。

…わたしは何も見はしなかったが、どこかで声が呼ぶのを聞いた――「ジェイン！　ジェイン！ジェイン！」――それだけであった。

「おお、神さま！　あれは何でしょう」とわたしはあえいだ。（第三五章）

ジェインはこのテレパシーのようなロチェスターの声を聞いたことで、セント・ジョンの求婚を逃れソーンフィールドへ戻る決心をする。ソーンフィールドを去ったときの動機との関連で注目したいのは、今回もまた彼女が決心をする直接のきっかけとなるのがジェイン自身の意志ではなく、またもや「不思議な呼び声」という神秘的な力によっているという点である。この呼び声は小説の第三七章で実際にロチェスターが発したものであったことがほのめかされているので、確かに外部からの働きかけという印象がないでもない。しかしこれもまた、ソーンフィールドを去る際の内なる声や月の夢と同じく、やはりジェインの内部にその源を求めることができるのである。ジェイン自身、「それ（呼び声）はわたしの内側から聞こえたように思われた――外の世界からではなく」（第三六章）と述べている。

そして実際にジェインは心の底ではこのようなきっかけをずっと待ち望んでいたのである。彼女はムア・ハウスで次のように自戒している。「ふたたびわたしと彼（ロチェスター）を結びつけてくれるような、何かありえないような状況の変化が起こるのを待っているかのようにして、日々ぐずぐずしているほど愚かで意気地のないことはない」（第三四章）。ジェインはロチェスターとふたたびいっしょになれる機会を、そしてそのような機会をもたらしてくれる何か都合のよい変化を欲していたのである。彼女が「不思議な呼び声」を全面的に何の疑いもなく受け入れ、それに神や魂を持ち出して積極的な意味づけを行なっているのは、これがまさしく彼女が望んでいた変化をもたらしてくれるものに他ならなかったからではないであろうか。

この不思議な呼び声を聞いたときのジェインの最初の反応は、引用にもあるように神にその正体を尋ねることであった。また、ソーンフィールドへ向かう朝、彼女は「わたしの肉体は、天の意志がはっきりとわかったならば、それを成し遂げるだけ強いものでありたい」（第三六章）とも述べている。すなわちジェインはこの呼び声が神の意志によるものであると位置づけているのである。こうして敬虔なジェインは、再度神の導きに従って行動を起こすことになるわけである。

しかしながら、ソーンフィールドを去る、またはそこに戻るという問題に関しては、その状況自体は何ら変化していない。確かにバーサは死んでしまっており、ロチェスターは自由に再婚できる立場になっている。神がジェインにこうした変化を知らせるためにあの呼び声をもたらしたのだとしても、彼女はこの時点ではそれを知り得ない。それどころか彼女の直面していた問題は何一つとして解決されていないのである。ソーンフィールドを去る際ジェインが非難していたロチェスターの不誠実、不道徳はどうなってしまったのか。ホールの火事を知らないジェインは、当然彼がいまだに発狂した妻を匿っていると思っていたはずである。ジェインの側では何も状況が変化していないにもかかわらず、またもや彼女は神にすがってソーンフィールドへ、やはり神を信じて出て来たはずのその同じ屋敷へ戻って行く。同じ問題に関してでありながら、まったく正反対の結論を導き出すのに、どちらの場合にも同様に神が引き合いに出されているのである。

なぜこのようなことが可能なのであろう。これではまるでジェインが「神」を自分の行動の動機づけに濫用しているようではないか。彼女がもち出す「神」とはいかなるものなのか。また、彼女にとって信仰とはどのような意義をもつものなのであろう。マーガレット・ブロムはジェインとキリスト教との関係について次のような意見を述べている。

伝統的なキリスト教の用語を習慣的にまた特徴的に使ってはいるけれども、明らかにジェインの場合は自分の意志を神の意志に服従させることで自分の魂を救おうという、キリスト教徒としての関心が行動の動機とはなっていない。その代わりに彼女は、自分がすでに辿っている身勝手な進路を進むことを正当化するために宗教を利用しているのである。(4)

ブロムはジェインの信仰を精神の支えや行動の指針としてではなく、彼女が自分を正当化するためにその権威を利用した道具とみなしている。そしてこの解釈は、「神」がソーンフィールドの件で同じ問題に関してまったく正反対の結論をもたらした点から考えても、ジェインの信仰のあり方を如実に説明しているということができるであろう。この神の問題と同じことが、法律や道徳に関しても当てはまる。先に引用した部分にもあったように、ジェインは「法律や道徳は厳格なものである。それらは侵されてはならない。もしわたしの個人的な便宜のためにそれを破ってもいいとしたら、その価値は何になろう」（第二七章）と述べている。しかしながら例の呼び声を聞いて以来、ソーンフィールドに戻ることについて彼女は何の逡巡も示しておらず、法律や道徳に関しては一顧だにしていない。バーサの死を知らないジェインは、いまだに妻のいる、重婚を企てた男の許へ戻ろうとしていることになる。真に法律や道徳の掟を守ろうとする者ならば、このときこそそれを尊重しなければならないのではないか。ジェインがほんとうのモラリストであったかどうか、彼女のこの態度からは非常に疑わしい。そしてそれと同時に、ソーンフィールドを去るときの真の動機が法律や道徳を守るためであったという彼女の言葉もまた、信憑性を失うのである。

彼女はまた、自分が呼び声を聞いたときの様子を思い返して次のように述べている。

あの感覚の驚くべき衝撃は、パウロとシラスの牢獄の土台を揺るがせた地震のようにわたしを襲った。それは魂の牢舎の扉を開き、その縛めを解いた――それは魂を眠りから覚まし、魂は震え、耳をそばだて、驚いて飛び起きた。それから、三度の呼び声が驚いているわたしの耳に、そして震える心と魂を貫いて響いてきた。わたしの心と魂は恐れることも慄くこともなく、煩わしい肉体にかかわりなく、努力することを許されそれが成功したことを喜んでいるかのように狂喜した。（第三六章）

ジェインは、あの呼び声がそれまで束縛されていた彼女の魂を自由にしたと述べている。そして自由になった結果がソーンフィールドへ戻ることであった。では、それまでの彼女の魂が束縛されていた状態とは、ソーンフィールドへ、ロチェスターの許へ戻ることができなかった状態を指すのであろうか。彼女は神や道徳、法律を自分の行動の楯として頼みにしてきたが、それらに基づいてソーンフィールドを去ったことが逆に彼女の魂を縛りつけていたというのであろうか。

なぜジェイン・エアはソーンフィールドを去ったのか

では、彼女の魂が真に望んでいたこととは何であったのか。そしてまたソーンフィールドを去ったほんとうの動機は何であったのか。それは、彼女のロチェスターへの愛だったのではないであろうか。孤児であった彼女が初めて見出した同質の男性、ロチェスターをジェインは深く愛していたはずである。しかしバーサの存在や彼の重婚の企ては、その愛に対する許しがたい裏切り行為であった。その手痛い裏切りに対し、彼女は彼がもっとも苦しむであろうかたちで制裁を加えた。それが彼を一人置き去りにしてソーンフィールドを去ることだったのである。子ども時代のジェインが言っていたように、「もし理由もなく打たれたときは、思い切り強く打ち返してやるべきだわ。ほんとうにそうするべきよ――殴った人に二度とそんなことしないように教えてやるために、強く打ち返すの…不当にわたしを罰する者には手向かわなければならないわ。それはわたしに愛情を示してくれる人をわたしが愛したり、罰に値すると思ったときにはそれに従うのと同じように、当然のことだわ」（第六章）これは彼女にとって当然の反応だったのである。

しかし、ローウッド女学院でヘレン・バーンズがこうした考えをキリスト教徒らしくないと戒めたように、成長したジェインも自分の行動原理をそのまま容認するわけにはいかなかった。彼女は自分の怒りを表現するための合理的な方法が必要だった。そしてそれこそが宗教や道徳、法律だったのではないであろうか。彼女はこれら絶対的な権威を楯にとることであくまで自分は正当な立場を保ったまま、ロチェスターを罰することができたのである。

けれども、ジェインをこのような行動に駆り立てたのは彼女のロチェスターへの愛であった。しかし、ヘレンが幼いジェインを諌めたように、やはり彼女のものの見方、ロチェスターに対する愛は未熟である。彼女の怒りは愛ゆえに生まれたものであったが、彼女はその怒りをいかにして発散させるかということしか考えておらず、その元となった愛情の問題については考えが及んでいない。ジェインがソーンフィールドに戻るのは一時的な怒りの感情が過ぎ、自分がやはりロチェスターを愛しているにほかならないことに気づいたからである。あとは社会通念に抵触しないですむきっかけがあればよかった。もしソーンフィールドに暮らしている時点でロチェスターへの愛が充分に深いものであったなら、あるいは彼女はあのようにホールを去っていなかったかもしれない。後に第三七章で再会したロチェスターが語っているように、彼はジェインを無理に情婦にするつもりなど毛頭なかったし、彼女は自分の考えを正直に打ち明ければよかった。もっと彼を信頼してもよかったのである。もちろん、彼の行いは正しいものではなかった。しかし彼をほんとうに愛していたなら、偽ってまでも彼女と結婚しようとしたロチェスターの愛の深さや苦悩、愛するがゆえの弱さを受けとめてやってもよかったのである。少なくとも、彼をそれ以上苦しめる必要はなかったはずである。

だがほんとうの問題は、ジェインが自分の行動の真の動機に気づいていないということである。彼女には理性的で秩序を尊ぶ一面もあるが、多くはこのソーンフィールド出奔に見られるように、自分の感情に基づいて大胆に行動する。しかし彼女はそうした自分の真意を認識することなく神や道徳をもち出して、自分の行動の動機にいかにも正当な理由づけを行い、しかも自分自身までもそうだと思い込んでしまっている。けれどもそれは自己欺瞞にほかならない。ジェインの実際の行動が主義や信条などではなく彼女の感情に基づいていたことからもわかるように、彼女は豊かな情熱をそなえたロマン派気質のヒロインである。しかし彼女は自らの本質を理解せず、ひたすら読者と自分自身とに道徳的で合理的な言い訳を繰り返している。こうしたジェイン・エアの姿はまた、この小説が自伝でもあるといわれる作者シャーロット・ブロンテ（Charlotte Brontë, 1816-55）自身をも映し出しているのかもしれない。

[テキスト]

Charlotte Brontë, *Jane Eyre*. Ed. by Jane Jack and Mragaret Smith.（Oxford at the Clarendon Press, 1975）

[注]

（1）Cynthia A. Linder, *Romantic Imagery in the Novels of Charlotte Brontë*（London: The Macmillan Press Ltd, 1978）p.59.

（2）Helen Moglen, *Charlotte Brontë: The Self Conceived*（New York: W. W. Norton; Toronto: McLeod, 1976）p.130.

（3）Valerie Grosvenor Myer, *Charlotte Brontë: Truculent Spirit*（London: Vision Press Ltd; Totowa, NJ.: Barnes & Noble, 1987）p.151.

（4）Margaret Howard Blom, *Charlotte Brontë*（Boston: Twayne Publishers, 1977）p.100.

第一二章　シャーロット・ブロンテ――視覚芸術から言語芸術へ――

増田恵子

はじめに

不朽の名作『ジェイン・エア』（*Jane Eyre*, 1847）の執筆によって、シャーロット・ブロンテ（Charlotte Brontë, 1816-55）は作家として揺るぎない地位を獲得した。彼女の小説がもつ魅力の一つに、新鮮で生き生きとした表現が挙げられる。この点に注目した批評家は多く、画家のように対象を綿密に観察しその内面にまで迫るような人物描写や、風景があたかも眼前に展開するかのような自然描写から、シャーロット・ブロンテの作品を絵画と結びつける読み方は、すでに『ジェイン・エア』出版直後から見られた。

ジョージ・ヘンリ・ルイス（George Henry Lewes, 1817-78）は次のような言葉で、『ジェイン・エア』における絵画的表現を指摘し、シャーロットの絵画的な描写力こそが作品の成功に貢献していると示唆した。

読者の前にはっきりと絵が浮かび上がる。ここに描かれているのは絵であって、単なる「すぐれた書きもの」の断片ではない。この作者が曖昧な記憶で「創作する」のではなく、心に浮かび上がる絵を言葉によって、しかも「詩的散文」という神聖な文章で描いていることは明白である。(1)

このルイスの言葉を俟たずとも、『ジェイン・エア』にはトマス・ビューイク（Thomas Bewick, 1753-1828）の『英国鳥禽史』（*History of British Birds*, 1797, 1804）からの引用や挿絵への言及があるし、ヒロイン、ジェイン自身も実際に絵を描いている。こうした点からも小説における視覚芸術の影響を意識せずにはいられない。

この小説ははじめから最後まで絵描きの視点で書かれているといえる。ルイスがいみじくも言っているように、読者はジェインの語りによって新しい場面に導かれるたびに目の前に綿密な風景画を提示される。アウトサイダーのジェインはつねに外からドアや窓を額縁に新天地を観察し自分の印象を頭のなかで描いて物語っているのである。これは人物描写にもいえることで、新しい人物が登場するたびにその人は顔や体格、髪型、服装の細部にいたるまで観察され、骨相学の観点からその性格までも描き出されている。ジェイン・エアに情熱やバイタリティがなかったならば、彼女は『ヴィレット』（*Villette*, 1853）のルーシー・スノウ（Lucy Snowe）のように終始傍観者であり続けていたかもしれない。

ジェイン・エアが絵を習うのは、ローウッド（Lowood）に入学してからのことである。しかし一〇歳のジェインはすでに景色や人物を観察し、絵を吟味する習性を示している。『英国鳥禽史』や『ガリバー旅行記』（*Gulliver's Travels*, 1726）を愛読書としているのも、それらの本に収められているさまざまな挿絵のためである。学校に入ったジェインは一ヵ月もしないうちに絵を習いはじめ、はじめて小屋を写生している。成人したジェインはベッシー（Bessie）やロザモンド（Rosamund）が絵の先生よりも上手だと称賛するぐらい上達し、ロチェスター（Rochester）からも独特の芸術性ゆえに一目置かれる。

ジェインが実際に描いた絵は、ロチェスターに見せた三枚とゲイツヘッド（Gateshead）にリード夫人（Mrs.Reed）を見舞ったときの数枚を除いて、ほとんどが風景の写生と肖像画である。ローウッド、ソーンフィールド（Thornfield）、モートン（Morton）で教師として生徒に絵を指導していたジェインがこうした絵を多く描いたのは当然で、ベッシーやロザモンドらが褒めたのもこのような絵である。ロチェスターだけが表現不足でもジェインの想像による絵を認めているのは興味ぶかい。

シャーロットと絵画との関連は、ギャスケル夫人（Elizabeth Gaskell, 1810-65）の伝記『シャーロット・ブロンテの生涯』（*The Life of Charlotte Brontë*, 1857）によって伝記的側面からも明らかになった。ギャスケルはブロンテ家の子どもたちが文学のみならず絵画にも並々ならぬ興味をもっていたことを紹介している。たとえば、彼女はシャーロットが一三歳頃に作成した「わたしが作品を見たいと思う画家の一覧表」を引用し、シャーロットがこの頃すでに主にイタリアを中心とする古典、新古典主義

の巨匠たちの名前やその偉業に精通していた博学ぶりを強調している。(2)

そして幼いブロンテたちが自分たちで物語を書いて文学修業に励んでいたように、絵画においても単に知識を得るだけにとどまらず、実際にその技術の習得に精進していた様子も伝えられている。文字と絵画による創造の世界はブロンテたちにとって大きな喜びの源であった。ブランウェル(Branwell Brontë, 1817-48)はのちに肖像画家としてアトリエを構えることになるし、シャーロットも作家を志す以前は画家として生計を立てることを真剣に考えていた、とギャスケルは述べている。

ギャスケルがシャーロット・ブロンテの絵画知識の習得と技術の研鑽について言及したのは、シャーロットの視覚芸術がのちの彼女の言語芸術に影響を与えていると考えたからではなく、大作家シャーロット・ブロンテが文学のみにすぐれた人ではなく、芸術の分野においても嗜みのある、すばらしい女性であったことを読者に印象づけるためであったと思われる。

しかし今日では初期作品が単なる子供時代の遊びにとどまるものではなく、ブロンテ文学が生まれるために必要不可欠なものであったと認識されるようになった。わたしは、初期作品だけでなく絵画などの視覚芸術もまた、シャーロットが小説を執筆するためには欠くべからざる要素であったと思う。絵を描くことは、方法こそ違うが、やはり対象を描くこと、表現することである。そこにはおのずから文字による表現、文学と関わってくる部分があるはずである。

ブロンテを取り巻く絵画状況

ブロンテたちは、ゲインズバラ（Thomas Gainsborough, 1727-1788）をはじめとする一八世紀末風景画家がすでにピクチャレスクと呼ばれる風景画のジャンルを確立していた時代に生きていた。ピクチャレスクとは、イタリア語のピットレスコに語源をもち、絵のように美しいという意味である。調和のとれた古典的な美意識とは異なるが、想像力を刺激するような劇的で意外性に富む庭園、建築、絵画などを定義するのに広く用いられた。絵画でいえば、聖堂、僧院、廃墟などがモチーフとされ、風景はありのままを描写されるのではなく、美的効果を高めるために入念に計算された構図を用いて描かれた。ゲインズバラの後に続いたコンスタブル（John Constable, 1776-1837）とターナー（Joseph Mallord William Turner, 1775-1851）という偉大な二人の風景画家のうち、後者はこのジャンルの人気にこたえるために銅版画の原画となる水彩画を多量に描いた。姉妹のなかではアン（Anne Brontë, 1820-49）が、このピクチャレスクの絵に欠かせないモチーフの一つであるねじまがった木を好んで描いている。

当時の絵画の流行に強い関心をもっていたとはいえ、ブロンテたちは直接それらの芸術作品に触れる機会があったわけではない。先に挙げたシャーロットの画家リストも、講読していた雑誌から入手した知識によるものであった。当時は大量生産された版画や本を飾った大小さまざまな挿し絵、美しい版画を収めた「年鑑」本が一般に普及した。(3) このようにして一流画家の作品を版画というかたちで目にし、間近に観察、研究することが可能になった。ウィリアム・ブレイク（William Blake, 1757-1827）は画家としてはあまり評価されなかったが、版画家としてはつねに人気が高かったという事実からも、版画の需要の大きさがうかがえるであろう。

ブロンテの場合も、一流の絵画を直接目にする機会はなかったが、これらの版画を通して数多くの絵画に触れることができた。シャーロットがその作品を見たいと名を挙げていた先の芸術家たちの作品も、版画というかたちでこの時期にあらためて人気を博し、また広く普及していた絵画の入門書などに使われた。

ブロンテの時代に活躍していたターナーやコンスタブルらの巨匠たちも、版画の人気を無視できずその製作にも熱を入れていたほどである。(4) 大量生産された版画は、安価で入手しやすかったために庶民の居間を飾ることとなり、ハワース（Haworth）の司祭館の壁にもジョン・マーティン（John Martin, 1789-1854）(5)の三枚組の大きなメゾチント版画が掛けられていた。父親パトリック・ブロンテ（Patrick Brontë, 1777-1861）は、自分の趣味と子どもたちにすぐれた芸術を体感させるという教育方針から、経済的に許すかぎり、文芸雑誌や一流の芸術家の版画を購入していた。

バイロン（George Gordon Byron, 1788-1824）の伝記や作品の挿絵にその版画が多く用いられたフィンデン兄弟（William Finden, 1787-1852、Edward Francis Finden, 1791-1857）や、『英国鳥禽史』で有名なトマス・ビューイクなどもブロンテたちには馴染み深い芸術家であった。

当時活躍していた芸術家たちの作品を直接見る経験があまりないなかで、一八三四年リーズ（Leeds）

で開催された王立美術振興北部協会夏期展覧会はブロンテたちにとって唯一の機会であった。アマチュアではあったが、シャーロットもこの展覧会に版画の模写を二作品出展していた。彼女はブランウェル、パトリックとともに展覧会を訪れ、当時活躍していたさまざまな芸術家たちの作品に触れたにちがいない。ちなみにブランウェルの絵の教師としてウィリアム・ロビンソン（William Robinson, 1799-1837）が選ばれたのもこの展覧会に彼の描いた肖像画が出品されていたことがきっかけであった。また、この展覧会にはのちにブランウェルが肖像画家としてアトリエを構えたときに、芸術家仲間となるレイランド（Joseph Bentley Leyland, 1811-51）もサタン像等を出品していた。

シャーロットの絵画教育

シャーロットが絵のレッスンを受け始めたのがいつからであったかはっきり特定することは難しい。現存する絵のなかでいちばん年代の古い、一八二八年に描かれたとされる一二枚のうち、十枚は初期作品に関連した自由な発想の絵である。しかし同年九月初旬に描かれた二枚の建物の絵は、そのモチーフや構図からすでに絵画教師の指導を受けていたことをうかがわせる。これらは風景画の初歩として版画を模写したもので、このころから絵画のレッスンがおこなわれるようになったのではないだろうか。

最初に教えたのはトマス・プラマー（Thomas Plummer）というキースリー（Keighley）在住の肖像画家であるようだ。ブランウェルがキースリーまで絵画のレッスンに通ったという記録が残っているし、プラマーの父親が一八〇四年から四〇年までキースリーの学校長を務め、パトリックとも知己の間柄であった。[6]

プラマーの後、ブロンテたちが絵を習ったといわれているのが、ジョン・ブラッドリ（John Bradley, 1787-1844）である。彼もプラマーと同じくキースリーの出身であり、パトリックとともにキースリー・メカニックス・インスティチュートのメンバーであった。彼は看板などを描く職人であったが、趣味で油絵を嗜んでいた。ブロンテたちにビューイクを紹介したのはこのブラッドリであり、彼はシャーロットが模写した絵をもっていた。クリスティーン・アレグザンダー（Christine Alexander）は、彼の教えていた期間を一八二九年から三〇年にかけてであると断定している。[7]

一八三一年一月一七日にマーガレット・ウラー（Margaret Wooler, 1792-1885）の経営するロウ・ヘッド・スクールに入学したシャーロットは、客員教授で校長ウラーの妹スーザン・カーター（Susan Carter, 1800-72）の指導のもと、あらためて絵画の初歩から習い始め、翌年五月に退学するまでには、家で妹たちに絵の手ほどきができるほどに上達した。

一八三四年六月、パトリックは子どもたちのために、リーズ在住の著名な肖像画家ウィリアム・ロビンソン（William Robinson, 1799-1837）と契約を結んだ。

家庭教師として箔をつけるためのブリュッセル（Brussels）留学でも、これで最後となる絵画教育を受けていたようである。

シャーロット・ブロンテの絵画

現存するシャーロットが最初に描いた絵は、同時に彼女の最初の初期作品でもあった。一八二八年、シャーロットが一一、二歳で書いた「むかしアンという名の女の子がおりました」('There was once a little girl and her name was Ane') という短い物語の最初のページは、物語と挿絵の二つで構成されている。これはシャーロットの創作活動においては、絵画と文章とが互いに補い合って一つの作品を作り出すという関係にあったことを象徴的に物語っているように思われる。

しかしながら、学校に入るまでに描かれた絵の大半は絵画の手引書などに収められている版画やビューイクの版画からの模写である。廃墟や橋、壁などを模写することは当時風景画の初歩的な練習とされていたものであり、サザランド (Sutherland) やビューイクの名作、装飾的な風俗画を手本としたものは特に念入りに仕上げられていることから、彼女に助言を与えたり、仕上げを手伝ったりしたであろう指導者の存在が窺える。

一方で彼女が好んで描いた人物画は、当時人気の高かった「アルバム」や「年鑑」から写したもので、ウィリアム・フィンデンらによる美しい女性像をモデルとしていた。シャーロットは巨匠たちの作品に憧れながらも、流行の風俗画にも強い関心をもっていた。

一八三一年から翌年にかけては多作で、目や鼻など顔の一部の練習、頭部全体、風景画、果物や花、動物の絵に大別され、これまでになく多様な題材が扱われている。これはロウ・ヘッドで絵画の授業を受け始めたためである。顔の部分の練習は絵画の初歩とされていて、入学すると同時に一、二ヵ月続き、早くも三月にはほぼ完全な顔を描く段階まで進んでいる。《アメリア・ウォーカー》（'Amelia Walker'）など実在の人物を描いた絵もあることから、顔の部分の描き方を習得した生徒たちが互いの顔を写生し合ったと思われるが、当時の手引き書によく似た絵があることから、仕上げには手引き書を参考にしたのであろう。四月六日の絵などは、一八三五から三七年までの間に描かれたとされるアン・ブロンテのもの(8)とモデルが同じである。六月から始まった風景画の練習もまた教材を模写したものであることが、一八三二年のエミリによる絵(9)との類似からわかる。このころのシャーロットの風景画は装飾的で、針箱の飾りになるようにカットされているものもあり、学校での絵画教育はヴィクトリア朝時代の女性の嗜みとしての趣が強かった。

ハワースに戻ってからも、家事仕事や弟、妹たちの世話といった一日の決められた予定のなかで、いかにシャーロットが絵の練習に時間を割いていたかが次の手紙でわかる。

午前中九時から一二時半までは妹たちを教え、絵を描きます。それからお昼まで散歩をします。昼食後はお茶の時間まで縫い物をし、お茶のあと書き物をしたり、本を読んだり、刺繍をしたり、気が向けば絵を描いたりしています。(10)

ブランウェルが知人のジョージ・サール・フィリップス（George Searle Phillips, 1815-89）に語ったところによると、ブロンテ家の芸術熱はたいへんなもので、そのなかでも特にシャーロットは絵画の知識や学習法に精通して、画家になる野心を抱いていたらしい(11)。シャーロットは人物、風景、花などの小作品を中心に描いていたので、装飾用のミニチュア画の製作を生業としようとしていたのではないかと思われる。

一八三三年から翌年にかけては風景画と人物画が入り交じっており、初期作品に関連した絵が多く描かれている。これはシャーロットが学校から戻り、家できょうだいと初期作品の創作に励んでいた時期と一致している。同じ紙にブランウェルの絵が描かれていることもあり、物語同様絵画においても姉弟相互の影響があり得ることを示している。風景画もバイロンの作品を多く手懸けたフィンデンからの模写が多い。物語のために男性の肖像画も描いており、それらはバイロンやウェリントン公爵によく似ている。ヒロインのイメージとしては「年鑑」の美人画を用いていた。

シャーロットは風俗画に熱中しながらも、画家となるための実際的な練習にも励んでいた。一八三四年に職業画家の作品と並んで出展された二作のうちの一方はボウルトン・アビーを描いたものである。ボウルトン・アビーはよく絵画のモチーフとなっていたもので、ワーズワス（William Wordsworth, 1770-1850）によって詩にも詠まれた場所であり、シャーロット自身も前年にそこを訪れていた。しかしこの絵はそのとき写生されたものではなく、ターナーの原画をもとに製作されたエドワード・フィンデンの銅版画を忠実に模写したものであった。もう一つのカークストール・アビーは、廃墟を描いたピクチャレスクな絵で、ここにもシャーロットが訪れた可能性はあるが、これも版画の写しである。

一八三五年にはこれまでのイラストのような美人画からフュースリ（Henry Fuseli, 1741-1825）やラファエロのような成熟した女性像への変化が見られる。これらは助教師としてウラー先生の学校に務めていたころに描かれたもので、このころの多忙な時期に初期作品の執筆は中断してしまっても[12]、絵画の練習は続けられていたことがわかり興味ぶかい。このころ描かれたアン・ブロンテの肖像画でも、ラファエロらの絵の影響を受けている。こうした変化はブランウェルがウィリアム・ロビンソンに手ほどきを受けていた時期と重なることから、彼の助言によるものかもしれない。

一八三六年からブリュッセル留学前までは作品量が激減している。風景画は主にギルピン（William Gilpin, 1724-1808）やフィンデンの模写で、学校の生徒への見本や記念品として描かれた。人物画は初期作品と関連したものが多く装飾性の強いものであるが、一八四〇年以降は見られなくなる。これは初期作品においてバイロン的な情熱の世界から現実の世界へ脱出を図ろうとしたシャーロットの気持ちの変化と一致しており、絵画と初期作品との相関性を如実に示している。

一八四二年から四三年のブリュッセル留学中に描かれた風景画はそれまでの版画の模写ではなく、自然の写生である点が特徴的である。これらの風景画はエジェ寄宿学校で最初の夏休みに入るころに集中して描かれており、長い休暇を学校で過ごさなくてはならなかったシャーロットとエミリがブリュッセル郊外を散策したときに描かれたものであろう。エミリもこのころ同じ風景を別角度から描いており、姉妹でありながら画風や筆致の違いを示している。しかしこれらの絵には版画特有の細部にわたる装飾性が見られることから、仕上げは学校で手本を見ながらかあるいはこれまでの経験によってなされたと思われる。ところが、単身で留学を続行することになった翌年には、絵画作品を完成するだけの意欲や気力がなかったようで、退屈な時間を埋める落書程度のものしか残されていない。

現存するなかで最後に描かれた絵は、一八四五年八月とシャーロットによって記されエジェ氏(Constantin Heger, 1809-96)に贈られた版画の模写である。エジェ氏への恋心を断った時期を境に一枚も残されていないのは、このころ学校設立を断念し文壇での成功という最後の夢にかけたからにほかならないが、情熱を封印したようで興味ぶかい。

シャーロット・ブロンテの残した絵の三分の一は、同時代の版画の写しである。自由奔放に創造した初期作品に比べ、絵画においては彼女の独創的な想像力の跡は見られない。模倣した絵は絵画教育と初期作品の産物に二分される。この乖離は最初から見られ、絵画レッスンや学校教育は前者の上達を促進した。特に寄宿学校時代には後者は影をひそめているが、シャーロットが画家をめざしていたころでさえ、初期作品の世界は並行して描かれていたのである。しかし初期作品がロマンティシズムからリアリズムへ移行していくと、絵画においても登場人物の肖像画は姿を消し、風景画も自然を写生したものに変化し、やがて描かれることもなくなる。言語芸術と視覚芸術は密接に連動し、シャーロット・ブロンテのすぐれた描写力はその後、彼女の小説世界で発揮されるのである。

ビューイクの版画と模写、そして言語化

ビューイクの『英国鳥禽史』は、ブロンテ家の数少ない蔵書の一つであり、その挿絵はジョン・ブラッドリによってブロンテたちの絵画の手本とされた。[13] 挿絵は本文と関係した鳥の写実的描写と余白を飾る無関係な絵とに大別される。後者には海や海岸、廃墟や墓地、さらに超自然的な絵が含まれている。

シャーロットが模写したのは、鳥の絵や風景画などの写実的な絵であり、その練習も絵画教育の初期の段階に限られたものであったので、アレグザンダーはのちの絵画はおろか初期作品、小説にも与えた影響は少なかったと断言している。確かに、シャーロットは自然描写を忠実に再現することを心がけており、フィンデンの模写に見られるような独自の解釈やバリエーションはそこには介在しない。

しかしながら、『ジェイン・エア』冒頭の長い引用や細々とした挿絵への言及から、シャーロットがビューイクの版画に親しんでいたことは周知の事実である。ブランウェルはビューイクに関する記事を書き、彼の木版画からブロンテたちが多くのことを学びとったことを告白している。これらの引用と言及は完全に原本と一致しており、模写同様、言語においても写実的に再現されている。しかしそのモチーフは海の巌から難破船、墓地、悪魔、怪物へ、つまり写実から空想へと移行し、ジェイン・エアの想像力はかきたてられていく。すなわちシャーロットが真に魅了されていたのは、ビューイクの自然描写よりも想像的描写なのである。ちなみにビューイクの挿絵は、トムソンやバーンズら

の詩集も飾っており、ロマン主義の台頭を美術の側面から促したといえる。ビューイクのこのような資質は、彼が生まれ育ったイギリス北部の風土に根づいている。余白の挿絵は、彼の田舎の風景を描いたものであり、荒海や廃墟、幽霊などの超自然的世界は、シャーロットが親しんだヨークシャー地方の民話や伝説に通じるものである。この物語性にシャーロットは魅了されたのであるから、ビューイクの版画の模写よりも言語化に彼女が力を入れたのは当然の成り行きといえよう。ジェイン・ステッドマン（Jane Stedman）はビューイクの影響を小説全般に認めているが[14]、ロチェスターに見せた三枚の水彩画やゲイツヘッド再訪で描いた想像画にも、海や難破船、月明かりなどのビューイクのエコーが感じられる。

ジェイン・エアとシャーロット・ブロンテは似たような絵画教育を受け、画家の視点をもっている。教師を志し職業とした二人が描いた絵は、生徒の手本となるような写実的な肖像画や風景画ばかりである。しかし同じ写実的絵画を描いても、シャーロットの絵は大半が模写なのに、ジェインの絵はすべて写生したオリジナルで、決定的に異なっている。この点はジェイン自身もひどくこだわっていて、ことあるごとに模写ではないことを主張しており、現実的には模写の領域から脱却することのなかったシャーロットの願望充足といえる。またジェインの描いた想像画もシャーロットが決して描くことのなかったものである。シャーロットが理想とした絵画とそれを描く現実の技量との隔たりが、この差に現われている。しかしシャーロットの視覚芸術はイマジネーションをかきたてるのに役立ち、絵では表現しきれない部分を言語芸術が引き継いでいるのである。

[注]

（1） George Henry Lewes, from an unsigned review, *Fraser's Magazine*（December 1847, XXXVI, 686-95）.

（2） シャーロットの一覧表には次の巨匠たちの名前が挙げられていた。「グィド・レーニー（Guido Reni, 1575-1642）、ジュリョ・ロマーノ（Giulio Romano, 1499-1546）、ティチアーノ（Tiziano Vecelli, 1490-1576）、ラファエロ（Raffaello, 1483-1520）、ミケランジェロ（Michaelangelo, 1475-1564）、コレッジョ（Il Correggio, 1494-1534）、アニバーレ・カラッチ（Annibale Carracci, 1560-1609）、レオナルド・ダ・ヴィンチ（Leonardo da Vinci, 1452-1519）、フラ・バルトロメーオ（Fra Bartolommeo, 1472-1517）、カルロ・チニャーニ（Carlo Cignani, 1628-1719）、ファン・ダイク（Van Dyck, 1599-1641）、ルーベンス（Peter Paul Rubens, 1577-1640）、バルトロメーオ・ラメンジ（Bartolommeo Ramenghi, 1484-1542）」Elizabeth Gaskell, *The Life of Charlotte Brontë*（Penguin Books, 1985）p.118.

（3） 版画・印刷技術の向上で絵画の大量生産が可能になったこの時代、美しい版画の収められた「年鑑」本はクリスマス・プレゼントなどとして重宝された。ブロンテ家にも三冊はあったことが明らかになっている。

（4）『ローダー・コレクションI、ターナー・コンスタブルを中心とした風景画家たち』（郡山市立美術館、一九九三年）序文。

（5） イギリスの画家で銅板画家。聖書や歴史に題材を求めて、劇的で壮大な風景を描き人気を博し、ロマン主義の文学者たちに好まれた。シャーロットはマーティンの絵をイメージしてグラス・タウンの風景描写をしたほどである。

（6） *The Bradford Observer*（17 February 1894）.

（7） Christine Alexander and Jane Sellars, *The art of the Brontës*（Cambridge University Press, 1995）p.24.

（8）〈若い女性の頭部と肩〉（'Head and shoulders of a young woman'）.

（9）〈ハディントン、ギュウォールド塔〉（'Guwald Tower, Haddington'）.

（10）Charlotte Brontë's letter to Ellen Nussey, 21 July 1832.

（11）Francis A.Leyland, *The Brontë Family with Special Reference to Patrick Branwell Brontë*（Hurst and Blackett, 1886）vol.I, p.139.

（12）この年は、学校に赴くまでに三作、そしてクリスマス休暇に一作しか書いていない。

（13）「読者を楽しませながら、同時に教訓を与えるために彫ったものであり、それぞれ何らかの内容を語っているので、ビューイクは、…「物語カット」（talepiece）と呼んでいる。」平田家就著『ビューイクの木版画』（研究社、一九八三年）pp.29-30.

（14）*Brontë Society Transactions*, 15.1, pt.76, 1966, pp.36-40.

第一三章　ファーンディーン考

白井義昭

シャーロット・ブロンテ（Charlotte Brontë, 1816-55. 以後シャーロットと表記する）の『ジェイン・エア』（*Jane Eyre*）は出版以来、熱烈な恋愛を描いた小説として永らく多くの読者に愛されてきた。しかし、現在ではそのような恋愛物語と単純素朴に解釈されるにとどまらず、フェミニズムの観点から女性自立の作品として読み解かれたり、ポストコロニアリズムとの観点から論じられるようになってきている。と同時に、この作品が通常の恋愛小説の結末とは趣を異にする聖職者セント・ジョン（St. John）の言葉で終わっていることにも関心が向けられるようになり、その結果、この作品のエンディングが大いに論じられることとなった。(1) それと呼応して、当然のことながら、『ジェイン・エア』の最終場面に登場するファーンディーン（Ferndean）についての解釈もクローズアップされるようになった。しかし、ファーンディーンの捉え方は時代とともに大きく異なってきている。これは看過できない問題であろう。なぜならば、この解釈如何によって、ファーンディーンというこの作品の最後の場におけるセント・ジョンの言葉の解釈や、ひいては『ジェイン・エア』のエンディング解釈が一八〇度変わる恐れがあるからである。したがって、本稿では、ファーンディーン解釈を整理し、そのあるべき姿を提示してみたい。

一

『ジェイン・エア』のファーンディーンの解釈は時代とともに大きく変化している。まず一九五〇年代ではエドガー・F・シャノン・ジュニア（Edgar F. Shannon, Jr）の説に代表されるような解釈がなされていた。シャノンは、ソーンフィールド（Thornfield）で嵐が吹き、雷が鳴ったことはロチェスター（Rochester）が秩序を乱したことに対する抗議の印であるが、ソーンフィールド屋敷がバーサ（Bertha）の放火によって焼け落ちたことで、ソーンフィールドにおける悪徳と狂気が焼き尽くされたと解釈する。そのうえでロチェスターとジェイン（Jane）は緑豊かな恵み深いファーンディーンで再会する。ジェインがそこに到着したときには「生命を与える雨がファーンディーンを潤す」[2]とシャノンは述べ、さらに「ファーンディーン」という名称は「シダの繁茂する谷」を意味するから、この場所は「保護と休息」を与えていると解釈できる、と彼は言う。

この論文の約二〇年後に出版され、その後のフェミニズム批評の「カノン」ともなった『屋根裏の狂女』でギルバートとグーバー（Sandra M. Gilbert and Susan Gubar）も、ファーンディーンはその名が暗示するように「花も花壇もない」が、しかし緑が豊かで、やさしい雨が降り注いで肥沃な土地になっていると解釈し、ロチェスターとジェインは二人で力を合わせて育むこのファーンディーンという自然秩序のなかで元気を回復し、そして男女が対等な立場で接しあえる理想的な結婚生活を送ったとする[3]。

ギルバートとグーバーの『屋根裏の狂女』から一〇年後、パラマ・ロイ（Parama Roy）も同じ流れでファーンディーンを解釈する。彼女によれば、ファーンディーンはソーンフィールドとはまったく異なった世界として提示される。ファーンディーンの館は「荘園」となっているものの、現実には森小屋のようなもので、いわばバシュラール（Bachelard, 1884-1962）の言う「小屋の夢」を実現したようなものである。しかし、西欧の「小屋」が孤独を避けて人と交わる場であったのに対し、ファーンディーンにおけるこの「小屋」はまったく世間との交渉を拒み、ロチェスターとジェインだけの空間を提供する特殊な場所になっていると指摘する[4]。

このように八〇年代まではファーンディーンを好意的に解釈していた。しかし、こうした解釈は『ジェイン・エア』における以下のようなファーンディーンに関する描写を無視したものであると批判されても仕方がなかった。『ジェイン・エア』においてファーンディーンが最初に言及されるのは、ジェインとロチェスターの結婚式が執り行われていた教会においてである。結婚式の最中にロチェスターには妻がいることが妻の弁護士ブリッグズ（Briggs）によって暴露される。ブリッグズは

「『イングランド——県ソーンフィールド屋敷、ならびに——県ファーンディーン荘園の所有者エドワード・フェアファックス・ロチェスターは、西暦一八——年（一五年前の年である）一〇月二〇日、ジャマイカ島スパニッシュ・タウン——教会において、商人ジョウナス・メイソンとその現地生まれの妻アントワネッタ・メイソンのわたしの妹バーサ・アントワネッタ・メイソンと結婚したことを、わたしは確証します。』」（『ジェイン・エア』第二巻第一一章）[5]

という結婚記録簿を朗読する。ここでロチェスターがファーンディーン荘園の所有者であることが初めて明らかにされる。

次の第三巻第一章でロチェスターは、狂人の妻を屋根裏部屋に閉じ込めておいたが、それ以外の方策としてはファーンディーンに閉じ込めておいても良かったものの、それができなかった理由を、ジェインに次のように説明する。

「狂人を他の場所に移すわけには行かなかったのだ——他にファーンディーンという古い屋敷を持っていて、そこはここよりも辺鄙な人目につかぬところだから、あの女を置くにはより安全なのだが、森の奥にあって健康に悪いので良心が咎めたのだよ。湿気のひどい壁の中に閉じ込めておけば、それだけ早く厄介払いできたかもしれないが、悪党にもそれぞれ違ったやり口があってなあ、どんなに憎んでいる人間でも、じわりじわり殺すというのはぼくはいやなんだ。」（第三巻第一章）

ここから、ファーンディーンは湿気が多くて不健康な場所であり、そこに放置されれば死に到る危険性のあることがわかる。

さらに、第三巻第一〇章の末尾においては、ロチェスターの声に導かれてソーンフィールドへ戻ったジェインは燃え落ちたロチェスターの屋敷跡を見るが、近所の人からロチェスターがもうソーンフィールドには住んでおらず、そこから三〇マイル離れたファーンディーンにいることを知らされる。その住人はファーンディーンが「とても淋しい場所です」と教えてくれる。次の第一一章に入るとファーンディーンは、

ファーンディーンの屋敷は中くらいの大きさのかなり古い、建築としては全然見映えのしない建物で、深い森の中に埋もれていた。わたしは以前にも耳にしたことがあった。ロチェスター氏がよくその話をしていたし、時には出かけることもあった。彼の父が狩猟の獲物がたくさんいそうだと思って、土地を買ったのだ。彼は貸し家にしたかったのだが、場所が不便で不健康ということで借り手が見つからなかった。というわけで、狩猟の時期にご主人が泊るために、二つか三つの部屋に家具が入っているだけで、あとは長いこと家具もない無人の部屋ばかりだった。（第三巻第一一章）

と描写され、ここでも「不健康な」場所と定義される。

こうした本文の記述に忠実になるかのように、九〇年代に入ると、それまでのファーンディーン観が否定されてくる。たとえばポーリーン・ネスター（Pauline Nestor）は ファーンディーンに不安を引き起こす性質があるとして、第三巻第一章の「森の奥にあって健康に悪い」というジェインの言葉を引用し、そこからファーンディーンに住もうと決心したことにジェインの死の兆候を嗅ぎ取り、セント・ジョンの祝祷と結びつける。(6) さらにスーザン・マイヤー（Susan Meyer）は、湿気が多くて不健康なファーンディーンの周囲の状況が『ジェイン・エア』のほかの場所における抑圧的で不健康な環境や、グレイス・プール（Grace Poole）が周期的に屋根裏から顔を出して、ジェインの気もちを湿らせることなどを想起させると論じ、これがこの作品のエンディングに見られるユートピア的雰囲気を台無しにし、ひいてはこの小説世界が不当なヒエラルキーの不健康な状況からまだ完全に浄化され切っていないことを暗示する、と主張する。(7) さらにマイアは、こうした観点から、ファーンディーンの不健康な雰囲気が社会の不当な不平等を暗示し、しかもその不平等はとりもなおさずイギリス人による対非白人抑圧の原型であると主張する。こうしてファーンディーンの捉え方は九〇年代を境に変化するわけである。これ以降、ファーンディーンは生命力や治癒力を有した自然物という見方がしりぞけられ、不健康な場所という、原文で書かれているとおりの解釈に変化するのである。

このように八〇年代までと九〇年代以降ではファーンディーン解釈が真っ向から対立していることが知られる。だが、果たしてこうした二極の解釈で良いのだろうか。また八〇年代までの解釈にしても、なぜそのように生命力溢れる場所だと解釈できると言えたのか。そうした解釈にいたる途中経過が欠落しているために、原文では不健康な場所と言われていながら、なぜそれとは逆に生命力溢れる場所と断言できたのかの説明が十分されていない。私には、こうした九〇年代以前と以降におけるファーンディーン解釈の齟齬は、ジェインがファーンディーンに到着してロチェスターと再会するにいたるまでの状況と、ロチェスターと再会したのちに彼との関係を修復し結婚するにいたる状況とを峻別しないことから生じたのではないかと思われる。それでは両者はどのように違っているのだろうか。これら二つの状況が提示される第三巻第一一章にもう一度目を転じ、その点を以下において検討してみたい。

二

ジェインが第三巻第一一章でファーンディーンに着くのは「日暮れの直前」で、「空は悲しげに曇り」、「冷たい風が吹き」、「肌にしみ込むような小驟雨が降り注ぐ」。いかにも暗い情景だ。ジェインはファーンディーンに着いてからも一マイルほど歩く。しかし「屋敷のすぐ近くまで来ても建物は見えない。木がびっしり暗く茂って周囲を取り巻いていたから」である。屋敷には「二本の御影石の門柱の間に鉄の扉」があり、ジェインにはそれが入り口だとわかる。そこを入るとすぐに薄暗い密生林になり、そこをジェインは歩いていくのだが、「行けども行けども曲がりくねった道が続くばかりで、家らしいものも庭らしいものも見当たらない」。それでジェインは「間違った道に迷い込んだ」と思う。「夜の暗さの上に夕暮れの暗さも加わって」くる。「別の道があるかとあたりを見回」すが、「道はない」。それどころか「どこも枝のからまった円柱のような木の幹と、緑の夏の葉が繁っているだけ」で、「どこにも入り込む余地はない」のである。この辺の自然描写はジェインとロチェスターの置かれている混沌とした状況を象徴していると解釈できよう。

さらに道を進むと、ようやく道が開け、木々が少しまばらになり、柵と建物自体が見えてきた。しかし、それでも「湿って崩れかかった壁が緑の苔だらけだから」、建物は「薄暗い中では森と見わけがつかないくらい」である。「花も花壇もなく」、建物の印象は「とても淋しい場所」であり、家は「しん」としており、ジェインは「こんなところで人が暮らせるのだろうか?」と自問せざるを得ないほどである。そうした陰鬱な場所にジェインは入っていくのである。そしてついにロチェスターと再会する。

ロチェスターのいる居間は「薄暗く」、暖炉では「かきたてられない火がちょろちょろと燃えている」にすぎない。そうした寂寞とした状況のなかでロチェスターはジェインと再会するのだが、ジェインから彼女がおじの遺産を受け取ったことや、彼女がファーンディーンにそのままとどまって彼の「隣人、看護婦、家政婦」になってくれるという話を聞く。ロチェスターはジェインが自分の相手となるのにはもったいないと思い尻込みしはじめるが、これに対してジェインの方は彼と結婚できる可能性が高くなったことを確信して、反対に、心が晴れていく。この辺の二人の気もちはそうした話し合いのあとにロチェスターが「また陰気になってしまった」と描写されるのに対して、ジェインは「わたしは逆に陽気になり、新たな勇気が湧いて来」て、「ふたたび明るい話しぶりに戻った」と描写されていることに如実に示されているといえるだろう。それから夕食を取る時刻となり、ジェインは「間もなく部屋の中をもっと陽気に」する。こうして「薄暗い」居間は姿を消すのだ。

　翌朝、ジェインはロチェスターに「快晴の明るい朝ですよ。雨は止んで、暖かい日ざしでじきに散歩に出ましょう」と元気に声をかける。朝食をすませ午前中のほとんどを戸外で過ごしたあとで、ジェインはロチェスターを「雨に濡れた原生林の外の明るい野原へと連れ出」す。そしてロチェスターに「鮮やかな緑の野のありさま、みずみずしい花や生け垣のありさま、青く輝く空のありさま」を話す。このようにして陰鬱なものとして捉えられていたファーンディーンは、ジェインによって異なる属性を付与されることとなる。つまり、光と明るさ、それに生気をである。そのうえでジェインはロチェスターを「人目につかぬ気もちのよい場所の乾いた木の切株に座らせ」る。引用文中の「乾いた木の切株」に注目したい。ファーンディーンは湿気があるために、不健康であるとされていたのだが、ジェインはそうした不健康な場を改善し、そこへロチェスターを移すのである。

　そうした後でジェインはロチェスターと別れてからこれまでのことを彼に包み隠さず話す。ロチェスターも自分の非を詫び、精神的に生まれ変わったことをジェインに印象づける。そしてついに二人は結婚することに同意し、三日後に結婚式を挙げることに決める。ジェインはその直後に「日の光で雨の滴もすっかり乾いてしまいましたね。風もなく、とても暑くなりましたね」と言う。つまり、それまで言われてきたのとは異なり、ファーンディーンは「乾いた」場所になるのである。いや単にそれだけの表現にとどまっていないことに注目すべきであろう。ジェインはさらに「森を抜けて家に帰りましょう。日陰がいちばん多いですからね」と続ける。ファーンディーンの森は湿気の多い、不健康な場として忌み嫌われていたのであるが、今ではその反対に、適度の日陰を与えてくれる心地よい避難所として歓迎されるようになったのである。

この後に続けてロチェスターはジェインの神秘的な呼び声のエピソードに触れる。ジェインはセント・ジョンと結婚することに決め、いざ翌日インドへ出発という晩にロチェスターの「不思議な呼び声」を聞いたのだが、ロチェスターは、それと同じ夜の、しかも同じ時刻に自分もジェインの名を呼んだのだ、と説明する。ロチェスターはジェインにどうしても会いたくて、思わず「ジェイン！　ジェイン！　ジェイン！」と叫んだ。するとどこからともなく『今行きますわ。待っていて！』と言う声が聞こえ、そして次の瞬間には『どこにいるの？』という呟き声もしたと、ロチェスターは付け足す。通常なら、「ファーンディーンの家は深い森に囲まれているから、音はこだますることなく吸い取られてしまう」のだが、そのときばかりはこの『どこにいるの？』という呟き声が「山の中で言われたように、こだまとなって繰り返されるのが聞こえた」というのである。そして「その時おれの額に当たる風が、前よりも涼しく爽やかに感じられ」、「魂と魂が出会っていたに違いない」とロチェスターには思えた、と描写されていく。ここで特に強調したいのは、ジェインとロチェスターに奇妙な一致が起こったことではなく、「そのときおれの額に当たる風が、前よりも涼しく爽やかに感じられた。どこか淋しい荒野のなかでジェインとおれが会っているような気がした。魂と魂が出会っていたにちがいないと思う」とロチェスターが告白している点である。つまりこの段階でのファーンディーンは、かつてロチェスター彼自身が言っていたような忌まわしい場所であることを止め、彼にとって好ましい場所になっていたということである。しかも、それがジェインの到着によって実現されるようになったということである。

三

以上のように見てくると、『ジェイン・エア』におけるファーンディーンは物語の進行とともにその意味に変化が生じたことが知られよう。不健康な場所であったファーンディーンはジェインの、そしてロチェスターの心的成長とともにその意味を一変させるのである。ここでシャーロットの他の作品に目を転じて、そこでシャーロットがファーンディーンをどのように理解しているのかを知ることは意義深いことと思われる。もちろんファーンディーンという名称がシャーロットの他の作品にそのまま用いられていると言うわけではないので、当然ながら「ファーンディーン」と密接に関連すると思われる語句を検討することになるのだが、そうした関連語句が見えるのは『ジェイン・エア』に先だって執筆された『教授』(*The Professor*)においてである。

『教授』の最終章第二五章でウィリアム・クリムズワース(William Crimsworth)はベルギーで成功を収めたあとで、妻のフランセス(Frances)とともにイギリスへ帰国する。彼らが向ったのは「生まれ故郷の――州」(8)であった。しかし、そこは兄のエドワード(Edward)が住んでいるX――町ではない。兄のいる町はウィリアムにとり忌避すべき場所なのである。ウィリアムたちはそこから「三〇マイル離れた、静かで起伏に富んだ地方」に住むのである。この状況は『ジェイン・エア』の場合にかなり類似しているといえるだろう。ジェインもロチェスターの重婚の罪が犯されようとした忌まわしいソーンフィールドにではなく、ファーンディーンに落ち着くのである。しかも『教授』ではウィリアムたちの住む場所が兄たちの住むX——町から「三〇マイル離れた」ことになっているのだが、『ジェイン・エア』においてもファーンディーンがソーンフィールドからやはり奇しくも三〇マイル離れていたことになっており、これも両作品の強い絆を感じさせる。

ところでなぜウィリアムは兄が住んでいる場所から三〇マイルも離れた場所に住むのか。単に嫌な兄から離れるためなのか。どうもそうではないようである。彼が移り住んだ所は「静かで起伏に富んだ地方にある。工場の煙もまだここの緑を汚していず、川はまだ清らかな流れのままで、大きく起伏する丘陵はいまだにシダに覆われた谷間に原初の野生の自然を蔵している」所であった、と描写される。そしてそこでは「自然の苔、早蕨、ブルーベルの花、葦とヒースの香り、のびやかで清々しい微風がそこにある」し、わが家は「あまり広くはないが絵のような趣の建物で、低く大きな窓をもち、入口のポーチのまわりは棚造りの茂みになっている」のである。つまりウィリアムはそれまでの異国での厳しい生存競争を生き抜いてきて、いまようやく、こうしたエデンの園のような故郷に帰り住んでいるわけであるが、そこは緑豊かな場所、いうならば産業革命によって汚染された場所とは正反対の様子を呈した場所となっている点に注目したい。

クリムズワースが兄の屋敷に初めて来た様子が『教授』第二章で語られている。それによると「川岸に沿ってまるで細い円い塔のように並んでいる高い筒形の煙突は、木立に半ば隠れた工場のありかを示して」いて、「蒸気機関と工業と機械とがとうの昔にここからすべてのロマンスと閑寂を追い払って」おり、X——町の「上空には濃い煙霧がいつもかかっている」。クリムズワースはこの光景を「無理して眺め」、そして「この光景がぼくの心に何の楽しい感情も呼び起こさないこと、男が自分の生涯の仕事の場を目の前にしたとき感じるはずの希望が少しも涌いてこないことが分か」る。ベルギーからイギリスへ帰国したクリムズワースはそのような産業革命によって毒された場所には住まない。クリムズワースが終の棲家とするのは、それに対立した場所である。そこは「シダに覆われた谷間に原初の野生の自然を蔵している」（第二五章）場所である。そしてfern valley =fern dean =Ferndeanという流れから、この「シダに覆われた谷間」を『ジェイン・エア』のファーンディーンと結びつけることは可能であろう。つまり『教授』においても「ファーンディーン」に対応する場所が主人公にとり好ましい場所として選択されるのである。

「シダ」がそのような「原初の野生の自然を蔵した」好ましい場所と関連づけて理解されていることはシャーロットのもう一つの作品である『ヴィレット』（*Villette*）においても見られる。『ヴィレット』第二巻第二五章では、ドクター・グレアム（Dr. Graham）がポーリーナ（Paulina）と会って話しをしているうちに彼女に好意を抱くようになる様子が描かれるが、しばらくするとグレアムは仕事の都合で退出しなければならなくなり、ポーリーナたちといっしょにいた部屋から一旦退出するものの、ポーリーナの顔を再度見たくなって忘れ物にかこつけて戻ってくる。そして期待どおりポーリーナから別れの一瞥を受けてから再度部屋を出るのであるが、そのところは「彼は別れの一瞥――はにかんだ、しかし優にやさしいそれ――シダの葉陰から見上げる小鹿、牧場の臥所から見上げる子羊の目にも劣らぬ、美しく無邪気な眼差し――を受けて出て行くことができた」(9)と表現されているのだ。ここでの「シダ」は不吉な自然物ではない。むしろ心をやさしくさせ、和ませる植物と理解すべきであろう。

ところでシャーロットの妹たちは「シダ」をどのように考えていたのであろうか。妹たちの作品で「シダ」あるいは「シダ」と関連する語句が見られるのはエミリ(Emily, 1818-48)の詩においてのみのように思われる。ローパー(Roper)が編集したエミリ詩集によると'fern'あるいは'ferny'という語は六篇の詩において見られる(10)。それらの詩では「シダ」は墓を覆っていたり、冬枯れの景色を構成していたりと、どちらかといえば、暗いイメージが付きまとう。

ところが、二〇一番の「しばしば叱責されながらも、つねに戻ってくる」で始まる一篇だけは、その一五行目に「灰色の羊たちがシダの生える谷間で草を食んでいる」とあるように、牧歌的な雰囲気に満ちていて、他の詩とは雰囲気を異にする。実は、この詩がエミリの作品かあるいはシャーロットの作品かについては論争があって、ローパーはエミリの詩であろうと解しているのだが(11)、ペンギン版のエミリ詩集編者ジャネット・ゲザリ(Janet Gezari)は、これがエミリによるものか、あるいはシャーロットによるものかは断定できないとしながらも、エミリが弱強五歩格で書いた詩はわずか六篇しかないのに対して、シャーロットがこの韻律で大部分の詩を書いている点を上げて、シャーロットがエミリの原稿に手を加えたのであろうと論じている。[12] 私は「シダ」の解釈上からもゲザリ説を採りたい。なぜならば、この作品における「シダ」の捉え方はエミリが執筆したとされる作品における「シダ」の捉え方と異なるからである。つまり、この詩では「シダ」が牧歌的な背景の中に据えられており、これは『ジェイン・エア』をはじめとしたシャーロットの他の作品における「シダ」解釈と同じだからである。

四

これまでの考察から、九〇年代から顕著になってきたファーンディーンを不吉なものと関連させる見方は、一面的にすぎることが知られたであろう。『ジェイン・エア』におけるエンディングをあまりにも悲観的に解釈しすぎたきらいがあるのだ。マイヤーのようにファーンディーンに社会の不平等を見、さらにはそこにイギリス人の対非白人抑圧の原型を見出すと言う説は、ポストコロニアリズム批評が隆盛の現代にとっては、一見魅力的に見えるかもしれないが、理論先行の解釈という誇りは逃れられまい。『ジェイン・エア』のみならず、『教授』や『ヴィレット』においても、さらにはエミリが最初に筆を染めたものにシャーロットが後で書き直したとされる「しばしば叱責されながらも、つねに戻ってくる」で始まる詩においても、シャーロットの描く「シダ」は、たとえそれが湿気の多い不衛生な場所に生えることはあっても、最終的には自然豊かな谷間に生息し、人に安らぎと平安を与える植物なのであり、したがってそれが生えるいわゆる「ファーンディーン」はそうした属性を備えた場所なのである。この意味で、九〇年代以前の批評家のファーンディーン解釈は大筋で間違っていなかったといえる。しかし、彼らはロチェスターとジェインの精神的変化を考慮しなかったために、その精神的変化とともにファーンディーンの意味も変化したことには思い至らなかったのである。『ジェイン・エア』におけるファーンディーンはロチェスターとジェインの精神的成長とともにその意味を変えた。したがって、『ジェイン・エア』のエンディングを考える場合にも、こうした点を考慮する必要があろう。九〇年代以降の批評家がしてきたように、ファーンディーンとセント・ジョンを結び付け、そのことから単純に死の兆候や対非白人抑圧の原型を読みとってはならないのである。愛か宗教かではなく、愛と宗教の共存こそが『ジェイン・エア』のテーマなのであり、まさにこの小説の世界は相異なるものが互いに共存する文学世界なのである。そうした枠組みのなかでファーンディーンの問題も捉え直さなければならないのではなかろうか。

[注]

（1） See Frank Kermode, *The Sense of an Ending: Studies in the Theory of Fiction* （London: Oxford University Press, 1966）; Peter Allan Dale, “Heretical Narration: Charlotte Brontës Search for Endlessness”, *Religion and Literature*, 16:3 （Autumn 1984） pp.1-24; Carolyn Williams, “Closing the Book: The Intertextual End of *Jane Eyre*”, in *Victorian Connections*, ed. J. J. McGann （Chalottesville: Virginia University Press, 1989） pp.60-87; Jerome Beaty, *Misreading* Jane Eyre: *a Postformalist Paradigm* （Columbus: Ohio State University Press, 1996）.

（2） Edgar F. Shannon, Jr, “The Present Tense in *Jane Eyre*,” *Nineteenth Century Fiction*, 10.2, （1955） p.145.

(3)　Sandra M. Gilbert and Susan Gubar, *The Madwoman in the Attic*（New Haven & London: Yale University Press, 1979）p.370.

(4)　Parama Roy, "Unaccomplished Woman and the Poetics of Property in *Jane Eyre*," *Studies in English Literature*, 29.4, Autumn 1989 in *The Brontë Sisters Critical Assessments*, ed. Eleanor McNees, vol. 3（Mountfield: Helm Information, 1996）p.385.

(5)　『ジェイン・エア』からの引用はすべてCharlotte Brontë, *Jane Eyre*, ed. Jane Jack and Margaret Smith（Oxford: Clarendon Press, 1969）により、必要に応じて引用の後に巻数と章数を記す。なお、邦訳は日本ブロンテ協会編のブロンテ全集を使用した。

(6)　Pauline Nestor, *Charlotte Brontës* Jane Eyre（London: Harvester/Wheatsheaf, 1992）p.94.

(7)　Susan Meyer, *Imperialism at Home: Race in Victorian Women's Fiction*（Ithaca: NY, 1996）in *New Casebooks Jane Eyre*, ed. Heather Glen（London: Macmillan Press, 1997）pp.121-122.

(8)　『教授』からの引用はCharlotte Brontë, *The Professor*, Margaret Smith and Herbert Rosengarten（Oxford: Clarendon Press, 1987）による。なお、邦訳は日本ブロンテ協会編のブロンテ全集を使用した。

(9)　『ヴィレット』からの引用はCharlotte Brontë, *Villette*, ed. Herbert Rosengarten and Margaret Smith（Oxford: Clarendon Press, 1984）による。なお、邦訳は日本ブロンテ協会編のブロンテ全集を使用した。

(10)　See *The Poems of Emily Brontë*, ed. Derek Roper with Edward Chitham（Oxford: Clarendon Press, 1995）: Nos. 4, 22, 39, 41, 116, 201.

(11)　Roper, *The Poems of Emily Brontë*, p.277.

(12)　Emily Jane Brontë, *The Complete Poems*, ed. Janet Gezari（Harmondsworth: Penguin Books, 1992）, pp.284-5.

第一四章　『ジェイン・エア』に見るネオ・ゴシシズム

井上澄子

本格的なゴシック・ロマンスというのは、一八世紀後半から一九世紀初頭までにイギリスで書かれた一群の作品に限って言う呼称である。ゴシック・ロマンスは、中世の封建時代の魅惑と恐怖の対象だった暗黒をベースにしており、城や廃墟、僧院、墓地、地下室がゴシックの伝統的な舞台装置として採り入れられるのが定石だった。本稿は『ジェイン・エア』(*Jane Eyre*, 1847)(1)を、このゴシックとは一線を画するネオ・ゴシックの作品として捉え、そのアイデンティティを追求しようとするものである。その方法として、まず『ジェイン・エア』のテクストを織りなす何本かの糸のうち、太い一本として『フランケンシュタイン――現代のプロメテウス』(*Frankenstein; or, The Modern Prometeus*, 1818)(2)の間テクスト性を探り、両者の類似と差異について考察したい。

『ジェイン・エア』の開巻、冒頭は、〈孤独〉(Solitude) のテーマである。孤児で親戚の家に居候の身分となっているジェイン・エアが、リード家の客間で、伯母のリード夫人（Mrs. Sarah Reed）と従兄弟たちの幸福な家族の団欒の場から疎外され、〈孤独〉のジェインは客間の隣の小部屋で窓際の腰掛けに上がって読書している。ジェイン・エアは創り主である父母に死別した。醜くて、体も小さく、反抗心と自立心の旺盛なジェインは、愛嬌のない性質のゆえに嫌われるヒロインとして、リード伯母や従兄弟のジョン（John Reed）から存在を呪われ、迫害されている。つまりリード夫人とジョンは、ジェインに対するとき、家父長制の専制領主の位置に設定されている。

中世の封建的な専制領主が、美しくて弱い女性を迫害してきた伝統的ゴシックを脱却し、一線を画そうとするシャーロット・ブロンテ（Charlotte Brontë, 1816-55）の設定がここに認められる。

ところで、メアリ・シェリー（Mary Shelly, 1797-1851）の『フランケンシュタイン』では、醜くて大きな体躯で強いものをモンスターとして、人々に虐待され存在を呪われる現代社会の受難者に仕立てている。孤独な両者はいずれも人々に愛されたいと願って苦悩するのであるが、ここにジェインとモンスターとの間には類似と差異を伴う類縁関係がある。つまり両者にはこれから述べるように伝統的ゴシックからの変貌が認められるのである。

メアリの母親は女性解放運動の先駆者メアリ・ウォルストンクラフト（Mary Woolstonecraft, 1759-97）であり、父親は社会主義的な思想家のウィリアム・ゴドウィン（William Godwin, 1756-1836）であった。またメアリは、ロマン主義の詩人で、『解き放たれたプロミーシュース』（*Prometeus Unbound*, 1818）の作者である未来の夫パーシ・ビッシュ・シェリー（Percy Bysshe Shelly, 1792-1822）とともに、バイロン（George Gordon, Lord Byron, 1788 -1824）のスイスの別荘に滞在中にこれを創作した経緯も、ここで憶い起こしておきたい。

『フランケンシュタイン』成立のいきさつには、バイロンが深く関わっている。一八一六年にシェリー、メアリ、クレアの三人がジュネーヴ近郊のバイロンの隣人となり、滞在中にバイロンの提案で怪談を書くことになったのがそもそものきっかけで、それはドイツの怪奇物語の影響を受けている。一八三一年版のシェリーの序文によると、一一月も雨のわびしい夜、消えかかる蝋燭の薄明かりの下で誕生したそれは、怪奇物語の名にふさわしいもの——人間の本性の持つ神秘的な不安に向かって語りかけ、ぞっとするような恐怖を呼びさます物語——読者があたりを見るのも怖くなり、血は凍りつき、胸の鼓動を速めるような物語を意図していたと述べている。『フランケンシュタイン』の位置づけは、文学史的に言えば、ウォルポール（Horace Walpole, 1717-1797）の『オトラント城』（*The Castle of Otranto: A Story*, 1764）に始まる一連のゴシック小説の一つとされるが、同時代のシェリーらの詩の分野に顕著であったロマン主義の小説と基本的に同じ系譜とする見方もある。

エミリ・ブロンテ（Emily Brontë, 1818-48）の『嵐が丘』（*Wuthering Heights*, 1847）が、ゴシック小説の血筋をひくロマン主義小説の傑作であり、シャーロット・ブロンテの『ジェイン・エア』も、一八世紀のゴシック小説に多くの点を負うていることは洞察できよう。なかでも『フランケンシュタイン』に負うところが多いのである。次に『ジェイン・エア』から引用し、比較検証してゆく。

さて、読書しているジェインは右側の赤い毛織りのカーテンを閉め切り、二重の隠れ家の中にこもると、左側のガラス窓の外は、わびしい一一月の冬景色である。一面の白い霧と雲、雨に濡れた芝生と嵐で葉の落ちた灌木林に、強風で横殴りの雨が注ぐ。ここでは〈孤独〉なジェインの心象風景が強調される。そして読み始めたビューイク（Thomas Bewick, 1753-1828）の『英国鳥禽史』[3]は、海鳥のすみかのこと、鳥しか住んでいない「淋しい岩場や岬」のこと、ノルウェイの海岸のことなどが書かれていた。さらにもう少し引用してみよう。

ラップランド、シベリア、スピッツベルゲン、ノヴァヤ・ゼムリア、アイスランド、グリーンランドなどの荒涼たる海岸、「北極圏の広大な氷原、人気のない淋しい空間――氷と雪の貯蔵庫、何世紀もの冬の堆積である氷の融けることのない荒野がアルプスの山のような高さに及び、北極を取り囲んで極寒のさまざまな厳しさを一点に集中している」という文章に目をひかれずにはいられなかった。こうした白い死の国について、子供の頭の中にぼんやりと漂う生半可な考えによくあることだが、漠然とはしていたが奇妙に印象的なわたしなりの思いをめぐらした。序文の中の言葉は、後に続く絵と結びついて、海の大波と飛沫の中にぽつんと立つ岩や、人気のない海岸に打ち上げられているこわれたボートや、今沈みかかっている難破船を、雲の間を通して照らしている冷たい不気味な月などに、何かの意味を添えてくれた。

淋しい墓地。文字を刻んだ墓石。門。二本の木。こわれかかった石垣に囲まれた地平線が低く見える。昇ったばかりの三日月で、今が夕暮れ時だとわかる。こんな光景からどんな感情が生まれたか、わたしは言葉ではっきり説明はできない。凪いだ海の上でじっと動かぬ二隻の船。わたしは海の幽霊がとり憑いたのだと思った。

盗賊の背負った袋を悪魔が後ろからつかまえている。わたしは怖くて急いでとばした。

角のある黒い怪物が高い岩の上に坐って、絞首台を取り囲んでいる遠くの群集を眺めている。これもとばした。

絵の一つ一つに物語があって、わたしの生半可な理解力と感情にとっては謎であることが多かったが、いつも深い興味をそそった。(4)


ブロンテの手法の巧みさは、このビューイクの挿し絵を媒体として、ジェインとともにわれわれ読者をも、日常と非日常を隔てる壁を突き抜けてごく自然にゴシック的な世界へ導入する点にある。ウォルポールが一七三九年にアルプスで発見したピクチャレスク（picturesque）の美によってかもし出される魂の感動と恐怖感を、ジェインもまたビューイクの荒々しい自然の風景の観賞により引き起こされたにちがいない。

一七五七年に著されたエドマンド・バーク（Edmund Burke, 1729-97）の『崇高と美の概念の起源に関する哲学的省察』(5)で理論的に分析された〈崇高〉（the Sublime）と〈美〉（the Beautiful）の観念が人々の美意識に変革をもたらしていた。「白い死の国」や「北極の氷原の難破船」などの非人間的な凄滄美や畏怖感をロマンティックと感じ、ビューイクを通じ幻想的な風景のヴァーチャル・リアリティ体験の間だけ、しばし〈孤独〉を癒されて幸せな気分に浸れるジェインを冒頭に提示している。これと類似する風景をゴシック末期の『フランケンシュタイン』の文中に見出すことができる。やはり冒頭の部分で、極地探検家のウォルトン船長は、ジェインと同じように、〈孤独〉を強調し、これから赴こうとする北極圏への白昼夢に浸り、活き活きとしてくる。

極地は氷ばかりの寂れた場所だと思いこもうとしても、だめなんだ。空想に現れる北極はいつも美と歓喜の地。そこでは太陽がつねに見えている。大きな日輪がちょうど地平線をかすめながら、永遠の輝きを放っている。そこでは、雪も氷も追い払われて凪いだ海を船で渡れば、人の棲む地上でかつて発見されたどんな土地にもまさる、不思議で美しい陸地に行くことが出来るのです。(6)

彼は、未踏の地「霧と雪の国」へ出かける心境を、ロマン派詩人サミュエル・テイラー・コールリッジ（Samuel Taylor Coleridge, 1772-1834）の『老水夫の歌』から引用して大海原の危険な神秘に心惹かれ、激しい情熱を抱く、現代のもっとも想像力に富むあの詩人の魂をもつと述べる。だが、それでいて「ぼくは実際的な勤勉家です――骨身惜しまず、刻苦精励やりとげる働き者です。でもそのほかに、不可思議なものを愛する心、不可思議なものを信ずる気持ちが、ぼくのすることなすことすべてにつきまわって、他の人並みの道から、これから探検しようとする荒海や訪れる人もない地域へと駆り立てられる」という。

そしてジェイン・エアには、激しい情熱を秘めながらも、向こう見ずな危険に立ち向かったりせず、行動は実務的で沈着、忍耐、分別を併せ持つウォルトンの人間像との共通項が見えてくるのである。本稿では、以後『ジェイン・エア』において、リアリズムとロマン主義との統合を目指し、ゴシックを枠組みにとり入れるシャーロット・ブロンテの作家としてのアイデンティティについて述べてゆきたい。

霧が晴れたとき北極の氷原がえんえんと続くなかを、犬に引かれて橇の上に乗っているモンスターを認め、それが猛スピードで遠く氷山の起伏の間に消えるのを見るウォルトン船長。あるいは、ヴィクター（Victor Frankenstein）がアルプスの山奥の〈氷の海〉と呼ばれる氷河でモンスターに出会い、物語の終わりでは彼を追って北極海の氷山に行き着く場面。夜のしじまのむこうから、聞こえてくるモンスターの残忍な高笑い。ソーンフィールドの屋根裏から聞こえてくる謎にみちた恐ろしい高笑いと同質の、〈恐怖〉（Terror）と〈戦慄〉（Horror）を醸し出すゴシックの道具立てには明らかに類似が認められる。

風はつのり、海は哮り、と、激しい地震のような衝撃とともに海は割れ、メリメリととてつもない音を立てて砕けました。あっというまの出来事でした。みるみるうちにわたしと敵とは荒れ狂う海のうねりにへだてられ、わたしは割れた氷のかけらに取り残されて、ただようことになったのです。そのかけらもどんどんちいさくなり、そうやってわたしのために恐るべき死を用意してゆきま

した。(7)

『ジェイン・エア』の第一三章で、ジェインはローウッド学校で過ごした最後の二年間の休暇の間に描いたという絵をロチェスター(Edward Fairfax Rochester)に見せて関心を惹く。そのうち、特に三枚の絵のイメージは、ゴシック的で、幻想的なこれらロマン派の作品から想を得たのかもしれない。モンスターの創り主の死。そして氷塊に乗って船を離れ、地球の最北の果てへと波に運ばれ、はるかなる闇のなかへと消えて行くモンスター。いずれもシュールレアリズムの幻想の醸し出す〈崇高〉な〈美〉を描いていて、それらに魅せられているロチェスターとジェインがある。

また「生命創造」の神話とも見られるこの作品でフランケンシュタインが少年の頃、家の近くのオークの木に雷が落ちるのを目撃する。(8) この「打ち砕かれた根もと」(blasted stump)を残して、みごとに破壊されてしまったオークの木は、知識の獲得から生命創造へと突っ走った未来のフランケンシュタインの象徴となっているが、落雷という現代のプロメテウスの火ともいうべき電気を受けて破壊されたオークの木には、多くの寓意がこめられている。

ロチェスターとジェインが、ソーンフィールドの果樹園で過ごした夕暮れ、情熱的な南国の楽園を模した非日常の世界で、思わずたがいに激しい情熱を吐露するあの求婚の出会いのあと、栃の木に落雷を受けて「打ち砕かれた根もと」(9)は、二人の結婚式が破局を迎える予兆の寓意ともなっていて、双方の場面には類似と差異の重なり合うものがあろう。

第二五章で、ロチェスターとジェインの婚礼の前夜のこと、ジェインは陰気で不安な気持ちで、寝ついたあと奇怪な夢を見る。ソーンフィールドは廃墟になっていて、彼女は小さい子供を抱いている。真っ暗闇と雨のなか、子供の哀れな泣き声。そしてついに子供が膝から転げ落ちて目が覚める。これは『フランケンシュタイン』にも共通の「生命創造」につきまとう根元的な罪の恐ろしさを象徴する無意識の夢の領域に、罪を責める不気味な陰として現れたゴシック的なものと解釈できよう。

このとき目を覚ましたジェインが実際に見たもの、それはイマジネーションによる幽霊かと見まがうばかりだが、現実の実体を伴う背の高い大柄な女が、白い衣装で、黒い太い髪の毛が背中に長くたれ、ぎょろぎょろした赤い目と恐ろしく黒ずんだはれぼったい凶暴な顔つきで徘徊しているのを認める。

それは、婚礼のヴェールを真っ二つに引き裂いて床の上に投げ捨て、踏みにじり、燃えるような目でジェインを見下ろしたのだった。(10)

『フランケンシュタイン』のモンスターは、助けてくれるものもなく〈孤独〉であることから、ヴィクターとエリザベスの幸福な様子を目にするとサタンと同じように突き刺すような嫉妬の感情に襲われる。そして後に、伴侶になるはずであった者のバラバラにされた遺骸を前にしたモンスターは復讐を誓い、「おまえの婚礼の夜にきっと会いに行くぞ」(11)という有名な呪いの言葉をヴィクターに発し、その予告どおりエリザベスは殺害される。婚礼の前夜に現れてジェインのヴェールを引き裂いたバーサとモンスターとの対比構造がここにある。ヴィクターの花嫁エリザベスのように、ロチェスターの花嫁ジェインは生命に危害を加えられることはないという差異はあるものの、嫉妬と復讐劇の恐怖と戦慄の観念の源泉を創り出す発想には明らかに類似がある。

しかし、バーサのモンスターとの重要な差異は、自分の声で自分のメッセージを語ることはないという点である。バーサには声が与えられていないのである。

バーサは、ジェインに対するときには、神の位置にあるということができよう。時代の特徴を成すバークと、後のカントの哲学的な〈崇高〉の概念を適用すると、バーサは、崇高なるものの世界に属することになるのである。それはモンスターがヴィクターに対するときには神の位置にあるのと比肩されよう。[12]確かにバーサの醜さは、賛美の念とはほど遠いが、それは〈異常さ〉を備え、高貴な性の持ち主であり、〈崇高〉なものと言えよう。

第二四章で婚約期間中のジェインは、夫を苦しめるのはやめて、喜ばせてあげたいと思うものの、夫のはやる情熱から身をかわすことに苦心している。「未来の夫はわたしにとっては全世界、いや全世界以上、天国の希望にさえなりかかっていた。わたしが宗教についていろいろ考えるとき、いつも立ちふさがってくるのは彼のことだった。ちょうど人間と大きな太陽の間に何かが割り込んで日蝕になるようなものだ。この頃わたしは、神の創った一人の人間を偶像視していたために、神そのものを見ることができなくなっていたのである」[13]という言葉は注目すべきであろう。

この物語には、神は不在であるが、死の場面には事欠かないこの物語で、みずからの魂を神に委ね、「主よ来たりませ」と天の加護を祈る唯一の人物が、セント・ジョン（St. John Eyre Rivers）であると

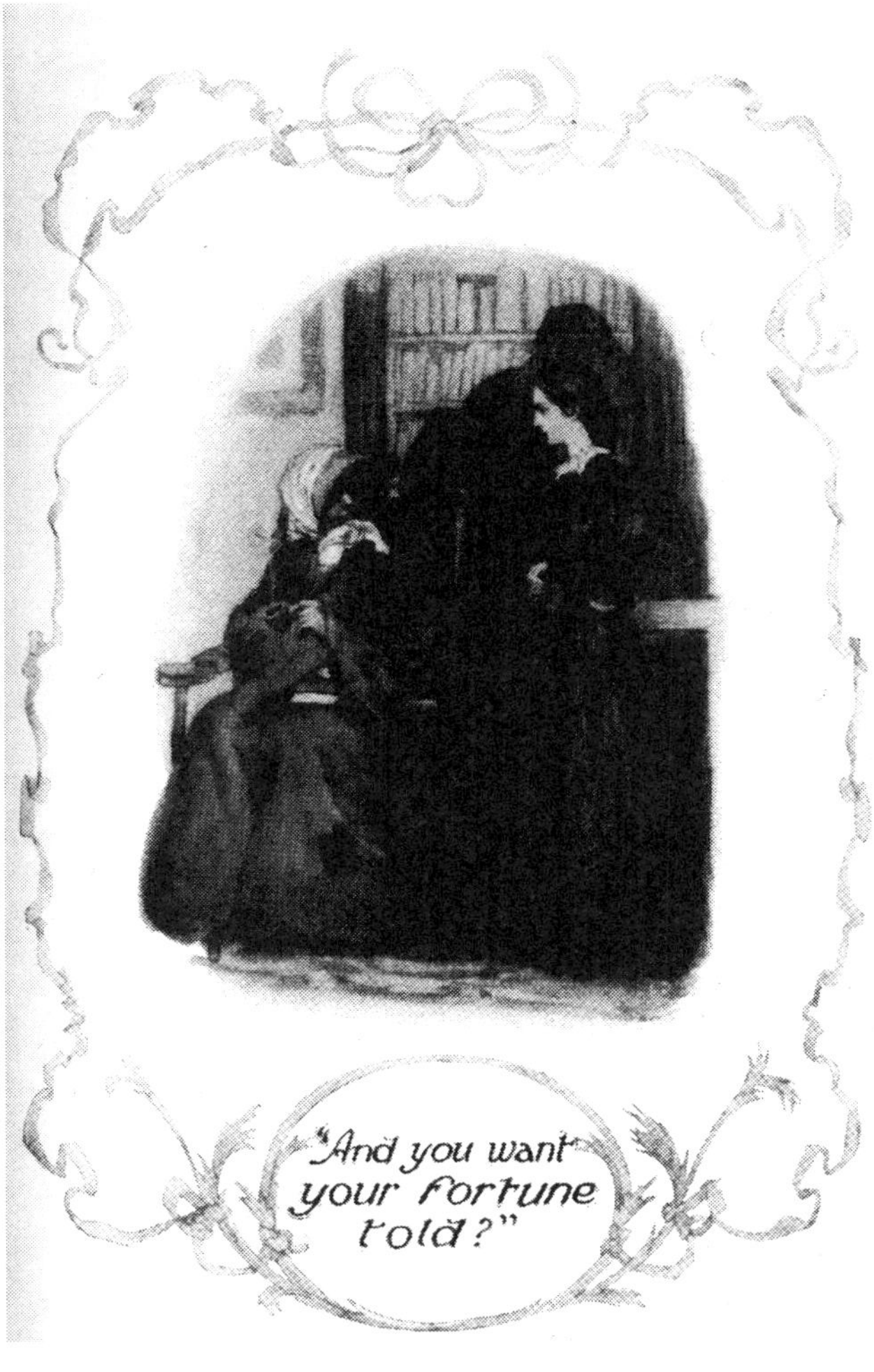
"And you want your fortune told?"

占い師とジェイン
ウィリー・ポガニー画

いうのは驚くべきことである。

第一九章でジプシー老女の占い師に変装したロチェスターが登場する。〈変装〉とか〈運勢占い〉による〈予言〉を挿入してアイデンティティの不安を謎で覆い、神秘を演出するのは、ゴシック小説の定石であり、物語の枠組みとしてゴシックの手法をとりこむブロンテの姿勢がここにも認められる。しかし、ステレオタイプに陥ることを回避し、次の展開に見出されるようにネオ・ゴシックとしての要素を持ち込んでいる。

シャーロット・ブロンテの『ジェイン・エア』に「ニュー・ゴシック」の概念を提唱したのはハイルマン(R. B. Heilman)(14)であるが、彼も指摘しているように、第一八章から第一九章にかけて、オースティンの世界のような上流階級の社交シーズンの客間の描写に長いページをさいている。その理由は、ここで全体のゴシック展開の流れを中断させて次のメイソンの訪問によるダイナミックな展開へのエネルギーを準備しているものと考察される。イングラム嬢をはじめ、令嬢たちは、ジプシー老女の占い師に恋の運勢を〈予言〉してもらう。ご婦人たちの細やかな感受性を恐怖で大いにゆさぶった運勢の予言師の欺瞞は、しかしジェインには通用しない。むしろ興味でわくわくしながら、〈占い〉にのぞんだジェインは占い師の正体を見破り、ロマンティックなロチェスターに対して、その対極にある彼女の合理的な啓蒙主義の精神で満たされている。ジプシーの凝ったカモフラージュ、顔を隠し、声の調子を変え、体の動きまで変えて、ここにはシェイクスピア時代に流行した〈変装ブーム〉の模倣がみられる。ロチェスターの変装は二面性を持ち、変装に託してみずからの内面の愛をジェインに気付かせ、また、ジェインの愛の確証をも掴もうという機能が与えられている。ここには、ルイス(Matthew G. Lewis, 1775-1818)の『修道士』(*The Monk*, 1796)に登場するジプシー女の占い師のバーレスクがある。すなわち、ネオ・ゴシックの特質の一つであるパロディー化は、確かな現実感覚で裏打ちされていて、使い古された伝統的な装置から、逆の現代的な物語の方向へ歩みだすという機能を果たしている。

では、〈恐怖〉と〈戦慄〉は何によって醸し出されているのだろうか。第一五章で、深夜の二時に、悪魔のような笑い声が聞こえ、ジェインが目覚めると、カーテンが燃え、炎と煙の真っただ中に深い眠りに落ちているロチェスターのベッドが炎に包まれている。ジェインは洗面器とポットの水をベッドに浴びせて洗礼を施した。やっと目を覚まし、水たまりのなかに横になっていると、気づくロチェスターの場面も、パロディー化の一例⑮にちがいない。ブロンテの加えるアイロニカルな説明によると、グレイス・プール(Grace Poole)はつねにポットの運び人であり、その風貌はおよそアンティ・ゴシックなタッチで描写されている。ここにはストレートなゴシックの恐怖心から一時息抜きさせるコメディ・タッチがある。

深刻な恐怖のシーンは第二〇章に用意されている。心臓も凍りつくようなゴシック的なシーンの前触れには、いつも〈月の光〉が関係している。これまでにも、ゲイツヘッド邸の赤い部屋に閉じこめられたジェインが、リード伯父の臨終の部屋の記憶と、額縁のなかの生きている肖像画のゴシック的恐怖体験のとき、天井の方へ上がって動いていく光を見て、月の光か、またはあの世からの来訪者かと脅えるシーンが最初である。

しかし、すぐに合理主義の精神が顔を出し、語り手の私によって「今なら誰かランタンを持ち、芝生を歩く人の光が日除けの破れ目から射すのだとわかる」と、いちいち説明をつけていくのがブロンテのリアリズムだといえよう。また、フェアファックス夫人（Mrs. Alice Fairfax）に邸を案内されたときの会話だが、「かりにもしソーンフィールド屋敷に幽霊が出るとしたら、まさにここだと言ってもいいでしょうね」と言い、そしてすぐに「幽霊の言い伝えも伝説もない」と現実的なレベルの話題に引き戻す手法である。この日常性と非日常性の交錯する世界におけるバランス感覚こそ特筆すべき手法である。このほかにも随所に現実的な生活感覚と空想的な想像力の混淆が顔を覗かせる。ロチェスターが、ジェインの遺産相続の話を聞いて、「なに、五千ポンドだって？　それはリアリスティックな話だね」[16]という会話もその例である。

ところで〈月の光〉に話を戻すと、第二〇章で真夜中に窓から指す白銀のような、水晶のように澄んだ満月の荘厳な光でジェインは目覚める。この〈月の光〉は、悪魔のような狂女にその兄のメイソン（Richard Mason）が襲われて瀕死の重傷を負う事件の予兆となっている。

このようなゴシック的細部の集積があってこそ、破局に向かうダイナミズムは巨大なものとなる。ジェインは、バイロニック・ヒーローとしてのロチェスターに魅惑されつつも、結婚式直前まで、なお漠然とした不安と恐怖を抱いていた。それは彼の道徳的アイデンティティの曖昧性に起因する彼のゴシック性が、ジェインの心理に不安を集積してきたためである。

結婚式挙行の場面では、ダイナミックにその不安の実体が明るみに出されて、一気に破局を迎える。メイソンの申し立てにより、狂人の妻の存在が暴かれ、ロチェスターとの重婚のわなにはまるところを辛うじて免れたジェインであるが、さらに愛人として彼のもとに留まるという誘惑に苦しめられ、絶望的な悲しみに打ちひしがれるジェインの前に、ゲイツヘッドの夢で見たときのように〈月の光〉が天上に高く昇る。それは白い人間の姿に変わり、彼女は〈崇高〉な啓示に打たれる。「娘よ、誘惑から逃げなさい」という言葉はジェインの内面の理性から出た言葉と解釈できるが、その言葉に導かれて、ジェインは、「神が定め、人間が認めた法を守る」ことができたのである。しかし、その決心に到達するまでのジェインの苦悩の状況は「良心と理性がジェインを裏切って感情は凶暴になってわめき立てる」し、「肉体と魂がその厳しさに反逆しているときにこそ、誘惑があるときほど法も原則も必要なのだ。脈が高ぶり、心臓がどきどきして血が燃えている」ありさまであった。ジェインはロチェスターに対するときは善良な守護天使であり、(17) やさしく強い愛の絆で結ばれている。その彼女の弱々しくてそれでいて頑強な決意が変わらないと知ったロチェスターの怒りと苦しみにあい、ジェインの肉体は「炉の熱風と炎にさらされた麦の切り株のように無力だ」と描写される。この内面の心理描写のクライマックスこそ、彼らのロマンティック・アゴニーが頂点に達する、いわば、もっともゴシック的でロマンティックな場面の一つとして読者の胸に響くのである。美しい夏の朝の光景のなかを通って、死刑台に、断頭台に赴くように、ヒースの荒野を逃亡とあてのない放浪を続ける。ここには、ゴシックの道具立てがかもし出す単なる〈恐怖〉と〈戦慄〉が存在するのではない。

自らの意志に反してでも、原理原則に従うことを選んだ魂の苦悩の極致を増幅する文学的手法としてこそ、ゴシックは十全な機能を果たしている。モンスターが自らの存在理由に苦悩し、〈孤独〉に絶望し、家族や伴侶を求める虚構のサイエンス・ゴシックの姿よりも一層切実に、現実の生身の人間にひそむ魂の絶望と苦悩をあぶり出している。『ジェイン・エア』における心理主義のこの顕著な精神性の存在と、今日のわれわれにも現実に体験し得る〈恐怖〉の可能性の存在とが、『フランケンシュタイン』における〈恐怖〉と〈戦慄〉を主としたゴシックとの本質的な差異であろう。

ゴシック・ロマンスにおける魅惑と恐怖の対象であった中世の暗黒の描き方は、恐怖そのものの質が変容を遂げるにおよんで、人生の問題や社会の理念に沿うためのアイデンティティの追求へと、より現代的なテーマの方向へと向かいつつある。その追求には、もはや奇怪や神秘などの環境は必要ではないが、抑圧された欲望といった人間存在のリアリティの未知の領域を深く掘り下げるという動機のために、歴史的なゴシックが機能を果たしている。つまり虚構の構築の方法の差異が、伝統的なゴシックと、新しいゴシックとの差異であるといえよう。

『ジェイン・エア』の物語は、終局で、直線的に平安と情熱の解放へ向けて突き進み、終息をみる。ジェインは受難者としての女性の情熱をラディカルに解放したが、『フランケンシュタイン』の受難者モンスターも、ゴシック・フェミニズムで読む現代の女性のアレゴリーとして、両者が現代文学に占める位置は対比的である。

デイヴィッド・セシル（David Cecil, 1902）は、「バンクォーの血にまみれた亡霊に襲われたマクベスが味わう悪寒も、養育者のヴィクトリア朝の邸宅の予備の部屋に閉じこめられて、ひと晩を過ごす一〇歳のジェイン・エアが味わう恐怖以上に強いものとは言えない――[18]」と述べて、『ジェイン・エア』にゴシックの要素の存在を認めている。

また、F・R・リーヴィス（F. R. Leavis, 1895-1978）の『偉大な伝統』（*The Great Tradition*, 1967）にしたがえば、イギリス小説の系譜に属する作家たちのうちで、ゴシシズムの気配があるのは少ないが、範囲を拡大して考えると、ブロンテ姉妹とディケンズが挙げられると述べている。

一八世紀後半以来、伝統的な、いわゆる古典ゴシック小説が醸し出す恐怖、残酷、怪奇、破滅、頽廃に惑溺するゴシック小説的感性がもてはやされて、メアリ・シェリーの『フランケンシュタイン』やマチューリン（Charles R. Maturin, 1780-1824）の『放浪者メルモス』（*Melmoth the Wanderer*, 1820）まで続いた一連のゴシック小説全盛時代の後、一九世紀にかけて、次第にゴシックの本質は変貌を遂げてゆくのである。

ジェイン・オースティン（Jane Austen, 1775-1817）が、『ノーサンガー・アビー』（*Northanger Abbey*, 1798-99）でラドクリフ（Ann Ward Radcliffe, 1764-1823）の『ユードルフォ城の秘密』（*The Mysteries of Udolpho*, 1794）の非現実性をパロディ化することで、「少女期の作品」を脱して、小説家としての第一歩を踏み出して、若い娘の人生への旅立ちを描いたことは、よく知られている[19]。

オースティンに諷刺されたゴシック小説は、やがてサー・ウォルター・スコット（Sir. Walter Scott, 1771-1833）の小説中でロマン主義と、リアリズムの統合となって結実する。ブロンテ姉妹がスコットの小説の影響を受けていることは有名で、シャーロットの親友エレン・ナッシーへの手紙にも「小説を読むならスコットだけになさいませ」と薦めている。『ジェイン・エア』でもセント・ジョンがジェインを訪ねるとき、スコットの『マーミオン』(*Marmion*) を、おみやげに持ってくる。これらの間テクスト性を意識することは、作家の指向を知り、小説解読のうえで重要な手がかりを与えてくれるものと認識することが大切である。さらに例を挙げると、スコットの一八二九年版の全集につけた総序に、「わたしは『オトラント城』のスタイルで騎士道の物語を書き、多くのイングランドとスコットランド国境の人々や、超自然的なできごとを盛り込もうという野心的な願望をもっていた」と書かれている。新しい小説創作の動機となったスコットのロマン主義を読みとり、併せて彼の本領であるリアリズム、すなわち「人間を描くこと」の伝統がシャーロットの小説にも受け継がれているのを『ジェイン・エア』の間テクスト性を手がかりに探ることができる。

レスリー・フィドラー (Leslie Fiedler)[20] は、リチャードソン (Samuel Richardson, 1689-1761) とラドクリフではヒロインの少女追跡の取り扱い方が異なるという。第一に舞台の設定が異なる。クラリッサの逃亡は神秘的な傾向はあるが、現実社会のなかで現代の風俗や友人、親、パーティ、仕事の世界を舞台にそれは起こる。一方で、ゴシック・ヒロインの逃亡は、この世の現実の世界から、信頼できぬ暗黒の地域へと、幽霊の出る城の暗黒の地下道を通り抜け、伝説に満ちたイタリアの魔術的な風景のなかへの逃亡である。いわば夢のなかに現れる先祖の時代から幼児の恐怖の世界を通過する逃亡であり、彼女が逃走中に経験する不安と恐怖を読者の心に印象づけるのが目的であると述べている。

ソーンフィールドのロチェスターによる誘惑の強迫観念から逃れ、ムーア・ハウスに至るジェインの逃亡は、すなわち感情主義小説のヒロインが、現実感覚のあるつまり新聞の記事になる生活上の危難に直面する逃亡であるのに対して、ゴシック・ヒロインのそれは、過去の、つまり歴史的に記録される生活の危機に浸されているという差異があろう。

さらに、問題の扱い方のトーンと強調の置き方にも、差異がある。感情主義小説では、物語がメロドラマティックで悲劇的な調子を帯びているにもかかわらず、前途に光明と救済の力を顕現する意図がある。たとえつねに成功するとはかぎらないにしても、少なくとも、勝利のあることを強調する。ゴシック物語では、たとえ幸福な結果を許す場合でも、暗黒の力を描写することに専念している。火災で倒壊した建物に圧迫されて両眼の視力を奪われ、左手を失い、あたかも盲いたサムソンに変貌したロチェスターについて、レスリー・フィドラーの解釈を当てはめると、完全に発展したゴシックのパタンではヒロイン救済主義に主眼点をおかずに、悪役ヒーローの悪の懲罰のトーンを昂め、悪の追求に強調をおいていると考察される。

伝統的なゴシックの型の創造では、悪役ヒーローの誘惑には苦痛が伴い、一方では美人と、悪に対して屈従することの恐怖を描くことそれ自体が、主要なテーマだったのである。

アンドレ・ブレトン（Andre Breton）[21]はシュール・レアリズムによりゴシックの道具立ての社会的解釈を行ったが、それによると、廃墟は封建制の崩壊の象徴であり、亡霊は反動的な力の復権に対する強烈な恐怖心を示す。また地下の通路は、過去の暗黒の時期に圧迫から逃れ、未来の明澄の世界へと辿る個人の苦難の象徴だと考える。ブレトンは一九三〇年代のマルキシズムと、個人の抑圧についてのフロイド的なメカニズムとを結合しようとした。このコミュニズムの加味された見解も、当時の大衆的なゴシック・ヴィジョンの流行に与えられた一つの解釈であり、ゴシックに対する現代解釈に刺激的な影響を与えてきたのではあるが、モンタギュー・サマーズ（Montague Summers）は、『ゴシック探求』（*The Gothic Quest*, 1938）[22]でこの意見に反対を表明している。彼は、ゴシック・ヴィジョンは内面の表出のための手法であると述べている。

そしてゴシックはロマンティシズムの本質であり、ロマンティシズムとは、超自然力崇拝主義を文学的に表現したものである、と述べている。サマーズの後者の定義付けは、現実的でない場合も含むが、しかし示唆に富み、価値を認めうる。

このように解釈してくると、ムア・ハウスでセント・ジョンからの求婚の場面で、ジェインが今にも「イエス」の返答を撰ぼうとした瞬間、風に乗って聞こえてきたロチェスターのミステリアスな呼び声「ジェイン、ジェイン、ジェイン」という神秘的な召喚は、ジェインの現実覚醒の瞬間を客観的に認識し得る描き方をしたもの、つまり、ジェイン・エアの内面表出のための手法にほかならないと言えよう。「かねてセント・ジョンの信仰の魔力的な呪縛は、ジェインに対するときゴシック的な磁場となり、結婚への強迫観念を与えてきたが、」要するに、ブロンテにおいて、ゴシックの機能はリアリティの感覚と、人間に与える衝撃を拡大し、それにより、偉大な感情の解放者となり得たのである。

『ジェイン・エア』の小説中で、ブロンテの採り入れたネオ・ゴシックの枠組みは、つまり社会的パタンや、理性的決定、慣習で認められた情熱などの限界を超えさせる機能として、その役割を果たしていると言えよう。

最後に、結論として『ジェイン・エア』がネオ・ゴシックを枠組みとして描こうとした主題に言及するならば、それは〈美徳の勝利〉であろう。ロチェスターは、火事の災害で肉体的に大きなダメージを受けたが、それは狂人の妻を救おうとして炎の中を三階にかけ登ったとき、倒壊した邸の下敷きになったためである。このときにもし命を落としていたならば、罪の報いを受けたというゴシックのテーマとなるところであるが、命は助かる。献身的な美徳の持ち主ジェインとの幸福な結婚を果たし、進歩した医学のおかげで視力も回復し、子供にも恵まれて、ロチェスター家のアイデンティティは確立されたのである。つまり、この結末は、妻を救おうとしたロチェスターのモラルの確認を優位づけたものと解釈できる。単なるゴシック・ロマンスのみに終始しないで、心理描写とリアリズムを踏まえた現代文学にも通ずるネオ・ゴシシズムの本質を『ジェイン・エア』に認め得るのは、これらの理由によるものである。

［注］

（1） Brontë, Charlotte. *Jane Eyre*, ed. Dunn Richard J. A Norton Critical Edition（New York. London: W.W.Norton, 1987）訳文は、小池滋訳『ジェイン・エア』みすず書房. 1995. 以下日本語訳の引用は、すべて上記のテクスト、訳者、による

（2） Shelly, Mary. *Frankenstein*, ed. Hunter, J.Paul. A Norton Critical Edition（New York, London: W.W.Norton, 1996）訳文は,森下弓子訳『フランケンシュタイン』創元推理文庫,. 1984. 以下日本語訳の引用は、すべて上記のテクスト、訳者、による

（3） 中岡洋編著、「『ジェイン・エア』を読む」開文社出版、1995. p.111.

（4） 小池滋、前掲書. p.6.

（5） Burke, Edmund. *A Philosophical Enquiry into the Origin of Our Ideas of the Sublime and Beautiful*（Garland Publishing,）Inc., New York, 1971. pp.58-59. 訳文は中野好之訳『崇高と美の観念の 起源』みすず書房、1999. p.43より引用する。
「いかなる仕方によってであれこの種の苦と危険の観念を生み出すのに適したもの、換言すれば何らかの意味において恐ろしい感じを与えるか、恐るべき対象物とかかわり合って恐怖に類似した仕方で作用するものは、何によらず崇高（the sublime）の源泉であり、それ故に心が感じうる最も強力な情緒を生み出すものに他ならない」

（6） 森下弓子、前掲書. p.20.

（7） 森下弓子、前掲書. p.274.

（8） 森下弓子、前掲書. p.309.

（9） 小池滋、前掲書. p.400.

（10） 小池滋、前掲書. p.445.

（11） 森下弓子、前掲書. p.221.

（12） ルセルクル J.J., 今村仁司・澤里岳史訳『現代思想で読むフランケンシュタイン』（講談社, 1997）p.75

（13） 小池滋、前掲書. p.430.

（14） Heilman, Robert B, "*Charlotte Bronte's "New" Gothic.*" ed. Gregor, Ian. *The Brontës, A Collection of Critical Essays*（Prentice-Hall, New Jersey. 1970）p.96.

(15) Heilman, 前掲書. p.459.
(16) 小池滋、前掲書. p.685.
(17) 小池滋、前掲書. p.495.
(18) Cecil, David. *Early Victorian Novelists* (London, Constable, 1934) デイヴィッド・セシル著. 鮎沢乗光・都留信夫・富士川和男訳。『イギリス小説鑑賞――ヴィクトリア朝初期の作家たち』(開文社出版、1983) pp.158-9.
(19) 近藤いね子、「英文学史上におけるブロンテ」、青山誠子・中岡洋編『ブロンテ研究』開文社出版、1983. p.334.
(20) Fiedler, Leslie. *'The Substitution of Terror for Love'* (1960). ed. Sage, Victor. *The Gothic Novel*, A Casebook (Macmillan, 1990) pp.131-2.
(21) Breton, Andre. *English Romans Noirs and Surrealism* (1936), Ed. Sage, Victor. *The Gothic Novel*, A Casebook, (Macmillan, 1990) pp.112-115.
(22) Baldick, Chris and Robert Mighall, *'Gothic Criticism'*, ed. Punter, David. *A Companion to the Gothic*, (Blackwell, Oxford. 2000) pp.209-219.

第四部
『シャリー』から『ヴィレット』へ

ブリュッセルのサン・ギューデュール

第一五章　状況小説『シャーリー』に見られるヒロインの役割

田中淑子

状況小説とは

一八四〇年代は、小説が劇的に現実社会に向かって開かれた時代であった。一八三〇年代の歴史小説や教養小説に代わって、"the Condition-of-England Novels" と呼ばれる当時の社会状況を扱った小説が登場し始める。ベンジャミン・ディズレイリの三部作 *Conningsby*（1844）、*Sybil*（1845）、*Tancred*（1847）、エリザベス・ギャスケルの *Mary Barton*（1848）や *North and South*（1855）、チャールズ・キングズレイの *Yeast*（1848）や *Alton Locke*（1850）、ディケンズの *Hard Times*（1854）、ジョージ・エリオットの *Felix Holt*（1866）などがその代表作であり、シャーロット・ブロンテの『シャーリー』（1849）もそれに入る。

状況小説の新しさは、その当時台頭する労働者階級が巻き起こした階級闘争の新しさ、換言すれば社会そのものの新生の予感に裏打ちされていた。このような社会の変化は、キングズレイの言葉を借りれば「さまざまな事実や概念が洪水のように押し寄せて、まるでイースト酵母が泡立ち、落ち着きのない不安な精神状態」（"yeasty state of mind"）をもたらした。この混乱した状況下で枯渇していく人間の魂や、貧富の差による国民の二分化を誰がどのように救済するのか、この問いに答えて英雄を作り上げようとしたのが状況小説であり、しかも興味深いことに、いくつかの作品においては、その英雄は若き女性であった。これらの小説には、労働者階級のヒロインが活躍するのである。『メアリ・バートン』では、資本家と労働者間の和解のために奔走するのは、織工の娘メアリ・バートンであり、『シビル』では、織工の娘シビルが、結婚を通して貴族と労働者の橋渡し役を果たす。*Professor*、*Jane Eyre*ではヒロインのアスピレイションの昇華をロマンティックに扱ってきたブロンテも、三作目で、自らのヒロインに社会的役割を負わせることを決意する。こうして小説のなかでは、階級闘争にジェンダーの問題が絡み、さらに力学的な対立が生じることになる。彼女は、おそらく状況小説を通して、ジェンダーと階級闘争に潜む、人間の差異とさまざまな人間の共生を可能にする社会を描き出そうとしたのではないだろうか。そこにブロンテは、確かに新しい未来を期待したのである。しかし同時にその結果、彼女は自分の文学の矛盾を露呈することになった。

『シャーリー』の舞台は一八一一年から一二年にかけてラダイト運動に揺れたヨークシャーのウエスト・ライディング地方である。エイサ・ブリグズ[1]やハーバート・ヒートン[2]は、ロバート・ムアの工場をめぐる労働者と工場主との確執や射殺未遂などは、一八一二年三月から秋までにこの地方でラダイトたちが起こした事件の忠実な焼き直しであると指摘している。ラダイツ運動とは、まさに工業化を促進しようとする資本家とそれによって職を失う労働者間の軋轢の始りを象徴するものであった。新興産業に興味があるものの、中産階級の興隆には警戒し依然として保守的である貴族も、機械を導入して大量生産・大量消費のネット・ワークから最大の利益を得ようとするブルジョワジーも、搾取ばかりされる労働者もすべてが、資本主義の到来に伴う拝金主義と強欲の精神に翻弄されたのである。さらにナポレオン戦争によりヨーロッパ市場を封鎖され、その煽りでアメリカの市場からも撤退を余儀なくされたイギリス、特にヨークシャー地方を含むイギリス北部の工業地帯は、暴動の危機に曝されたのである。その後選挙法改正（一八三二年）、それによるホィッグ党支配の内閣（一八三〇―四一年）、穀物法（一八一五～四六年）をめぐる地主とブルジョアジィの確執、貧民を労働力として市場に放出する救貧法の改正（一八三四年）、チャーティスト運動（一八三八―四六年）による労働者の怒りの爆発などが続き四〇年代を迎えるのであり、まさに作品は階級闘争激化の黎明期に設定されている。

状況小説のヒロイン――キャロライン・ヘルストンの場合

このような階級闘争に満ちた社会で人間関係が破壊されていく姿は、イーゴ・ウエッブ(3)が指摘するように、第一章で的確に紹介される。工業化により人口が一気に増加したイギリス北部地方に「おびただしく増えた副牧師」ダン、マロウン、スイーティンがダンの下宿で食事をしている。彼らは、ヨークシャーの人たちの悪口をいうことで満足しており、またダンは下宿屋のゲイル夫人を、「パンを切れ、女」と尊大に呼び付ける。夫人は、彼らが自分を軽蔑するのは召使いをもたないことと、自分が女性だからだと考えている。さてヘルストン牧師が現れると、副牧師は借りてきた猫のように豹変する。ヘルストンは、ムアの工場に搬入される予定の機械が、労働者の襲撃によって途中で破壊されるかもしれないことを告げ、ダンをムアの工場へ援護にやろうとする。この書き出しは、副牧師間や労資間の階級闘争に加え、貧富の差、中央と地方さらに教会と労働者間の闘争を紹介し、一九世紀初頭に始まった階級闘争の雰囲気を、巧みに伝えている。"Something real and cool" を書くというブロンテの意志が感じられる冒頭である。しかし同時にブロンテは、この第一章において小説の骨子となる自らの主張を明らかにしている。副牧師たちの横暴や喧嘩は教会という父権社会の堕落を示し、ヘルストン自身は硬直し柔軟性を喪失したヨークシャーの父権制社会の代表であり、ロバート・ムアは冷徹な資本家という性質の父権制の代表である。つまり人間関係の破壊の原因は父権制社会にありというのである。

さらに作品を読み進むと、『シャーリー』の提示する社会問題は、実は父権対女性の問題に移し替えられていくことがわかる。階級闘争が性闘争になるところがブロンテの状況小説の特色なのだ。もっとも社会に場がない労働者の怒りと苦悩は、中産階級の女性のそれでもあるのだと、ギルバートとグーバー(4)は指摘している。『シャーリー』のヒロイン、キャロライン・ヘルストンは、身を寄せるヘルストン牧師の家でも自分の場がないうえに、社会で身を立てる方法として家庭教師しか思い浮かばない中産階級の娘である。ヴィクトリア朝時代の中産階級の女性の常であるように、キャロラインの感情的満足の成就は結婚でしか許されなかった。ただ結婚を待ち、それが叶わない場合は朽ち果てるしかない彼女は、自らの内面生活と社会生活の空虚さに苦悩し失望する。キャロラインは、それを次のように説明している。

　オールド・ミスは、家のない失業した貧乏人と同じように、世間で地位や職を要求してはいけないらしい。それを要求したら、幸福でお金のある人たちは落ち着いていられなくなるのだ。そのことは、娘たちをたくさんもっているこの近辺の家族のことを考えれば、よくわかる。……娘たちは世間的には仕事をもたず、台所の仕事や裁縫ばかりしている。世間的な楽しみはなくて、ただ役にも立たぬ訪問ばかり。それに将来の生活にしても、それ以上の希望はもっていない。こんな行き詰まった状況では、健康が衰え、決して健全ではなく、心や考えは不思議なほど萎縮している。大きな望み、みんなの唯一の目的は、結婚することだけで、しかも大抵は最後まで結婚せずじまいになり、結局は前のまま死んでしまう。だから女たちは夫を掴まえようとして陰謀をめぐらしたり、お洒落する。男たちはそれを笑い物にするのだ。（第二二章）

　この中産階級の女性をヒロインとして選択したことが、ブロンテの状況小説の性格を決めた。つまり、「月曜日のような単調な現実」にヒロインを据え置くことで、当時の女性の苦悩の原因を作者に克明に分析させることになったのだ。ところが皮肉なことに、この現実直視は、ヒロインに苦境を切り抜けさせ、夢をしゃにむに実現させていくエネルギーを、そしてブロンテ特有のロマンティックだが強引な想像力の翼を奪うことになった。しかし問題はもっと深刻である。他の状況小説のメアリ・バートンやシビルは労働者階級の娘であり、工場と家庭において働く場がある故に、階級闘争とジェンダーの問題が密接に絡み合うことが可能だ。だが社会に場がない中産階級の女性は、そもそも闘争の場をもてないのである。彼女たちは、失業した労働者に等しい。ローズマリ・ボーデンハイマー(5)が示すように、両者とも「社会からのレスポンスのない社会的真空状態」に置かれている立場は同じであっても、真空の宇宙で二つの惑星が衝突し合わないように、ヒロインと労働者は接点をもたない。中産階級のヒロインが社会の犠牲者として前面に押し出されてくると、労働者は社会問題として存在しなくなるのだ。つまり、ラダイト運動を背景に社会問題から出発した作品は、このヒロインによって個人的な関心事の世界に、読者を引き摺り込んでいくのだ。

シャーリー・キールダーの場合

キャロラインを救うために登場するのは、もう一人のヒロイン、シャーリー・キールダーである。彼女はフィールドヘッド邸の当主であり、財力と美貌に恵まれた溌剌とした二一歳の女性である。彼女は、両親が男子が生まれることを期待して考えていた男性名シャーリーを名乗り、織物工場を経営し、相場の動きにも敏感な進歩的な資本家として登場する。彼女は頑固なヘルストン牧師を懐柔し、ロバート・ムアの工場に資金援助し、労働者の不穏な動きと窮状を緩和するために私財を使い、伯父が勧める貴族フィリップ・ナネリーの求婚を拒否する。彼女の役割は明白である。キャロラインと労働者が望んで果たせなかったこと、社会における自立と父権社会に対する反抗である。キャロラインの現実が過去となり、シャーリーの未来が実現すれば大団円である。実際シャーリーは、工業化によりもたらされた人間関係の不均衡を解決するという状況小説のヒロインの役割を期待されている。シャーリーという女性の力を検証するには、シャーリー特有の「イヴの神話」を分析すべきだと、テス・コスレット(6)やコンスタンス・ハーシュ(7)などのフェミニズムを奉ずる批評家たちが指摘している。彼女の真の姿であるイヴは、ヒロインのなかに息づいている。シャーリーは眼前に夕暮れの風景を見ながら、次のようにキャロラインに語る。

「わたしに今見えているのは女の巨神よ。青い大気の衣はヒースの原、向こうで羊の群れが草を食べている方まで広がっているわ。雪崩のように白いヴェールは頭から足まで垂れ、裾のうえにはアラベスク模様に稲妻が走っている。胸の下にはあの地平線のように紫色の帯がみえ、その輝きを通して宵の星が光っている。落ち着いた目は、何と描写していいのかわからないが、澄んでいて湖のように深く、上に向けられていて、敬虔な気持ちに溢れ、やさしい愛と輝かしい祈りの気持ちに震えている。……あのイヴはエホバの娘なのよ。アダムがエホバの息子なのと同じようにね。」（一八章）

このように自然描写が、女性の想像力と抱擁力の象徴となって、シャーリーの意識に溶けていく。女性の大らかさや懐の大きさに加えて、救世主を生むことができる創造性が強調される。イヴはすべての母である。話を聞くキャロラインは自分を捨てた母への思いを募らせ、自らの孤独が母によって癒され、アイデンティティが確立される日を願うのである。シャーリーの自然論が、古代の森ナンウッドを前にして、キャロラインとシャーリーの友情の高まりのなかで披露されるのは、象徴的である。コンスタンス・ハーシュ(8)が示唆しているように、女性の友情は、硬化した現在と淡い光に包まれ未来とさの結合するのだ。父権社会の専横からバランスを失った社会で忍従の生活を強いられる女性を、救出できるかもしれないと提案がされているのだ。自然と一体化した女性の意識は、工場監督ジョウ・スコットが引用したテモテ前書第二章のセント・ポールの言葉「女はすべてのことに従順にして、静かに道を学ぶべし」を覆し、「異議を唱えることが必要なれば、つねに素直に女に語らせよ。女にできる限り教え、権利を振わしむべし。一方男子は沈黙を守るにしかず」を主張するに至る。自らの体現する自然性によって社会を癒し、階級闘争によって生じた人間関係の破壊や不安や焦燥、劣化する男女間の不均衡などを是正していこうとする女たちは他の作品でも描かれている。

『シビル』において、シビルは夕暮れの残照映える中世の修道院の廃虚で讃美歌を一人歌っており、ヴェイルを被った姿は、まるで修道女とでもいった神々しさに満ちている。ここでも、女性の神秘な力は、自然を背景に描写される。シビルは「ピクチャレスク」な風景にいる。作者ディズレイリは、俯瞰的な視野にすっぽりとおさまる風景のなかにシビルを置くことで、シビルを社会の喧燥とは無縁の理想として設定しようとしていることがわかる。作者はそうすることで、シビルが労働者の娘以上の存在であることをアピールしている。だが、ここに「イヴ」の落とし穴があるのではないだろうか。ブロンテやデイズレイリの態度には、娘には、貧富に二分化した国民を一つにする役割は荷が勝ちすぎていると感じている作者自身の不信が潜んでいるからである。

『シャーリー』の神性の象徴、イギリスにわずかに残る古代の森ナンウッドは、開発により削り取られていく。作品は女性の生命力を謳歌しつつ、その生命力さえ資本主義に搾取されていく来たるべき未来から目を背けることができない。「神への帰依」と「勤勉」という隠れ蓑に「マモン崇拝」を隠したジョウ・スコットの卑俗性や欺瞞性から、シャーリーの神話を守ることは、果たしてできるのだろうか。女性の創造の野心は孤独な夢にならざるを得ないのではないだろうか。ブロンテの、いや一九世紀初頭において、ロマン主義的自然観はキャシュ・ネクサスの世界では周辺へと追いやられる運命にあるのだ。だからシャーリーには、「大佐」や「殿」という男性の称号や、男装、男の言葉づかいが、特に公の場で活躍するときには必要になるのだ。そのうえ、シャーリーとキャロラインの女の友情は、シャーリーがロバート・ムアに気があるそぶりを見せたとき、崩壊の危機に曝される。シャーリーやシビルの力は幻想にすぎないのではないか。そうなのだ。作品は、「社会に直面したときの女性の完全な無力」を語っている。この指摘は、ブリグス(10)が一九六五年に「『シャーリー』におけるプライベートとソシアルなテーマ」のなかですでに分析している。それから二三年後、ハーバート・リー・ハーマン(11)はシャーリーが公の場で「仮面」が必要な理由を、「女性が公の席で個人の力を誇示すると、それを性的アピールと捉えられる恐怖がブロンテにはある」せいだと解釈した。ハーマンの指摘は興味深い。なぜなら、女性の性的エネルギーは、『シビル』のなかでも『メアリー・バートン』のなかでも隠されるからである。これは、次に述べるように状況小説のヒロインの欺瞞性と、現実に屈服する小説の白々さを解く鍵となる。

まず『シビル』を扱おう。こちらの方が問題は単純である。ディズレイリは、シビルの性的エネルギーなどには、深い興味がなかったからだ。シビルは驚くことに、実は大修道院長の末裔であることが作品の結末で明らかにされ、四万ポンドの年収と伯爵のタイトルを手に入れることで、貴族エグレモントとの恋が正当化される。ヒロインの急激な身分の上昇は、あっけにとられるものだが、作者が労働者と支配者間の橋渡し役のシビルの身分を超えた性的衝動を隠すために、むりやりに与えた強引な出世であることは確かである。宗教と貴族と労働者の一体化の達成こそが階級闘争を緩和するという、政治家ディズレイリのニュー・トーリーイズムの実現の道具でしかシビルはないのであろう。またメアリ・バートンは、不況と貧困による母親や弟の死、その家族の悲劇がもたらした父親の荒廃から逃れたいと願い、工場主カーソン氏の息子ハリーとの密かな恋に結婚を期待する。メアリはシビルのように世間から超越した飛躍をするのではなく、自分の美しさを武器に社会の障壁を越えようとする、平凡で間違いを犯しやすい娘である。ギャスケルはメアリを挟んで伯母のエスターとカーソン夫人を配置している。エスターが美しい織機工場の女工であり、美しさゆえに騙され娼婦へと身を堕していく様や、カーソン夫人が女工であったが美貌を武器に金持ちの夫を手にいれるものの、中産階級の有閑を持て余し、かつての輝きを失っていく様を描いて、メアリには第三の道が必要なことを示している。しかし、この興味ある模索を作者は急に中断する。ギャスケルは、父親の殺人事件を機にメアリの性的エネルギーを急に奪い、彼女に幼なじみの労働者のジェム・ウィルソンが好きだったと、強引に気づかせる。暴力的社会状況は、急に淑やかでやさしくなり、恋人と父親のために無心に行動することになったメアリの誠実さのなかに矮小化していく。

『シビル』『メアリ・バートン』に続いて『シャーリー』では、父権の行使が可能なシャーリーが登場するものの、女性としての感情や性的エネルギーの成就はついに果たされない。印象的なことに、ロバート・ムアの工場が襲撃されたとき、シャーリーは拳銃を渡されてキャロラインを守るよう要請されるが、結局、暴動を丘の上から眺めることしかできない。シャーリーは財力と社会的地位で、父権制度に揺さぶりをかけておきながら、結局はそれを破壊せず擁護せざるを得なかった。これこそが、ブロンテの公の場における女性の扱いにおけるためらいである。解放を願いながら一方で女性の生への衝動を、父権制の容認する結婚の枠のなかに囲い込もうとしてしまう。これは、当時父権制社会が自然のままの女性を抑圧する一方で、女性たちも父権が与える社会秩序なしに生きる糧と方法を探し当てられなかったからである。

状況小説と祝婚物語——キャロライン・ヘルストンとロバート・ムアの場合

キャロラインの相手、ロバート・ムアは、ブロンテの父権制に対する曖昧な態度を体現する男性である。工場襲撃の場面に見られる、工場を武装化し労働者に立ち向かうムアは作者によって、英雄的な姿として肯定されている。ブロンテは、労働者個人の窮状には理解を示すが、彼らが団結し暴動を引き起こす「モッブ」になることには恐怖を感じていたのだ。従ってそれを鎮圧する男性は英雄なのである。しかしその反面、ロバート・ムアは利潤追求に熱心な非情な企業家である。キャロラインに労働者へのやさしさの必要を諭されても、ムアは「君はいささかデモクラティックなんだね」（第六章）とまったく相手にしない。彼との結婚を期待するキャロラインは失意の日々を過ごし、やがては病の床に就く。ロバート・ムアという女性の脅威である強力な父権が軟化し、女性に理解を示すようになるのは、ロチェスターと同様に負傷してからだ。彼は織工に狙撃され重症に陥っては初めて、キャロラインの愛情と助けが必要なことに気付き、彼女に求婚するのである。男性の力を殺ぐために肉体的に傷害を与えるというのはブロンテの常套手段だが、この手法こそブロンテの父権への執着と反発を示している。

ではこのような状況下での、キャロラインの結婚にはどんな意味があるのだろう。好きな伴侶を得てキャロラインの感情は満足し、個人的な幸福は達成された。しかし、結婚に疑問をもち自立にこだわった彼女のアスピレイションが、ムアという現実に縛られた夫によって機能しなくなったことは明白である。ムアは巨大な工場を建て、労働者のための住宅を谷に建て、「家のない人や、餓死しそうな人たちを谷に呼ぶ」慈善深い工場主になった。これは妻の感化であるにしても、父権社会の暴力を偽装する行為にしか見えない。なぜなら、ナネリー・コモンの開発は、シェリーの「女性の神話」を育んだ「妖精の住んでいた自然」の破壊の上に成立しているからだ。もっとも一九世紀の女性作家に、産業と自然破壊の問題、それに労資の関係を絡めて考察することを求めることは無理であるのかもしれない。

シャーリー・キールダーとルイ・ムアの場合

シャーリーが愛する男性ルイ・ムアが家庭教師であることは、この作品において重要である。兄ロバートと違って、彼は父権制社会の外にいるアウト・サイダーだからである。アウト・サイダーの男性と地主兼資本家である女性との結婚に、ブロンテの新しい主張を期待して現代の読者の胸は高鳴るが、やがてルイは家庭教師という「か弱き姿をした獅子」であることが、すぐに明らかにされてしまう。

あれだけ自由で溌剌としたシャーリーが「自分が服従することができる男性」と結婚する理由を、テス・コスレット(12)は、作者がヒロインを社会のなかに安定させるためにはその性的エネルギーを結婚制度に収めざるを得なかったからだと指摘している。ルイは父権を乱用したり、それを暴力で訴えることはないが、言語と知識において彼女よりすぐれ、彼女を抑える。ルイが獅子になる前に、作者は強力なシャーリーを懐柔する。第二九章では、狂犬に噛まれ死を覚悟しすっかり弱体化したシャーリーを読者は見せられるだろう。ロバートが射撃されその力が殺がれたときにキャロラインに求婚したように、シャーリーの力が弱まったときにルイは彼女に求婚する。そして社会生活上の二人の主従関係は、プライベイト領域では教師と生徒として、完全に逆転するのだ。父権制の暴力を嫌悪するブロンテは、同時に強い男性を主人に選び服従したいという倒錯した願望をもっていた。

ブロンテのこのような矛盾した願いを可能にする男性が、ルイ・ムアである。彼の家庭教師という職業が、作者の矛盾した願望に「抜け道」を与えるのである。シャーリーが、財力も称号もあるフィリップ・ナネリー卿の求婚を拒否する場面（第三一章）に、その考えが要約されている。

「フィリップ卿はわたしには若すぎますわ。子どもとしか考えられません。……あの方は大変愛想がよく、大変優秀で、大変立派ですけれど、わたしの主人にはなれません。どの点から考えても、そうですわ。あの方の幸福を保証できません。数千ポンドの金と引き換えに、彼の幸福の守り役を引き受けるつもりはありません。わたしを抑えることができる人でなければ、どんな求婚も受け入れることはできません。……結婚式で服従の誓いをたてるときには、その誓いを守ることができるという信念がなくてはなりません。でもフィリップ卿のような子どもに、わたし服従するつもりはありません。それに、あの方は、決してわたしには命令を下したりしませんわ。わたしは、いつもわたしに支配し指導してもらうつもりなのです。」

シャーリーがルイに「飼い馴らされ、押え込まれてもいい」と思うほど彼を愛したのであれば、彼女のその自主性に祝杯をあげるべきであろう。しかし結婚すると同時に、シャーリーは財産も社会的地位も失う。ルイはシャーリーを「バラの花」や「隼」さらに「雌豹」に喩え、「声をたてぬ単調で無邪気な子羊には、ぼくは飽きるだろう。胸に抱かれて決して羽ばたかず、ただ身を摺り寄せてくる鳩をまもなく厄介に思うだろう。しかしぼくの忍耐力は、休隼の羽ばたきを静め、溢れる精力を馴らすことに、大きな喜びを感ずるだろう。……いかに思いやりのある手であろうとも、もし力がなければ、シャーリーを屈服せしめることはできない。しかも彼女は屈服せねばならないのだ。」（第二九章）と述べ、シャーリーの愛の「奴隷」にならざるを得ないのなら「自由」を高く売り付けるのだと、机の鍵の失くしたシャーリーの不注意を叱る。これらの場面に、現代の読者は当惑するだろうし、このように社会における女性の活躍や性的充実への衝動が昇華されず、父権制社会のなかで抑圧される、そのことに屈折した喜びを感じるルイにもシャーリーにも不快の念を禁じ得ないだろう。ブロンテは労働者と資産家の社会的関係はおろか、男女の関係性にも正しい均衡を与え得なかった。それは彼女自身の限界でもあったのだろう。父権制への失望と期待、父権制の抑圧と解放の間で動揺したブロンテの姿が、結婚相手としてのロバートとルイ兄弟に凝縮されたのである。

状況小説とヒロイン

他の一八四〇年代作家同様、ブロンテも現実の社会状況を作品に取り入れた結果、現実を切断しなければ、ヒロインの掲げる理想は成立できないという文学上のディレンマに陥った。しかし資本主義の進む状況下では、二分化に止まらないあらゆる人間関係の切断が始まり、自らの利益を追求して孤立する人々は、宗教や結婚といった人と人が作り出す連帯を生み出す制度を信じられなくなっていくことを、歪んだ形であってもブロンテが追求したことは評価されるべきだろう。ブロンテの『シャーリー』の最大の問題は、社会で活躍することが可能なヒロインに、新しいモラルを提示することができなかった点にある。新モラルの代わりに、男装、男性の名前、男性の言葉という偽装と、強い女性を屈服させたいと思っている男性とが与えられた。

最後に、もう一度拳銃を手に丘に立ち、ただ暴動を眺めるしかなかったシャーリーの姿を思い起こしたい。拳銃が男性の象徴であり、風景としての丘が女性の象徴であるならば、シャーリーは二つの性のどちらにも組みしきれず呆然とする主人公である。この姿は、性の問題を乗り越えなくては社会への参入を果たすことができない、現代女性の苦悩を体現していないだろうか。『シャーリー』のなかには、近代女性の抱える根源的な苦闘がすでに見え隠れしているのである。

［注］

（1） Briggs, Asa. 'Private and Social Themes in "Shirley"' in *Brontë Society Transactions*, Part 68 of the Society's Publication: No.34 of Volumes 13, 1965, pp.203-219.

（2） Heaton, Herbert. 'The Economic Background of "Shirley"' *in Transactions and other Publications of the Brontë Society*, Vol. VIII, Part XLII to XLV, 1965, pp.3-19.

（3） Webb, Ignor. *From Custom to Capital – The English Novel and the Industrial Revolution*, Cornell UP, 1981, pp.121-161.

（4） Gilbert, Sandra M., and Susan Gubar. *The Madwoman in the Attic: The Woman Writer and the Nineteenth-Century Literary*

Imagination, New Haven: Yale UP, 1979.

（5） Bodenheimer, Rosemarie. *The Politics of Story in Victorian Social Form,* Cornell UP, 1988, pp.36-52.

（6） Cosslet, Tess. *Woman to Woman – Female Friendship in Victorian Fiction,* The Harvard Press, 1988, pp.111-138.

（7） Harsh, Constance D. *Subversive Heroines: Feminist Resolutions of Social Crisis in the Condition-of-England Novel,* The University of Michigan Press, 1994, pp.115-145.

（8） （7）と同じ。

（9） （4）と同じ。

（10） （1）と同じ。

（11） Harman, Barbara Leah. *Public Restraint and Private Spectacle in "Shirley": The Feminine Political Novel in Victorian England,* UP of Virginia, 1998, pp.14-45.

（12） （6）と同じ

第一六章　変革を求める女性たち

堀出　稔

シャーロット・ブロンテ（Charlotte Bronte, 1816-55）の『シャーリー』の執筆は、一八四八年二月から翌年の八月までであった。一八四七年一〇月に『ジェイン・エア』が出版され、イギリス読書界の反応は大好評となり、カラー・ベル（Currer Bell）という未知の作家が本名なのか仮名なのか、男性なのか女性なのかつきとめようと大騒ぎになった。まだ無名であったとはいえ、この成功によりヨークシャーの一寒村に女流作家が誕生したのであった。さっそく、スミス・アンド・エルダー社のウイリアムズ（William Smith Williams）はシャーロットに次の作品の執筆の依頼をするとともに、その作品の主題について忠告をした。彼女はそれを受け入れ、次はリアリズム小説を書こうと心に決めた。(1)

しかし、この時期のブロンテ家はブランウェル（Branwell, 1817-1848）、エミリ（Emily, 1818-1848）、アン（Anne, 1820-1849）がこの世を去り悲惨きわまりない状態におちいっていた。執筆の中断を何度も繰り返し、『シャーリー』初版本三巻のうち第一巻は一八八四年一〇月、ブランウェルの死の直後であり、第二巻は一二月エミリの死後再開された。執筆はその後アンの病状を看ながら行われた。第三巻は一八四九年五月下旬スカーバラ（Scarborough）でアンの最期を看取った後、執筆は再開され、下旬に完成された。[2]ここでは、一、『シャーリー』の舞台とその登場人物、二、変革を夢みるキャロライン（Caroline）、三、変革を実践するシャーリー（Shirley）、四、変革とそれを阻む力ついて考えてみたい。シャーロットはリアリズム小説を書くにあたって、彼女が最初一八四八年に『シャーリー』執筆当時起こったチャーテイスト運動を書くつもりでいた。[3]そこで彼女はその運動に共鳴し自ら活動に参加したミスター・バタフィールド（Mr. Butterfield）という人物に相談したが、彼からその運動へのさまざまな感情がまだ人々の記憶に残り小説の素材としては新しいすぎることを悟らされ時代をさかのぼることにした。[4]そこで思い浮かんだ時代背景と舞台が一八一一年から一八一二年にかけてウエスト・ライディング（West Riding）地方に生じたラダイツ（the Luddites）暴動による紡績機械打ち壊し事件である。[5]

この破壊騒動の起こった所はリヴァセッジ（Liversege）であり、シャーロットが一三歳のとき入学したロウヘッド（Ro Head）校からわずか数マイルの距離にあり、学校ではミス・ウラー（Wooler）から暴動当時の激しい争いの様子を聞き、また、父親パトリック（Patrick Brontë, 1777-1861）も暴徒の襲撃から身を守るために外出にはピストルを携帯した話に強く影響を受けた。一八〇五年ナポレオン

(Napoleon) はイギリス上陸の戦略を開始したがトラファルガー (Trafalgar) 沖の海戦で破れ、翌年「大陸封鎖令」によってイギリスに対する飢餓作戦を開始した。イギリス政府はこれに対抗し「枢密院令」を発し、中立国がフランスと貿易することを禁止した。この戦時下穀物の価格は急速に高くなり、労働者階級は生活に困窮し始めた。その頃ウエスト・ライディング地方の紡績業者は機械の近代化による製品の増産を行ったが売れず、労働者の解雇が相次ぎその怒りが機械打ち壊し騒動へと発展した。シャーロットはその事件の真相をさらに知るために、パトリックの提案によって彼女はリーズ・マーキュリー (*Leeds Mercury*) 紙の当時の新聞記事を取り寄せてラダイツ暴動を調べた。一八一一年から一八一五年までパトリックはラダイツ暴動の起こったリヴァセッジ近くのハーツヘッド (Hartshead) の助祭をしており、シャーロットにとってもよく知った土地であった。『シャーリー』に登場する地名フィールドヘッド (Fieldhead) やブライヤーフィールド (Briarfield) はリヴァシッジの近くにフィールドヘッド、ブライヤー・ホール (Brier Hall) など類似した地名があり、ホロウズ・ミル (Hollows Mill) の原型とされるロウフォールズ・ミル (Rawfolds Mill) も実際に存在する。フィリス・ベントリー (Phyllis Bently) によれば、ハイラム・ヨーク (Hiram Yorke) の家族はシャーロットの友人メアリ・テイラー (Mary Taylor) の一家であり、キャロラインの叔父ヘルストン氏 (Helstone) はその地区の老司祭であり、プライアー (Pryor) 夫人はウラー女史のおもかげがあり、ロバート・ムア (Robert Moore) はロウホールズ (Rawholds) の工場主とエジェ (Heger) 先生の人物像が混ざりあったものとされる。また、『シャーリー』の一人の女主人公キャロライン・ヘルストンは魂はシャーロットのものであるが、その資質を友人エレン・ナッシー（Ellen Nussey）と分かち合っており、もう一人の女主人公シャーリー・キールダー（Shirley Keeldar）はエミリが豊かな家に育ち自由に生きると仮定した姿であったと言われる。[6]

確かにジョージ・ルイス（George Lewes）が『シャーリー』における物語構成上の統一性の欠如を指摘しているように作者の視点がキャロライン・ヘルストンとシャーリー・キールダーという二人の女主人公に主に向けられてはいるが、ホロウズ・ミルのムア姉弟、ヘルストン司祭とヨーク家の人々、プライアー夫人、労働者たちへと視点がさまざまに移動し、小説の主題がどこに重点が置かれているのか把握しがたい場合がある。それでもなお、当時の社会の因襲に縛られた女性たちの意識のなかに、女性が人間としての権利を獲得しようとする必死の叫びを聞くことができる。女主人公の一人キャロライン・ヘルストンの考え方は、ヴィクトリア王朝初期の中流階級の多くの娘たちのそれと少し異なっているように思う。それは中流階級の人々が憧れた上流階級の女子教育の中心をなす淑女のたしなみについての教えを受けられなかったことが一つの要因と思われる。女性に偏見をもった伯父ヘルストン司祭に養女として育てられ、彼の女性に対する無関心からキャロラインの教育がないがしろにされた点がある。彼女は独自の方法で自分の人生を切り開こうと思っている。[8]

一針一針靴下の織り地をすっかり真似るこの外国風のかがり方を覚えさせられるのが、キャロラインにはいま一つの悩みであった。オルタンス・ジェラールや、何世代にもわたる彼女の先祖の女性たちは、これを第一の「女性の務め」の一つと考えた。

キャロラインは従姉妹ミス・オルタンス（Miss. Hortens）から針仕事とフランス語を学んでいる。従姉妹のきびしい淑女のたしなみについての教育に彼女はついていけなかった。ブライヤーフィールドの司祭館の彼女の生活は、ヨークの娘ローズ（Rose）が、いつまでもあんな司祭館に閉じこめられ(9)てるなんて、ぐずぐず死んでいくのもおなじことじゃないかしらと言っているように退屈な日々であった。彼女が求めていることは自らの生活を変化させることであった。彼女は語り手が述べる夢と幻の十八歳以前の世界から経験によって人生の目標に向かう出発点に立たされていた。(10)

「そうよ、わたし仕事したいの。もし男の子だったら、仕事を見つけるのも難しくないはずよ。仕事を覚えて、人生で成功することができますね」

「続けてくれ。どんな方面に進むのか、聞きたいもんだ」

「男だったら、あなたのお仕事……たぶんわたし、あなたがお金持ちなる手助けだってできるはずよ」

「男だったら」という言葉がロバート・ムアとのこの対話のなかで二度繰り返される。シャーロットが『シャーリー』の舞台背景とした一九世紀初頭は、産業革命によって中流階級に富が蓄積され、文学的才能のある女性たちは作家として自立できる時代であった。とはいえ、一般中流階級では父権制社会の風潮が残り、女性の最大の人生目標は地位・財産が自らの家庭のそれと釣合のとれた家に嫁ぐことなのである。しかも、結婚し妻になれば夫に絶対服従しなければならない時代であった。家庭教師として外に出たいという夢も叔父に反対され、さらに後にキャロラインの母親であることが判明するプライアー夫人から家庭教師という仕事の屈辱的な部分を聞かされ、希望を断念する。「男だったら」という願望は、ロバートにほのかな恋心を抱くとともに、彼に自分の人生を重ね合わせることで自分の夢を実現しているように見える。キャロラインは自分の人生を彼女の独自の方法で切り開こうとするが、この点『ジェイン・エア』で「わたしは自由な人間で独自の意志をもっています」[11]とロチェスター（Rochester）に語り、ソーンフィールド（Thornfield）を去って行くジェイン（Jane）の意志に比べ弱さが感じられる。彼女は一般中流階級の娘たちのなかでも人間として女性の生き方に目覚めてはいるが、社会の因襲と直接対決するにはまだ経験不足である。むしろ、消極的な自虐的な方法で自分の女性としての自らの希望の実現を図ろうとする。[12]

「……ロバートは誰か他の人、誰か金持ちの貴婦人と結婚することになる。つまり私は結婚しない。私は一体なんのために生まれたのだろう。この世で私のいるべき場所はどこかしら。」

政治上の意見の対立から叔父ヘルストンはキャロラインにホロウズ・ミルへの出入りを禁止した。

ロバートへの恋心がつのればつのるほど心の居場所を求めて試行錯誤を繰り返す。それが独身女性として一生自己否定とキリスト教の慈善活動に捧げるミス・エインリー（Miss. Ainley）の生き方に感銘を受けることになる。しかし、キャロラインは心の隅でロバートへの愛は忘れられず自分の意志を決めかね心の抑鬱状態に陥る。(13)

ついにこうした生活が、これ以上我慢できそうにない時点にまで達してしまった。なんとか変化する道を探し出さなければ、心も頭も緊張の圧力でくず折れてしまいそうだ。彼女はブライヤーフィールドを離れて、遠くに行きたいと思った。何か違ったものに焦がれている。

「変化する」、「遠くに行きたい」、「なにか違ったものに焦がれる」といった言葉はすでに現実における戦いから自分を逃避させる病的状態にある。このような病的状態はもう一人の女主人公シャーリーにおいては犬に咬まれること、労働者によるホロウズ・ミルの襲撃、ロバートに怨みを抱いた者たちの発砲事件などに共通性を持たせて描かれている。ペニー・ボウメラ（Penny Boumelha）は『シャーリー』の目覚めた女主人公たちが苦悩を通して人間としての権利を獲得して行く過程は、労働者たちが破壊をともなう暴動を起こしながらも人間平等の権利を獲得して行く過程と関係があるように描かれていると指摘している。(14)確かに、キャロラインが病的状態から回復するとそこには新しい展望が開ける。彼女にとってはシャーリーの存在は権利に目覚めた女性の理想像であったであろう。彼女がシャーリーに出会ったとき、二人の資質において何か相通じるものを見つけるのである。それがすなわち彼女らが独自の方法で人生を切り開こうとする意志なのである。シャーリーとキャロラインとの交友は「従属感」や「屈辱感」を伴わず、同じ目的をもった者の仲間意識が働き、話すことによって互いの精神を高め合う。シャーリーは結婚について次のように語る。(15)

「その人が女を好きになるのは、つまらない利己的理由からじゃなくて私たちその人を好きだから——そう、わたしたちがその人のことを好きだからこそ好いてくれるのよ。……」

この言葉は家・財産・地位といったものに左右される当時の結婚制度を真向から否定しているものである。男女が互いの心を通い合わせ、それが基となり互いに信頼し合う関係が望ましいと考えている。(16)「結婚したら、もう自立した人間でいられなくなる」というシャーリーの言葉は当時の財産権が夫にすべて属していることへの女性の反発と受け取れる。また、仕事についてキャロラインが自分の意見を言う。(17)

「……でも仕事はいろいろの苦しみを与えてくれるから、たった一つの横暴な責め苦のために悲嘆に暮れることはなくてすむわけですね。それは仕事がうまく行けば、それなりの報いがある。うつろで、物憂い、孤独で、望みのない人生には、なんの報いもないけれど」

人間が仕事に打ち込み体や頭脳を使うことは内向する意識が分散され、一つの激しい苦悩に心がとらわれる憂うつな状態に陥ってしまうことから救われるとキャロラインは考える。上流階級の貴婦人を手本にした当時の中流階級の女性は召使を雇い家事から解放され自由になったはずだが、その有閑が新たな苦悩を引き起こす要因になってしまっている。それはあらゆる仕事が女性に解放されていなかった時代の悲劇なのであろう。さらに、慈善行為については、[18]

「シャーリー、貧しい人に施しをすべきでないって言う人がいるわ」「……飢えてない人が、慈善行為は堕落を促すとかなんとか言うのは簡単だけど、そういう人って人生が短いことも、辛いことも忘れているのよ。わたしたち、誰も長くは生きられない。だから困ったときとか、悲しいときには、できるだけお互い助けあって下らない哲学のことなんか、くよくよ考えない方がいいのよ」

シャーリーはブライヤーフィールドの貧民のなかに餓死者が出ている状況を見て見ぬ振りはしなかった。彼女はキルダー家の家計を切り詰め、地域の慈善事業に率先して乗り出す。それには施す心を知っているホール（Hall）司祭とその妹やミス・エインリーが協力し、同じ志をもった人の輪ができるのであった。このようにキャロラインは、シャーリー・キールダーという権利に目覚めた女性に出会うことで自らの女性としての理想像に近づいていった。

三

では、シャーリー・キルダーはどのように自らの理想を実践しようとしたのであろうか。彼女が小説に登場するのは第一一章からである。身分は貴族ではないが、ブライヤーフィールドに五代続く荘園主の女相続人で、先祖から富と名誉を受け継いでいる二一歳の娘であった。思考方法をキャロラインと比較した場合、まず経済的自立をしている女性であり、幅広い教養と社会の動きを十分理解し、積極的な女性である。女性を人間として考える視点をもち、変革を実践して行く人物である。彼女はオルタンス・ムアがキャロラインにしていた淑女のたしなみなどまったく意に介さず、ホロウズ・ミルの工場経営の管理に夢中に取り組んでいる(19)。

「……ヘルストン先生、今度新しい教区委員をお選びになるときには、わたしを選んで下さらなければいけませんね。治安判事にも、義勇騎兵団の隊長にもしてくれるべきですわ。」

仕事に生き甲斐を見出すばかりでなく、地域の活動にも積極的に参加し自分を主張する。能力があれば男女を問わず責任ある職務に就くべきであるというのが彼女の考えである。工場経営に関しては、ロバート・ムアにその管理を任せ年間一〇〇〇ポンドの収益を上げていた。シャーリーは、全身興味と生命感と熱意に溢れて経営に没頭した。しかし、ナポレオン戦争が厳しい状態になり枢密院令が発令されると、破産状態に追い込まれて行き、彼女はこの状態を脱するため必死で戦った。工場が数百人の暴徒によって襲撃されたとき、彼女とキャロラインは丘の上からその状況を眺めた。(20)

「わたくし、迷惑はかけない。助けるだけ」と返事がする。「どうやって？　ヒロイズムを吹き込んで助けるっていうの？　馬鹿らしい。いまは騎士道がものをいう時代じゃないわ。わたしたちがこれから見るのは馬上試合の槍の突きあいじゃなくて、お金や食べ物や生活のための闘争なのよ」

キャロラインが愛するロバートが暴徒に襲われるのを助けようと、工場の中に入ろうとする。しかし、二人の女性の助けが果して暴動そのものを鎮圧できるとは思えず、冷静に考えてキャロラインを制止する。シャーリーにはこの暴動がどのようなものか理解でき、個人ではどうにもならない階級間の闘争だと考える。さらに、彼女はフィールドヘッドに戻ると襲撃事件の状況を聞き、素早い判断で負傷者の救援活動に入る。このシャーリーの姿に、実際に仕事をもち社会の動きと切り放せない立場に立っている女性像がうかがわれる。一方、キャロラインは襲撃事件の後衝撃のあまり病に臥してしまう。仕事にまだつけず追い求めている彼女の意識は、シャーリーのそれとは異なり、観念的である。襲撃事件以降工場経営の先行きが絶望的になってしまった折り、ハイラム・ヨークはロバートにシャーリーへの求婚を唆した。ロバートはキャロラインを愛しているのだが、工場経営の破産状態を考え、ついヨークの意見に従う。しかし、シャーリーはロバートの本心を見抜けぬわけがなかった。[21]

「わたくしはあなたのこと尊敬してたわ。崇拝もしていた。好きだったのよ」そうあの人は言ったのです。

「そう、お兄さんみたいよ。ところがあなた、あなたの方はわたくしのことを思惑買いしようっていうの。あなたのモレクの神であるあの工場のために私を生け贄に供しようってことね」

シャーリーはロバート・ムアの仕事に専念する姿が好きであった。そこには恋愛感情ではなく尊敬と崇拝の気持ちがあったのだ。彼は彼女の好意を彼を愛しているのだと勘違いし、求婚したのだ。シャーリーはロバートを仕事上の同志と見ているのであり、恋愛の対象とは考えていなかった。では、彼女は自らの男女の愛と結婚の理想をどのように考え体験したであろうか。すでに彼女は愛の理想像もキャロラインに語ったのであるが、それが小説のなかで具体化するのはフィールドヘッドへ叔父ジェイムズ・シンプトン（James Smpton）とその家族が滞在するようになってからである。ウィン氏が息子のサムエル・フォースロープ・ウィン（Samuel Fawthrop Wynne）のために正式に叔父を通して結婚を申し込んできた。シャーリーとは正反対の性格をもつシンプソンは世俗にたけた人物で、社会的地位と財産からウィン氏の息子が彼女にふさわしい結婚相手と考えた。シャーリーは即座に断わり、その理由として彼が放蕩生活を送っていたことを第一の理由にあげている。[22]

「……そういうことをするだけでも、計り知れないほど下等な人だってことですね。知性だって私が尊敬できるような基準に達していません。それも一つの躓きの石です。視野も狭いし、物腰も下品です」

シャーリーは地位や名誉や財産で嫁ぐようなことはしない。まず第一にその男女が互いに愛しているかであり、人間性や知性を重んじる。偶然海辺の行楽地クリフブリッジ（Cliffbridge）で出会った貴族サー・フィリップ・ナナリー（Sir Philip Nunnely）の求婚も拒絶する。(23)

「とても人好きがよくて、とてもすばらしい、ほんとうに尊敬できる人だけど、わたくしの主人にはなれませんわ。……わたくしいくら貰ったからって、あの人の幸せを守る仕事を引き受ける気持ちにはなれません。わたくしを抑えられない人なんか受け入れるつもりはないんです」

これらの言葉から、シャーリーが結婚相手を考える場合、互いに愛し合っていること、すぐれた人間性と高い知性をもっていること、女性が誤った考えをいだいたときそれをやめさせ正しい道に導びける男性と考えられる。

シャーリーが理想的な男性に巡り会えるのは、彼女の飼犬タータと自然を通してである。ターターは主人のシャーリーには義務と忠誠心をもち、つねに彼女の後についているが、人によってはその態度次第で獰猛さを発揮する。第一五章では、フィールドヘッドを訪問した助祭のマロウンやダンに対して激しく攻めたてる。それはマロウン（Malone）がターターを落ち着かせようと叩いたからである。それは生きとし生けるものへの人の接し方が問題となる。ターターから愛着と忠誠心を受けることのできる人物の一人が、シンプトン家の家庭教師ルイ・ムア（Louis Moor）である。[24]

「孤独というのは確かですが、厳しいということはありません。動物といっしょにいると、ぼくは自分がアダムの子だ、つまり「地に動くすべての生き物を治める」力を与えられた者の子孫だと感ずるんですよ。あなたの犬はぼくのことが好きで、ついてきてくれる。……」

シンプソン家では彼はその家の息子ヘンリ（Henry Sympton）とターターに対しては信頼関係はあるが、孤立した存在である。シャーリーは、彼女の元先生であり深い教養をもった男性として尊敬はしていたが、彼が家庭教師という身分であるため結婚の対象とは考えていなかった。しかし、彼女が偶然狂犬と考えられた犬に咬まれる事件で、彼が彼女の苦境を助けたことがシャーリーの愛を引き出す結果になった。そのときの彼女の苦境とは、狂犬に咬まれた不安によって理性の抑制が効かず死を覚悟したことであった。その苦境を助けることのできる人、すなわちシャーリーを抑えることのできる人物、それが将来のシャーリーの伴侶となる人物ルイなのである。

四

キャロライン・ヘルストンとシャーリー・キールダーの考えには、方法は異なるが因襲に縛られた当時の女性の生き方を変えて行こうという意志がそれぞれに働く。二人の女主人公が苦難に遭遇し、その苦しみに打ちのめされるとき、自分が「変わる」という言葉が使われる。それは苦難を通して自らが描いた理想像に近づくことが暗示されているのではないかと思われる。そして、その苦難を生む原因となるものこそ時代の因襲であり、またそれに従う人々の女性に対する偏見であった。それが人間としての生き方を願う女性の意志を阻み、その社会の道徳律に従わせようとするのである。一般の中流階級の女性が淑女のたしなみという礼儀作法をすばらしいものとして身につけようと考えたのは、当時のイギリスの指導的立場に立っていたのは貴族であり、その夫人たちは上昇志向の強い中流階級の女性たちの憧れであったからである。しかし、模範とした淑女のたしなみとは、礼儀作法にすぐれ、男性には絶対服従し、女性は弱々しくデリケートであるのが望ましく、コケティッシュなのがよいとされた。メアリー・ウォルストンクラフトは一八世紀後半、中流階級の女子教育が淑女のたしなみがもっとも大切と考えた上流階級の礼儀作法を模範としていることをいましめ、人間としての女子教育が行われることを訴えた。(25) しかし一九世紀に入ってもその風潮は変わらない状態であり、われわれは「シャーリー」のなかでも因襲に従う女性の姿をミス・オルタンス、サイクス（Sykes）夫人と三人の令嬢、ヨーク夫人、プライヤー夫人、サー・ナナリー令夫人などに見出すことができる。ミス・オル

タンスやプライヤー夫人は二人の女主人公を可愛がってくれる好人物ではあるが、躾に関することでは二人に厳しい。(26)

「……だけどきっと、そのうちには、いつでも落ちついた、上品で、変に考えこむところのないような子にしてみせる。わたしって理解できないものは、いつだって嫌いなの」

ミス・オルタンスにとってはキャロラインはまだ変に考えこむ理解できない部分があることを知っていた。淑女にふさわしい品格と深く物事を考えない女性に育てるのに一生懸命なのである。プライアー夫人はシャーリーがときおり口笛を吹くことを女らしさの欠けていることとして彼女をとがめる。また、彼女はキャロラインが労働者階級のウイリアム・ファレン（William Farren）と自然について気軽に話すことをよく思わない。サイクス夫人と令嬢たちは、まるで自分たちの礼儀作法がもっとも理想的で、他の女性たちはそれを見習うのは当然という虚栄心に満ちた顔付きをしている。ヨーク夫人は自尊心が強く、何をおいても自分より劣っていると思われる女性を好む。ナナリー令夫人たちの前でシャーリーが恋のバラッドを強く感情を込めて歌う場面がある。その聴衆の表情は、彼女の歌い方は慎みを越えており、変わっているという様子を示し、令夫人は、(27)

「この女はわたくしや、わたくしの娘たちとは種類が違う。息子の嫁になるのは反対だ」

と言っているような顔の表情であったと語り手は述べている。しかし、キャロラインとシャーリーはどのようないじめや批判にも屈せず、変わっていて深くものを考える女性であることを押しとおすのであった。また、イギリスでは一七世紀の清教徒革命以来聖書に忠実に生きる教えが民衆のなかに根ざしており、宗教観からも女性の人間としての生き方に制限を加える結果となっていたと思われる。(28)

「女は、静かに、まったく従順に学ぶべきです。女が教えたり、男の上に立ったりするのを、わたしは許しません。むしろ、静かにしているべきです。なぜならば、アダムが最初に造られ、それからイヴが造られたのですから。」

農夫ジョー・スコットの素朴な女性観である。女性は政治や宗教など論ぜず、夫に従うのが一番であると説得する。しかし、聖書に描かれるアダムとエバの人類誕生の教えから人々が考える男女の関わりに対してシャーリーは異なった意見をもっている。すなわち、神によって天上から初めて地上に遣わされたのはイヴ（Eve）であり、女性は男性以上の存在であるというのである。ジョーの女性観を育んできたのは教会の教えであり、「シャーリー」の語り手によって述べられる助祭たちの品行の悪さは、人間としての女性の地位を低下させた要因の一つは教会の教えにもあるという批判が込められているように思われる。

『シャーリー』の執筆開始の一カ月前、一八四八年一月当時の風刺雑誌『パンチ』に掲載された『プリマス=タイムズ』の記事によると、「一人の独身男性に対し、四〇人の独身女性がいる」と指摘している。この不均衡は、男性の相対的に高い死亡率、独身男性のアメリカへの大量移民、独身男性の晩婚の傾向によって生じた。この有り余った女性、特に中流階級の女性は仕事にも就けず貧しく深刻な苦境に立たされたと言われる。(29)キャロラインが悩んだ女性の仕事と結婚または生涯独身で過ごす生き方は、まさにその当時の女性の問題を反映していたように思われる。

ともあれ、『シャーリー』には二人の女主人公が苦難を乗り越え女性の権利を求めて生きていく姿を描くことで、作者シャーロットは女性が偏見と拘束にみちた当時の社会体制に対して人間として女性の権利を人々に訴えたのではなかろうか。

[注]

(1) 中岡洋訳『シャーロット・ブロンテの生涯』(東京:みすず書房、1995), p.385.
(2) Winifred Gérin, *Charlotte Brontë*, (London: Oxford University Press, 1967), p.389.
(3) 一八三二年から一八四八年までイギリス労働者階級の人々が普通選挙権獲得をめざして行った政治運動
(4) Barbara Whitehead, *Charlotte Brontë and her 'dearest Nell'*, (West Yorkshire, Smith Settle, 1993), p.139.
(5) 一八一一年から一八一二年にかけヨークシャーを中心に生じた暴動。シャーリーの一九章はウエスト・ライディングズリヴァセッジのミスター・カートライトの紡績工場の機械打ち壊し騒動をモデルにした。
(6) Phyllis Bently, *The Brontës*, (London: Lowe & Brydone, 1967), p.71.

(7) Eleanor McNees, *The Brontë Sisters Critical Assesments* Vol. 3 (Helm Information, Sussex), p.466.
(8) 都留信夫訳『シャーリー』(上)(東京:みすず書房、1996)、p.135.
(9) 同書(下)、p.95.
(10) 同書(上)、p.93.
(11) 小池滋、『ジェイン・エア』(東京:みすず書房、1995)、p.394.
(12)『シャーリー』(上)、p.236.
(13) 同書、p.252.
(14) Penny Boumelha, *Charlotte Brontë*, (Hardfordshire: Harvester Whaeatsheaf), p.94.
(15)『シャーリー』(上)、p.289.
(16) 同書、p.288.
(17) 同書、pp.307–308.
(18) 同書、p.361.
(19) 同書、p.272.
(20) 同書(下)、p.17.
(21) 同書(下)、p.286.
(22) 同書(下)、p.192.
(23) 同書(下)、pp.309–310.
(24) 同書(下)、p.173.
(25) 同書(上)、p.87.
(26) 同書(下)、p.301.

(27) Mary Wollfstonecraft, *Thought on the Education of Daughters* (London: William Pickering, 1989), p.22.

(28) 『シャーリー』(上)、p.446.

(29) 青山　信吉『世界の女性史』イギリスI(東京:評論社、1976)、p.217.

第一七章　父権制社会と個人
――『シャーリー』から『ヴィレット』へ――

田村真奈美

シャーロット・ブロンテ（Charlotte Brontë, 1816-55）は、社会的な抑圧のなかで、それに屈せずに自由を希求する人間（特に女性）を描いた。これは『教授』（*The Professor*, 1846, pub. 1857）から『ヴィレット』（*Villette*, 1853）までの彼女のすべての小説に共通することであるが、特に『シャーリー』（*Shirley*, 1849）では、他の三作品とは違って一人称の語り手による自伝という形式を用いずに、抑圧される個人の内面の問題を当時の社会問題と密接に関係させて、より大きな社会的コンテクストのなかで描いた点が注目に値する。

『シャーリー』の舞台は一八一二年ごろのヨークシャー（Yorkshire）で、ラダイツ騒動の時代である。ラダイト騒動は、紡績工場への機械の導入に反対した一部の過激な労働者たちによる機械打ち壊し運動といわれるが、単に機械の導入だけではなく、厳しい工場主のもとでの苛酷な労働環境に対する労

シャーリー・キールダー
C・E・ブロック画

働者の不満が大きな原因であった。[1] シャーロット・ブロンテがこの時代を舞台に選んだのは、テリー・イーグルトン（Terry Eagleton）が指摘しているように、『シャーリー』が書かれた一八四八～四九年のイギリスの状況に、ラダイツ騒動の時代との類似性を見てとったからであろう。[2] 一八四八年にはチャーティスト運動が勢いを盛り返し、急進的な労働運動によって社会体制が脅かされるのではないか、という雰囲気がイギリス社会全体に広がっていた。[3] イーグルトンによれば、シャーロット・ブロンテも例外ではなく、「彼女と同じ階級のほとんどの人間と同様、一八四八年にはシャーロット・ブロンテは革命を恐れていた」[4] という。そこで、体制側から見れば大事に至らずにうまく解決できた労働運動であるラダイツ騒動の時代を舞台に選び、不穏な社会状況を解決する方法を小説のなかで探ろうとした、というのである。

『シャーリー』には女主人公が二人いる。この二人、シャーリー・キールダー（Shirley Keeldar）とキャロライン・ヘルストン（Caroline Helstone）は、シャーロット・ブロンテがつねに追求するテーマ、「自由」と「抑圧」をそれぞれ体現するような人物になっている。シャーリーは若い未婚の女性でありながら荘園領主であり、自由に行動できるだけの財産と、因襲にとらわれない自由な精神の持ち主として描かれている。このような女性は例外的な存在であったであろうから、シャーリーは（少なくとも物語の途中までは）作者の理想を担っている人物といえよう。一方のキャロラインは教区牧師の姪で、従兄で工場経営者のロバート・ムア（Robert Moore）に秘かに想いをよせているが、彼と結婚する夢はどうもかないそうにもない。かといって未婚のままでいても、中流階級の女性としての「体面

（respectability）」を保つためにはさまざまな制約があり、職業を持って自活するなどもってのほかである。女性は家で静かにしているか、他の家庭を訪問するぐらいしか、時を過ごすすべがないのである。キャロラインにはシャーリー以外に気の合う友人がない。またシャーリーとロバートが結婚すると思い込んでからは、シャーリーとも友だち付き合いを続けることがつらくなってしまう。何のために、誰のために生きているのかわからなくなった彼女は精神的に行き詰まり、ついには病に倒れる。キャロラインが苦境に陥ったのは、女であるがゆえに社会的に行動が制限されていたうえ、厳格な伯父以外に家族がなかった彼女は、シャーリーにも他の誰にも本心を打ち明け、悩みを相談することができなかったからである。シャーリーが作者の理想としての「自由」を担う人物ならば、キャロラインは社会に抑圧される多くの女性の代表なのである。

　物語はこの二人の若い女性を中心に展開するが、この二人の物語と労働運動の問題はどうつながるのか。ヘレン・モグレン（Helene Moglen）は、『シャーリー』にとりかかる時期のシャーロット・ブロンテは「女性の抑圧の性質にもっと正面から取り組み、この抑圧の形態が他の抑圧の形態にどのように関係しているかをできるだけ分析的に考え」ようとしていたと主張している。「女性と貧困者や社会的に疎外された者、女性と職を失った労働者、女性と子ども」、すなわち女性と「他の無力な『犠牲者たち』」[5]との間に見出せるつながりを探ろうとしていた、というのである。モグレンの指摘どおり、父権制社会（patriarchal society）における無力な犠牲者という点で、抑圧される女性の問題は、貧困や搾取される労働者などの当時の社会問題につながっている。物語の大部分において青白い顔をして、窶れた姿で登場するキャロラインは、先ほど述べたように抑圧される女性の代表であるが、同時にこの作品で扱われる他のさまざまな「抑圧」の象徴的存在にもなっている。
しかし、これから見ていくように、このプランははじめから矛盾を孕んでいた。先に、ラダイツ運動は体制側から見ればうまく解決された、と述べたが、つまりは鎮圧されたのである。そしてシャーロット・ブロンテが恐れていたチャーティスト運動もまた、まもなく抑えられた。次にあげるのは、イーグルトンも引用しているが、チャーティスト運動が鎮まった後に彼女が書いた手紙の一部である。

……彼ら［チャーティストたち］の申し立ては忘れ去られるべきではないし、彼らの苦しみの存在も無視されるべきではないと思います。無分別な運動が賢明にも鎮圧された今こそ、彼らの不平の原因を注意深く検討し、正義と慈愛の命ずるような歩み寄りをするべきでしょう。もし政府がそのように行動したらどれほどよいことでしょう。敵意が取り除かれ、そのかわりに互いを思いやる気持ちが生まれるのです。(6)

ここに表れているのは、典型的な父権的温情主義（paternalism）(7)の考え方である。シャーロット・ブロンテは、苦しい生活を強いられる労働者に深く同情してはいるが、社会秩序を揺るがすような労働運動は「無分別」だと形容している。つまり、社会のシステムはそのままで、上に立つ者たちが、父が子に対するような温情をもって、弱者に手をさしのべるべきだ、というのである。これが労働問題に対する彼女の基本的な姿勢であり、『シャーリー』のなかでもこの考え方が随所に見られる。

たとえば、工場の機械化が原因で職を失った労働者ウィリアム・ファレン（William Farren）はこう要求する。「発明はいいことかもしれない。けれども、貧しい者たちが飢え死にするのはいいことじゃない。統治者たちはわれわれを助ける方法を見つけてくれなければ。新しい取り決めを作ってくれなければならないんだ。」(8) ファレンは「よき労働者」で「正直者」であり、ラダイツ運動にも懐疑的である。そのような彼の要求は、体制そのものを疑問視することなく、上に立つ者たちの権利を認めたうえで、弱者を守る義務を果たしてくれ、という父権的温情主義社会を志向するものなのである。

また、ロバート・ムアは、はじめは不況下で工場経営を成り立たせていくことに精一杯で、工場労働者の生活のことにまで気がまわらなかった。収益をあげることを何より優先する彼は、繰り返し「利己的」と形容されている。しかし、財産目当ての結婚の申し込みをシャーリーに断られ、自分の浅ましさを恥じた彼は、その後イギリスの経済状況が好転したこともあって、最後には被雇用者の幸せを考える父権的温情主義の工場経営者になることを誓う。「これで、もっとたくさんの労働者を雇える。もっとよい給料を払える。もっと賢明な、寛大な計画を立てられる。何かよいことができるんだ。そしてもう自分のことばかり考えなくてすむんだ。」(9) こうしてロバートはヒロインにふさわしい男性となってキャロラインと結ばれる。

さらに、シャーリーは自らを「郷士（esquire）」と呼び、「地主、荘園領主の良心」(10) について語り、教区に住む貧困者の世話に心をくだく模範的な父権的温情主義者（paternalist）の荘園領主である。もともと父権的温情主義は、封建時代からの大土地所有制に基盤をおき、封建領主と小作人の関係をモデルにしていた。それが、産業革命で台頭してきた産業資本家と工場労働者の関係にもあてはめられるようになったものなのである。

このように、『シャーリー』で示されているのは、思いやり深い地主や工場主と秩序を尊ぶ正直者の労働者からなる父権的温情主義の社会こそがいま必要なのだ、という考え方である。この小説に英国国教会の問題が取りあげられているのも、これと関係がある。というのも、社会の秩序と安定を保つための方策としての父権的温情主義で大切なのは、支配する者とされる者双方のモラルなのである。「社会の諸悪は、その構成員たちがよりよいクリスチャンになることによって、賢明な地主、誠実な牧師、勤勉でまじめな労働者になることによって、つまりよりよい人間になることによって、取り除かれないまでも、軽減されるだろう」[11]というわけである。そしてモラルは教会の扱う分野であった。国教会の教区牧師や副牧師は自らが弱者の苦しみを理解し、彼らに救いの手をさしのべるだけでなく、地主と協力して教区民を「正しい」方向に導く義務を負っていた。シャーロット・ブロンテが『シャーリー』のなかで副牧師たちを手厳しく批判しているのは、彼らがこの義務を果たしていないからなのである。

しかし、ここで問題となるのは、このような社会では弱者は「目上の者」(superiors) に対して恭順であるべきで、決して同等の権利を与えられはしない、ということである。『シャーリー』でシャーロット・ブロンテが試みたのは、社会におけるあらゆる被抑圧者を結びつけようということであった。

そこでは労働者の問題はそのまま女性の問題につながっている。だが、労働者の問題を解決するために彼女が提示した父権的温情主義のもとでは、女性は男性と同等にはなり得ない。シャーロット・ブロンテが望んでいたのは、思いやり深い男性支配者のもとで分をわきまえた女性が庇護される、という関係ではなかったはずである。これが『シャーリー』に見られる作者の姿勢の矛盾なのである。

シャーロット・ブロンテはこの矛盾を押し殺し、父権的温情主義の社会に女主人公たちをはめ込もうとした。もともと結婚して夫と子どもへの愛と義務に生きるのが夢だったキャロラインは、よき工場主になると誓ったロバートを妻として支えることに満足し、父権的温情主義の社会にとけ込んでいく。問題はシャーリーである。自分より社会的身分が下で、財産もない、かつての自分の家庭教師と、親族の反対を押し切り、身分の差を乗り越えて婚約するところまでは、彼女は因襲にとらわれない自由な精神のヒロインであった。しかし当時の社会では結婚すれば妻の財産は夫のものになるため、地主としての義務と権限は夫ルイ・ムア（Louis Moore）の手に移る。父権的温情主義者の荘園領主だったシャーリーは、婚約後も父権的温情主義のシステムに忠実で、早々にルイを邸の主人にすると自ら進んで従属的な位置につくのである。「自由」を体現していたヒロインの従属は、作者にとっても本意ではなかったのではないだろうか。最後までこの小説の題名で迷っていたシャーロット・ブロンテは、最終的に『シャーリー』という題名を選んだ。自らの態度の矛盾の犠牲になったヒロインの名を選んだのは皮肉だが、結末のいかんにかかわらず、作者はシャーリーが体現する自由な女性像を諦めきれなかったのだ、とも感じられるのである。

ところで、父権的温情主義に社会問題解決の道を求めたのは、なにもシャーロット・ブロンテに限ったことではなかった。ヴィクトリア朝初期のイギリスではこれは非常にポピュラーな考え方だったのである。一八四〇年代には下層階級の問題を扱った小説が多く書かれたが、その作者たちは解決策を父権的温情主義に求めることが多かった。そして、この解決策の問題点に気づいた作家もまた、シャーロット・ブロンテだけではなかったようである。デイヴィッド・ロバーツ（David Roberts）は著書『ヴィクトリア朝初期のイギリスにおける父権的温情主義』（*Paternalism in Early Victorian England*）のなかで、シャーロット・ブロンテを含めたこうした作家たち、すなわちチャールズ・キングズリー（Charles Kingsley, 1819-75）、エリザベス・ギャスケル（Elizabeth Gaskell, 1810-65）、ハリエット・マーティーウ（Harriet Martineau, 1802-76）らについて次のように述べている。

父権的温情主義は階層的な考え方で、個人の領域、そして公の領域に、たとえば夫と妻、治安判事と地域住民などといった関係に、敬意と服従のパターンを押しつけた。ヴィクトリア朝初期の小説家たちは、貧困や工業労働者の搾取といった公の問題に対する真の解決策を知らなかったので、父権的温情主義に頼ったのである。しかし、小説家たちが最も得意とする個人的な領域では、父権的温情主義の尊大さ、恩着せがましさ、権威主義に、彼らは次第に落ち着かなくなった。そのようなわけで、ヴィクトリア朝初期の作家たちは父権的温情主義の考え方の多くを反映し、補強しただけでなく、より熱心な、敏感な実践者として父権的温情主義に欠けているものを非常に明敏に感じた、ということになったのである。[12]

こうした欠点を明確に意識したからであろう。シャーロット・ブロンテは、小説のなかで父権的温情主義を社会問題の解決策として提示することは『シャーリー』一作でやめてしまった。次作『ヴィレット』は再び自由を希求する一人の女性の自伝になっている。『ヴィレット』でシャーロット・ブロンテがふたたび個人の抑圧の問題に焦点をしぼったのは、『シャーリー』での個人の問題と社会の問題を関連させて描きだす試みがうまくいかなかったためであろうが、すでに『シャーリー』のなかに、彼女が本来進むべき方向が示唆されている箇所がある。シャーリーが、自由主義を標榜するヨーク（Yorke）氏に反論する場面から引用する。

「貴族だろうと民主主義者だろうと一つの階級を馬鹿みたいに度を越してほめたてたり、聖職者だろうと軍人だろうとまた別の階級をどなり倒したり、君主だろうと物乞いだろうと個人に対して苛酷なまでに不正になったり、こういうことにはほんとうにむかむかするわ。階級と階級を対立させたり、政党を毛嫌いしたり、自由の名を借りた横暴は、断じて受け入れられないし、関わり合いたくないの。[13]」

このシャーリーの発言には、階級や党派で一括りにして非難したり嫌悪したりすべきでないという思いが込められているが、これは作者の思いでもあったろう。なぜならシャーロット・ブロンテが父権的温情主義のなかでも強調しているのは、人の人に対する思いやりや尊敬の念だからである。それゆえ『シャーリー』で階級間闘争であるラダイツ騒動を扱ったのは、彼女にとってはまずい選択だったのである。

『シャーリー』の執筆経験から学んだシャーロット・ブロンテは、次作にとりかかる際に慎重になった。自由を手にしていたシャーリーが父権制社会のもとでは結局抑圧に屈してしまったように、社会のシステムをラディカルに変えることなく女性を抑圧から解放することは難しい。『ジェイン・エア』(*Jane Eyre*, 1847) においても、精神的、経済的、社会的に同等になったジェインとロチェスター (Rochester) が暮らすのは人里離れた、社会から隔絶された場所、ファーンディーン (Ferndean) であった。『ヴィレット』の舞台には『教授』の舞台と同じ異国の地、ブリュッセル (Brussels) が選ばれた。ただし、『教授』の場合とは違って、匿名性をもたせるためにラバスクール (Labassecour) 王国の首都ヴィレット (Villette) と名前は変えられたが。孤独な女主人公ルーシー・スノウ (Lucy Snowe) は、ヴィレットではアウトサイダーであるためどの社会階層にも真に属してはいない。社会の慣習に逆らって行動しても、「イギリス女 (anglaise)」だからというだけで片づけられ、体制に対する反逆児とみなされることもない。異国でヒロインは孤独感にさいなまれるが、同時に異国でなら彼女は自分をとりまく社会の枠組みからはずれて、自由を手に入れることができるのである。さらに、ヴィレットは国際都市で、ラバスクールは王国とはいっても実際は共和制に近く、かなり平等な社会が実現されている、と説明されている。[14] この場所そのものが父権的温情主義にはなじまない。すでに述べたように、父権的温情主義は封建的な大土地所有制に基づくもので、領主も小作人も代々同じ土地に住み続け、互いをよく知っていることが前提となっており、人の出入りの激しい近代都市ではうまく機能しないのである。[15] こうしてみると、『ヴィレット』の舞台設定には、作家自身のブリュッセルへの留学体験を作品のなかに活かす、といった以上の理由が見えてくる。シャーロット・ブロンテにとって、ヒロインを社会の抑圧から解放するためには、物語の舞台は異国の都市である必要があったのである。『ヴィレット』においてルーシーを抑圧する最大のものは、彼女自身である。家族の温かい愛情を知らずに育ったルーシーは、愛情に飢えているのに、他人に対する関心を素直に表に出して積極的に相手の愛情を求めることができない。自分が傷つくことを恐れて人と深く関わることができず、人生の傍観者を決め込んでいる。しかし、次第に彼女は自分で身につけた冷たい外面に我慢ができなくなり、心の内を表現するすべを見出していくことで自らを解放していくのである。

さらに、異国の地ヴィレットではローマ・カトリック教会が彼女の前にたちはだかる。ローマ・カトリック教会のシラ神父（Père Silas）は、ルーシーに彼らの信仰を強要しようとするがうまくいかない。そして、やがてプロテスタントのルーシーがローマ・カトリック教徒のポールと親密になると、今度はポールを海のかなた、西インド諸島に送ってまで二人の仲を裂こうとするのである。

教会（これもまた父権的組織であるが）の抑圧に対してルーシーが反発し、自分が正しいと信じる信仰を守るのは、その教会がローマ・カトリック教会であるかぎり、英国国教徒の彼女には自然な反応で何の問題もない。しかし、ルーシーは激しくローマ・カトリック教会を非難する一方、個々の信徒についてその美点を認めることにやぶさかではなく、熱心なローマ・カトリック教徒であるポールを彼女の「クリスチャン・ヒーロー」[16]とまで呼んでいる。ルーシーとポールが互いに相手の信仰を認め、同時に自分の信仰も守るという結論に到達するまでのやりとりは興味深い。ルーシーはローマ・カトリック教会に、ポールはプロテスタンティズムに、それぞれ不信感をもってはいるが、互いの信仰が純粋で真剣なものであることを理解する。次に引用するのはルーシーがポールの信仰を認めた言葉である。

「わたしは異教徒ではありませんし、冷酷でもありません。クリスチャンですし、危険ではありません。あの人たち［シラ神父やベック（Beck）夫人ら］はあなたにそう言っているのでしょう？　わたしはあなたの信仰を妨げはしません。あなたは神とキリストと聖書を信じていらっしゃるのですし、わたしもそうなのです。」[17]

一方のポールは次のように言う。

「プロテスタントのままでいなさい。わたしの小さなイギリス人のピューリタンよ、わたしはあなたのなかのプロテスタンティズムが好きなのだ。その厳格な魅力をわたしは認める。その儀式には、わたしには受け入れられないものがあるけれど、でもそれがルーシーにとっては唯一の信条なのだね。」[18]

ルーシーとポールの態度に共通するのは、宗派と個人を区別していること、他人の信仰を押しつけられることは拒むが、自分の信仰を無理に相手に押しつけることもしない点である。ローマ・カトリック教会はルーシーの自由を奪い、自らのシステムに従わせようとする抑圧の象徴であるが、個人対個人のレベルでは、彼女の精神的な自由を認めてくれるのであれば、ルーシーはローマ・カトリック教徒を愛することもできるのである。これは『ヴィレット』が書かれた当時にはかなり大胆なことだったようである。「小説においても現実においても、プロテスタントとローマ・カトリック教徒の接近、恋愛は、不可能ではないにしても、一般的には問題があるとみられていた。」[19]と、マリアンヌ・トルメーレン（Marianne Thormählen）は著書『ブロンテと宗教』（*The Brontës and Religion*）のなかで述べている。社会や宗教のシステム全体と向き合う際には慎重に、ときには保守的にさえなるシャーロット・ブロンテであるが、個人のレベルになると驚くほど大胆に、革新的になる。これこそがシャーロット・ブロンテの魅力なのである。

『ヴィレット』執筆中に、シャーロット・ブロンテは出版者ジョージ・スミス（George Smith）にこう書き送っている。

『ヴィレット』は公共の関心事について何も触れていないことがおわかりになると思います。今日的な話題を扱った本はわたしには書けません。試してもむだです。それに、教訓のために本を書くこともできません。博愛主義の計画を取りあげることもできません。博愛主義は尊重しますけれど。ビーチャー・ストウ夫人（Harriet Beecher Stowe, 1811-96）の作品「アンクル・トムの小屋」（*Uncle Tom's Cabin*, 1852）で扱われているような大きな主題の前では、自発的に、心から顔を隠します。[20]

『シャーリー』で社会問題を扱ったことを考えると、この弁解めいた言葉は不思議に感じられるかもしれない。しかし、『シャーリー』の問題点に気づいていた以上、彼女はふたたび社会問題を表立って取りあげた作品を書くつもりはなかった。あくまで個としての人間に関心をもつシャーロット・ブロンテにとっては、社会のシステム全体を問題にするような小説よりも、個人と個人の関係に焦点をしぼった小説のほうがふさわしかったのである。そう考えると、右の手紙の文句も、自分がほんとうに書くべきことを悟った作家の決意の宣言のようにも感じられる。

『ヴィレット』は、シャーロット・ブロンテ本来の、抑圧のなかで自由を求める一人の女性の生涯を、その内面に焦点をあてて描いた作品である。それは狭い意味では社会的な関心事に触れてはいないが、集団の中における個人、その個人の内面における抑圧と解放を求める意志とのせめぎ合い、といった普遍的なテーマを扱っている。さらにそこでは、シャーロット・ブロンテが作家としての自分の特質を確実に理解していることも見てとれる。舞台を異国に移し、ヴィクトリア朝イギリス社会を表立って扱わなかったことが、結果的にヒロインだけでなく作家自身をも自由にしたようである。作家自身が、ヴィクトリア朝父権制社会のなかで書いている自分の内なる矛盾から、自由になることができたのである。

（1）『シャーリー』に描かれているラダイツ暴動の背景については次の論文が詳しい。Asa Briggs, 'Private and Social Themes in *Shirley*', *Brontë Society Transactions* 1958, pp.203-219. Reprinted in *Classics of Brontë Scholarship,* ed. Charles Lemon（The Brontë Society, 1999）pp.81-98.

（2）Cf. Terry Eagleton, *Myths of Power: A Marxist Study of the Brontë,* 2nd ed.（1975; Macmillan, 1988）pp.45-47.

（3）Cf. Walter E. Houghton, *The Victorian Frame of Mind, 1830-1870*（1957; Yale University Press, 1985）pp.54-58.

（4）Eagleton, p.45.

（5）Helene Moglen, *Charlotte Brontë: The Self Conceived*（1976; The University of Wisconsin Press, 1984）p.158.

（6）Charlotte Brontë, 'To W. S. Williams', 20 April 1848. Letter 361 of *The Brontë: Their Lives, Friendships and Correspondence,* eds. T. J. Wise and J. A. Symington, vol. II（1933; Porcupine Press, 1980）p.203. Also in Eagleton, p.46.

（7）本論では、ヴィクトリア朝イギリス社会の現実であるpatriarchal societyを父権制社会、そしてあるべき社会の理想としてのpaternal societyを父権的温情主義社会、それをめざす考え方paternalismを父権的温情主義と訳す。ちなみにpaternalismという言葉そのものは、ヴィクトリア朝時代には使われていなかったようである。Cf. David Roberts, *Paternalism in Early Victorian England*（Croom Helm Ltd., 1979）p.1.

（8）Charlotte Brontë, *Shirley,* eds. Herbert Rosengarten and Margaret Smith（Clarendon Press, 1979）p.154.

（9）*Shirley,* p.733.

(10) *Shirley*, p.297.
(11) Roberts, p.7.
(12) Roberts, p.99.
(13) *Shirley*, pp.414-5.
(14) Charlotte Brontë, *Villette*, eds. Herbert Rosengarten and Margaret Smith (Clarendon Press, 1984) p.113.
(15) たとえば、父権的温情主義はロンドンにはなじまなかった、とデイヴィッド・ロバーツは説明している。Cf. Roberts, p.98.
(16) *Villette*, p.577.
(17) *Villette*, p.605.
(18) *Villette*, p.713.
(19) Marianne Thormählen, *The Brontës and Religion* (Cambridge University Press, 1999) p.35.
(20) Charlotte Brontë, 'To George Smith,' 30 October 1852. Letter 792 (592) of *The Brontë: Their Lives, Friendships and Correspondence*, vol. IV, p.14.

第一八章　じゃがいも、庭師、菓子、食事
――『ヴィレット』における「幸福」の「栽培」――

大田美和

男は――女もそうだが――何か妄想をもたなくてはいられない。もしも受け売りの妄想が手近にない場合、彼らは自ら過大な妄想を創り出すものなのだ。(men, and women too, must have delusion of some sort: if not made ready to their hand, they will invent exaggeration for themselves.)（第三〇章）

これはムッシュ・ポール（M. Paul）が、ルーシー・スノウ（Lucy Snowe）はギリシャ語やラテン語の知識を隠していると勝手に思いこんで、その秘密を暴こうと躍起になっているのを、ルーシーが揶揄しているところである。ブロンテ姉妹の熱心な読者ならば、この格言めいた言葉と似た響きをもち、同様に人間の性向について述べられた言葉を、シャーロット・ブロンテの別の作品から簡単に見つけだすことだろう。それは、『ジェイン・エア』(*Jane Eyre*) の有名なフェミニスト宣言の直前にある、

「人間は行動を持たねばならない。行動を見つけられないのなら、作りたくなる」(it is vain to say human beings ought to be satisfied with tranquility: they must have action: and they will make it if they cannot find it.)(『ジェイン・エア』第一二章)のである。(1)

この二つのフレーズはどちらも人間を主語とし、「〜を持たねばならない」を述部とする主節をもつだけではなく、この主節に条件節が付随する点でも共通している。このように同じ文章構造を取っていながら、「〜を持たねばならない」(must have)の目的語は「妄想」と「行動」であって、天地ほどに違う。また、条件節にしても、「受け売りの妄想が手近にない場合」と「行動を見つけられないのなら」の積極性には、大きな開きがある。ここには、『ヴィレット』の受動性と、『ジェイン・エア』の、作品のトーンの暗さと明るさ、主人公の消極的で病的な性格と、積極的で健康な性格が、それぞれ集約されているといってもよいだろう。わずか五年の間にシャーロットは、『ジェイン・エア』から何とはるか遠くまで来てしまったことだろうか。

『ヴィレット』は、ルーシーが「どうしたらわたしは健康になれるだろう?」と問い続ける小説だとキャスリン・ブレイク(Kathleen Blake)はいう。(2) また、シャーロット自身はルーシーの病的な性格について、「ときおり彼女は病的であり、弱いとわたしは考えています。(中略)彼女の人生を生きる者は誰でも、必ずや病的になることでしょう」(3)と述べている。

ルーシー自身はその病的な性格をつねに自覚しているわけではない。彼女が深刻に健康上の問題に悩むのは、長期休暇で学校に独りぼっちになったときと、屋根裏部屋で尼の幽霊を見たときである。

長期休暇中に妄想に苛まれて町をさまよい続け、告解を受けたあと昏倒したときに、ルーシーを助けたのはグレアム（John Greham）であった。しかし、ほんとうの意味で彼女を回復させたのはブレトン家の懐かしいイギリス的な空間であって、グレアム自身ではない。ルーシーは、「残酷なほど惨めな気持が心を苦しめました」と訴えるが、グレアムは孤独による神経衰弱と考えて、「気分転換――場所を変えること」が処方だというのみである。ルーシーの苦しみのなかに彼への欲望が潜んでいるという根本的な問題に、彼は気づいていない。(4)

次にルーシーがグレアムに不調を訴えるのは、彼の手紙を読みに行った屋根裏部屋で見た尼の幽霊は、幻覚だといわれたときで、ルーシーはそれに対する治療法と予防法を真剣に尋ねている。怯えるルーシーに、グレアムは次のような助言を与える。

「幸せが治療法なんだ――快活な気分が予防法だよ。その両方を養いたまえ」

この世のいかなる嘲りも、わたしにとって、幸せを養えと言われたこの嘲りほど、白々しく聞こえはしない。そんな助言に何の意味があろうか？　幸せとは、じゃがいもではない。土に植え、肥料をやって畑で栽培するわけにはいかない。幸せとは天から、はるか下界のわたしたちの頭上に照り輝く栄光なのだ。幸せとは、ある夏の朝に魂が、天国のしぼまない花と黄金の果実から降り注ぐのを感じ取る神聖な露なのである。

「幸せを養う！」わたしは医者に向かって手短かに言った。「あなたは幸せをお養いになりますの？

どんなふうに?」

「ぼくは生まれつき朗らかな男だ。だから不運がぼくをつけ回したことは一度もないよ。災難はぼくと母に、一度束の間のしかめっ面を見せ、かすり傷を負わせたが、ぼくたちはそれに挑み、いやむしろそれを笑ってやったのさ。そしたら、災難は通り過ぎて行ったよ」

「それは養うなんてことじゃないわ」(第二二章)

今回も、グレアムは適切な診断は下さない。しかも、「幸せを養え」(cultivate happiness)という処方さえ怪しい。ルーシーの深刻な悩みに対してグレアムがとんちんかんな答えをするこの場面は、彼がルーシーの心を癒すという点では医者として不的確であることを示している。これはグレアムがルーシーの心の深奥を見通すだけの洞察力に欠けていることを示すエピソードだ、といって片づけることもできる。しかし、すぐれた芸術作品ではどんな細部も無駄なく全体の構成に寄与しているものである。わたしはこの信念にしたがって、この部分を細かく分析することから、『ヴィレット』を読み直したいと思う。

ルーシーがグレアムへの反論のなかで使っている「幸せとは、じゃがいもではない」という比喩から、ブロンテの読者はエリザベス・ギャスケル(Elizabeth Gaskell, 1810-65)が『シャーロット・ブロンテの生涯』(*The Life of Charlotte Brontë*)のなかで紹介している有名なエピソードを思い出すことであろう。シャーロットがロウ・ヘッド・スクール(Roe Head School)にいた頃、姉妹で豆本に空想物語を書き綴っているという秘密を、親友のメアリ・テイラー（Mary Taylor, 1817-93）に打ち明けたところ、「地下室でじゃがいもを育てているようなものね」と嘲られたことである。(5) おそらくこの侮蔑的な発言のために、シャーロットはメアリに「雑誌」を見せる約束を取り消している。(6)『ヴィレット』では大切な秘密の創作をじゃがいもに喩えられた悔しさを、グレアムに反論するという、かなりねじれた形で、遅ればせながらメアリに意趣返しをしているとも言える。(7) しかし、じゃがいもという比喩がメアリとシャーロットにとって何を意味していたかについては、もう少し考える必要がある。

まず、二人の出身の違いに目を向けてみよう。工場主の娘メアリにとっては、たいしたごちそうではないじゃがいもは、アイルランドの貧農からイギリス国教会司祭に身を起こした父をもつシャーロットにとっては、大切な食糧である。実際、じゃがいもはブロンテ家の常食であった。エミリ（Emily Bronte）とアン（Anne Bronte）の日誌には女中のタビー（Tabytha Ackroyd 1771-1855）にじゃがいもの皮を剥くように言いつけられたことが二度も出てくるし、(8) シャーロットが目の弱ったタビーのためにじゃがいもの芽をこっそり取り除いたという話は有名である。(9) また、ブリュッセルで望郷の念にかられたとき、シャーロットはタビーがじゃがいもを茹でる火を起こす姿を思い浮かべている。(10) さらに、生粋のヨークシャー人メアリにとって、言葉の訛りですぐにアイルランド系とわかったブロンテ姉妹(11)がどんな存在だったかを考えなければならない。

アイルランドといえば、イングランド人はじゃがいもを思い浮かべるといっても過言ではないだろう。現に、シャーロットの弟ブランウェル（Branwell Bronte）は、選挙で保守党支持の演説をする父親が聴衆に野次られたとき、父親を守ろうとしたために、片手にじゃがいも、片手に鰊をもった人形を作って燃やされるという嫌がらせを受けている。(12)
イングランド人にとってのじゃがいもとアイルランドのイメージについて、一八四五年秋の、じゃがいもの胴枯れ病による大飢饉（the Great Hunger）と『嵐が丘』（*Wuthering Heights*）について論じているテリー・イーグルトン（Terry Eagleton）は、こう述べている。

イギリスの官僚の一部にとっては、大飢饉は、馬鈴薯に対する神の憤りを示す徴候であり、アイルランド人がこのような野卑な食物からもう少し文明的なものへ移行する絶好の機会と考えられるものであった。（中略）それらの論評者たちにとって憤慨に堪えないのは、凡庸で、社会的向上心に欠けた生き方に満足しきっているらしい、アイルランド人たちの、見るからに鈍重そうな態度であった。馬鈴薯の栽培にはほとんど労力を要さないことから、それがアイルランド人たちを彼らに固有の怠惰さに縛りつけているもののように思われた。(13)

これらのイメージからメアリの発言の意図を探すと、それは、ブロンテ家の人々の創造癖が現実的なヨークシャー人の目からは、「社会的向上心に欠けた」淫靡な遊びに見えたということであろう。(14)父と同様に熱烈なトーリー党員になることでイングランド人に馴化しようとしたシャーロットは、「そのとおりよ」と悲しそうにいって、その侮辱に耐えた。しかし、アイルランドの祖先の存在は消せず、内心忸怩たる思いが残って、それが『ヴィレット』というテクストにも反映されることになったのではなかろうか。

つまり、このテクストは、「幸せとはじゃがいもではない」と一見、誰にでも受け入れられるように見える定義をしたあとで、翻って否定されたじゃがいもの肯定的なイメージを奪還し、実は「幸せとはじゃがいも」であり、育てるものだということを明らかにしているというのが私の読みである。このことを以下に検証していきたいと思う。

さて、はじめの引用に戻ると、「幸せを養う」ということでグレアムが意味したのは、「ぼくみたいな顔つきをし、ぼくみたいな気分に」なること、「キリスト教国中のあらゆる尼や浮気女にもビクともしないほど、楽天的で勇敢に」なるという意味であるようだ。彼は定期的にやさしい手紙をよこし、週に一度はルーシーを自宅に招く。ルーシーは「幸せの存在を信じる」ようにはなるが、幸せを養う具体的な方法をまったく知らない彼の指導では、当然ながら幸せを養うまでには至らない。そしてルーシーが劇場でグレアムの俗物性を悟ると同時に、彼はポーリーナと再会してルーシーの治療を放り出してしまうのである。

グレアムにかわってルーシーを治療するのは、もちろんムッシュ・ポールである。彼がルーシーの幸せを養い、育てる手助けをする。ルーシーは彼に自分の幸せを養ってもらい、彼によって幸せを養うことを学ぶのである。

それでは、どのようにしてルーシーの幸せは養われるのか。「養う」「育てる」「栽培」（cultivate,

grow, rose）ということでポールの描写を読むとき、特にルーシーとポールの交流が深まっていく頃から、ポールが草花の手入れをし、庭いじりをするのが好きだということが強調されていることに気づくだろう。庭師としてのポールを発見して、ルーシーは彼を認めるようになるのである。これ以前においてポールは、夜中に家事を手伝う妖精ブラウニーにたとえられている。ブラウニーとしてのポールはこの妖精の性格上当然とはいえ、一度しか目撃されないが、庭師としてのポールはたびたび目撃される。

だからわたしは、ちょっと後で彼が〈木陰のアーケード〉で庭いじりをしている姿を見かけて、イヤな気はしなかった。彼はガラス戸に近づいて来て、わたしも近づいて行った。わたしたちはその辺に育っている花の話をした。やがてムッシュはシャベルを置いた。（第三五章）

一面に咲き誇り輝いているオレンジの木々や数本の草花も、太陽の陽気な恩恵に浴していた。それらは一日中恩恵を受けてきたので今は水を欲しがっていた。ムッシュ・エマニュエルは園芸が好きで、草花の手入れをし、育ててやることが気に入っていた。シャベルや如露を持って灌木の間で働くことは彼の神経を休めるのだ、と私はいつも考えた。彼はしばしばこの楽しみを求めた。そして今彼は、オレンジの木々やゼラニウムや豪華なサボテンの様子に気をつけ、それらが求めていた水を与え、何もかもを甦らせてやったのだ。（第三六章）

ルーシーはポールを「素人園芸家」と呼び、「オレンジの木もサボテンも椿も、それらの世話は皆終わった。次はわたしの番だろうか？」と考える。うたたねをしたルーシーに毛布を掛けてやる気遣いは、広い学校のなかでポールだけのものであり、ワーズワース（William Wordsworth）を知っているポールは、ルーシーが「苔の生えた石のかたわらに、神の目からも半分隠れたすみれの花」(15)であることを知っている。日陰の目立たない植物であるルーシーに目をとめ、世話をしてくれるのは、ポールしかいないのである。

草花の手入れの最中に、ポールにたえずまとわりつくシルヴィー（Sylvie）という犬から、ルーシーはポーリーナ（Paulina）を思い出す。自分の幸福な分身と犬を一体化させることによって、ルーシーは、自分も庇護してもらいたい、世話をしてもらいたいという気もちを、隠しながらも露わにしている。(16)次の場面では、ルーシーの目はシルヴィーの目と一体化していると言ってもいいだろう。

シルヴィーは（中略）疲れを知らぬ手がセッセと使うシャベルの活動を一心に見つめていた。ムッシュ・ポールがいたのだ。土の上に身をかがめ、雨に重みを増して滴を垂らしている灌木の間の濡れた腐植土を掘っていた。その懸命に働くさまは、まるで彼の一日の糧を文字通り額に汗して稼がねばならぬかのようだった。

この様子のなかに、わたしは掻き乱された気分を読み取った。彼は苦しい感情で心が動揺するとき、その原因が、神経の興奮、あるいは悲しい思い、あるいは自責の念のいずれにあるにせよ、どんな寒い冬の日でも凍りついた雪のなかでこんなふうに掘り返すのだった。そんなとき、彼は眉を寄せ、歯を食いしばり、何時間もぶっ通しに掘り続け、一度も頭を上げず、唇も開かないのだった。
（第三六章）

「額に汗して稼がねばならぬかのよう」は、聖書のアダムをまず連想させるが、ここで注意すべきことは、憎むべきカトリック教徒のなかにプロテスタントの美徳としての勤勉を発見していることだ。さらに、この耕す人、農民としてのポールの発見から、畑を耕してじゃがいもを育てるアイルランド人までは、さほど遠くはない。現代のアイルランド詩人、シェイマス・ヒーニー（Seamus Heaney）が「掘る」（"Digging"）という詩のなかで、先祖の農作業を自らの創作という行為に変容させながら、その精神を受け継ぐ覚悟を表明した(17)ことを知っているわれわれにとっては、労働から執筆への変容もさほど驚くべきことではない。土を耕さない者は気づかない労働の厳しさはまた、創作に携わらない者にはわからない創作の厳しさでもある。このようにして、メアリの創作に対する侮辱と、アイルランド人とじゃがいもに対する侮辱は、みごとに報復されたのである。『ヴィレット』のベルギーとイギリスという設定を越えて、アイルランドが忍び入り、ブリュッセルを地誌通りに描きながら匿名にせずにはいられないシャーロットの複雑な思いと、想像力の源でありながら否定せずにはいられない、貧しいアイルランドに対する思いが交錯している。

では、このような文脈のなかで、ルーシーが花束を贈る習慣に対する嫌悪感を、異常なまでに激しい口調で語っていることは、どう説明すればよいのだろうか。

わたしは、花が庭や野に咲いているのを見るのは好きである。しかしつみ取られると、もう人の心を楽しませはしない。そのときわたしはその花を、根のない枯れやすいものと思いながらも、それが生きているように見えるのを悲しまずにいられない。わたしは愛する人々に花を贈ったことがない。いとしい人の手から花を受け取りたいと願ったこともない。（第二九章）

ルーシーが花束を嫌うのは、「根のない枯れやすいもの」であり、育てられないからである。彼女が、見知らぬ人から贈られた白すみれの花束を押し花にして取っているのは、そうすれば枯れる心配がないからで、これがポールからの贈り物だということにあとで気づいたからであろう。彼女は最終章でこう語る。

（私は生まれつき草花の栽培は好まなかったが）彼への愛ゆえに、彼が好む草花を彼のために育てた。そしてそれらのなかには、今もまだ花が咲いているものもある。（第四二章）

「栽培」は好まないと断言しているが、この語りも文字どおりには受け取れない。以前からルーシーは灌木の間の目立たない花の手入れをしたり、落ち葉を片づけたり、腰掛けに生えたキノコやカビをタワシでこすったりしていて、庭仕事が嫌いなわけではない。そのような前提ののちに、ポールとの交流で幸せを養う喜びを知ったあと、ここでは草花を育てることと幸せを育てることが、等しい価値をもつものとみなされている。

このように考えると、ルーシーがはじめてポールの性的な衝動を察知して、本能的に怖れを抱くのが、第三三章で庭から突然部屋に入ってくるポールに驚き、逃げるという場面として設定されているのは、意味があることである。この唯一の性的な恋愛の成就の機会に尻込みしたルーシーは、ポールと性的に結ばれる機会を永遠に逸する。これと連動するように、庭師としてのポールは、小説後半で、クリスチャン・ヒーロー、グレイトハート、イエス・キリストというように、色濃くなる聖人のイメージ群のなかで別の意味づけをもって表れる。それは聖母マリアの美称である「美しい女庭師」である。

この小説の結末近くでは、ポールがルーシーに家を見せる日が「聖母被昇天の祝日」であり、ポールの向かうグアダループ（Guadaloup）が実在のグアドループ（Guadeloupe）であり、スペインのグアドループの聖母にちなんで命名された土地であるなど[18]、聖母のイメージが目立ってあらわれてくる。ポールに会えずに憔悴したルーシーを見たときのポールの表情は、病気や窮乏のために衰弱して、面変わりした子に気づいた母親の表情にたとえられているが、ここで彼は庭師から女庭師に変容する。しかしただの庭師ならば、ルーシーの幸せを育てた末にその花を摘み取る花婿となれたかもしれない。しかし、今や子を慈しむ美しい女庭師に変容して、結婚の道は断たれたのである。

ところで、養うというからには、そのための滋養、肥料が必要であろう。興味深いことに、ルーシーは病的なわりにはジェイン・エアよりもはるかに食欲旺盛である。『ヴィレット』には、食べ物に関してこだわりの見られないブロンテ作品のなかでは珍しく、菓子パンやケーキを食べる場面が頻出する。[19]

まず、ルーシーとポールの食の嗜好が述べられている。ルーシーはワインと砂糖菓子は嫌いだが、小型クリーム・パイは大好きである。ポールはボンボンが大好物で、ルーシーの机の中にこっそりとドラジェを入れる。

特に第三〇章では、食べ物をめぐるほほえましいやりとりが丁寧に描かれている。個人教授の最中、ルーシーは食べ物にかこつけて何度も脱走をはかる。ポールはルーシーを「チビの食いしんぼ」と呼んで、ブリオッシュや焼きりんごを分かち合う。ルーシーは料理番のゴトン（Goton）の腕前を褒め、料理の簡単なレシピを述べる。この章で食についてこれほど詳述されているのは、食を分かち合うこと、特にりんごを分かち合うことに意味がもたされているからである。りんごといえば当然アダムとイヴを連想するが、じゃがいもがフランス語では「大地のりんご」（pomme de terre）であって、その省略形pommeはりんごpommeと同じで、二つの単語がしばしば混同されることに注意を払うべきであろう。『ヴィレット』では、フランス語とは逆に、じゃがいもがりんごに変わる。じゃがいものもつ日常性は保ったまま、より象徴性と神話性の高いりんごへと、じゃがいもが変容するのである。

食べ物の分かちあいが強調されているのは、ジネヴラ（Ginevra Fanshowe）との奇妙な友情を説明するときも同じである。ロールパンをあげるお返しにコーヒーをもらうジネヴラとの関係が、ポールとの関係の変奏であることは、ジュディス・ウィリアムズ（Judith Williams）が指摘するとおりで[20]、両者ともに歯に衣着せぬ間柄である。両者の違いは、ジネヴラの理想化はルーシーの妄想のなかでしか行われないのに対して、ポールは欠点を温存したまま理想化されることである。アンジェラ・カーター（Angela Carter）がポールとルーシーは、「もう何年も前に結婚した夫婦のように、際限なくしゃべり、議論し、からかい合い、チョコレートドロップをいっしょにがつがつ食べている」[21]と述べているのは面白いが、ささやかな一瞬ながら、二人がエデンの至福を体験したこともまた忘れてはならない。ポールとルーシーはじゃがいもを育て、りんごや菓子に姿を変えたじゃがいもを分かち合う。郊外のピクニックでも、城郭外の家のおやつでも、チョコレートや新鮮な果物といった、じゃがいもほど現実的ではないものの、さほどぜいたく品ではない食材が選ばれている。地に足をつけたまま、理想化と象徴化が行われているのである。

ところで、マダムの祝日に芝居の稽古をさせたあと、ポールはルーシーに食べきれないほどの食べ物を強制するが、彼はルーシーの幸せも強制する。「強制する」（force）という動詞には「促成栽培する」という意味もあるが、彼はルーシーの幸せを促成栽培するのである。それというのも、公開試験の場面でルーシーが知識の証明について述べるように、幸せという作物もまた、ルーシーにはゆっくり育てる暇が与えられていないからである。

以上の文脈から、ポールがグアダループに発つ前に、ルーシーと逢わずに家と学校の準備に奔走していたという、恋愛小説の文脈からはかなり異様な行動をとること[22]も説明がつく。庭の手入れをやめて探しにきたポールからルーシーが隠れたときから、彼の使命は彼がいなくなる前に、ルーシーの幸せを促成栽培することになったのだ。

最後に、もう一度最初のグレアムの引用に戻ると、そこでの幸福の比喩、「天国のしぼまない花」と「黄金の果実」は、ヴィレット（ちっぽけな町）の城郭外の町を選んだ彼女にふさわしい、慎ましい形で実現する。すなわち、「天国のしぼまない花」は、ポールから贈られたすみれを押し花にしたものであり、「黄金の果実」はじゃがいもが変容したりんご、一人で味わったお菓子である。結局、ルーシーは幸せを育て続ける喜びには恵まれず、一人で生きるのだが、彼女は幸せについても彼女らしい、一筋縄ではいかない、機知と皮肉に富んだ比喩を見出したのである。幸せとはじゃがいもであって、じゃがいもではないのであった。

［注］

『ヴィレット』のテクストは、クラレンドン版を用い、引用のあとに章を示した。日本語訳は、みすず書房刊ブロンテ全集（青山誠子訳）によった。

（1）　日本語訳はみすず書房刊ブロンテ全集2（小池滋訳）によった。

（2）　Kathleen Blake, *Love and Woman Question in Victorian Literature: The Art of Self-Postponement* (New Jersey: Barnes & Noble, 1983), pp.56-75.

（3） To W.S.Williams, 6 November 1852, T.J.Wise and J.A. Symington, ed. *The Brontës: Their Lives, Friendships and Correspondences*（1933: Philadelphia, Porcupine Press, 1980）, IV. p.18 .

（4） Borislav Knezevic, "The Impossible Things: Quest for Knowledge in Charlotte Brontë's Villette," Literature and Psychology, vol.42, 1-2（1996）, p.85.参照。

（5） Elizabeth Gaskell, *The Life of Charlotte Brontë*（1857, Harmondsworth: Penguin, 1975）, p.132. 日本語訳は、みすず書房刊ブロンテ全集12（中岡洋訳）によった。

（6） *ibid.*, p.130.

（7） ルーシーの行為こそじゃがいもを地下室で育てるようなものだとして、その積極的な価値を認める読みもある。Judith A. Plotz, "Potatoes in a Cellar": Charlotte Brontë's *Villette* and the Feminized Imagination," *Journal of Women's Studies in Literature* 1（1979）, pp.74-87.

（8） November 24, 1834 and July 30, 1845, Wise and Symington, op.cit.,I. p.124 and II. p.51

（9） Gaskell, p.306.

（10） October 1, 1843, Wise and Symington, op.cit., I. p.305.

（11） Gaskell, p.129.

（12） Winifred Gerin, *Branwell Brontë*（London: Hutchinson&Co, 1961）, p.90.

（13） テリー・イーグルトン著、鈴木聡訳『表象のアイルランド』第一章「ヒースクリフと大飢饉」（紀伊國屋書店、1997年）pp.39-40. Terry Eagleton, *Heathcliff and the Great Hunger: Studies in Irish Culture*（London and New York: Verso, 1995）, p.16.

（14） Edward Chitham, *The Brontës' Irish Background*（London: Macmillan, 1986）, pp.142-151.

（15） William Wordsworth, "Song".

(16) ルーシーの隠しつつあらわす語りについては、海老根宏「書くことと隠すこと――『ヴィレット』の一面」(『ブロンテ・スタディーズ』第1巻第5号、pp.1-17などを参照。

(17) Seamus Heaney, *Selected Poems* (London: Faber and Faber, 1980), p.10.

(18) *Encyclopadia Britanica* (1975), p.452.

(19) 宇田和子「ブロンテと料理」(ブロンテ全集5　月報2) 参照。

(20) Judith Williams, *Perception and Expression in the Novels of Charlotte Brontë* (Ann Arbor, Michigan: UMI Research Press, 1988) pp.136-7.参照。

(21) Introduction by Angela Carter, *Villette* (London: Virago, 1990), p.vi.

(22) だからこそ、『ヴィレット』は、恋人に学校経営の下地を作らせて、最後は結婚という罠からうまい具合に逃げてしまう女の勝利の物語であり、ポールは用が済むとお払い箱になる、という読みも出てくる。Kate Millett, *Sexual Politics* (New York: Doubleday, 1969), pp.140-7.

第一九章　「語りそこない」のレトリック
――『ヴィレット』における情報操作を読む――

惣谷美智子

シャーロット・ブロンテ（Charlotte Brontë, 1816-1855）の晩年の作品『ヴィレット』（*Villette*, 1853）は、半ば自伝的小説であるといわれているが、それは同時にこの作家の処女作であり、かつ同様に自伝的要素の濃厚な『教授』（*Professor*, 1857. ただし完成は1846）の書き直しであるともされている。なるほど両作品には共通点も多い。舞台は両方とも異国（『教授』ではブリュッセル、『ヴィレット』ではブリュッセルと思われる架空の国、ヴィレット）である。そして主人公はともに寄宿学校の教師であり、かつ語り手である。のみならず共通項は脇役にまで及ぶ。たとえば、寄宿学校の女校長、つまり、『教授』におけるゾライード・リューテル（Zoraide Reuter）と『ヴィレット』におけるマダム・ベック（Madame Beck）は、ともに幽霊のごとく学校中を徘徊して主人公の私生活をかぎ回るスパイであり、ベックはリューテルを中年化し、さらに老獪さを増したある種のダブルでさえある。そして自伝的側面からいえば、これらの登場人物はともに、シャーロットが思慕した恩師、コンスタンタン・エジェ（Constantin Heger）の妻がモデルになっているといわれている。

だが、共通項と同量の異質性もまた存在する。たとえば、『教授』では、主人公である語り手はウィリアム・クリムズワース（William Crimsworth）という男性であるが、『ヴィレット』ではルーシー・スノウ（Lucy Snowe）という女性に変わり、結末も『教授』が完璧なハッピー・エンドであるのに対して、『ヴィレット』の結末は、曖昧な、おそらくは「希望的想像力」（"sunny imagination"）(1)を有しない者には明らかに不幸なものとなる。こうした『教授』との相違点を核に『ヴィレット』をある種の自伝としての側面と、情報操作された語りの側面から読んでいきたい。

まず自伝的側面からみて見れば、『ヴィレット』出版当時の読者は、明らかに『ヴィレット』に伝記的要素を読み取っている。たとえばサッカレー（W. M. Thackeray, 1811-1863）はこの作品の中に作者自身の像をかなりの程度まで読み取っている（と、少なくともサッカレー自身は語っている）。つまり「彼女」、シャーロットは、貧相な容貌の、自らの心を虫食みながら田舎に埋もれている三〇歳ぐらいの女性で（因みに、当時シャーロットは三六歳であった）、天分、気高い心はあるものの、燃えるような欲望を満たす機会もなく、老嬢へと朽ち果てていくよう宿命づけられた者である。(2)またマシュー・アーノルド（Matthew Arnold, 1822-1888）は『ヴィレット』を「不愉快」な読み物とするのだが、それは作家自身の"mind"に起因するものだとしている。というのもアーノルドによれば、『ヴィレット』

の作者の精神にあるものはただただ飢え、渇き、反逆、そして怒りであり、結局のところ、この作家の創作に込められるのはそうしたものでしかないのであり、いかに巧みに描いたところでこうした事実を隠しおおすことは不可能であるからである。(3)

このようにサッカレーにしてもアーノルドにしても『ヴィレット』に読み取っているものは、サッカレーがいみじくも発したことば"fancy"が示すように、『ヴィレット』という作品自体であるよりは、その作品が彷彿させる作家自身の像、〈シャーロット・ブロンテ〉であるだろう。しかもそれはかなりネガティヴなものであることは疑いようもない。サッカレーは書簡の相手（Lucy Baxter）に書き添えている。「赤いブーツをはいた、器量よしのあなたがた娘さんたちなら、何ダースもの若い男性が言い寄ってくるでしょうが」。(4)現在では、当時の反応、ルーシー・スノウ＝シャーロット・ブロンテをそのまま受け入れるナイーヴな反応をする者は少数派であろう。たとえばトニー・タナー（Tonny Tanner）が指摘するように、(5)『ヴィレット』はヴェールをかけられた自伝ではないし、当然、シャーロット自身の像でもない。この作品が示すものは、屈折した光を当てられたシャーロットそのものではなく、あくまでも虚構上の人物、ルーシー・スノウであるからだ。しかし作品＝作家という彼らのナイーヴな反応にいましばらく付き合ってみたい。彼らは『ヴィレット』を通してそこに透けてくる作家像を読み取っているのだが、そうした彼らの批評自体にもまた透けてくるものがあるからである。それはシャーロット自身よりは（あるいはシャーロット自身と同様）彼女が当時、棲息していた根深い男社会である。

彼ら（男たち）が描くシャーロット像は、視点を逆にすれば、当時この作家を取り囲んでいた社会的状況を浮かび上がらせはしないだろうか。ヴァージニア・ウルフ（Virginia Woolf, 1882-1941）は人の評価というものは、評価されている人間よりも評価する側の人間をより多く語るものであるといっているが、それはこの場合においてもまた真であろう。彼らはまさに家父長制を基盤としてものをいっているのだ。

そして興味深いことに、それは『ヴィレット』という作品自体にも、ある意味では刻印されているといえるだろう。つまり作家自身が意図した『ヴィレット』の結末もまた、こうした父権制社会の影響をもろに受けることになるのだ。文字どおりの家父長、シャーロットの父親が憂鬱な印象を残す物語を嫌い、幸福な結末にするように介入してきたからである(6)。そもそもシャーロット自身の書簡によれば、結末は、父親の望む“marry, and live very happily ever after”からはほど遠いところにあったはずである(7)。

また、たとえばマーゴット・ピーターズ（MargotPeters）は『ヴィレット』における一種のリズムからすれば、結末が幸福なものになることは本質的にありえないとしている。ピーターズは『ヴィレット』に現れる幸・不幸の交互性から、ルーシーの思慕の対象であるポール・エマニュエル（Paul Emanuel）の死は不可欠とするのだ。つまり、この作品では、各章あるいは二、三章ごとに“have”と“have-not”が交互に現れるパターンが繰り返されているのだが、幸福な結末では、これまで繰り返されてきた「与えられたものが奪われるパターン」が崩されるというのである(8)。

以上のことから、『ヴィレット』の結論に関して二点のことが明らかになるであろう。一つはポール・エマニュエルを殺すこと。厳密にいえば、殺すという作家の意図であり、いま一つは、父親の介入によって結末が作家の意図と父親の意向との狭間で引き裂かれたものになっているということである。なるほど主人公の思慕の対象であるポールの運命は「託宣的な言葉」で包み込まれ、その解釈は「読者の性格や洞察力」(9)に委ねられる。だが、こうした語りの微妙さ、曖昧性はこの作品のテクスト自体にすでに織り込まれていたものではなかったろうか。

前述したようにシャーロット・ブロンテの『ヴィレット』は自伝的要素と虚構を微妙に交錯させて織り込まれた織物であるのだが、そのことを予め考慮に入れて、テクストの読みに入っていきたい。テクストの語源はいうまでもなく織物（texture）からきている。テクストに対置されたものとしてある「作品」が一つの完結したもの、書かれたものの総体としてあるとすれば、「テクスト」は一つの記号産出の過程と考えられる。「作品」が作者に取り込まれたものであるとすれば、「テクスト」は、読者をも巻き込む。むしろ創造の場としてさえ機能するのだ。これから読者をも巻き込む『ヴィレット』のテクストの木肌《きじ》を見ていこう。

『ヴィレット』における一人称の語りは、「信頼できない語り手」（unreliable narrator）であるルーシーによって語られる。一人称で語られた、つまり物語化された言説は語り手の介入の増大に比例してミメーシス（模倣による物語言説）性はきわめて低くなり、『ヴィレット』においては、情報の選別と加工、修整はさらに厳密になる。ここで展開される物語は文字どおり“showing”ではなく“telling”となるのだ。そして『教授』から『ヴィレット』への移行では、語り手が男から女に変化するとはすでに述べた。当時のジェンダーによる格づけというコンヴェンショナルなものの関連もあるかもしれないが、ともあれ、語り手の性格としては、男の語り手、クリムズワースが自己満足ともいえる自信と痛快さをもっているのに対し、女の語り手、ルーシーはあまりにも影の薄い存在でしかない。『ヴィレット』における物語情報の制御はさらに徹底したものとなる。

信頼できない語り手によって織り込まれていく曖昧性のテクストを検証するにあたって、一つの共通項を措定してみよう。「しそこなう」である。登場人物たちは奇妙にも「しそこなう」という共通項をもってはいないだろうか。語り手が（おそらくは意図的に）「語りそこなう」のみならず、登場人物たちはそれぞれに「見そこなう」のであり、また「名づけそこなう」のだ。「語り」、「視覚・認識」、そして「命名」におけるそうした「しそこない」を吟味してみよう。

(1)　語りそこなう

「私はそのことを自分ひとりの胸に秘めておく方がよかったのだ」

『ヴィレット』の信頼できない語り手による"telling"は当然ながら、読者への裏切りを身に染めつけている。読者に対する作者の呼びかけは、しばしばそうした裏切りへの弁明となる。

読者よ、たとえ物語の進行中、ジョン（John）に対する私の考えが修正されることにお気づきになっても、その一見、首尾一貫しない点をお許し願いたい。私はそのとき感じたままに感情を語り、そのとき気づいたままに性格を描写しているのだ。（p. 266）

語り手が「感じたまま」あるいは「気づいたまま」に語るという設定は、まさしく黙説法（paralipsis）への先取りされた弁明に他ならない。ルーシーは当然、報告すべき事実をいとも容易に看過するのであり、読者に対して事実は隠蔽される。そして実際、そのジョンに関してはすでに以下のような語りがあったのだ。

読者よ、この背の高い青年——このかわいい息子——私が今いる家の主——このグレアム・ブレトン（Graham Bretton）こそ、他ならぬドクター・ジョンだったのである…私には彼がすぐにわかった。数章前に書いたあのとき、はじめて私は彼が誰だかわかった。それは私が無防備にも彼に釘付けになったため、彼からそれとなく非難され屈辱的な思いをしたときのことである…この問題に関して何か言うこと、わかったことをほのめかすことは、私なりの考え方にも感じ方にもそぐわなかったのだ。それどころか、私はそのことを自分ひとりの胸に秘めておく方がよかったのである。（pp.247-248）

ドクター・ジョンとしてルーシーの前に現れる好青年は、実は一〇年前の子ども時代、ルーシーが預けられていた家の一人息子、ジョン・グレアム・ブレトンと同一人物であることが明かされるが、その事実は、ルーシーが知るときと読者に知らされるときとでは、ずれがある。作家自身が明言するように「数章」分のずれである。そこで読者は、読みの遡り（あるいは、記憶力のよい読者にとっては、意識の遡り）とでもいうべきものを強いられるのだが、一〇〇ページ近くも遡って発見するのが、以下の個所である。

ある日、彼は日向に座り、私は彼の髪や頬髭の色、顔色を観察していた…そのとき、一つの閃き、突如、新しい、びっくりするような閃きが、圧倒的な力と魅力で私の注意を惹きつけた。今日にいたるまで私は自分がどんなふうに彼を見つめていたのかわからない――驚きと確信とで我を忘れていたのだ。(p. 163)

まさに「数章」後になってはじめて明かされるジョン・ブレトンの発見現場に、読者はようやく立ち戻ることを許されるのである。しかも“say”したり、“hint”したりすることさえ、語り手の考え方にも感じ方にも合わず、「自分だけの胸に秘めておく方が気に入っていた」というのであれば、読者にはなんともしようがない。結果、批評家によっては詐欺的行為と見なされることにもなるのだ。ともあれ、それが詐欺であろうとなかろうと、ここに意図的な語りそこないの典型がみられることは確かであろう。

(2)　見そこなう

「絶対に見たりなんかしないの……目を閉じてしまったのよ」

修道女の〈幽霊〉に象徴されるように、この作品では「見る」ということへの異常なまでの渇望と、それとは裏腹な(というか、それに比例した)「見えにくさ」、「見そこない」といったものが錯綜状態にある。「変装」、「覆面」、「仮装の衣装」、「仮面」といった言葉の頻出はそれを物語るであろう。ここではまず、同様に視覚というものに特殊な強調が置かれていると思われる『教授』における視線の扱いを検討した後、『ヴィレット』における音楽会の場面での視線の交錯について考えてみよう。

『教授』では、主人公クリムズワースは狡猾な女校長、リューテルに媚を売られるが、彼女にはすでに他に婚約者がおり、その媚はただクリムズワースを翻弄するためだけのものであったことが判明する。以下は、その直後の彼と彼女とのいわば対決の場であるのだが、武器となるのは視線である。

ぼくの顔をしっかり捉えた彼女の目は、この打って変わったぶっきらぼうな素振りの意味を知りたくてぼくの顔をくまなく探った。「答えてやろう」ぼくは思った。そしてまともに彼女の凝視を見据え、彼女の視線を捉え、身動きできないようにしてから、彼女の目にぼくのまなざしを注ぎ込んだ。そのまなざしは尊敬も愛も優しさも心づかいもないもので、どれほど厳密に分析してみても、軽蔑と冷淡さとそして皮肉しか見出だせないようなものであった。ぼくは彼女にそれをしっかり受けとめさせ、感じさせた。彼女のしっかりした顔つきは変わらなかったが、それは赤みがさし、彼女はあたかも魂を奪われたかのようにぼくに近寄ってきた。(10)

ここでは視線はまるで手で触れられるものであるかのように具象化されている。

こうした視線の扱いは、確かに独特のものではあるのだが、それが『ヴィレット』に至るとさらに複雑性を帯びてくる。たとえば音楽会における視線の扱いを見てみよう。音楽会に、ルーシーは思慕の対象であるジョンと彼の母親、ブレトン夫人の三人で出かけていくのだが、そこには偶然、ジョンの恋人のジネヴラ・ファンショー（Ginevra Fanshawe）も姿を現す。音楽会は主要登場人物の勢揃いする場を形成していくのだが、行動としてあるのは、「見ること」でしかない。その場はまさに視線の饗宴とでもいうべき様相を呈するのである。（左図は、視線の交錯を図式化したものである。番号は、視線の交わされる順序ではなく、語りによって明らかにされていく順序を表している。）

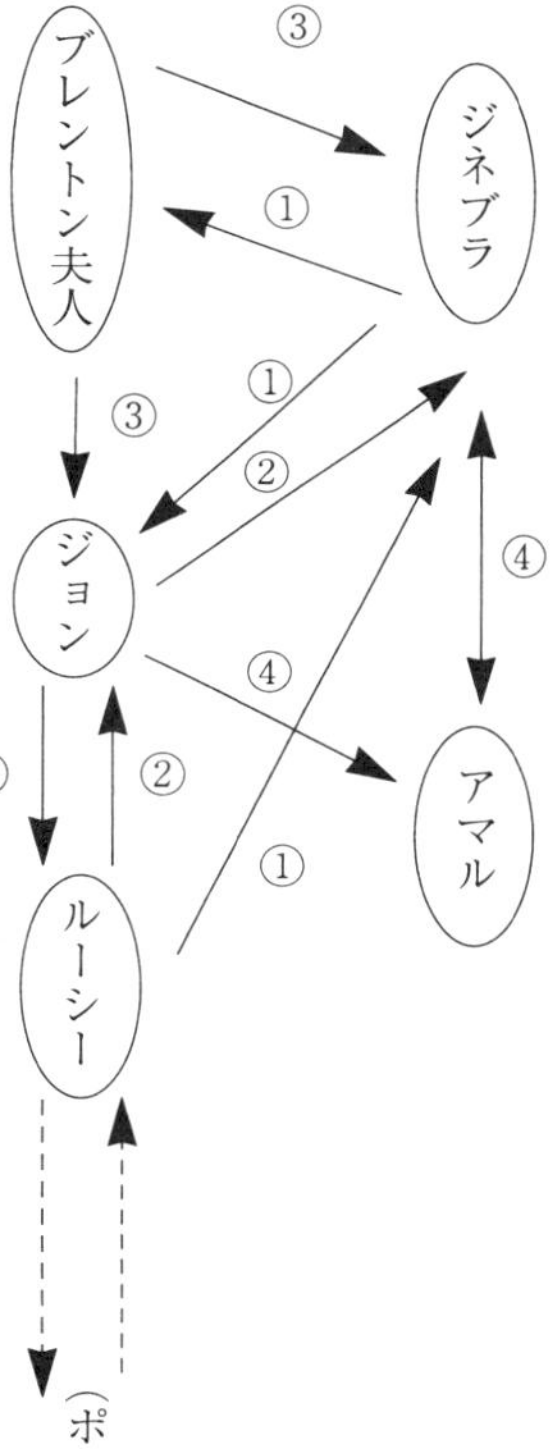

（pp.337-52）

音楽会ではまずジネヴラが、ジョンとジョンの母親にあざけるような笑みを投げかける。ジョンがその視線を捉え、さらにルーシーがそのジョンの視線を捉える。ジョンはルーシーのその視線を感じ取っており、ブレトン夫人は自分たちに注がれるジネヴラの視線を捉えるのみならず、その視線に対する息子の視線も感じ取っている。沈黙のままにまさに視線のみが熱気を孕んでいくわけだが、こうしてそれぞれに捉えられていく視線は、しかしながら、すべて「目と目を合わす」ことのない視線である。盗み見される視線であるのだ。だが唯一、例外がある。ジネヴラとアマルの間で交わされる視線である。彼らは互いの視線を捉え合う。のみならず、共謀のメッセージさえ込めるのだ。そしてその視線もまた盗み見するジョンの視線によって搦め捕られる。ジョンは二人の「馴れ合い」の目配せから、ジネヴラの純粋性を疑い、彼女は自分がこれまで理想化してきたような「汚れなき天使」などでは決してないと裁断するのである。この五人の視線の交錯に、また外部からの一つの視線が加わる。ポールである。だが、この場を制しているのは、むしろ脇役たちによる緊迫した視線の交錯であり、それは主人公ルーシーとポールの視線をさえ影の薄いものにしてしまうほどの気迫に満ちている。

こうした音楽会における視線の横溢がある一方で、『ヴィレット』には、いわば回避すべきものとしての視線も存在する。たとえばマダム・ベックとルーシーの場合である。マダム・ベックの役割は、ゴシック小説風にいえば、おそらく〈異端審問所の役人〉を一部になっている。この異端審問官は秘かにルーシーの部屋に忍び込み、彼女の私物を丹念に検閲するのだが、ルーシーがそのスパイ的行動に出くわしたときの反応はまず、ベック夫人の手際に魅了されることである。ルーシーの理性はその「魔力」を打破すべしと命じるのだが、それは、マダム・ベックと対決するためではない。むしろその現場から一刻も早く「退去」するためであるのだ。そして実際、ルーシーは逃げ出す。こうしたルーシーの逃亡は、一方では「勇気の欠如」として決めつけられ、また他方では、自分の職を守るための「賢明な行為」として認められる。その〈評価〉は、批評家たちによりさまざまであるのだが[11]、今、「見る」という切口で考えてみれば、興味深い現象が浮かび上がってくる。ここでは視線はむしろ避けられるものとしてあるということである。『教授』とその状況（雇い主である女校長と教師の関係、女校長の非に直面する主人公）は酷似しているにもかかわらず、ここにあるのは『教授』における視線の具体性とはまったく逆のものである。見ることの回避――視線の横溢にもかかわらず、といおうか、おそらくはそれゆえの、いわば、禁欲がそこには見られるのである。ここで視線を合わせることは互いの「仮面の剥ぎ取り」に等しい行為であるからである。

その捜索者は振り返り、わたしを見つけるかもしれない。そうなれば、一悶着あるのはわかっていた。そして彼女とわたしは突如、衝突してお互い裏の裏まで見透かすようになるのだ。約束事は雲散霧消し、仮面は剥ぎ取られ、わたしといえば、彼女の目を覗き込み、また彼女は彼女でわたしの目を覗き込むことになっただろう。(p. 186)

そして『ヴィレット』には「見る」ことの回避のみならず、「見る」ことの否定さえ潜まされている。

「絶対に彼［ジョン］を見たりなんかしないの。一年ほど前、二、三度、彼を見たけれど、それは気づかれる前のことよ。でもそれからは目を閉じてしまったわ」(p. 520) ――これはポーリーナ・ドゥ・バソンピエール (Paulina Mary Home de Bassompierre) に対するルーシーの言葉である。ポーリーナが恋人ジョンのことを、特にその容姿を一方的に褒めそやすことに対する、揶揄にも、皮肉にも取れる言説ではあるが、同時に「見る」ということの複雑性を物語りもしている。そしてルーシーは以下のように続けるのだ。「"vision"を大切にしたいということなの。(彼を) 目にした途端、その衝撃でまったく見えなくなってしまうのが恐いということもあるし…」(p. 520)

『ヴィレット』は「見る」ことを一種の核にして、それに対する渇望のみならず、それと同等の恐怖、回避、否定などさまざまな側面を抱え込んだ作品であるのだが、「見そこない」の最たるものである〈修道女〉の存在（あるいは、むしろ“vision”）を必然のものにしているのは、まさに「見る」ことに対するそうした互いに複雑に入り組んだ側面に他ならないであろう。

(3) 名づけそこなう

「あなたはいったい誰なの」

「名づけそこなう」ことは「見そこなう」ことと近似値的関係にある。正しい名前がつけられるということは、正しく見ることができることでもあるからである。名づけそこないの典型的な例としてジネヴラの場合があげられるであろう。この美人ではあるが軽薄な小娘は、厳密にいえば、名づけそこなうというよりは、むしろ名づける行為以前の漠たる状態に留まる人物である。彼女は、事物の本来の名（“real name”）を忘れるようなことがあれば、もっぱら“chose”という重宝な代用物で間に合わせてしまう。ジネヴラには“real name”など必要ではない。彼女の世界を構成するのは、この「あれ、それ、なんとかいうもの」を意味するフランス語の曖昧模糊とした言葉でしかない。そして当然ながら、彼女は自己を確立しえないでいる。

彼女はルーシーの正体を見届けようとする。「ミス・スノウ、あなたはいったい誰なの」、「でもあなたは何者かであるわけ」、「ねぇ、教えてったら、あなたは誰なの」(pp. 392-94)――ルーシーの定義を試みながら、その実、このジネヴラには自己の定義を模索しているふしがある。ルーシーは、ある意味では、ジネヴラの自己規定の座標となるべき人間でもあるのだ。それは素人芝居で舞台で演じるジネヴラが、二人の男性、つまりアマルとジョンという二人の恋人の視線によってある程度、自己規定できたことにも通じる。ジネヴラはルーシーのことを、ときに“nobody”として命名してみせるのだが、このように自身が空疎そのものである人物に“nobody”と命名させることは、おそらく逆に“nobody”とは対蹠的なルーシーの実質を読者にほのめかせることにもなるだろう。ともあれ、名づけに関していえば、こうした一種の名づけがたさは、軽薄な俗物、ジネヴラにかぎらない。さまざまな登場人物が主人公ルーシーに対しておびただしい名づけを試みているからである。つまりこの主人公は、自身いうところの「ひどく矛盾した性格の持ち主」として規定されるのである。

マダム・ベック　「学識ある才女」
ジネヴラ　「厳しく、皮肉屋で冷笑的」
ホウム　「模範となるような教師、平静さと思慮分別の固まり、いくぶん因習に囚われ、おそらく厳格すぎ。狭量で用心深いが、女教師の正確さの典型、鑑」
ポール　「激しやすく、猪突盲進――冒険心があり、不従順で、大胆不敵」

(p. 386)

しかしこうしたおびただしい名づけは、名づけられている者、つまりルーシー自身によってはぐらかされる。彼女はそうした名づけすべてに対し「微笑」の返答しか与えないからである。のみならず彼女は付け加えるのである。「もし誰であれ、私を知っている者があるとすれば、それは小さなポーリーナ・メアリであった」(p. 386)――おびただしい名づけに対置されるポーリーナの無垢(そしておそらくは、無知)、これは主人公ルーシーの絶妙な皮肉であろう。しかし、あるいはこれもまた真実であるかもしれないのだ。われわれはすでに科学的言説とは相違した文学的言説の領域にいる。こうした混沌は文字どおり「混沌」を意味として発散させているからである。こうした名づけ(あるいは、名づけそこない)は、その矛盾自体があるメッセージを伝える。視点的人物はこれにより奥行き、幅といったものを確保することになるだろう。ルーシーは、E・M・フォースター(E. M. Forster, 1879-1970)の言葉を借りれば、さらに"round"になる。だが、それはなにも主人公にかぎらない。脇役たちもまた人物としての厚みをもち始めるのだ。「他人を語る」ということは、前述したように、また自分自身を語ることでもあるからである。

これまで見てきた、語り、視覚・認識、命名における一連の「しそこない」によって逆にかえって読者をも巻き込むまさに絶妙なテクストが織り込まれてきたのだが、結末においても、シャーロットはふたたび語りそこなう。だが、この操作はこれまでの物語の情報操作、「語りそこなう」というレトリックとは、いくぶん趣が異なったものとなっている。作家の意図という点においてである。前述したように、結末にいたって父親の介入という伝記的な偶然が関わってくるからである。

ともあれ、ここでは論述の手順として、父親の介入以前に戻ってみよう。ポールを葬り去るという思いつきは、エリザベス・ギャスケル夫人（Elizabeth Gaskell, 1810-1865）によればシャーロットの想像世界のなかで確実に「刻印」され、かつ「はっきりとした現実味」を帯びたものであったという[12]。この点で『ヴィレット』は、シャーロットの他の作品と一線を画する。ここで各作品の結末を比較してみよう。『ジェイン・エア』（*Jane Eyre*, 1847）は、幸福な結末の〈条件〉としてロチェスター（Rochester）の片腕と目を要求するが、ジェインは、叔父の遺産を受け継ぎ、経済的自立を勝ち取るのであり、あの有名な結婚宣言、“Reader, I married him.”が可能となる。また『シャーリー』（*Shirly*, 1849）では、主人公がある意味では作者の妹、エミリ（Emily）の肖像であり、他の作品とはいくぶん事情が異なるとはいえ、幸福な結末には微妙な妥協がみられる。主人公は最初から女相続人としての財産と社会的地位を確保しており、かつ、男性に劣らぬ知性と行動力を賦与されているにもかかわらず、最終的に求めるのは男性の庇護である。そして結婚の準備は気のすすまぬふり（あるいは、様子）をしながらも、確実に結婚するという曖昧な妥協がある。

しかし、『ヴィレット』ともっとも対照的なのは、『教授』、つまり作家の伝記的要素を濃厚に含む点でもっとも関連性のある作品の結末であろう。その結末はいつ果てるともない幸福の図の羅列となる。作者は、家庭、妻、子ども、財産、友人、故郷の地——主人公にもち得るものをすべてもたせて、慢性的とでもいえばいえそうな幸福を延々と語っていく。まさにシャーロットの父親が望んだこと――"marry, and live happily ever after" の〈内訳〉が展開されるのだ。

ところが『ヴィレット』においては、『ジェイン・エア』、『シャーリー』における男女間の妥協は払拭され、また『教授』の慢性的な幸福とは対蹠的なものが現れる。メロドラマの幸福な結末の拒否は、男性による女性の庇護という男女関係をみごとに覆す。それはおそらくこれまでのシャーロットの女主人公たちが感じていた（はずの）ある種の居心地の悪さからルーシーを解放するものとなろう。『ヴィレット』において、シャーロットはポール・エマニュエルを殺す。伝記に引きつけていえば、シャーロットは、自分の内なるエジェ氏を殺すのだ。彼女の作品につねになんらかの形で織り込まれ、その影を投げかけていた〈永遠の恋人〉はついに息の根を止められる。シャーロットの芸術はついにエジェ氏を越えたのだろうか。実際、彼女はこの作品の出版の翌年、一八五四年、父、ブロンテ氏の助任司祭であったアーサー・ニコルズ（Arthur Nicholls, 1818-1906）と結婚するのである。

だが同時に、シャーロットはポール（つまり、内なるエジェ氏）を殺すことによってむしろ彼を確保したともいえるのだ。シャーロットはルーシーに語らせる。「彼が去っていったとき、私は彼を愛していると思った。今はもっと愛している。もっと私自身のものになっている」（p.595）――過去形と現在形をみごとに交差させてここに描き出される、喪失と所有との一見、矛盾した関係はライナー・リルケ（Rainer Maria Rilke, 1875-1926）の言葉とも奇妙に符合する。

喪失というのは、まことに残酷なものでありながら、所有に対して一指も触れることはできない。喪失は所有を終わらせると言いたければ言ってもいい。喪失は所有を確固たるものにする。突きつめればそれは第二の獲得にほかならない。このたびはまったく内面的な、そして一段とまさって強烈な獲得。(13)

だが父親の介入――それによってシャーロットの「恋人の死」は保留される。しかしどうだろうか。その保留によって、シャーロットは、逆説的だが、作家としてもう一つの〈死〉を半ば手にすることになりはしないだろうか。ロラン・バルト（Roland Barthes）のいう「作者の死」（"l'a mort de l'auteur"）である。テクストは読者に半ば譲り渡される。

『ヴィレット』は作者の技巧によっても、また作家の意図とは無関係な伝記的偶然によっても「語りそこない」のレトリックに満ちている。しかし、恋人の息の根を止めるにしろ、その手をいささか緩めるにしろ、シャーロットは語り得ているのだ。他ならぬ「語りそこない」のレトリックによってである。否、生き得てさえいるだろう。キャロライン・ハイルブラン（Carolyn Heilbrun）はいうのだ。

女は生きるより先に自分の人生を書くことがあるかもしれない。その過程を認識もせず、名づけることもしないまま、ただ無意識のうちに。(14)

シャーロットは『ヴィレット』を書き、結婚し、そしてその翌年、この世を去った。

*本稿は日本ブロンテ協会公開講座（一九九九年五月八日於関西大学）において口頭発表した考察に加筆、修正したものである。

[注]

（1）Charlotte Brontë, *Villette*（1979; London: Penguin, 1985）p.596.
上記 *Villette* からの引用は引用文の後に頁のみ記す。

（2）W. M. Thackeray, Letter to Lucy Baxter, 11 March 1853.

（3）Matthew Arnold, Letter to Mrs Forster, 14 April 1853.

（4）Thackeray, Letter to Lucy Baxter, 11 March 1853.

（5）Tonny Tanner, introduction. *Villette*, p.50.

（6）E. C. Gaskell, *The Life of Charlotte Brontë*（Edinburgh: John Grant, 1924）p.479.
もっとも、幸福な結末は父親の望みであると同時に、巡回図書館の読者大衆の要望でもあっただろう。当時、巡回図書館は大量の本を購入することによって出版社に大きな影響力をもっており、作家もその読者の要望とある程度妥協せざるをえない場合もあったことは想像に難くない。ただ John Sutherland の指摘するようにブロンテ師自身がそうした読者大衆の「代表的代弁者」であるとすれば、そうした社会状況も包括しながらなおかつ「父親の要望」とすることは可であろう。

cf. John Sutherland, *Is Heathcliff a Murderer? Puzzles in Nineteenth-Century Fiction*（Oxford: Oxford UP, 1996）p.108.

（7）C. Brontë, Letter to G. Smith, 3 Nov. 1852, 26 Mar. 1853.

（8）Margot Peters, *Charlotte Brontë: Style in the Novel*（U of Wisconsin P, 1973）p.78.

（9）Gaskell 479.

（10）C. Brontë, *The Professor*（1948; London: Penguin, 1989）pp.142-43.

（11）Tanner, p.19.

（12）Gaskell, p.479.

（13）Rainer Rilke, Preface. *Mitsou: Quarante Images par Baltusz*（1921）（阿部良雄訳　風信社　1986）pp.15-16.

（14）Carolyn Heilbrun, *Writing a Woman's Life*（New York: Norton, 1988）p.11.

第二〇章　〈フィーメイル・ゴシック〉——受け継がれた戦略——
シャーロット・ブロンテとダフニ・デュ・モーリア

薗田美和子

ペンザンス（Penzance）はイングランド南部の最西端にある、ブロンテ姉妹の母親マリア（Maria Branwell）の出身地である。一九九八年の晩夏、北のハワースから南下して、生家を見るためにその地を訪れた。夜の宿のホテルからは防波堤を越えるほどの波浪が押し寄せくだけ散るようすが見え、風雨強く、風の音と海の轟きが一晩中窓硝子を打っていた。当時はるばる北の寒村ハワースにまで嫁いで行ったマリアにとって、ヨークシャーの荒れ野を吹く風は故郷ペンザンスのこの激しい風と海の轟きを記憶によみがえらせたのであろうか。そのような思いにも駆られた。

町の小さな書店で、店内の中央の棚にダフニ・デュ・モーリア（Daphne Du Maurier 1907-89）の作品が揃えられて並んでいる光景に偶然出会った。ペイパー版であったが、日本の洋書店ではなかなか見られないものばかりだ。コーンウォルを愛し作品に描いたデュ・モーリアは、この土地の郷土作家であったとあらためて認識する。ベストセラーになった小説『レベッカ』*Rebecca*（1938）[(1)]は一躍彼女を有名にしたが、ヒッチコックの同名の映画や『鳥』*The Birds*の原作者としても記憶されているであろう。さらにブロンテ姉妹との関わりで特記すべきは、ブロンテ家のただ一人の男の子、シャーロットの弟ブランウエルの伝記『ブランウエル・ブロンテの地獄の世界』*The Infernal World of Branwell Brontë*（1960）の著者でもあることだ。このようにささやかな旅の体験のなかで、ペンザンスという土地はわたしにとってブロンテの文学とデュ・モーリアの文学世界の現実の交差点となった。

Of course it was old-fashioned in 1938 when it was written——I remember critics saying it was a queer *throwback to the 19th-century Gothic novel.* But I shall never know quite why it seized upon everyone's imagination not just teenagers and shopgirls, like people try to say now, but every age and both sexes[(2)]（斜体筆者）

これはデュ・モーリアが友人宛の書簡のなかで、一九三八年の『レベッカ』発表当時を振り返っているくだりで、この小説が「一九世紀のゴシック小説」への「後戻り」と批評されたことを伝えている。それにもかかわらずこの作品は十代の少女たちだけでなく「あらゆる世代、性別を問わず」「あらゆる人びとの想像力を捉えた」のである。「一九世紀」の部分を「一八世紀」に言い変えれば、シャーロット・ブロンテが『ジェイン・エア』について述べている文章と理解しても不思議ではない。

およそ九〇年の歳月を隔てて女性の創造力から生まれたこれらの二つの作品が共有している〈ゴシック〉という特徴が、ともにベストセラーになって、性別、年齢を問わず「あらゆる人々の想像力を捉えた」小説の戦略の一つであったと考えることは許されるであろう。

ところが一九七〇年代のエレン・モアズ（Ellen Moers 1921-71）の分類した女性のゴシック小説作家群のなかには、ダフニ・デュ・モーリアの名前は見当たらない。イレイン・ショーウォルター（Elaine Showalter）によれば、モアズは〈フィーメイル・ゴシック〉のジャンルをフェミニズムの視点から理論化した「最初の」批評家である。(3) モアズの『女性と文学』*Literary Women*（1976）によれば、〈フィーメイル・ゴシック〉は女性が体験する恐怖のみならず、現実に対して幻想、日常性に対して非日常、自然なものに対して超自然を扱うジャンルである。モアズはアン・ラドクリフ、メアリ・シェリー、さらにエミリ・ブロンテの『嵐が丘』のゴシック的要素を分析している。シャーロット・ブロンテの『シャーリー』については、ラドクリフ夫人著『イタリア人』が話題にのぼっている部分が言及されている。モアズが挙げている二〇世紀の〈フィーメイル・ゴシック〉に属する小説家には、デュ・モーリアと同じ三〇年代に作品を発表しているデュナ・バーンズ（Djuna Barns 1892-1982）、イーサク・ディネーセン（Isak Dinesen 1885-1962）などがいる。(4) しかしダフニ・デュ・モーリアの名前はそこにはない。モアズがテーマの特徴を自己嫌悪、自己破壊衝動、自己への恐怖と捉えた二〇世紀の〈フィーメイル・ゴシック〉には、「一九世紀的」ゴシックの特徴をもつと言われた『レベッカ』が入る余地がなかったとも考えられる。ちなみにショーウォルターの『女性自身の文学』*A*

Literature of Their Own（一九七七）の女性作家群にもデュ・モーリアは見当たらない。

『レベッカ』の成功後、デュ・モーリアは一九五一年に同じ系統のゴシック小説『いとこレイチェル』（*My Cousin Rachel*）、一九六〇年の『ブランウエル・ブロンテの地獄の世界』などで注目されるのだが、アカデミックな分野での研究対象からは外されていたように見える。一時はいわゆるパルプ・フィクションの山に葬られるかと懸念されないこともなかったが、一九九三年のマーガレット・フォースター（Margaret Forster 1938-）による伝記の出版前後から再評価の対象になり始める。スザンヌ・ベカー（Susanne Becker）はその著書で、「われわれはゴシックの時代に生きている」というアンジェラ・カーター（Angela Carter 1940-1992）の言葉を引用し、ゴシシズムとポストモダニズムとの密接な関係を指摘している。[5] ベカーはブロンテの作品はもちろんだが、『レベッカ』にも数頁を割いて論じている。最近のもっとも新しい作家論としては『わたしたちの吸血鬼』（*Our Vimpires, Ourselves*（1995）の著者、ニーナ・アウアバーク（Nina Auerbach）の、『ダフニ・デュ・モーリア――とり憑かれた後継者』*Daphne Du Maurier:Haunted Heiress*（2000）がある。[6] フェミニズム、ポストモダニズムの時代を経るなか、デュ・モーリアの作品がゴシック小説としても再評価されていると考えたい。

デュ・モーリアがブロンテ文学の後継者という見方は、アウアバークに言わせればすでに言い尽くされたことである。しかし彼女がブロンテ文学の理解者の一人であり、また姉妹の作品の再読を促すことに貢献したことは否めない。またデュ・モーリアの作品自体の再評価がブロンテ文学との密接な関係をその起点としているならば、たとえばシャーロット・ブロンテとの関係をここで再認識することは無益ではないであろう。

ちなみにジョン・サザランド（John Southerland）が一九九六年、九七年、九八年と引き続いて出版した三冊のユニークな評論集、*Is Heathcliff a Murderer?; Can Eyre be Happy?; Where was Rebecca Shot?*の表題と出版順序は、拙論にとってきわめて象徴的な意味をもつように思われる。はじめの二つの評論の表題には、『嵐が丘』、『ジェイン・エア』、第三作目にはほかでもないダフニ・デュ・モーリアの『レベッカ』が使われているからである。さらにつけ加えると、現代のゴシック小説の名手スーザン・ヒル（Susan Hill 1942-）は『レベッカ』の続編として、一〇年後の時点から始まる『ド・ウィンター夫人』（*Mrs de Winter* 1993）を書いている。このように〈フィーメイル・ゴシック〉におけるブロンテの伝統はなおも受け継がれていると言えよう。

ロバート・B・ハイルマン（Robert B.Heilman）は『ジェイン・エア』の特徴を総括して「感情の解放」と指摘し、それ以前のゴシック小説のコンヴェンションを取り込みながらも独自の小説の世界を構築している点を分析して、それをシャーロット・ブロンテの「ニュー・ゴシック」と呼んだ。ハイルマンによれば、ジェイン・エアのみならず、ロチェスターも、またリヴァーズでさえも男女両性間の「感情の新しい領域」を開示させる存在として意味がある[7]。それならば、一九世紀へと「後退」していると批評された二〇世紀のゴシック小説『レベッカ』は、女性が語る物語という一人称形式の採用という点でも『ジェイン・エア』と『ヴィレット』と共通しているが、ほかにはどのような類似と差異があるのであろうか。拙論では一人称の語り手、ゴシック・ゾーンとしてのソーンフィールドとマンダリー、そして〈フィーメイル・ゴシック〉のヒロインと〈仮装〉という点にしぼって比較考察する。

シャーロット・ブロンテは『教授』で一人称の男性の語り手を設定しているが、デュ・モーリアも一人称小説を好み、とりわけ語り手に男性を選んでいる作家である。『ブランウェル・ブロンテの地獄の世界』では、伝記の主題としてブロンテ家の有名な姉妹ではなく、たった一人の男子ブランウェルを選んだのも、心理的に彼のほうに近かったのでそれだけ関心が強かったとも考えられている。有名な小説家の祖父、芸術家の父をもち、彼らの文学的才能を受け継ぐべき息子としての期待を、一身に受けて育った彼女のアイデンティティは、男性に近かったという見方がその根底にある。(8)『レベッカ』は一人称の語り手として女性を選んだ、デュ・モーリアの最初の作品であった。

ジェイン・エアとルーシー・スノウと同じように、『レベッカ』の語り手も身寄りがない若い女性である。生い立ちがはっきりしない上に名前がつけられていないという点では、ブロンテのヒロインたちとは違っている。モンテカルロでの最初の出会いの場で、のちに夫になるマクシム・ド・ウィンターに「すてきな珍しい名前」(27)といわれたが、その名前は自らも告げず、他の登場人物の口からも聞かれない。マクシムの妻としてド・ウィンター夫人という呼称はあるにはあるが、日常生活で夫や義姉との会話に彼女のクリスチャン・ネイムや愛称が出てこないのは、英語を言語とする人々の習慣からみて自然とは言えない。

のちに作者自身は「手法上の挑戦」だったと打ち明け、この方法は「一人称で書いていたのでそれだけ容易だった」とつけ加えている。(9) ヒロインの名前の(彼女がヒロインであるとするならばだが)、大胆な削除は結果として、タイトルでもあるレベッカの名前と存在を一層際立たせ、一方で語り手の存在感を希薄にする戦術であったと思われる。すでにこの世にいないのに歴然とレベッカという名前をもつ存在に対して、語り手は今この世に生きる存在であるのにもかかわらず名前がない、というい ささか逆説的な不気味でもある構図である。

とはいえ、これはすでにシャーロット・ブロンテが『ヴィレット』の第一章「ブレトン」で使っている方法である。「わたし」という語り手の名前は少なくとも第一章では伏せられている。ほかの人物からの呼びかけもない。ブレトン夫人やポーリーナ、ハリエットといった人びとを「縫い物をしている」ところから、あるいはその動作をしながら観察し、その話に耳を傾けるだけである。語り手の名前も顔も体も明らかにされない。語り手の感情は、「家から」手紙がきたとき「どんな不吉な」手紙かと体が不安で震えるほどだった、と表現されるにとどまっている。著者がはじめて語り手に「わたしルーシー・スノウは」と自ら名乗らせるのは、二章「ポーリーナ」になってからである。読者はこの時点でもポーリーナをヒロインと早合点するが、彼女はブレトン家を去りしばし読者の前から姿を消してしまう。あとに残される方が語り手のルーシー・スノウである。

名前のない語り手の着想を、デュ・モーリアが『ヴィレット』の第一章から学んだとは言い切れないが、二つの作品の語り手は性格特徴においても類似したところがある。「わたし」はジェイン・エアの激しい反抗心、自立願望、向上心、厳しい倫理観は受け継いではいない。どちらかと言えば、ルーシー・スノウの方に共通している面があると言えるかもしれない。ルーシーは内には抑制された情熱を秘めているものの、外見上は慎しく地味で目立たない「色のない影」（216）のような女性である。一方、モンテカルロでは気まぐれな老婦人の「コンパニオン」として暮らしていた「わたし」は、妻と死別した男、マクシム・ド・ウインターからの思いもよらない求婚で、ド・ウィンター夫人となり、マンダリーでの新しい生活が始まる。だが前夫人レベッカの影に怯えながらの日常である。このような「わたし」に向かって「あなたこそ影であり幽霊ですよ」（257）と決めつけるのは、生前のレベッカの家政婦ダンヴァー夫人である。

また「わたし」は夫のマクシムが言うように、「不思議の国のアリス」（204）でもある。若い妻をいつまでも無垢の少女の状態に閉じ込めておきたい夫の気持ちに反して、ジェインやルーシーと同じく好奇心と感受性も備えている。ヘンリ・ジェイズ（Henry James 1843-1916）の『ねじの回転』（*The Turn of the Screw*, 1898）の語り手、同じく名前のないガヴァネスのように病的なものを感じさせる要素はないにしても、由緒あるカントリー・ハウス、マンダリーという「不思議の国」をアリスのように、あるいは「影」のように彷徨い、その秘密を探る役割、現実のなかに幻想を見、日常のなかに非日常をとらえる役割が与えられているとするならば、「わたし」はその役割にふさわしい語り手であろう。

Last night I dreamt I went to Manderley again.（5）

『レベッカ』はこのように始まる。デュ・モーリアの作品のなかでももっとも有名な一行である。ここで「マンダリー」を「ソーンフィールド」に入れ替えて「昨夜わたしはふたたびソーンフィールドに行った夢を見た」としてみよう。これを『ジェイン・エア』の後半マーシュ・エンドでの生活のどこかに入れてみたとしても不自然ではないだろう。ソーンフィールドが〈旅するヒロイン〉ジェインの歴程、プログレスにとって重要な場であるように、マンダリーは〈旅するヒロイン〉であったかもしれない語り手にとっても重要な主題であり、ゴシック物語のコンヴェンションである幽霊の出る屋敷、地下牢のある城、だれかが閉じ込められている屋根裏部屋に類するものが揃っている。ソーンフィールド・ホールがロチェスターの狂える妻の放火で焼失するように、マンダリーも小説の最後では火に包まれる。冒頭の一行から始まる第一章はマンダリーが焼失した後になって「わたし」が見る夢だ。こうして『レベッカ』は、読者を最後の頁から第一章の再読へと誘う仕組みになっている。「わたし」の夢のなかのマンダリーの描写は、自然はリアリスティックに描かれるが、全体としては幻想的で美しい。この夢のなかのマンダリーの印象が残像のような効果を放ち、物語全体が夢の薄い紗を通して見えるような構造である。

ソーンフィールドは北部のヨークシャー地方、小説のなかの地名では「ミルコートから六マイル」のところにあった。マンダリーの所在はエクセターを経てさらに奥に入ったコーンウォルのどこかである。ブロンテの風土の特色がヨークシャーの荒野であるならば、デュ・モーリアのコーンウォルは海と切り離せない。マンダリーの屋敷が海に面しているだけでなく、プロットそのものが海と深く関わっているからだ。アン・ラドクリフのように未知の土地を、絵画や書物といった情報源をたよりに想像力を駆使して描くのではなく、ブロンテもデュ・モーリアも自分が熟知している地理を選んでいる点は共通している。自然や風景、荒れ野や海、日常の風物の描写の根底には忠実な写実を基礎にしたリアリズムがあるのは当然であろう。

しかしソーンフィールド・ホールやヴィレットの女学院の屋根裏部屋、そしてマンダリーを描く段になると、作者たちはゴシック・ロマンスの慣習となっている戦略をとりあげるのである。幻想や非日常、超自然のトポスとして欠かせないゴシック・ゾーンだからだ。しかもシャーロット・ブロンテの場合は「青ひげの城」といういわば記号によって、いくつかの固定した意味が伝達されることになる。これはのちの作品の『ヴィレット』にもふたたびもち込まれているところを見ると、このお伽話にブロンテはかなり執着していたようである。

I lingered in the long passage…中略…narrow, low, dim, with only one little window at the far end and looking, with its two rows of small black doors all shut, like a corridor in some *Bluebeard's castle*. (*Jane Eyre*, p.122)

"You will set me down as a species of tyrant and *Bluebeard* starving women in a garret; whereas, after all, I am no such thing…" (*Villette* p.187)（斜体筆者）

最初の引用には、ジェイン・エアがソーンフィールド・ホールの通廊の光景から連想する「青ひげ城」がある。『ヴィレット』のほうは、ポール・エマニュエル自身が「屋根裏部屋で女を飢えさせる暴君で青ひげ」、とルーシーに対する自分の仕打ちを「青ひげ」になぞらえて言う言葉である。芝居の台詞を暗記させるという名目ではあるが、実際彼は教授という特権でルーシーを屋根裏部屋に押し込み、鍵までも掛け閉じ込めてしまう。しかしポールはやや自嘲的に、あるいはルーシーをからかって自分を「青ひげ」に重ねているのでこの場は深刻にはならず、ルーシーにも被害者意識はない。

一方、デュ・モーリアは「青ひげ」という言葉は使わってはいないものの、語り手に語らせているマクシム・ド・ウインターの第一印象には、一五世紀起源説もあるというこのお伽話の世界を暗示する描写がされている。

He belonged to a walled city of *the fifteenth century*, a city of narrow, cobbled streets,and thin spires, …中略…he would stare down at us in our new world from a long-distant past—a past where men walked cloaked at night,and stood at old doorways, *a past of narrow stairways and dim dungeons*… (Rebecca p.18)（斜体筆者）

語り手の第一印象では、マクシムは「細い階段や暗い地下牢のある過去」の「一五世紀」の男である。著者はマンダリーの当主に、ブロンテにならって「青ひげ」的特徴を、間接的ではあるが印象として添えようと意図したように思われる。ペローのお伽話「青ひげ」の起源は一説には、遡って一五世紀頃のブルターニュに実在した貴族にまつわる話にあるらしいが、長い歳月を経て伝承されてきた物語が発信している意味とは、ゴシックの特徴である「謎の城館」、「秘密の部屋」、「妻殺し」、そしてヒロインの、つまり女の「好奇心」である。

現代では夫に殺される妻の数が少なくなっているが、それは「結婚」する男女が減っているにすぎないということらしい(10)。このように「妻殺し」はいまだに現代社会の問題とされる犯罪であるが、その意味を拡大解釈すれば、エドワード・ロチェスターもその咎を免れえないかもしれない。彼は神前で偽りの結婚の誓いを立てたことで、狂える妻の存在を殺したも同然だからである。ジェインを相手にバーサとの結婚のいきさつについて長い打ち明け話をするロチェスターと同じように、マクシムも「わたし」に告白する。しかし、自分の行為を正当化しようと、レベッカの人柄や、修復の余地のない夫婦関係を語り、不義の子をマンダリーの相続人にしようという彼女の企みを語ろうと、彼の犯罪が妻殺しであることにかわりはない。そうとなれば、マンダリーも「青ひげの城」である。結局、「遠い過去から」われわれを「見下ろしている」中世の男というマクシムへの「わたし」の第一印象は読者を裏切ることになる。「見下ろしている」のはマクシムではなく、実はこの世のひとではないレベッカではないかと思われるからである。

いったんマンダリーの外に出てみると、外の世界は一五世紀でも一九世紀でもなく、二〇世紀のものである。とりわけロンドンの街には自動車があふれ、空には飛行機が飛んでいる。共産主義者（371）もいれば、X線を使う婦人科の専門医もいる。レベッカの病いは結核ではなく悪性腫瘍である。（383）そこには二〇世紀の新たなゴシックの萌芽の気配がすらある。

『ジェイン・エア』と『ヴィレット』のヒロインはそれぞれの語り手「わたし」である。それと同じ意味で、『レベッカ』のヒロインを決めることはできない。語り手か、それともこの世の人ではないレベッカかという問題につき当たるからである。バーサ・ロチェスターがジェインの分身であるという見方があるように、レベッカは語り手のダブルとも見なされている。[11]著者自身はノートに「作中人物、とりわけ語り手を描くことに没頭した」と記している。[12]しかし実際は「わたし」を通してレベッカを描くことに没頭したのではないだろうか。「わたし」の意識になかば強迫観念として、亡霊のように憑きまとっている、マクシムの先妻レベッカこそ真のヒロインである、とも言えるだろう。

「黒いサテンのドレスと真珠の首飾り」が似合うが、また一方で「ボティチェリの天使のような顔をした少年」（290）にも見える両性具有の魅力、それが人々が語るレベッカの魅力だ。「人の妻として必要な三つのもの」「頭の良さと美貌」に恵まれ、「社交の作法」を知っている（285）。一部は一般公開されてもいるマンダリーというないわば企業組織を、管理運営する能力も十分あった。そのような先妻のレベッカに対する「わたし」の劣等感とともに、「嫉妬心」を描くことも当初の動機にあったと著者は述べている。[13]

ジェイン・エアの場合は、屋根裏部屋に閉じ込められた精神を病むバーサに対して同情は感じても、ロチェスターの愛情の対象として嫉妬心を覚えることはない。ジェインの嫉妬をひき受けているのは、ブランシュ・イングラムである。この人物の描かれ方は生硬でフラット・キャラクターの域を出ていないが、背が高く、黒い髪、やや浅黒い肌、ロチェスターから「カルタゴの女性のような」と言われる外見は、同様に背が高く長い黒髪の持ち主レベッカの特徴を思わせる共通点である。

それればかりではなく、第一八章で描かれるソーンフィールドでの遊び「シャレィド」という無言劇で、ブランシュ扮するは、聖書の創世記のなかのユダヤ人の娘リベカ（レベッカ）である。ターバンを巻き、東洋風の衣裳をまとった、バイロンの肖像を思わせる扮装をこらしたロチェスター。ともに現れるブランシュは美しい「家父長政治時代のイスラエルの王女」である。そう片隅で観ていたジェインは認める。

She approached the basin, and bent over it as if to fill her pitcher; she again lifted it to her head.…中略…From the bosom of his robe, he then produced a casket, opened it and showed magnificent bracelets and earrings; she acted astonishment and admiration; kneeling he laid the treasure at her feet;…中略…the stranger fastened the braceles on her arms, and the rings in her ears. It was Eleizer and *Rebecca*. (*Jane Eyre*, p.108)（斜体筆者）

この情景はデュ・モーリアの作品に当てはめてみると、レベッカとマクシムの関係を象徴的に表していないこともない。結婚当時のレベッカにとって、美しい腕輪やイアリングの詰まった宝石箱に相当するのが、代々続いているド・ウインター家の壮麗なマンダリーの屋敷と、世間も認めるド・ウィンター夫人という地位であったとも読み取れるからである。さらにこの場面では、デュ・モーリアのレベッカがユダヤ系の名前であることを再認識させられる。これはブロンテのバーサ・アントワネッタの出自が西インド諸島のクレオールであったことと、同種の問題を暗示している。少なくとも、バーサもレベッカもイギリス人社会では「他者」であるとも言えるからだ。

さらに注目すべきは、〈仮装〉の場面が『ジェイン・エア』のみならず、『ヴィレット』にも、また『レベッカ』にも設けられていることである。しかもその舞台としてソーンフィールド、幽霊屋敷の一面もあるマダム・ベックの学院、そしてマンダリーというゴシック・ゾーンが選ばれているのだ。自分ではない存在、他者に扮する〈仮装〉とは、〈非日常〉を日常のなかに、〈幻想〉を現実のなかに意図的に創り出すことでもある。それは時としてゴシック小説のなかでいっそうゴシック的事件にもなりうるものを抱えている。シャーロット・ブロンテに倣って、二〇世紀の小説家デュ・モーリアも〈仮装〉事件を自作に取り入れ、しかもゴシック的要素をもっともふんだんに盛り込んでいる。

まず『ヴィレット』一四章の〈仮装〉の場では、ブロンテのヒロインの扮装が異性装である点が注目をひく。マダム・ベックの誕生日は祝日で、そのメイン・イヴェントが、学院の生徒による芝居である。指導者の教授ポール・エマニュエルは突然、「傍観者」としてお祭り騒ぎを見ていたルーシー・スノウに喜劇的な男の役をふり当てる。「頭の足りないしゃれ男」の役はルーシーには気に入らなかったが、いったん舞台にのぼると、美しいジュネヴラ・ファンショーを相手に自分の内部に「本ものの力がわき上がるのを感じ」ながら男役を演じ切る。一方で「演劇への興味」に取り憑かれ「興奮する」自分を抑制し、以後は「人生の傍観者」に徹しなければならないと反省する。彼女の自己抑制は男装への抵抗にも現れている。男の台詞を言うことは承諾できるが、扮装は女の服装の上に、男のヴェストとカラーとネクタイを着けるのが彼女の許容できる限度である。この場面は、ヒロインのルーシーとのちの恋人ポールとのはじめての親しい出会い、また修道女の幽霊が出るといわれる屋根裏部屋への一時的監禁というゴシック的事件という点から重要であるが、一方ルーシーの抑制された自我の隠れた一面が、他者、しかも異性を演ずることで発現したことも見落とせない。

『レベッカ』の〈仮装〉の場面は小説の半ば、第一六章に設定されている。ファンシー・ボール、つまり仮装舞踏会とはアナクロニズムでもある。この小説出版の一九三八年の翌年にはヨーロッパでは第二次世界大戦が始まる。そのような時代にあって、「一九世紀」への「後戻り」と評されたのも無理はない。しかし作者としてはプロットのクライマックスの一つとして意図的に設定したのである。マンダリーの新しい女主人の披露宴としての、伝統ある仮装舞踏会では、傍観者のジェイン・エアや端役のルーシー・スノウと違って、語り手の「わたし」は主役として招待客の前に仮装の姿をさらして役を演じ切らねばならない。夫のマクシムにはその義務はないというのに。「不思議の国のアリス」という夫の提案や、「ジャンヌ・ダルク」といった他からの提案を、自分を子ども扱いするものとして退けて、企みとはつゆ知らずにダンバーズ夫人の意見を単純に受けてしまう。それはド・ウィンター家の祖先キャロライン・ド・ウィンターの肖像画を真似た扮装であった。いまだに一人前の女性として扱ってくれない夫に対する抗議でもあり、同時に「黒いサテンのドレスと真珠の首飾り」が似合った先妻レベッカへの挑戦でもあった。

キャロラインの衣裳を真似て内緒で作らせた白いドレスを纏って階段上に姿を現すと、ルーシーの場合と同じように「興奮」し、満足と誇りを感ずる。しかしその感動は、『ヴィレット』のヒロインの抑制されていた演劇への感動、異性に扮する仮装の下での自由と解放感とは本質的に違っている。少なくとも夫や他の人々に、これでマンダリーの女主人に相応しい大人としての自分の一面を認めてもらえるという期待に興奮しているにすぎない。作者の主眼はゴシック小説としてのプロットのほうにある。実はその扮装は、生前のレベッカが同じ舞踏会で扮して見せた同じ肖像のぶざまな焼き直し、二番煎じであったのだ。「わたし」の扮装に夫も客たちも、二重写しとなった過去のレベッカの姿を見せつけられる。こうして読者に見えてくるのは、「わたし」の仮装を通して偏在を主張するマンダリーの亡霊レベッカである。ブランシュ・イングラムの扮装は、自分の美しさをなぞるためにユダヤ人の美しい娘リベカの役柄を合わせただけのものであり、ルーシー・スノウの男装は、はじめは義務のため、次に演劇そのものへのカタルシス的な喜びを体験するためのものだ。『レベッカ』の作者は、「古風」なコンヴェンションとも言える〈仮装〉の場を、文字通り小説のクライマックスのひとつとして取り込み、プロットのために戦略を仕組んだのである。

文学史上に残っている狂女や悪女、魔女の例は、ゴシック小説から生まれることが多い。(14)『ジェイン・エア』から狂女バーサが生まれたように、『レベッカ』からは悪女か魔女か、見方によればファム・ファタールでもあるレベッカが創造された。ソーンフィールドの屋敷に火をつけ、屋上から身をおどらせたバーサ、一方マクシム・ド・ウィンターにとっておのが命でもあったマンダリーに火を放ったのは、レベッカの亡霊とも読みとれる。語り手は言う。レベッカは「年をとらず、いつも変わらない」(245) 不死の存在だと。狂女バーサがジェインの分身という見方があるようにレベッカが「わたし」の分身であるとすれば、レベッカの勝利は「わたし」に対するものではない。マクシムが代表するマンダリー体制、「青ひげ城」への勝利である。専用のボートに「わたしは戻る」(Je Reviens) という名を付けていたように、「わたし」の分身レベッカはこの世とあの世の境界を越えていつでも戻って来る存在なのである。

『レベッカ』より五五年を経て書かれた、ブロンテと同じヨークシャの出であるスーザン・ヒルの『ド・ウィンター夫人』はその証の一つとも言える。

小説の読者とは「戻ってくる」ヒロインをつねに待っているものなのかもしれない。

［注］

（1） Du Maurier,Daphne, *Rebecca*（1938）, Arrow Books, Randam House UK, London, 1992.

Rebeccaのカタカナ表記は「リベカ」とすべきところであるが、邦訳や映画の標題に使われ定着している「レベッカ」

を用いる。本文中の引用の頁数は括弧内の数字で示した。
シャーロット・ブロンテのテクストは次のものを用いた。
Brontë,Charlotte, *Jane Eyre*（1847）, Penguin Books, London, 1996.
Brontë,Charlotte, *Villette*（1853）, Clarendon Press, Oxford, 1984.
Malet,Oriel, *Daphne Du Maurier, Letters from Menabilly, Portrait of Friendship*,Weidenfeld & Nicolson, London, 1993, p.131.

（2）一九六二年一月三日、Oriel Malet宛書簡。

（3）Showalter,Elaine, *Sister's Choice, Tradition and Change in American Women's Writings*（1989）, Clarendon Press, Oxford, 1991, p.127.

（4）Moers,Ellen, *Literary Women, The Great Writers*（1976）, Oxford University Press, New York,1985, pp.90-110. BarnsとDinesenの作品はそれぞれ*Nightwood*（1937）, *Seven Gothic Tales*（1934）.

（5）Becker, Susanne, *Gothic Forms of Feminine Fictions*, Manchester U.P., Manchester, 1999, p.7. *Rebecca*についてはpp.76-8, pp.84-88.

（6）Auerbach,Nina, *Daphne Du Maurier,Haunted Heiress*, University of Pennsylvania Press, 2000, p.87.

（7）Heilman,Robert B., "*Charlotte Brontë's 'new' Gothic in Jane Eyre and Villette*"（1958）. M. Allott, ed. *Charlotte Brontë; Jane Eyre and Villette*, Macmillan Publishers, 1985, pp.195-209.

（8）Auerbach, pp.87-91. Horner, Avril, and Zlosnek, Sue, *Daphne Du Maurier, Writing, Identity and the Gothic Imagination*, Macmillain Press, London, 1998, p.6.

（9）Du Maurier, Daphne, *The Rebecca Notebook and Other Memories*（1981）, Arrow Books, Random House, London, 1993, p.9.

（10）シャルル・ペロー、今野一雄訳『ペローの昔ばなし』（一九八五）、白水社、「訳者あとがき」二一六頁。

（11）Horner and Zlosnek, p.108.

(12) Du Maurier, *The Rebecca Notebook*, p.9.

(13) *The Rebecca Notebook*, pp.10-11.

(14) Becker, p.6.

第五部　シャーロット・ブロンテ論

第二一章　作られた神話『シャーロット・ブロンテの生涯』

芦澤久江

はじめに

一般的に『シャーロット・ブロンテの生涯』（*The Life of Charlotte Brontë*, 1857）はシャーロット（Charlotte Bronte, 1816-55）の父親パトリック（Patrick Bronte, 1777-1861）の依頼によりギャスケル（Elizabeth Cleghorn Gaskell, 1810-65）が書くことになったと考えられている。しかしギャスケルの執筆動機や意図、また出版までの経緯、出版後の反応など調べてみると、これまで知られていなかった『シャーロット・ブロンテの生涯』に関するさまざまな側面を発見することができる。小論ではギャスケルの執筆動機や意図に焦点を当て、いかにして『シャーロット・ブロンテの生涯』が作られたのか考察してみたい。

一　執筆経緯

これまでギャスケルの伝記について数多く研究がなされてきたが、意外なことにいつギャスケルが伝記を書こうと考えたのかという問題に関して、明らかにされてこなかった。したがって、まず、ギャスケルがいつシャーロットの伝記を書こうと考えたのかについて述べてみようと思う。

『ジェイン・エア』（*Jane Eyre*, 1847）に深い感動を覚えたギャスケルはシャーロットに強い関心を寄せていた。シャーロットに会うことを切望していたギャスケルの願いは一八五〇年八月一九日にジェイムズ・ケイ＝シャトルワース卿（Sir James Kay-Shuttleworth, 1804-77）の仲介によって実現した。その後ギャスケルとシャーロットの交流はシャーロットが亡くなるまでの五年間続けられた。しかしシャーロットが亡くなった一八五五年三月三一日ギャスケルは『北と南』（*North and South*, 1857）に対する書評の衝撃を避けるためパリ（Paris）に滞在していたので、その悲しい知らせを聞いたのは四月四日になってからのことであった。

二人の作家が出会ったブライアリー・クロス　1850年

驚くべきことに、ギャスケルは早くも五月五日にジョン・グリーンウッド（John Greenwood, 1807-63）宛の手紙のなかで、「カラー・ベル（Currer Bell）について初めて知ったのはいつですか」と彼に尋ねている。さらにシャーロットの最期の様子など、彼が知っていることは何でも教えてほしいと伝えている。ジョン・グリーンウッドはハワース（Haworth）で文具商を営んでいて、ブロンテ姉妹は彼から執筆に必要な文房具を購入していた。ギャスケルが初めてハワースを訪れた際、シャーロットみずから彼をギャスケルに紹介したのであった。そしてシャーロットの悲報をギャスケルに告げたのはまさしくこのジョン・グリーンウッドであり、その後もしばしば彼はブロンテ家についての情報をギャスケルに伝えていた。このようにして、シャーロットが亡くなって約一カ月後早くもギャスケルはシャーロットについての資料を集め始めていたのである。(1)

ギャスケルは資料収集を行いながら『ジェイン・エア』の出版社であるスミス（George Smith, 1824-1901）に宛てて次のような手紙を書いている。

そのうち、数年後のことになるかもしれませんが、わたしが長生きして、出版しても傷つける人がいなくなったら、彼女について知っていることを出版したいと思います。(2)

これは明らかにギャスケルの巧妙な戦略であった。バーバラ・ホワイトヘッド（Barbara Whitehead）が述べているように、この手紙を書いたとき、ギャスケルはスミスが伝記執筆を彼女に依頼してくることを期待していたのは明らかである。(3) 実際、誰よりも早く伝記執筆についての意志を表明したからこそ、ギャスケルはスミス・エルダー社から『シャーロット・ブロンテの生涯』を出版することができたのである。

興味深いことに、ギャスケルがスミスに手紙を書いた二週間後、シャーロットの親友、エレン・ナッシー（Ellen Nussey, 1817-97）は『シャープス・ロンドン・マガジン』（*Sharpe's London Magazine*）に掲載された無記名の、シャーロットを風刺した記事「『ジェイン・エア』についての数言」（'A Few Words about *Jane Eyre*'）にたいへんな憤りを覚え、ニコルズ（Arthur Bell Nicholls, 1818-1906）に宛てて手紙を書き、シャーロットについての誤った情報を訂正するために、シャーロットの伝記をギャスケルに執筆してもらってはどうかと提案していた。エレンは次のように書いている。

あらゆる点で資格のあるミセス・ギャスケルは引き受けてくれるでしょうし、その作家〔シャーロット〕に健全な評価を与えてくれるでしょう。ハワース、司祭館、その居住者たちと個人的なお付き合いがあったので、そのお仕事は彼女にぴったりです。(4)

もしエレンが彼女を憤慨させた記事の出所がギャスケルの手紙（一八五〇年八月二五日付、キャサリン・ウィンクワース Catherine Winkworth 宛）であることを知っていたら、彼女は決してギャスケルに伝記執筆依頼の提案などしなかったであろう。ギャスケル研究家たちはエレンを立腹させたこの記事の源がギャスケルの手紙にあったということを無視しがちである。(5) その手紙に描かれたシャーロットについての容貌はあまりにも赤裸々で、風刺とさえ受け取ることができる。ギャスケルはおそらく真からの作家だったのであろう。画家が絵を描くように、シャーロットという対象を客観的に観察し、忠実にことばで表現しようとした結果、あまりにもリアルにシャーロットの容貌を映し出してしまったのだと思われる。

ギャスケルの手紙を基にして、エレンを憤慨させた記事を書いたのは誰であったのか。ギャスケルの手紙とその記事の内容がとても酷似していたので、当初ギャスケル自身が書いたのではないかと考えられたが、文体を比べてみるとギャスケルが書いたのではないということが立証されている。シャープス（J. G.Sharps）はギャスケルがその手紙を送ったキャサリン・ウィンクワースにちがいないと結論づけているが、(6) この主張の真偽については定かではない。最近マーガレット・スミス（Margaret Smith）はこの記事の作者について興味深い示唆を行っている。スミスによれば、『シャープス・ロンドン・マガジン』を編集していたことのあるフランク・スミドレー（Frank Smedley, 1818-64）がこの記事をチャールズ・ディケンズ（Charles Dickens, 1812-70）に見せたことがあったらしい。しかしディケンズはそれに関心を示さず、彼が編集していた雑誌にも掲載しなかった。ところが、シャーロットが亡くなると、それは追悼記事として『シャープス・ロンドン・マガジン』に掲載されたのである。(7) 結局、この記事の作者が誰なのかという問題については資料が乏しく、現在において明らかにすることは難しいので、これ以上言及することはできない。

前述したように、この記事が引き金となって、エレンは伝記執筆を提案したのだけれども、ニコルズはシャーロットの私生活を公にすることを嫌っていたし、父親パトリックも彼自身がこの問題の記事のなかで酷評されているにもかかわらず、弁明しようとは思いもかけなかったらしい。したがってエレンからの伝記執筆の提案は斥けられた。しかし、その問題の記事を皮切りに、シャーロットについて誤った記述が次から次へと掲載され、それらを目にしたパトリックが耐えかねて、ギャスケルにシャーロットの伝記を執筆してほしいと頼んだのである。

ところがギャスケルがすでにシャーロットの伝記を書こうとみずから着々と準備を進めていたことはすでに述べた通りである。パトリックからの依頼を受けて、いちばん驚いたのはギャスケル自身だった。おそらくニコルズとパトリックはシャーロットのプライバシーを公にすることを嫌うであろうと彼女は予測していた。それゆえ、シャーロットの伝記を執筆する際、ギャスケルがもっとも懸念していたのは彼らからの強い反対であったのである。ところが反対するどころか、彼らは進んでギャスケルに執筆を依頼してきた。そしてその想いもよらぬ手紙を受け取ってから二日後、ギャスケルはパトリックからの依頼を引き受けたということをスミスに伝えている。このようにして見てくると、ギャスケルがパトリックからの依頼より以前にシャーロットの伝記を書こうと考えていたのは明らかである。

いつからギャスケルはシャーロットについて書きたいと思うようになっていたのか。アンガス・イーソン（Angus Easson）は、ギャスケルがシャーロットと初めて会ったときから、伝記を書くつもりでその材料を集めたりしてはいなかったであろうと述べているが、次のような興味深い記述がある。六月四日ギャスケルはスミスに「ケイ＝シャトルワース卿の別荘で初めて会ったときから、彼女についての個人的思い出を簡単に書き留めておこうと思っていました」と述べている。もちろんこの時点で伝記を書く計画などなかったであろうけれども、この記述から、ギャスケルは初対面のときからシャーロットを観察し、すでにメモをとっていたということがわかる。そしてギャスケルはシャーロットを知れば知るほど、彼女に強い関心を抱き、彼女の物語を書いてみたいと思うようになっていったようである。このことを裏付ける事実をバーバラ・ホワイトヘッドが次のように指摘している。(8) シャーロットがギャスケルの家を訪問したとき、シャーロットは、よく眠れなくなるから、紅茶に緑茶を混ぜないでほしいとギャスケルに頼んだ。ところがギャスケルはシャーロットに内緒で緑茶を混ぜ、それをシャーロットに飲ませた。翌朝、ギャスケルがシャーロットによく眠れたかどうか聞くと、シャーロットは「申し分ありません」と答えたという。このエピソードをギャスケルは早くも『クランフォード』(*Cranford*, 1853)のなかで次のように描写している。(9)

もしミス・マティがいかなるときでも緑茶を飲んだということに気づいたら、その後、夜の半分は起きているのが務めであると彼女はつねに考えていた。(そのような効果もなく、彼女が何度もそれを知らずに飲んでいたことをわたしは知っていた)、そしてその結果、緑茶は彼女の家では禁じられていた。(第一三章)

このように、ギャスケルが伝記を書く以前に、すでにシャーロットを一人の登場人物として描いていたということは驚きである。つまり、ギャスケルは初めて会ったときからシャーロットを観察してメモをとり、親しくなるにつれてますますシャーロットについて書いてみたいと思うようになっていった。そしてシャーロットが亡くなると、ギャスケルはすぐグリーンウッドなどから情報を得る一方で、スミスに伝記執筆の意向を伝え、着々と準備を進めていた。したがってギャスケルがシャーロットの伝記を書こうと考えたのはパトリックの執筆依頼より以前のことであり、ギャスケルの巧妙な戦略がみごとに成功し、『シャーロット・ブロンテの生涯』は出版されたのである。

二　作られたシャーロット像

ギャスケルがシャーロットに会うことを切望していたということはすでに述べたが、なぜそれほどギャスケルはシャーロットに興味を抱いたのであろうか。マーティノウ（Harriet Martineau, 1802-76）やシャトルワース夫人（Lady Kay-Shuttleworth, 1817-?）からシャーロットの生い立ちを聞き、とりわけギャスケルが強い印象を受けたのは、肉体的にか弱いシャーロットがいかに悲劇に耐え、父権制のもとでどれだけ犠牲を強いられたかということであった。また、ウィンクワースに語っているように、シャーロットの悲劇のほとんどは厳格な父親によって引き起こされたと考えていた。こうしたシャーロットの悲劇的な物語はギャスケルの小説の題材にふさわしいものであった。すなわち、ジェニー・ユーグロウ（Jenny Uglow）が述べているように、母親のいない子どもたち、親孝行な娘、放蕩息子、厳格な父親というブロンテ家の物語はギャスケルの小説のパターンにまさしく当てはまるものであったのである。[10] しかしこのように述べながらも、ユーグロウは、ギャスケルがシャーロットの生涯を小説としては扱わなかった、と述べている。さらにバーバラ・ホワイトヘッドもこの問題について興味深い指摘を行っている。ギャスケルはシャーロットから直接彼女の家族の悲劇について聞いていたが、ギャスケルがシャーロットを知ったのはブランウェル（Branwell Brontë, 1817-48）、エミリ（Emily Brontë, 1818-4）、アン（Anne Brontë, 1820-49）が次々に他界してしまってからのことであった。それはシャーロットの生涯のなかで、おそらく彼女がもっとも深い絶望を感じていた時期であろう。ギャスケルは孤独を抱えた陰鬱なシャーロットしか見ていなかったため、ブロンテ姉妹の生涯を暗く惨めなものとしてしか描くことができなかった。[11] このようにしてギャスケルは彼女の第一印象をもとに、寄る辺のないかわいそうな女性としてシャーロット像を作り上げていったのである。

　ギャスケルの伝記は客観的にシャーロット像が描かれていると信じられてきた。それはギャスケルの言葉ではなく、シャーロットの手紙を多用し、シャーロット自身に語らせるという手法をとったからである。しかしギャスケルは、イボンヌ・フレンチ（Yvonne French）が述べているように、話がおもしろければ事実がどうであろうと気に留めなかった。フィクションであれば事実が間違っていたとしても問題ではないが、『シャーロット・ブロンテの生涯』のような伝記に関しては、事実が正確に記述されていない場合、有責事項であるとさえフレンチは述べている。[12] 確かにギャスケルは『シャーロット・ブロンテの生涯』において、話の根拠を確かめることなく事実として描いてしまい、後に訂正を求められたりした。たとえば、シャトルワース夫人が語ったブロンテ家の様子、特にパトリックの奇癖についての記述は信憑性に乏しいものであった。というのも、それは、かつてブロンテ家に仕えていたが酒乱のために解雇されたバーンリーの召使の話を基にしたものだったからである。またギャスケルが、シャーロットの手紙を幾つも写し間違えたりしていることも明らかになっている。『シャーロット・ブロンテの生涯』はシャーロットの真実が事実に基づいて描かれていると考えられてきたが、これまで述べてきたように、ギャスケルの固定観念によってシャーロット像はつくられ、幾つかの出来事は事実が歪曲されて伝えられているのである。

ギャスケルはシャーロットの伝記を書くことによって、小説家だけでなく、伝記作家としての地位も確立していた。しかし事実を確認せずに想像力で物語をつくり、話のあらすじを重視するギャスケルの本質は伝記作家ではなく、小説家であることを意味しているのである。

三、資料収集

次に、ギャスケルがどのように資料を収集し、どのようにそれらを活用したのか考えてみたい。ギャスケルはパトリックの執筆依頼を引き受けると、一八五五年七月二三日、キャサリン・ウィンクワースとともにハワースへ赴いた。ニコルズから彼女たちはシャーロットの手紙を見せられ、またシャーロットの友人エレンに会うように勧められた。このときギャスケルは初めてニコルズに会い、彼の印象がよかったと述べている。ギャスケルは宗派の違いからニコルズを敬遠していたのであった。しかし初対面の印象はよかったが、執筆を進めていくなかで、著作権の問題やシャーロットの肖像画をめぐってギャスケルにとってニコルズは頭痛の種となったのである。[13]

ハワースを訪問する以前から、ギャスケルはシャーロットと交際のあった友人、出版社など、たとえばウィリアム・スミス・ウィリアムズ（William Smith Williams, 1800-75）、メアリ・テイラー（Mary Taylor, 1817-93）、マーガレット・ウラー（Margaret Wooler, 1792-1885）、レティシャ・ホイールライト（Laetitia Wheelwright, 1828-1911）などに手紙を書き、情報を得ようとしていた。一八三五年八月一四日バーストール（Birstall）にいるエレンに直接会い、ギャスケルは約三五〇通の手紙を借りた後、一八五五年一〇月四日ふたたびギャスケルはエレンを訪れ、ミス・ウラーに会い、彼女から手紙を借りる約束をした。エレンがギャスケルに協力的だったのに対して、ミス・ウラーはシャーロットの伝記に関与することを躊躇していたのである。ウラーと同様に、ジョージ・スミスも手紙をギャスケルに貸すのを渋っていた。スミスはもちろん『ジェイン・エア』の出版社であったので、シャーロットと交際があった。最終的にスミスはギャスケルに手紙を貸したけれども、シャーロットとの個人的交際については決して語ることはなかったのである。[14]

ギャスケルの情熱は彼女をはるばるブリュッセル（Brussels）まで行かせることになった。ロンドンのホイールライト家を訪れてから、ギャスケルは女中のイライザ（Eliza Thonborrow）を伴い、ブリュッセルのエジェ塾へ向かった。このときマダム・エジェ（Madame Heger, 1804-90）はギャスケルがシャーロットの友人であることを知って面会を拒絶したが、エジェ氏（Monsier Heger, 1809-96）はギャスケルに会うことを拒まなかった。ポラード（Arthur Pollard）は、エジェがギャスケルにシャーロットのラブレターを見せただけだと述べているが、たとえそれをギャスケルが読まなかったとしても、彼女はすぐに事情を察したと思われる。ギャスケルがブリュッセルから戻ると、エジェは約束通り、シャーロットの手紙の抜粋を送り、それらを使用することを許可したのである。

ギャスケルはそれらの手紙を伝記のなかで使用したけれども、シャーロットがエジェ氏に想いを寄せていたことは一切言及していない。資料を収集していくうちに、ギャスケルは彼女の知らなかったシャーロットの意外な一面を見ることになった。つまりシャーロットが情熱的にエジェ氏を恋し、また彼への想いを断ち切れずに苦悩したということをギャスケルは知ったのである。しかしギャスケルはシャーロットのこのエピソードについて真相を語らなかった。それはシャーロットに対する配慮からであったといえるであろう。だが、それだけではなかった。ブリュッセルでのエピソードはギャスケルが描こうとしていた家庭的でやさしい賞賛すべき女性としてのシャーロット像にはまったく不適当なものであった。したがって、ジェランが述べているように、伝記に描かれているブリュッセルの場面は事実が歪曲されている。(15) もしギャスケルがエジェ氏への恋慕を描いていたら、シャーロット像はより分析的で多面的になっていたであろう。実際にシャーロットはエジェ氏への想いで悩んでいたにもかかわらず、伝記においては彼女の心労の原因はブランウェルの悪行であったとされているのである。

このように、ブリュッセルで収集した資料はギャスケルの描こうとしていたシャーロット像にはまったく不都合なものであったけれども、エレンが提供してくれたシャーロットの手紙は大いに役立つものであった。ギャスケルはエレンから借りたシャーロットの手紙を読んだとき、そこに溢れ出ているシャーロットの誠実で献身的な性格に感動し、賞賛した。そしてそれらの手紙は『シャーロット・ブロンテの生涯』のなかで多用され、伝記の根幹をなしている。しかし、ここで問題となるのは、シャーロットがエレンに彼女のすべてを打ち明けていたわけではなかったということである。シャーロットはエレンに結婚、恋愛のことしか語っていないが、メアリ・テイラーとは政治、社会問題などさまざまな話題について討論を行っていた。それゆえギャスケルが多用したエレン宛の手紙にはシャーロットの一面しか映し出されていない。つまり、ギャスケルは彼女が描こうとしていたシャーロット像に不都合な事実はすべて切り捨て、たとえ事実がどうであれ、女性としてシャーロットがいかに家庭的で慎ましかったかを強調しようとした。資料を収集していくうちにシャーロットの意外な面を発見しながらも、ギャスケルは彼女の意図を変えることはなかった。そしてギャスケルが作り上げたそのシャーロット像は長い間シャーロット神話[16]として伝えられることになったのである。

四　第一版と第三版

これまで、ギャスケルがシャーロット像を作るために、さまざまな工夫をしてきたことを述べてきた。それではギャスケルの意図は読者にどのように受けとめられたであろうか。伝記が出版されると、一か月のうちに第一刷二〇二一部が売り切れ、さらに第二刷一五〇〇部が四月二二日に、第三刷七〇〇部が五月四日に増刷された。『アシニーアム』(*Athenaeum*)はその批評に多くのコラムを費やし、女性による女性についてのすばらしい伝記と賞賛し、また『オブザーヴァー』(Observer)は興味を惹かない主題にもかかわらず、とても魅力的な作品となっているのはギャスケルの力によるものであると褒めそやした。これら以外にも多くの雑誌がこぞって偉大な作品と見做し、さらにチャールズ・キングズレー(Charles Kingsley, 1819-75)のような作家たちもギャスケルに賛辞を送った。しかしギャスケルの伝記出版は多くの人々に波紋を投げかけていた。まずパトリックが誤った記述を訂正してほしいと要求してきた。そのときギャスケルはローマ(Rome)にいたので、夫のギャスケルがそれを承諾した。結局、第二版の出版までにその訂正は間に合わず、第三版でパトリックの要求どおり、いくつかの記述が削除された。そのほかにマーティノウ、ジョン・スチャート・ミル(John Stuart Mill, 1806-73)、マーサ・ブラウン(Martha Brown)などからも反論が寄せられた。一方五月九日から一六日にかけて、繰り返し第二版の広告がなされた。ところが、ミセス・ロビンソン(Lydia Robinson, 1800-59)から法的訴えが行われ、売られていなかった第一版は撤収され、そして発売準備の最中であった第二版も発売中止となった。そのときギャスケルはすでにローマに旅立っており、夫のギャスケルは妻に心労をかけたくないという想いから、パトリックが訂正を要求してきた手紙以外、多くの抗議文が寄せられている事実について妻には知らせていなかった。最終的に、ギャスケルには内緒で、エミリ・

ウィンクワース（Emily Winkworth）の夫ウィリアム・シェイン（William Shaen）がミセス・ロビンソンの要求どおり、謝罪文を出し、ギャスケルは第三版で問題の箇所を訂正したり削除したりすることになった。バーカー（Juliet Barker）は、ギャスケルが自分には内緒で、夫や友人がミセス・ロビンソンの要求を受け入れたことに不満を抱いたであろうと述べている。なぜならこの件に関してギャスケルは確かな証拠を得ていたし、そのうえミセス・ロビンソンの子どもたちでさえ母親に批判的だったからである。(17)

ギャスケルがイギリスに戻ると、ウィリアム・キャルス・ウィルソン（William Carus-Wilson, 1792-1859）が訴訟を起こしている最中であった。結局、ウィリアム・キャルス・ウィルソンの義理の息子ヘンリ・シェパード（Henry Shepheard）が一八五七年に、そしてウィリアム・キャルス・ウィルソンの息子W.W.キャルス・ウィルソン（W. W. Carus Wilson）が一八五八年にギャスケルの記述がいかに間違っているかということを述べ、カウアン・ブリッジ学校について弁護する本を書き、ギャスケルは第三版でカウアン・ブリッジの記述についても訂正せざるをえなかったのである。(18)

このようにして第一版は関係者たちから多くの反発を受け、大幅に修正された第三版がシャーロットの真実として取って代わられた。著作権の期限が切れた後、ふたたび第一版をテキストにしたのはメイ・シンクレア（May Sinclair, 1879-1946）であった。その後彼女に続いてマーガレット・レイン（Margaret Lane）、ジェラン、アラン・シェルストン（Alan Shelston）、ジェニー・ユーグロウ、エリザベス・ジェイ（Elisabeth Jay）たちもまた第一版をテキストとした。しかしアンガス・イーソンは第三版が多くの点で第一版より権威があると主張して、第一版ではなく第三版をテキストにしている。彼によれば、第三版は第一版にはないシャーロットについての事実が加えられた結果、シャーロットがより複眼的に描写され、また誇張された表現が削除、修正されて洗練された文章になっているという。[19]イーソンの主張はある部分においては事実である。たとえば、第三版ではシャーロットとエミリがブリュッセルへ行くときの様子がメアリによって説明されている。それは彼女たちとブリュッセルへ同行したメアリでなければ語れない重要な記録である。さらにイーソンが述べているように、第三版のなかで文体がより平明になっている箇所がある。次の例文を比べてみよう。

彼らは公人について、また新聞で議論されている国内政治と同じように地方や外国の政治についても生き生きとした興味をもっていた。（第一巻第三章、第一版）

彼らは公人について、また新聞で議論されている地方政治、国内政治と同じように、外国の政治についても生き生きとした興味をもっていた。（第一巻第三章、第三版）

このように、第三版には文章がより平明に、より洗練されている箇所が幾つか見られるのである。[20]しかし一方で、短期間での大幅な修正、加筆のために、文脈が乱れている部分があるのも確かである。[21]しかしギャスケルの意図を考えたとき、イーソンが述べているように第三版が第一版よりすぐれているといえるであろうか。現代において作家の意図という概念は多くの論争を引き起こし、必ずしも意図を重視することが正しいとは限らない。ところがギャスケルの伝記の場合、シャーロットを献身的で家庭的な女性として描こうという意図が明白に示されている。それゆえギャスケルの伝記においてもっとも重視すべき点は作家の意図なのである。メアリ・テイラーは第三版を「不具にされた」版と呼び、また「中傷であろうとなかろうと、第一版はすべて真実である」と述べている。したがって、第三版ではなく、第一版こそギャスケルが描きたかったものであり、テキストとして第一版を選ぶのがよりよい選択といえるのである。

結論

ギャスケルの『シャーロット・ブロンテの生涯』はシャーロット神話を作り出し、その神話は現在でもなお語り継がれている。ギャスケル自身も「真実を述べようとした」と語っているように、『シャーロット・ブロンテの生涯』は紛れもなくシャーロットについての一つの真実であったといえるであろう。しかし現代において、シャーロット神話をもう一度見つめ直す必要があるように思われる。すなわち、さまざまな角度から『シャーロット・ブロンテの生涯』を研究すれば、シャーロットを複眼的に見ることができ、その結果シャーロットの真実により近づくことができるのである。最近ではゴードン (Lyndall Gordon)、バーカー、バーバラ・ホワイトヘッドなどがギャスケルの語っていないシャーロット像を展開している。シャーロットの生涯という一つのテキストは読者の読みによって無限に開かれていく。そうした試みこそ文学の楽しみであり、これからのブロンテ研究の課題といえるのである。

［注］

（1）マーティノウにシャーロットの死を知らせたのもグリーンウッドであった。
（2）ギャスケルのスミス宛の手紙（一八五五年五月三一日付）
（3）Barbara Whitehead, *Charlotte Brontë and her 'Dearest Nell'*（Smith, Settle, 1993）p.193.
（4）エレンのニコルズ宛の手紙（一八五五年六月六日付）
（5）Cf. Linda K.Hughes and Michael Lund, *Victorian Publishing and Mrs.Gaskell's Work*（University Press of Virginia, 1999）
（6）J. G. Sharps, *Mrs.Gaskell's Observation and Invention*（Sussex, England:Linden Press, 1970）この問題の記事の作者について杉村藍氏がより詳しい研究をしている。
（7）Mrargaret Smith（ed.）*The Letters of Charlotte Bronte* Vol.I（Oxford, Clarendon Press, 1955）p.27.
（8）Cf. Angus Easson, *Elizabeth Gaskell*（Routledge & Kegan Paul, 1979）
（9）Barbara Whitehead, *op, cit.*, p.168.
（10）Jenny Uglow, *Elizabeth Gaskell, A Habit of Stories*（1993）p.399.
（11）Barbara Whitehead, *op.cit.*, p.195.
（12）ibid., p.206.
（13）手紙の著作権に関しては出版社のスミスによって問題が解決し、シャーロット肖像画に関してはシャトルワース卿によって入手することができた。

(14)　ジェランはシャーロットとスミスが恋愛関係にあったと述べ、スミスは自分についてどのように描写されるかが気になっていた。それゆえシャーロットが初めてスミスの許を訪ねたときの描写についてギャスケルに大幅な削除をさせたといわれる。

(15)　Winifred Gérin（ed.）, *The Life of Charlotte Brontë*（London, The Folio Society, 1971）p.17.

(16)　バーカーによれば、シャーロット神話はギャスケル以前にマーティノウによってすでに作られていた。マーティノウはシャーロットの追悼記事（*Daily News*, 6 April, 1855. *Belfast Daily Mercury*, 9 April, 1855）のなかで、いかにシャーロットが家庭的女性であったかを述べている。

(17)　Juliet Barker, *The Brontës*（London, Weidenfeld &Nicolson, 1994）pp.573, 799-805.

(18)　この問題に関してはニコルズを巻き込んで大論争となった。

(19)　Angus Easson（ed.）, *The Life of Charlotte Brontë*（Oxford University press., 1996）p.xxvii.

(20)　こうした文章の修正は夫ギャスケルによるものであるか、印刷屋によるものかわからない。しかし当時印刷屋が読者に読みやすくするために作家の句読点、文体などを修正していたことから、ギャスケルの文章を校正したのは印刷屋である可能性が大きい。

(21)　中岡洋氏がこの箇所については『シャーロット・ブロンテの生涯』（みすず書房、一九九五年）p.759で指摘している。

第二二章　シャーロット・ブロンテのプロファンディス
――対照的自然描写の詩学――

柳　五郎

一九世紀イギリスを代表する作家の一人シャーロット・ブロンテ（Charlotte Brontë, 1816-55）は一八四七年一〇月一六日、『ジェイン・エア』（*Jane Eyre*, 1847）を発表して空前の成功をおさめた。この作品には作品構成上欠くことのできない各種各様の要素が書き込まれている。歴史的過程における女性の社会的地位という視点から見ればこの作品は社会小説であり、激情の自然な流露という観点に立てばロマン主義小説、女性の心の深淵にある意識に光を当てれば心理小説、自ら努力して自立する女性像という主題から見ればフェミニズム小説といえる。また、現実の厳しさのなかに自分の人生を自分で作り上げていく現実主義に立脚すればリアリズム小説でもあり、作者の経験からいえば自伝小説ともいえる。これらすべての要素が作り出す特徴とは別に、作者シャーロット・ブロンテには表現技法上卓越した対照的描写法という特徴がある。本論では、この作家がどのようにして創作を始めたかという経緯に言及しながら、「対照的自然描写」の詩的卓越性について考察する。

まず、父親パトリックは一〇歳前後のブロンテ三姉妹とただ一人の男児ブランウェルに一二個の兵隊人形を買い与えた（一八二六年六月）が、それはそれぞれの子どもの明暗を分ける出来事となった。それが彼らの人生の分岐点ともいえる重大な事件であった。

シャーロットとブランウェルの組は「アングリア」の幻想的王国を創造し、エミリとアンの組は「ゴンダル」の空想的物語を展開させていった。前者は反逆、反抗、不道徳、残酷で悪魔的なバイロン的男性社会の特徴があり、後者はオーガスタ・ジェラルディーン・アルメダ女王（A・G・A）が治める恋愛、陰謀、殺人などが起こる女性社会の物語である。後に、ブランウェルは「アングリア」のバイロン的空想を思いのままにして、創作的世界と現実的世界を峻別することができず、画家として嘱望されながら破滅の道を進んだ。しかし三姉妹にとってこれらの空想物語は女性作家として開花する萌芽の契機となった。

当時、ブロンテ家の子どもたちは、母親マリア（1778-1821）と長女マリア（1814-25）と次女エリザベス（1815-25）を亡くしていた。後に残った子どもたちは村の子どもたちの遊びも知らず、現実の生活のなかで抑えきれない願望や情熱を一二個の兵隊人形に託して、架空の空想的物語「アングリア」や「ゴンダル」の世界で燃焼、発散させていった。そうした創作活動に没頭した生活は当然の成り行きであり、またそれは作家としての修業時代をも形成していた。

現実の世界で叶えられない願望を架空の世界、非現実的な幻想の世界で成就させようとする創作活動は文字どおり白昼夢であった。シャーロットは創作活動の過程で自分自身の文才について自信と不安のジレンマに陥り、一八三六年一二月二九日付でロバート・サウジー（Robert Southey, 1774-1843）に意見を求めてハワースから手紙を出した。サウジーは翌年三月、返信を送ってきた。

ふだんお耽りになる白昼夢は病的状態を惹き起こしがちです。そして世間一般の習慣があなたにとってまったく無味乾燥でつまらぬことに見えるにつれて、あなたはそれに適応しなくなり、そしてきっとその他の何事にも適さなくなります。(1)

サウジーは長期不在のため返信が遅れたことを詫びながら、白昼夢の弊害を忠告ではなく自分の考えとして書き送り、「文学は女性の生涯の仕事にはならず、またそうなってはならない」、また「名声を望むことが少なければ少ないほど、名声を得るにふさわしくなる」という彼の考えを述べている。シャーロットは桂冠詩人サウジーからの思いがけない返信に感激し、ふたたび彼に便り（一八三七年三月一六日付）を出し、自分は白昼夢に耽る怠け者ではないと主張するとともに「自分の名前が活字になる」ことに対する野心を捨て、そのような欲望が起こればサウジーの手紙でその欲望を抑制すると彼に書き送った。

しかしながらシャーロットの創作意欲は決して中断されることはなかった。

わたしは幼い頃からいつかは作家になろうという夢を抱いていたのであった。この夢はわたしたちが離れ離れになり、忙しい仕事に心が奪われてしまうときでも、決して断念されたことはなかった[2]。

妹エミリ（＝エリス）の『嵐が丘』と妹アン（＝アクトン）の『アグネス・グレイ』が合本で出版されたとき、シャーロット自身が書いた「エリスとアクトン・ベルの伝記的紹介文[3]」から判断しても、三姉妹が創作活動を継続していたことがうなずける。特に母親と二人の姉を失い、ブロンテ姉妹の最年長者となったシャーロットにはなんとかしなければならないという気もちがあったことも事実である。シャーロットのロウ・ヘッド校（一八三一年一月入学――三二年五月退学）、同校の助教師（一八三五年七月赴任――三八年一二月退職）、シジウィック家の家庭教師（一八三九年五月一七日）、ホワイト家の家庭教師（一八四一年三月――一二月）、ブリュッセルのエジェ寄宿学校への留学（一八四二年二月――一一月と四三年一月――四四年一月）、『カラー、エリス、アクトン・ベル詩集』出版（一八四六年五月）などの努力は、彼女の「なんとかしなければならない」ものに対する願望、情熱、努力を物語るものである。

シャーロットの死（一八五五年三月三一日）後、ロウ・ヘッド校での親友の一人メアリ・テイラーは『シャーロット・ブロンテの生涯』（一八五五年七月伝記執筆依頼――五七年三月出版）の著者エリザベス・クレッグホーン・ギャスケル（Elizabeth Cleghorn Gaskell, 1810-65）にシャーロットの不屈の努力について書き送っている。

彼女の生涯はまったく苦労と苦痛そのものにほかなりませんでした。そして彼女は今日の喜びを得んがためにこの重荷を投げ捨てようとはしませんでした。(4)

シャーロットの生涯は苦労と苦悩にさいなまれたものではあったけれども、彼女は「自分の名前が活字になる」のを見る喜びの日まで重荷を放棄することなく、日々努力を続けていった。そうした苦闘の日々が親友テイラーによってギャスケルに伝えられたのである。

一二個の兵隊人形以来、シャーロットは現実には叶えられない願望を架空の世界で成就させようと創作活動に励んできたが、その非現実的な空想物語の特性に疑念と不安を抱き、女主人公をより美しく幻想的に描写するエミリやアンの表現方法とは袂を分かち、現実にあるがままを描き出す表現方法を選択しようとした。

「みんなが間違っていることを証明してみせましょう。わたしのようにつまらなく、平凡な女主人公、それでいてみんなのどの主人公よりもいちばんおもしろい人物をお目にかけましょう。(5)

シャーロットの死の直後、ハリエット・マーティノウは『デイリー・ニューズ』に「カラー・ベルの死」（一八五五年四月六日）と題する追悼文のなかで、『ジェイン・エア』は「わたし自身ではないが、わたし以上の者でもない」というシャーロットの言葉を紹介しながら、シャーロットが幻想的ロマン主義的表現様式から現実的写実主義の表現様式へ転換を図ろうとしたことを述べている。確かに『ジェイン・エア』は一貫して写実的描写法を用いてはいるが、この小説の随所に彼女の習作時代からの特徴である幻想的ロマン主義を示し、バイロン的ともいえる描写を残している。

彼女は生き残った子どもたちの最年長者として、何か自立する術を身につけなければならないと思っていた。できることなら文壇で一廉《ひとかど》の者になりたいという願望を捨てることができなかった。シャーロットは父親パトリックの独立独歩の気風を継承しているかのように、現実の厳しさのなかで初心を貫徹する強固な意志と不屈の実行力に加えて、いかなる苦境をも切り抜けることのできる激しい情熱をもっていた。

しかしその一方で、現実の紆余曲折する苛酷な日常生活のなか、願望を現実化し得ない焦燥感と挫折感をひしひしと味わう彼女でもあった。

追　憶

子どものころに布を織った
まぶしい日射しの糸をあつめて

幼いころは泉を掘った
清らかに澄んだ水の湧く

若いころには芥子菜の種をまいた
巴旦杏の小枝を挿木した
そして　人の盛りとなったいま
それらはみんな土中に枯れ萎んだのだろうか

それらは枯れしなび　萎れ果てたのか
朽ち果て土に帰ってしまったのか
ああ　人生に暗い影さして
喜びはこんなに早く過ぎ去っていく⑹　（一八三五年一二月一九日）

この詩は一二個の兵隊人形（一八二六年、一〇歳）からの幻想的創作活動を経て「追憶」（一八三五年、一九歳）に至っても願望が具体化せず現実化しない焦燥感を表出している。これは、桂冠詩人サウジーに手紙（一八三〇年、一四歳）を送り、『ジェイン・エア』（一八四七年、三一歳）の出版に日の目を見るまでの中間にある時期の焦燥、忍耐、苦痛の心境を表現した詩である。明るく希望に燃える生活のなかで物語の織物を織り、芥子菜（＝将来性や成長性のある小さいものの意）の種を蒔き、巴旦杏（＝春の先駆けて咲く花、希望の意）の小枝を挿し木して、生き生きとした喜びに輝く希望を抱くところに、暗い影がさしてくる。そこにシャーロットの暗い心境が露呈しているのである。

シャーロットの創作した「島の人々」（一八二九年六月三一日ママ）には、一一月の寒い屋外と台所の赤々と燃える火が描かれ、寒さと暖かさの対照的描写に加えて、ごくありふれた日常生活の写実描写が読み取れる。

ある夜のこと、一一月の冷たい霙が降り、荒れ模様の霧が立ちこめ、やがてほんものの冬の到来を告げる強烈に身を刺す夜風が吹いていた。わたしたちはみんな暖かく燃え立つ台所の炉のまわりに座っていた。(7)

これは『ブロンテ一家』（一九四七年）の著者でブロンテ研究の権威フィリス・ベントリ博士(Phyllis Bentley, 1894-1977) が当時一三歳にすぎないシャーロットの表現力の対照的描写法の卓越性を指摘した一文である。『ジェイン・エア』第一章は「その日は散歩などとてもできぬ日であった」で始まり、屋外での運動が不可能な寒い冬風と肌に染み入るような雨の描写に及ぶ。手足を痺れさせて家に帰った子どもたちは暖炉の前の安楽椅子に凭れているリード夫人を取り囲み楽しそうにしている。ジェインは「あっちへ行ってもらうわ」と仲間入りを拒絶される。彼女は冷えきった食堂の窓框に足を組んで座った。窓ガラスとカーテンの間の空間がリード家における孤児ジェインに許された存在の場所である。窓框に持ち込んだビューイクの『英国鳥禽史』は——海鳥だけが住む広漠とした氷原や荒涼たる海岸、難破船やもの寂しい墓地、そして青白い月などをイラストとして示し——ジェインの孤独、疎外、荒廃、絶望、無援と無力の境遇をより効果的に具体化している。

第一章のこの描写にも暖炉と荒涼たる氷原、団欒と疎外という対照的表現法が見られる。リード家における八方塞がりで孤立するジェインの窮境をもの言わず見守っているのは窓越しに見える寒々とした厳しい屋外の冬景色であった。

遠くには霧と雲が渾然とかすみうつろうさまを呈し、近くには濡れた芝生と嵐に打たれる潅木が見え、止めどなく降り続く雨はもの悲しく尾を引く突風に激しく吹きまくられていた。(8)

この苛酷で厳しい屋外の冬景色を描く自然描写は現実社会の厳しさを象徴する動的存在と、窓框に在って静かに活路を思案し希求する静的存在が対照的に存在している。その現実のなかで孤児ジェインは自分で生きぬく道を切り開かなければならないのである。孤児ジェインを疎外し暖炉の前で一家団欒するリード家は、冬の苛酷な自然が表象する現実社会のなかに、窓を境として描写される屋外と屋内の対照的表現は、窓框に孤立するジェインの立場をより一層鮮明に印象づけ強調している。

第四章では嘘吐きで怒りっぽい性格だとジェインを非難し虐待するリード夫人と、養育者と居候の立場も忘れて夫人に反抗するジェインが鮮明に対照して描かれている。

生けるがごとくらんらんと眼を輝かせ、すべてのものを焼き尽くさんとヒースの茂る丘の背を走り上がる野火こそ、リード夫人を責め脅かしたときのわたしの心そのものであっただろう。野火も鎮まり、黒々と痛めつけられた同じ丘の背は、小半時もの沈黙と反省のすえ自分の気違いじみた振る舞いと憎しみ憎まれる立場の遣る瀬なさをかみしめたときに当然襲ってくる気もちを物語るものであっただろう。(9)

この描写には勝利と敗北、憤慨と反省、激しい感情と冷静な知性という対照的思想を燃え上がる野火と黒々とした焼け跡の自然描写が象徴している。シャーロットは「勝利者の孤独」や「後悔の苦しみや寒々とした反省」へと読者を誘導しながら、燃え盛る野火を怒りにもっともふさわしい象徴として補足し、黒々とした焼け跡を反省ともの悲しさの最適の表象として説明している。

もし、「簡潔」と「非情」を特徴とするヘミングウェイ（Ernest Hemingway, 1899-1961）が「氷山の原理」(10)によって『燃え盛る野火』と黒々とした焼け跡」だけを描写し、シャーロットの誘導や説明を削除したならば、この箇所の描写はより研ぎ澄まされた強烈な衝撃を読者に与え、そして読者の想像の世界は無限に拡大し、読者はこの衝撃の余波に陶酔することであろう。ある批評家が『ジェイン・エア』について「粗削り」と評したが、その言葉のなかに作家のこのような説明的表現技法の欠点が含まれているのではなかろうか。

しかしながら、シャーロットの激しい情熱は読者の心を掴んで放さない。そして、この激しい情熱が自然描写の対照的表現技法によって表現されるところに彼女の表現上の特徴がある。シャーロットが約一年間在籍したクラージー・ドーターズ・スクールの苦悩に満ちた生活の思い出は、『ジェイン・エア』においてローウッド寄宿学校のジェインへと昇華した。この寄宿学校は、チャールズ・ディケンズ（Charles Dickens, 1812-70）の小説『ニコラス・ニクルビー』（*Nicholas Nickleby*, 1838-9）に登場する、営利的で幼い子どもたちには苛酷だと批判されたドゥーザボーイズ・ホール校の再現となった。ジェインは嘘吐きの烙印を捺されたまま同校に入学し体罰を受け、愛する友ヘレンの死を経験する。ジェインが寮規を破って死に直面する親友ヘレンに添い寝する行為は、友を思い、子ども心で考え得る精一杯の抵抗であった。その場の描写はイギリス小説において無言の行為によって子どもの心情を表出するもっともすばらしい描写の一つであり、エリザベス・ギャスケルの短編『異兄弟』の描写に匹敵する。

ジェインはこの寄宿学校の外の世界に自分の生きる道を求め、憧憬の眼を向ける。

ほかのすべてのものをさっと見過ごし、いちばん遠くの連峰に目が止まった。その連峰こそわたしが山越えしたいと思いこがれたものであった。岩とヒースの境界内にあるものはすべて刑務所の庭であり、流刑者区域のように思えた。わたしは一つの山の麓を回り、そして二つの山間の峡谷へ消えていく白い道を目で追った(11)。

現実の苦境を忍耐と最善を尽くす信条で切り抜けながら、つねに彼方に何かを切望する孤児ジェインは、「寒山には路通ぜず」というごとくに、憧憬と焦燥の狭間で苦悩する。この描写には自分を超越し彼方に何かを熱望しようとする心が溢れている。彼方にカール・ブッセ (Carl Busse, 1872-1918) の「山の彼方の空遠く幸すむと人はいう」という世界を重ね合わせることもできる。現実は刑務所のような庭であり流刑者区域である。自分の歩むべき道は連峰の狭間に消えている。連峰越えは困難で、不可能であるかもしれない。しかし連峰の彼方には未知の世界がある。ジェインはこの未知の無限に広がる世界を心に育みながら、その未知の世界に消えている一本の白い道を見ている。ジェインの見た連峰と荒野、そして白い道は絵画的自然描写であり、このような描写のなかに彼女の憧憬する世界と現実の心境が潜んでいるのである。

ジェインとロチェスターの結婚誓約がいままさに行われようとするとき、彼には狂妻が存在し、結婚すれば重婚となることが判明し、結婚式は中止される。ジェインは男性のエゴと欺瞞に抑え切れない憤りを感じるとともに、信じ愛する者を失うという悲嘆のあまり、放心した者のように当てどもなく荒野をさまよい歩いて行くのであった。

わたしはまっすぐにヒースの丘へと入って行った。窪みの所へと進んで行くと、そこは褐色の荒野の端が深い畝になっていた。黒ずんだ茂みを膝まで入りながら踏み分けて行った。幾つもの曲がっている所を曲がると死角になっている黒っぽい苔の生えたごつごつした岩のある所に出た。わたしはそれに腰掛けた。盛り上がった荒野の堤に囲まれ、そそり立つごつごつとした岩が頭をかばっており、その上に大空が広がっていた。(12)

人間不信に陥ったジェインは帰巣本能の導くままに自分を生んだ母体である大自然に抱かれようとしている。自然から生まれ自然に帰り、そして新しい生命が生まれるというケルト的信念の表現である。自然の作ったものは時を超越して存在し、人為的なものは瞬時に消え去る束の間の夢にすぎない。ジェインは傷心の痛手を癒す道を母なる大自然に求める。この描写には一見何の変哲もない大自然へ帰巣する行為だけが表現されているが、文脈上から判断して、この描写の背景には大自然の母性的抱擁力があり、逃げ出さないではいられない現実社会が存在していて、両者が対照的存在として提示されている。現実社会の醜悪さが酷ければ酷いほど、故郷である母なる大自然の懐に心の痛手を癒し心の安らぎを求める行為はそれだけ自然であり、描写はより写実的となる。

傷心のジェインがヒースに触れ、温もりを感じ、星や空に親しさを感じる行為は、母の懐に抱かれて乳房をまさぐる幼子の安心感を醸し出し、彼女は大自然の一つ一つのものに懐かしさを感じているのである。シャーロットの写実的描写にはその描写の言外に読者が無限の想像の世界を広げることのできる特徴が見られ、詩的表現力と呼ぶべきものがある。

ジェインは婚約破棄の後、偽善的人間社会から逃れ、大自然の母の懐に抱かれ、心の痛手を癒さんと荒野に分け行ったが、その前には果樹園で二つに引き裂かれている大木が描かれており、不吉な未来を暗示する伏線として象徴的描写となっている。

物語の時間的順序は前後するけれども、結婚式を明日に控えてロチェスター夫人という宛名書きの荷物も準備できた日、ジェインの心に不思議な不安があった。彼女は風に追われるように果樹園に入って行った。そこは強風に大枝までが一方だけに吹きつけられている様子を目にした。そして、彼女は二つに黒く引き裂かれた栃の木の残骸の前に立った。ジェインは、幹は二つに引き裂かれ根本だけは離れず残っている木に語りかける。彼女は引き裂かれずにくっついている根本に忠誠と誠意、そして生命力がいまだ少し残っているのを感じた。しかし、木が緑の葉を茂らし、小鳥が巣を作り、牧歌の歌声を聞かせることはもはやあるまい。歓喜と愛の時はもうすでに過去のものとなった。残骸となり見捨てられてはいるが、老朽を同情しあう相手がいるからという思いが心を掠めていく。ジェインは残骸を見上げる。

わたしがそれを見上げたとき、その裂け目の空間に月がちょっとの間顔を出した。月の表面は血のように赤く、半分には雲がかかっていた。月は戸惑っているようなもの寂しげな視線をちらっとわたしに投げかけるとすぐに、流れゆく濃い雲に隠れて見えなくなった。(13)

ジェインの目を視点として、歓喜や愛を過去の回想のなかに忘れ去り、現実の残骸に直面しながら、月の表情に未来の暗示を読み取る筆法は、ジェインが残骸に語りかける語りと相俟って作家の意識を表出する。語りの描写には過去、現在、未来への意識があり、月の描写には現在における未来への暗示がある。哀れみや同情を象徴する「血の色」と情熱を象徴する「赤」は裂け目に現れた月が瞬間的にジェインに与えた暗示であり、ジェインが生きぬく道への暗示である。作家シャーロットはジェインの目、残骸、月の三点から客観的写実描写を徹底させようとしながら、自分自身の抑え切れない情熱を女主人公ジェインに付与している。ときとして作家シャーロットが作品に顔を出してくる点は彼女の客観的描写の欠点である。

自然描写を用いて何かを暗示させる方法は読者の心に残った暗示を物語の進展とともに具体化し、漠然とした印象は次第に具体的な姿を取り、読者の想像的世界が広がって、よりすぐれた効果を生み出すのである。

この残骸と血のように赤い月の描写は幸せと期待に満たされた結婚式前日の描写であるので、その結婚が悲劇的破局に終わるかもしれないという不安を呼び起こす。あるいはこの結婚は離れずにくっついている残骸の根本のように老朽化した者同士の同情的結合となるのであろうか。狂妻の存在ゆえに結婚は破局を迎え、ジェインは母なる大自然の懐で傷心を癒そうとする。流浪の果てに衰弱死するかと思われたジェインはセント・ジョンに救われる。やがてセント・ジョンは神に捧げるためにジェインと結婚し、インドへ渡り宣教したいと彼女に求婚する。人間と人間の愛を求めているジェインは神に愛を捧げるための求婚を受け容れることができず苦悩する。そのとき、彼女は「ジェイン、ジェイン、ジェイン」と呼ぶロチェスターの声を耳にして彼の許に駆けつける。ソーンフィールド・ホールは火災で廃墟となり、狂妻を救わんとしたロチェスターは片目が飛び出し、一方の目は炎症で見えなくなり、片腕を切断し廃人のようになってファーンディーンに住んでいるとのことであった。この火災の出来事はジェイン・オースティン（Jane Austen, 1775-1817）の『自負と偏見』（*Pride and Prejudice*, 1813）で表現されている、「一生食いつなぐために資産家と結婚する」ことを玉の輿とする結婚観、財産と社会的地位の価値観を消滅させ、人間の愛による結婚の精神性を純化させようとする作家シャーロットの物語構成上のすばらしい構想であろう。それは物質主義の否定と精神性の高揚を唱える対照的表現法である。

ファーンディーンは、語音から聞けば、盲目で片腕切断の廃人が「シダの茂る隠れ家」に動物のように穴の中で生活している姿を想像させる。

あなたは生ける屍ではありません――雷に打たれた木ではありません。青々として、生気が張っています。草木が根本のまわりで成長するでしょう。あなたが育てと言っても言わなくても、あなたが作る十分な日陰で楽しみ、そして伸びるにつれて、あなたに凭れかかり、巻きついてゆくでしょう。というのもあなたの力強さが頼まれる支えになるからです。(14)

火災で館を焼失し財産や社会的地位を失い、廃人となったロチェスターは生ける屍ではなく、ジェインが頼り心の支えとなる人であり、自分の成長とともに凭れかかり巻きつくことのできる人である。肉体的には廃人となったロチェスターではあるが、ジェインにとってはもっとも心の安らぎが感じられる支えとなる存在なのである。

雷に打たれた木でありながら、ジェインにとっては彼は生きるための心の支えである。雷に打たれた木とその陰に育つ草木によって対照的な自然描写が示され、その対照的描写のなかにジェインの真情が吐露されている。

前に引用した赤い月の暗示的な自然描写はここに至って具体化する。雷に打たれ二つに引き裂かれた木の間に見える赤い月は「哀れ」な結末を暗示するが、ジェインは赤い「情熱」によって悲劇的状況下でも生きていく活路を発見するのである。

女性作家シャーロット・ブロンテは『ジェイン・エア』の出版により文壇に入り、ウィリアム・メイクピース・サッカレー（William Makepeace Thackeray, 1811-63）が、彼女がたやすく手に入れた大成功を婉曲に皮肉るように「私はほんとうに成功

ウィリアム・メイクピース・サッカレー

をおさめるまでに一〇年間書き続けました」と厳しい口調で語ったのに対して、彼女は出版こそしなかったけれども、彼と同じくらい長い間書いていると言い返し、一二個の兵隊人形（一八二六年）を基に生まれた幻想的物語の創作から、ごく平凡な主人公による写実描写への転換、そして自分の名前が活字になるのを見るまで苦闘の日々を重ねながら創作活動の重荷を決して捨てることはなかったことを回想している。

「追憶」（一八三五年）という詩には彼女自身の憧憬、挫折感、そして焦燥感が表されている。桂冠詩人サウジーが彼女へ送った手紙（一八三七年三月）は「文学は女性の生涯の仕事にはならない」という忠告を与えたが、それにも屈せず創作を継続した。「島の人々」（一八二九年）には『ジェイン・エア』の特徴の一つである対照的自然描写の萌芽を見ることができる。「島の人々」によってシャーロットは非現実的世界における幻想的物語の表現様式から脱却し、写実的描写による創作活動を顕現した。

シャーロットはこの対照的自然描写をよりよく活用し、ただ単に現実の皮相的事柄を理性によって写実的に描写するのではなく、抑え切れない激しい情熱や女性が男性と同じく人間として心の深淵にあって、いまだ日の当たる場所に吐露したことのない心の最奥の叫び、すなわち人間の本能や魂を散文形式を用いて詩的に、かつ対照的に描写している。このような激しい情熱と深淵にある本能や魂の対照的描写は潜在する女性の情熱、人間としての本能や魂を詩的想像力によって結晶させたものである。彼女の作風を特徴づける自然描写のなかには説明され得ない本質に対して抱く焦燥感があり、それを究めるためには『ジェイン・エア』の真髄に触れなければならないのである。

一九世紀イギリス小説界の巨匠ジェイン・オースティンの作品『自負と偏見』に関するシャーロットの見解は『ジェイン・エア』の特質を如実に物語っている。当時の小説の風潮とはまったく異質な特徴を示した『ジェイン・エア』に対して風当たりはまことに強く、シャーロットは「長い間女性たちとの交際を奪われていた者[15]」という酷評を下されたが、詩人批評家のスウィンバーン（Algernon Charles Swinburne, 1837-1909）は「信じられない不合理、言いようのない不適当な一つの解釈[16]」と言って斥け、『ジェイン・エア』の真価を認めている。反社会的にジョージ・エリオット（George Eliot, 1819-80）と同棲した哲学者で批評家のジョージ・ヘンリ・ルイス（George Hnery Lewes, 1817-789）は『自負と偏見』から「よりよく仕上げ、そして抑制すること[17]」を学ぶよう助言する好意的な手紙をシャーロットに送った。ルイスは性格描写にすぐれた最大の芸術家オースティンの客観的知的描写法を彼女に薦めたのである。しかしシャーロットはオースティンの作品を小綺麗に飾られた箱庭的な描写であって、生き生きしたもの、躍動するものが欠けた写真のような作品にすぎず、「彼女は偉大ではない[18]」と言い放った。譬えて言えば、内面を描写するピカソと躍動するゴッホの混合した絵画がシャーロットの作品である。彼女の独創的作品は、人間生活の出来事を表面的に忠実に描写することによって当時の因習的女性像を描き出すのではなく、男性と同じく意志と感情をもち、女性の心の内奥にあっていまだかつて表出されなかった欲望、すなわち本能や魂を人間として赤裸々に吐露するものである。自己を疎外して新しい人間像を造り上げる反社会的行為は人間的衝撃を内包し潜在させる激しい情熱のなせる業であり、そこでは互いに影響力のある作品が創造されるのである。すなわち詩を特徴づける抑制不可能な感情や思想を自然に流露させながら、シャーロットは対照的自然描写によってそれらの思想や感情を小説のなかに象徴化する。そして彼女はケルト的想像力によってごく平凡な日常生活の粗野で洗練されていないもののなかに真の姿を洞察し、それを畏ろしい冒しがたいものへ高めようとしているのである。

詩の表現様式は凝縮した感情や思想を形あるものに閉じ込めて具体化しようとする方法であり、真喩や隠喩を用いて最小限の語数で最大限の意味内容を集中的に表現することができる。散文である小説は意味内容を分散して表現する様式である。シャーロットは、本来、詩の素材である生き生きと躍動する抑え切れない情熱、思想、欲望、願望、その他の人間的本能と魂を散文『ジェイン・エア』の素材とした点で、ロマン主義的な情熱的特質を内包していた。

シャーロットは反因習的、反社会的ではあるが、従来の小説では表現されなかった女性の心の最奥にある本能や魂を日の当たる場所に引き出し、当時の社会や道徳に反抗することから必然的に生まれてくる悲劇的闘争を激しい情熱と信念で克服し、人間として自らの意志と感情で人生を充実させた。彼女はその人生模様を寄る辺のないジェインに仮託して演出させたのである。

したがって、『ジェイン・エア』の底流には、いまだかつて表現されたことのない女性の心の深淵にある本能や魂の叫びがあり、一人の人間として情熱的に叫ぶ「声」があるのである。

シャーロットは、客観的知的な分散を特徴とする表現様式では決して表現することのできない本能や魂の激しい情熱的叫びを物語のいたるところにこだまさせながら、それらの激情や思想を特に対照的描写法で表現した。そして無限に広がる想像の世界を表現するのに詩的効果を挙げたのである。

『ジェイン・エア』は「魂が魂に語りかける小説[19]」と評され、意識の流れを標榜するヴァージニア・ウルフ（Virgina Woolf, 1882-1941）が『ジェイン・エア』を読むのは彼女の哲学観や洗練された観察力のためではなく、シャーロット・ブロンテの作品を作品たらしめている物語のなかに赤くちらちら燃え続ける心の輝きのためであり、彼女の作品を「彼女の詩のために読むのだ[20]」と言った。ウルフの言葉は『ジェイン・エア』の真髄を批評する最適の評言である。

『ジェイン・エア』は一九世紀における二〇世紀的女性であり、フェミニズム的特徴をもっているが、それに加えてこの作品は、詩の分野の素材であった本能や魂の叫びを物語り、社会的因習に抑圧されてきた女性の心の内奥にある本質を、内的描写によって日の当たる場所に表出した。それは一九世紀小説の流れに新しい傾向を生み出す分岐点を印しづけた。特に『ジェイン・エア』の対照的自然描写と激しい情熱の底流はこの作品を詩的散文たらしめる特徴となっているのである。

［注］

（1）*The Life of Charlotte Brontë*, author of "Jane Eyre," "Shirley," "Villette" &c By E. C. Gaskell in Two vols., (London: Smith, Elder & Co., 1857) vol.I, pp.151-3.

（2）*Wuthering Heights* By Emily Brontë and *Agnes Grey* By Anne Brontë, with a preface and memoir of both Authors by Charlotte

Brontë (London*Smith Elder, & Co., 1888-9) p.viii.

（3） 一八五〇年九月一九日の日付とカラー・ベルと明記している。

（4） *The Brontë Sisters, selected source materials for college research papers*, edited Ruth Blackburn (Boston : D.C.Heath and Company, 1964) p.152. (mary Taylor's letter to Elizabeth Gaskell, Jan. 18, 1856)

（5） *ibid.*, Harriet Martineau, "Death of Currer Bell," *Daily News* (April 6, 1855)

（6） *The Complete Poems of Charlotte Brontë*, edited by Clement Shorter. Now for the first time collected, with Bibliography and Notes, by C. W. Hatfield (New York : George H. Doran Company, 1978) No.LXXII, pp.193-4, ll.1-12.

（7） *op.cit.* p.13.

（8） *Jane Eyre, An Autobiography* edited by Currer Bell in three volumes (London* Smith, Eld er, and Co., Cornhill, 1847) This Facsimile edition published 1991 by Ebor publishing LTD) vol.II, p.3.

（9） *ibid.*, Ch.IV, p.62.

（10） *Writers at Works, The Paris Review Interviews*, Second Series, by Van Wyck Brooks 'New York: The Viking Press, 1968) p.235.

（11） *op.cit.*, p.155.

（12） *ibid.*, vol.III, p.50.

（13） *ibid.*, vol.II, p.257.

（14） *ibid.*, vol.III, pp.294-5.

（15） *The Life of Charlotte Brontë*, Mrs. Gaskell, with an introduction and notes by Clement Shorter (London: John Murray, Albemarcle Street, W., Reprinted 1930) p.554. (Charlotte Brontë's letter to George Smith, Esq. Novewmber 28, 1851)

（16） *A Note on Charlotte Brontë*, by Algernon Charles Swinvurne (London: Chatto and Windus, Piccadilly, 1877) p.88.

（17） *op.cit.*, pp.350-2.

(18) *ibid.*, pp.352-3. (Charlotte Brontë's letter to G. H. Lewes, January 18, 1848)

(19) *Charlotte Brontë : A Monograph*, by Thomas Wemyss Reid, with a new introduction by Chales Lemon (Routledge / Thoemmes Press, 1997) p.11.

(20) *The Common Reader*, by Virginia Woolf (London : The Hogarth Press, 1962) p.200.

第二三章　シャーロット・ブロンテの詩に見る自然描写と語り
――エミリおよびアン・ブロンテの詩と比較して――

岸本吉孝

序

シャーロット・ブロンテ（Charlotte Brontë, 1816-55）の詩には常識的ともいえる落着きが感じられる。ウィニィフリス（Tom Winnifrith）によれば、彼女の詩の特色はおもに語りの才と単調な詩のリズムとありふれた気もちである。(1)

本論ではシャーロットの詩における自然描写と語りのあり方に注目したい。つまり自然がどのように描かれ、どのように扱われているのか、また語りがどのように示されているかである。前者では模倣と比喩と背景に、後者では客観性にふれることになろう。このことから当然自然描写と語りの調和が考えられるであろうし、シャーロットの精神が浮彫りになるであろう。この精神はロマンティシズムと見なしてよい。

『カラー、エリス、アクトン・ベル詩集』
1846(1848)年

このようにシャーロットの詩を検討する場合、エミリ・ブロンテ（Emily Jane Brontë, 1818-48）およびアン・ブロンテ（Anne Brontë, 1820-49）の詩と比較することにしよう。これによってシャーロットの詩の特徴がはっきりするからである。なお、エミリとアンの詩のうち「ゴンダル」ものと関係する詩はここでは取り上げないし、シャーロットの詩のうち「アングリア」ものと関係する詩も取り上げないが、それはそのような詩がペルソナを通して出来上ったと思えるからである。

では、まずエミリの詩について考えてみよう。

一　エミリの詩の自然描写

エミリの詩では「ゴンダル」もの以外は語りが少ない。「ゴンダル」ものではすでに述べたようにペルソナが問題となるが、同時に語りもおもな構成要素になっている。ピニオン（F. B. Pinion）によれば、エミリはシャーロットやブランウェル（Branwell Brontë, 1817-48）より語りの少ない詩人となっている。[2]であるから、ここではエミリの詩の語りは除き、自然描写に絞ることにする。[3]

エミリの詩の自然描写で注意を引くのは「五番」（一八三六年一二月一三日）の第一連である。

高く波うつヘザーは　嵐のような突風に折れ曲がる
真夜中と　月光と　燦めく星くず
暗闇と栄光は　喜々として溶け合い
大地は天に上り　天は下り
人間の霊魂は　わびしい牢獄から解き放たれて
足枷をくだき　牢格子を折る

初めの二行は自然描写としては、「高く波うつヘザー」が「嵐のような突風」で折れ曲がるとか、「真夜中」「月光」「燦めく星くず」が並べられており、これは自然を模倣する状況を示しているが、次の三・四行の「暗闇と栄光は　喜々として溶けあい／大地は天に上り　天は下り」は自然をただ模倣するというより、自然の異常な姿にエミリが強く惹かれているようである。このことはたぶん第三連の終り二行の「稲妻のごとく燦めく閃光は　深い闇に挑み／すばやく射して　たちまち消える」と照合するであろう。

なぜエミリはそのような自然に惹かれるのであろうか。彼女にとって「人間の霊魂は　わびしい牢獄から」解き放たれるからである。つまりここには異常な自然と人間の魂の牢獄という対比(4)が示されており、エミリはその牢獄から抜け出てそういう自然と一体化したいのである。だが牢獄とは何か。この詩ではまだ具体的には示されていない。

「一四四番」（一八四一年二月二七日）ではどうであろうか。第一・二連を次にあげる。

このわたしと同じようにさびしく　まったくひとりさびしく
鳥は　一日じゅう　日差しの輝きを見る
そしてこのわたしと同じように　鳥は呻き声をあげる
尽きることのない　悲しみに

わたしたちは　丘々に　変わらぬ祈りを捧げる
大地の風そよぐ丘々　天の青い海原に

わたしたちが　この大地で求めるのは
みずからの胸と　自由のほかにはない

ここにみる自然描写は、「鳥は　一日じゅう　日差しの輝きを見る」における「日差しの輝き」であり、「わたしたちは　丘々に　変わらぬ祈りを捧げる／大地の風そよぐ丘々　天の青い海原に」における「大地の風そよぐ丘々」と「天の青い海原」である。これは自然を素直に模倣したもので、初めは籠のなかの鳥が一日じゅう「日差しの輝き」を見て悲しんでいたが、次はエミリがその鳥とともに「大地の風そよぐ丘々」と「天の青い海原」に祈りを捧げ、「みずからの胸」と「自由」を求めるのである。つまり、ここには自然を見て悲しむ籠の鳥から、自然に対し祈りを捧げる鳥とエミリが籠のなかでともに自由を求めるというイメージに変化しているといえよう。これは、自由とオーバーラップしたそういう自然と鳥籠の鳥とともにあるエミリという対比関係を作りあげていると見なしてよい。そこで第四連の終わり二行の「明日こそ　わたしたちはともに　永遠に／自由の身となって　天翔るだろう…」が意味をもってくるのである。

では「一七四番　想像力によせて」（一八四四年九月三日）を見てみよう。これはエミリが想像力を「わたしの真の友」と見なして呼びかけている詩であり、次の第二、三連は注目してよい。

外なる世界は　こんなにも希望がなく

内なる世界を　わたしは二重に讃える
欺瞞　憎悪　疑惑　冷たい疑念が
決して生じないおまえの世界
そこでは　おまえとわたしと自由とが
議論の余地のない主権をもつ

危険と　悲嘆と　暗黒が　ぐるりに
ひそんでいても　何のことがあろう
ただ　わたしたちが胸のうちに
冬の日を知らぬ　太陽が
無数に混じりあって放つ光線で　暖かく
明るく　穢れない空を　抱いてさえいれば

第二連の「内なる世界」とは想像力を指しており、ここには欺瞞、憎悪、疑惑、冷たい疑念がなく、存在するのは想像力とエミリと自由なのである。つまりエミリはそういう想像力と一体化して自由を享受していると考えられる。とすれば、「内なる世界」は欺瞞、憎悪、疑惑、冷たい疑念、さらに危険、悲嘆、暗黒のある「外なる世界」と対比関係をもつことになる。(5) ここで、「外なる世界」は具体的に示されることになるが、「内なる世界」は「外なる世界」を否定する形で示されるという間接的な表現に留められて、「自由」が加味されるだけである。これを補うために自然描写が比喩として働く必要が生じるのである。「冬の日を知らぬ　太陽が／無数に混じりあって放つ光線で　暖かく／明るく　穢れない空」という自然描写であり、これはきわめて単純にして純粋なものである。

なお、第六連でエミリは想像力に「わたしはおまえの見せかけの　祝福を信じない」というものの、「慈しみふかき力」「人間の心労の　確かな慰め手／希望が絶望するときの　さらに明るい希望」と呼びかけるのである。

次にエミリはこのような「内なる世界」の想像力から、「わが胸のうちの神」へ移って行ったように考えられる。「一九一番　わたしの魂は怯懦ではない」（一八四六年一月二日）の第二・三・四連にそれが示されている。

おお　わが胸のうちの神
全能にして　永遠《とこしえ》に存《い》ます神
不死のいのちであるこのわたしが　あなたのうちに力を得るとき
わたしのうちに　安らい給ういのちの神

空しいのは　人々のこころを動かす

数知れぬ信条　口にはいい難いほど空しい
枯れ草のように　また果てしない大海原の
はかない泡沫のように　無価値なのは

あなたの無限性に　しっかり取りすがり
不滅性の　不動の岩へ
このように確実に　錨をおろした者の
こころのうちに　疑いを目覚めさせることだ

第二連では、「わが胸のうちの神」に「不死のいのちであるこのわたし」というエミリが呼びかけているのであるが、その神がエミリの体に宿るエミリ自身の聖霊と見なすならば⑹、エミリは自分自身に呼びかけていることになる。ここに一体感がある。また第四連の「あなたの無限性に　しっかり取りすがり／不滅の　不動の岩へ／このように確実に　錨をおろした者」もそういうエミリの姿を暗示するといえよう。

このようなエミリと対比の関係にあるのが、第三連の「人々のこころを動かす／数知れぬ信条」であって、これはキリスト教の聖書の中心点を教理的にまとめたものである。エミリはこの「数知れぬ信条」という本義に「枯れ草のように　また果てしない大海原の／はかない泡沫」という自然描写でもって、比喩の働きをさせているのである。それによって、制度化された信条より、エミリは彼女の胸の内にある聖霊に訴えようとしたのであろう。これは想像力より一段と力強い彼女の自己に対する信念ではないであろうか。

次の第六連にそれがはっきり見られる。

大地と月が　消えはて
太陽と宇宙が　存在しなくなっても
あなただけが　ひとり残っていれば
あらゆる存在は　あなたのなかに存在するだろう

これはたぶん伝統的なキリスト教の終末を示す「その日、天は焼け崩れ、自然界の諸要素は燃え尽き、熔け去ることでしょう。しかしわたしたちは、義の宿る新しい天と新しい地とを、神の約束に従って待ち望んでいるのです(7)」という聖句を、エミリなりに変えて自己の存在の永遠性を力強く宣言しているように思える。

ではアンの詩に移ろう。

二　アンの詩の自然描写と語り

まずアンの詩「一番　令嬢ジェラルダによる詩行」（一八三六年一二月）(8)における自然描写は一見して自然を模倣した描写のように思える。たとえば、第一連の「荒《あら》くれる冬木枯《こがら》しの／吹きすさぶ吐息が山のあら野を／駆け抜ける」がそうである。しかし、実は、それはジェラルダの悲しい気持を自然が映し出していると考えたほうがよい。

というのも次の第一六連がその鍵を提供しているからである。

そしてなぜ　このわたしの故里の丘から
全て　美しさが消え失せてしまったのかしら?
悲しいこと!　わたしの心だけが変わったのね、
自然はなお　変わらぬ姿を見せているのに。

この後、ジェラルダは父、母、兄を亡くしても、しっかりと希望に燃えて人生を歩むことになっている。

このようにアンはこの詩で見るように、特に自然に惹かれてそれを描出する方法よりも、自然を使ってジェラルダの気持を示そうとしたのである。ただ語りとしては、父、母、兄を亡くした後の力強い人生を時間的、空間的にジェラルダが歩むという点で少しは認めなければならない。

「二四番　囚われの鳩」（一八四三年一〇月三一日、作者の注ではほとんどが一八四二年春の作）ではどうであろうか。ここでは籠に囚われた鳩に対しアンは、連れが居ればまだしもだが、それが居ない孤独な鳩を励ますかのように、籠の外の様子を自然描写しつつ、そこに意味をもたせようとしている。つまり第四連の、

おお！　お前は陽の照る草地や木陰にみちた森を
自由に飛びまわるために　そして大波うねる
海の彼方の遠国を　気の向くままに
徘徊するためにこそ造られた者なのに！

では、「自由に」、「気の向くままに」という意味を示すために「陽の照る草地や木陰にみちた森」と「大波うねる／海の彼方の遠国」という自然描写がなされているのである。ここには籠のなかに囚われた鳩のイメージが強いので、語りはあまり感じられない。だが、その籠のイメージにより、かえって「自由」が読者に訴えかけるようになっているようである。

もっとアンらしい詩といえば、「四二番　いくつかの人生観」（一八四五年六月）と「五七番　自己省察」（一八四七年一一月―一八四八年四月一七日）の詩かも知れない。

まず、「四二番」における自然描写は「青春」と「経験」と「希望」という本義を示すための比喩としての働きをしているのである。

たとえば「青春」とそれに陰りを与える「経験」の自然描写は第四連と第六連であろう。

このあいだ私は日没の空を見ていました、
日の入りの栄光の染料の　様々な色あいに
陶然と見とれたまま私は立ていました
初めは輝く黄金《こがね》の　羊の毛のような雲、
・・・・・・・・
陰気な色をした　鈍重な雲だけが残りました
そしてその雲の借り物の魅力も失せたときに
それまでは柔らかに輝き　笑っていた紺碧の空もまた
色褪せて　魅力を失ってしまったのです

それに「希望」の自然描写は、最終の第三七連の旅人の渡る川であって、

その川は氷のように冷たく、暗く深いけれど
川の彼方にはあの至福にみちた岸辺が微笑む、
そこでは何人も苦しまず、何人も泣かず、

とこしえに至福が君臨しているだろうから！

なのである。

なお、アンは「青春」と「経験」と「希望」という抽象語を擬人化し、とくに「経験」と「希望」の対話で最後に「希望」が勝利するという語りの図式化を試みている。であるから、アンの自然描写の比喩はそういう観念的な語りの枠組みのなかで効果を発揮するのである。

また「五七番」における自然描写の比喩のうち特に注意を引くのは、終りに近いところであろう。

波の逆巻くこの海が　いかに広大であろうとも
また　私の対岸への旅がいかに荒れようとも
わたしの帆船がいかに風に揺られようとも
　帆船がただ美しい港に着きますように、
　私がただそこに上陸し　私が愛し失った
人びとと　ともにそこを歩むことができますように。

この描写は海だけでなく帆船も入っているが、広い意味で自然描写に組み込んでもよいであろう。この詩は、確信をもって語るアンとそれに疑念を抱くもう一人の内なるアンとの対話形式の語りであって、ついに内なるアンがそういう自然描写の比喩で困苦から希望を見出すという結論に達するのである。その場合、自然描写の比喩は、そういう語りの制約のなかで意味をもつといえる。なおこの詩の希望は「四二番」における観念的な語りの枠組みの希望と同じように観念的であろう。

では次にシャーロットの詩に移ろう。

三　シャーロットの詩の自然描写と語り

シャーロットの詩の自然描写でまず頭に浮ぶのは、「日没」（一八二九年一〇月八日）[9]と「日の出」（一八二九年一〇月九日）であろう。

前者の「日没」では、日没の情況が淡々と描かれており、特に沈みゆく太陽の光が木枝にあたった場面にかかわる第三、四連の、

その有様は　総て静かで穏やかで
　しかも静寂で　辺りを覆った
僅かに　囁き流れる　川の音色が
　優しい　響きをたてて

私の坐っていた　木陰の谷間を

低く　調子のよい調べで　満たした
夜啼鶯の声と　西風の
　優しい呻きが　調和して。

における「囁き流れる　川の音色」と「夜啼鶯の声と　西風の／優しい呻き」は、伝統的な自然描写であって、これはそういう自然の模倣と見なしてよい。
後者の「日の出」の場合でも、その自然描写で注目してよいのは、第六、七連である。

だがついに　輝かしい太陽が
　雲を脇に　押し退けて昇り
その　燃えたつ車に　乗り
　意気揚々と　駆りたてる、

燃えさかる　その明るい姿を見て
　自然界は　こぞって喜ぶ。
大地　空　海が　声を一つに
　そろえて　誉め称える。

特に「輝かしい太陽」と「その燃えたつ車」は伝統的な自然描写であり、模倣の域を脱していない。これに対し、すでに述べたエミリの詩の「五番」では、人間の魂の牢獄から抜け出たいために異常ともおもえる自然に惹かれるエミリの姿が見られた。これは人間の魂の牢獄とそういう自然との対比によって表わされたものであった。

またアンの詩「一番」は、一見して自然を模倣しているようだが、ジェラルダの悲しい気もちを反映しているのであった。もちろん、後でジェラルダは希望を抱くのであるが。

次はシャーロットの「詩連」（一八三八年五月一四日）と「別れ」（一八三七年一月二九日）を見てみよう。

前者の「詩連」にはいろいろな自然描写があるが、第五連後半の、

私はあなたの　ほんのひと時の花だったの
　あなたは私の　神聖な神でした、
いずれ　死の凍てつく力に　抑えられて
　この胸はあなたを求め　ときめくに違いないの。

では、自然描写は「ほんのひと時の花」であり、これは比喩的に使われている。つまり、男に捨てら

れた女の姿を示しているのである。だが、この詩の凄みは、死んでも男への想いが募り、ついに男が女の額に唇をあてる描写であると付言しておこう。

後者の「別れ」における自然描写は、いわゆる場面の背景となっているように思える。第六連の、

日暮時《どき》　私達が　恐らくは
　寂しく　炉辺に坐っている時
心は　暖かな心と出合って
　口調と口調が　響きあうわ。

における「日暮時《どき》」がそうである。この詩は、二人の別れはあっても、互いの心の中で再会できるよう願っている詩であり、その点で背景が必要となってくるのである。

いまエミリの詩「一四四番」を振り返ってみると、籠のなかの鳥とエミリがともに籠から抜け出て自然とオーバーラップする自由を求める対比関係であった。つまり自然が自由とオーバーラップする点で意味があるのであった。

またアンの詩「二四番」の自然描写は、エミリの場合のように自由とオーバーラップするというより、それに自由の意味をもたせようとしたと思える。つまり、籠のなかに囚えられた鳩に同情して、そこから脱出する鳩の自由を自然描写でもって示そうとしたのである。

では、シャーロットの詩の「薔薇」（一八三九年ごろ）に移ろう。この自然描写は薔薇の美しさを描いたところであろう。だがこの詩の特色はそれだけではない。語りがともなっているからである。つまり、薔薇という自然が、語りとどのように関わっているかであろう。

まず語りであるが、これは淡々として感情を抑えた客観性を保持している語りであって、次のとおりである。ある郷士の育てた薔薇は美しく、小さな蕾をもち、それは目に見えない核から芳しい香りを出していた。彼はそれを何日も大切に育てた。だがある朝の光で目を覚ました彼は葉はあっても蕾のない薔薇を見つけた。そこでその薔薇は別のところに移され、別の人に育てられ、新しい太陽の光にあたって、毎日美しい蕾をつけた。しかし、やがて薔薇は枯れはてていき、葉、茎だけでなく薔薇そのものも、いやその花のもつ香りさえもなくなってしまった。原因は何か。もともと薔薇の根に付いていた虫によって薔薇の存在はなくなったのである。

第七連はその薔薇の描写である。

薔薇は吹き晒され　萎れ、枯れた。
　その根は　虫に感づいていた、
可愛がられて　軽んじられた心のように
　衰え　色褪せ　姿はちぢんだ、
美しい蕾よ　可愛い花よ

私がお前を　故郷の木陰から　盗んだのさ。

この「私」とは虫のことである。もしこの「虫」が描かれなければ、単なる語りであるが、この虫が薔薇の根に付着していることから、薔薇と虫のことが自然描写に留まらず、比喩の働きをするのである。

これは、人間の表面をいかに美しく飾ってはいても、内面に巣くう醜いものに支配され、ついには香りのような精神的存在すらなくなるというきわめて厳しい見方を示しているといえよう。このような意味が成立するのも、薔薇の行く末の語りと同時進行で薔薇と虫が比喩としての働きをもつからである。ここには、みごとなまでに自然描写の比喩と語りとが、凝縮した状態で調和を保っているのである。

「森」（一八四六年）の詩ではどうであろうか。まず、淡々とした客観性のある語りを見てみよう。これは女が男に話しをする形式である。女と男がたぶんブルターニュ地方に上陸してから、ノルマンディのとある森に潜んで休息しているが、女は男の動揺を押さえる。ここから時間を逆にして、女は男に上陸前に話しを戻し、海上での困苦と上陸までの困難を述べる。それからまた現在に戻り、勇気と愛でもって苦難を乗り越えようとするのである。

このような語りに肉付けとなっているのが自然描写であり、ここでは「薔薇」の詩のような比喩の役割ではなく、自然を模倣した背景として役立っているのである。

まずノルマンディの森は、第二連の、

この巨木の根が　腰掛けになりますわ
　疲れた旅人のために　作られたみたいね。
さあ坐って。この辺鄙な森の空地では
　風は優しく　気もちがよいし
辺りには　花々の香りが　たちこめて
夕方の露が　大地から　滲んでいます、
　なんて穏やかに　拡がっていること！

が女と男の休息の背景として生きているし、海上は、第一〇連の、

思い出してね　私は海を渡り
　あなたと甲板に立ち　険悪にうねり
もりあがる波を見つめたのを、そのうちに
　濃い霧が　たちこめてしまい
海と空とが　ぼんやりと混ざりあい

迷路を　通り抜けるかのように
　水先案内の眼さえも　妨ぎ欺き――

がやはり女と男の海上での困苦の背景として役割を果たしている。

　現在の時点に戻った場合では、第一八連前半の、

あの日没！　ご覧なさい　枝の下から
　雑木林の向こうを―丘の彼方を、
何と柔らかく　でも深く暖かく輝いて
　空が豊かな　紅《くれない》に　溢れていますわ、
・・・・・

も、背景として生きているが、この日没には女と男のこれからの常識的ともいえる明るさを示しているように思える。

　このような背景としての自然描写は語りとともに調和を保っているのであるが、「薔薇」の場合と異なり、こちらは拡散した状態であると見なしたい。

　ともあれ「薔薇」では人間に対する厳しい見方であったが、「森」では人間は希望を抱いているの

であった。

一方エミリの「一七四番」では内なる想像力が前面に出て外なる世界と対比関係をもちつつ自然描写が比喩としての働きをもち、「一九一番」でも彼女の信念が前面に出て信条と対比関係をもちつつ、自然描写が比喩として役立ったのである。

またアンの「四二番」では、抽象語を擬人化した対話形式による語りの枠組において自然描写の比喩がその働きをなし、「五七番」でもアンともう一人のアンとの対話形式による語りの枠組みのなかで自然描写が比喩として働き、この二つとも観念的希望に向かっているのである。

結論

思うに、エミリの詩は、初めは自然描写が異常であれ、模倣であれ、そういう自然に強く惹かれる自己との対比で示されていたが、次は想像力や信念が外なる世界や制度化された信条と対比した形で前面に出るようになり、自然描写は想像力や信条の比喩として後退していった。また、アンの詩は、初めから自然描写は人物等の気もちを示すために使われていたが、その後観念的希望を表す比喩として役立つと同時に、制約された対話形式の枠組のなかではあるが、その希望がロマンティシズムに通じていた。

しかし、シャーロットの詩の自然描写は伝統的模倣等から比喩や背景の役割へと変化しつつ、あるときは語りと凝縮した調和を保って自己に厳しい姿勢を示すかと思えば、またあるときは語りと拡散した状態の調和を保って、常識ともいえる人間としての希望を抱く明るいロマンティシズムとなったのである。これはアンの詩にみるそういう枠組に制約された観念的希望ではない。またエミリの詩にみる対比関係による自己の信念に徹するものでもない。

［注］

（1）　Tom Winnifrith, *The Brontës*（London : The Macmillan Press Ltd., 1977）, p.38.

（2）　F. B. Pinion, *A Brontë Companion*（London : The Macmillan Press Ltd., 1975）, p.198.

（3）　エミリの詩の製作年月等は、C.W. Hatfield, ed., *The Complete Poems of Emily Jane Brontë*（New York : Columbia University Press, 1941）による。以下同様。

（4）　この対比については、拙論「『嵐が丘』におけるペルソナの作用――詩との関わりにおいて」『ブロンテ姉妹の時空――三大作品の再評価』中岡洋・内田能嗣共編著（北星堂書店、一九九七年）一五三―一五六ページを参照。

（5）　拙論、前掲書一五三ページ。

（6）　拙論、「アン・ブロンテの詩にみる情景描写と内面のイメージ――エミリ・ブロンテの詩と関わって――」『アン・ブロンテ論』中岡洋・内田能嗣編著（開文社出版、一九九七年）三四八ページ。

（7）　「ペテロの手紙三・一二後半―一三」『聖書』（新共同訳）日本聖書協会編〔新〕五〇八ページ。

（8）　アンの詩の製作年月等は、Edward Chitam, *The Poems of Anne Brontë : A New Text and Commentary*（London : The Macmillan Press Ltd., 1979）による。以下同様。

（9）　シャーロットの詩の製作年月等は、Tom Winnifrith, *The Poems of Charlotte Brontë : A New Annotated and Enlarged Edition of the Shakespeare Head Brontë*（Oxford : Basil Blackwell Publisher Ltd., 1984）による。以下同様。

※テクストは、エミリでは、C・W・ハットフィールド版を、アンではエドワード・チタム版を、シャーロットではトム・ウィニィフリス版を用いた。なお、詩の引用は、エミリでは中岡洋訳『エミリ・ジェイン・ブロンテ全詩集』（国文社、一九九一年）、アンでは森松健一訳「アン・ブロンテ」『ブロンテ全集10—詩集』（みすず書房、一九九六年）、シャーロットでは鳥海久義訳「シャーロット・ブロンテ」『ブロンテ全集10—詩集』（同書房、同年）による。

第二四章　シャーロット・ブロンテ論

中岡　洋

シャーロット・ブロンテは文学上のさざまな面で革命を起こした。彼女が育った家庭は保守的であったが、彼女の文学は保守と革新の両方を兼ね備えていた。したがってそれはいささかアンビヴァレントな様相を呈しており、彼女のなかに生きるロマンティックな精神と現実感覚との葛藤がその文学を特徴づけている。不美人なヒロインを登場させたり、主人公の死によって結末をつけたりするのはそれまでの方法とまったく異なっていた。

シャーロット・ブロンテが「ロマン主義者」となった理由は幾つも挙げることができよう。ブロンテ姉妹がもっとも尊敬した文学者はサー・ウォールター・スコット（Sir Walter Scott, 1771-1832）で、彼の描く絢爛たる絵巻は姉妹の想像力を掻きたて、彼女たちに文学の楽しみを教えた。ゴシック・ロマンスへの傾斜は『ブラックウッズ・マガジン』（*Blackwood's Magazine*, 1817年創刊）などの読み物をとおして始まり、かつ加速された。恐怖と極限状況に置かれた人間の感覚は彼女たちを刺激し、興味津々たる伝奇文学を愛好させた。ブロンテ姉妹の習作的作品群がそうした人間の深層心理を描き出す方向を目指したのはごく自然なことである。当時ゴシック・ロマンスはすでに流行遅れになっていたが、片田舎に暮らしていた彼女たちの文学的雰囲気は決して最新流行のものではなく、自分たち自身の興味本位に文学を楽しむというふうであった。しかしその一方で彼女たちの想像力は先祖から受け継がれたケルト民族の血潮によってより豊かなものとなり、現実から遊離していこうとする傾向が強化され、それがブロンテ文学をいやがうえにも「ロマンティックな」ものにした。

オースティン（Jane Austen, 1775-1817）が『ノーサンガー・アビー』（*Northanger Abbey*, 1818）で揶揄した「ゴシック・ロマンス」の系統、小説の発達史的に言えば「古い」形の小説は低次元の世界と見做されていたが、シャーロットたちはむしろそういうものについて書こうとしていた。リアリズム小説はオースティンから、ブロンテを跳び越えて、ジョージ・エリオットに繋がったように見える。ブロンテ姉妹は「古い」形の、読者をわくわくさせるような「おもしろさ」を第一の要素にする文学を愛した。アイルランドの昔話やウォールター・スコット、あるいは『ブラックウッズ・マガジン』が提供する物語はまさにそういう種類の文学で、読者を楽しませる文学、それと同時に書いている本人がわくわくしながら書く種類の文学に彼女たちは没頭したのである。シャーロットがロウ・ヘッドにおいて夜学友たちに幽霊話をしていて、その効果があまりにもみごとに学友たちのうえに表れたので、話をしているシャーロット自身がその怖さのために気絶してしまった、というエピソード(1)はまさにこうした文学の特徴をよく示している。

シャーロット・ブロンテは「ロマン主義作家」である、という言い方にも矛盾が含まれている。ロマン主義者はややもすると現実から遊離しがちで、小説家が目指す現実描写が疎かになる。作家はリアリズムをいわば「宿命」のように背負っていかなければならない。ところがブロンテがブロンテたる所以はリアリティーを「ロマンティック」に描くところにある。よく知られているように、ジョージ・ヘンリ・ルイス（George Henry Kewes, 1817-78）に勧められて、シャーロット・ブロンテはジェイン・オースティンを読み、「一人相撲」を取ってオースティンを否定したが、それは彼女が「ロマン主義者」であることを十分証明している。彼女は「詩歌なくして偉大な芸術家があり得ましょうか」と反論している。ブロンテ文学はまさに詩歌を志向する。

リアリズム文学の観察と観照は彼女の文学の特徴とはなり得ない。オースティンの文学には重要な価値が備わっていることはいうまでもないが、それはシャーロット・ブロンテには望むべくもなかった。ルイスに対する反論はまさにブロンテらしい反応だったというべきである。そこに「ロマン主義作家」たる本領があるように思われる。ブロンテ姉妹が書くものは観察ではなく、行動であり、行動はドラマであって、ドラマはかぎりなく「詩歌」に近づいていく。ブロンテ姉妹のこうした書き方は少女時代から演じていた「グラス・タウン」「アングリア」「ゴンダル」の劇を演じつつ書くという習慣が身についていたからであろう。彼女たちは冷静な書き手ではなく、書きながら作中で格闘し、死を賭して戦い、そして勝敗がつくまで戦い続ける。結果がどうなろうと、仆れて後止むのである。特

にシャーロット・ブロンテにおいて特徴的であったが、出会ったほとんどすべての男性に愛着し、ロマンスと格闘した。(4)

これは三人の姉妹に共通している特徴で、すべての主人公は彼女たち自身だといえる。ウィリアム・クリムズワースも、ジェイン・エアも、シャーリー・キールダーも、ルーシー・スノウも、シャーロットが描いた主人公たちはみなシャーロット・ブロンテである。どうして彼女の文学がそのようなものになったのであろうか。

シャーロット・ブロンテの初期作品にロマン主義的要素を指摘するのはきわめて容易である。それはまさに「夢物語」の世界であり、反現実の空想的世界、観念の遊びの世界である。彼女の「二つのロマンティックな物語」('Two Romantic Tales')をオースティンの初期の作品群と比較してみれば、両者の相違が簡単に理解できるであろう。そしてこれら二人の大作家たちが将来いかに相違した文学を創造するかをたちどころに納得できるであろう。二人とも恋愛と結婚を主たるテーマとしたが、オースティンはあくまでも現実感を失わなかったのに対して、シャーロットはたちまち現実を忘れ、空想の赴くままに夢の世界に遊ぶのを尊しとした。シャーロットは「二つのロマンティックな物語」に「十二人の冒険者たち」('The Twelve Adventurers')と「アイルランドでの冒険」('An Adventure in Ireland')の二編を収めた。前者では十二人の冒険者が魔神の国へ冒険に出かけさまざまな非現実的経験をする話を、後者では南アイルランドを旅行中にある城の客となった語り手が夜寝ている間に骸骨が現れ、絶壁から転落させられ、洪水に襲われ、ライオンに跳びかかられそうになったところで悲鳴をあげるという、『嵐が丘』を想起させるスリリングな物語が語られている。それらはオースティンには期待し得ない「ゴシック」系統の「恐怖物語」である。シャーロットがこれを書いたとき、ほぼ一三歳であったが、オースティンの習作的作品も一二歳から一八歳の間に書かれていて、現実的な恋愛と結婚の道筋を大らかに辿っている。シャーロットの最初の作品は一〇歳から一二歳のものであるから、両者ともだいたい同じ年齢で書き始めたといえるが、シャーロットは超自然的現象を強調する傾向を示しているのに対して、オースティンは現実にあり得るロマンスを語ることを忘れていない。

シャーロット・ブロンテの最初の恋愛小説「アルビオンとマリーナ」('Albion and Marina' 1830.10.12)にも彼女の特徴的な亡霊が登場する。恋しあうアルビオンとマリーナは、アルビオンがグラス・タウンへの出国で別れ別れとなる。マリーナは別れに際して「あなたがお帰りになれば、わたしは幸せになります」と告げる。ゼルジア・エルリントンとの恋愛に夢中になり、マリーナを忘れかけたアルビオンに幽霊が現れ、「あなたがお帰りになれば、わたしは幸せになります」と告げて消える。心配になったアルビオンは父親のウェリントン公爵の許しを得て、イギリスにマリーナを連れに帰るが、マリーナはすでに亡く、彼は「マリーナ・アンガス／彼女は／一八一五年六月一八日／午後一二時に／身罷った」という墓碑銘を読んでその場に気絶して倒れる。そして死のような忘我状態から眼を覚ました彼のそばにはマリーナの霊が立って、「アルビオン、わたしは幸せです。だってわたしは安らかですから」とつぶやいているのを見たのである。墓碑銘に刻まれた時刻はまさに幽霊がグラス・タウンのアルビオンに現れた時刻であり、また現実的にはウェリントン公爵自身のウォータールーでの勝利を記念する時刻でもあった。恋愛のスリリングな興奮にシャーロット・ブロンテは超自然の神秘化のヴェールをかぶせていく。シャーロットはいやがうえにもおもしろく、読者の興味を一層強く掻きたてるような効果を狙って物語を組み立てるのである。

シャーロットの初期作品は実質的に「島の人々」('Tales of the Islanders' 1829-1930) から始まった。その「島の人々」にはウェリントン公爵の超自然的能力が発揮されているのはいうまでもなく、ブランウェルを含めて、ブロンテ姉妹が一人の王と三人の女王として登場するほか、三人の洗濯女として現れ、魔女に化ける、という超自然的現象をふんだんに取り入れてストーリーを展開していく。この物語をリードしたシャーロット・ブロンテはこの手法を自家薬籠中のものとし、その後のストーリー展開に大いに活用していった。同じ源から出発したブロンテ姉妹でも、エミリの場合は「島の人々」の舞台をそのまま「ゴンダル」('Gondal') に移し、それをまたそのまま『嵐が丘』に移して、本質的に何の変更も加えなかった。アン・ブロンテの場合は「島の人々」から「ゴンダル」へ、そこからさらに現実世界へと眼を向け、過剰な宗教教育のため自分の身を置く現実を直視せざるを得なかった。

ところが、シャーロット・ブロンテの場合には同じ根からすくすく伸びていった枝に彼女らしい花を咲かせた。それは「ロマンス」の花であり、ハリエット・マーティノウ(5) (Harriet Martineau, 1802-76) が指摘したように「恋愛」だけが人生唯一の関心事であるかのごとき小説を書き上げた。すなわち彼女のすべての小説は「恋愛小説」なのである。彼女は「ロマンティックな」物語を書くことが念願であった。シャーロット・ブロンテは「恋愛小説家」であった。

シャーロット・ブロンテの初期作品は総括的に言えば『源氏物語』のような一大恋愛絵巻である。ウェリントン公爵の長男アーサー・ウェルズリーという「光源氏」のごとき人物を中心にシャーロット好みの美女たちが恋愛模様を染め上げる。アーサーのまわりに集まる姫君たちは縁続きの従姉妹たちからアフリカのスタール夫人と称されるゼノウビア・エルリントン伯爵夫人まで、すべて魅力をたたえた美女ばかりである。[6]「罰当たりなことに、聖書の権威をわがものと主張し、彼［アーサー］は自分のために彼女たちに事実上〈父を棄て母を棄て、家を棄て国を棄て、彼女たちの十字架を取り上げ、彼の後に従うよう〉命じるのである。これまで残念なことに、彼に逆らうだけの心の強さをもった女性は誰一人いなかった。……（彼の）にこやかなささやきか、香りよい人を騙す鉄砲玉のイタリア式文字によって彼の意志は別の方向を向いているのだとほのめかしさえすれば、親の権威もたちまち死んだ文字となってしまうのだ。」[7]

アーサーはエドワード・ロチェスターとは違って美男子の誉れ高く、詩歌の才能に恵まれ、政治的野望は人一倍強く、後ろ盾の父親ウェリントン公爵の威光に助けられて、ほとんどの望みは叶えられていく。弟にはロード・チャールズという冷静で哲学的、兄の行状をつぶさに観察し批判的に眺めている引き立て役が控えている。こうした初期作品をとおしてシャーロット・ブロンテは恋愛小説家としての実力を養っていったのである。

シャーロット・ブロンテを小説家として見なければならないのと同じように、彼女を画家として考えてみなければならない。彼女は生涯に一七三点以上の絵を残している。それらはほとんど素描のようなもので、なかには完成品もあるが、もし彼女が極度の近眼にならなかったならば、画家としての道を試みたかもしれない。事実彼女は生涯の一時期真剣に画家になろうと考えていた。[9] 彼女の言語的描写力は幼時に培われた絵画的表現力に由来するであろう。一幅の絵のなかに収めるオブジェとその配置、パースペクティヴのテクニックは彼女が言語において行った表現の試みに非常に有効な助けとなった。自然描写や人物描写に見せる小説家としての視線の辿る道筋はまさに画家のそれである。シャーロットの習作のなかに「絵本を覗き見て」(‘A Peep Into A Picture Book’ May 30th, 1834) という作品があって、絵画の鑑賞方法がいかにも絵画に慣れた作者の眼差しを示しているかのように克明に述べられている。絵画的な色彩感覚が溢れ、絵のなかにできるだけ多くのものを読み取ろうと眼を凝らす。その意味ではまだシャーロットの描写は平面的で、静的である。しかしそれが見る者の心のなかで内面化されて、意味づけが深まるとき、絵は立体的、動的なものに変わり、ブロンテ特有のドラマティックな展開が起こるのである。その瞬間の変化、メタモルフォーゼはいやましてドラマティックなものとなり、読者の感動する場面となる。

　シャーロット・ブロンテが「ロマン主義作家」だという場合、彼女が選んだ主題がロマンティックであっただけでなく、その描き方もロマンティックであった。描き方は文字どおり絵画的で、「ピクチャレスク」で絢爛たる絵巻を描きあげる。彼女が少女時代から親しんだ絵画の技法が彼女の小説に絵画的パースペクティヴを与え、ロマンティックにするのに役立っている。[8] すべての作品に必ず恋愛が描かれ、その成り行きと描写方法がロマンティックであった。同じ恋愛を描いても、オースティンのようなリアリスティックな描写はしなかった。シャーロット・ブロンテの恋愛小説には、当事者の喜びと悲しみが横溢していて、読者はヒロインとともに人生を生きることができるようになっている。彼女は「恋する者」の愚かしさを冷笑的に皮肉ることは決してしない。作者として彼女はヒーローやヒロインとの間に決して距離を置かない。作者と作中人物がほとんど一体化するような、迫力のある描き方をするのである。

絵とともに取り上げなければならないのはシャーロット・ブロンテの「詩」であるが、残念ながら彼女には詩人シャーロット・ブロンテとして取り上げ論述するには適さないものがあった。彼女は詩人とは呼べない。シャーロットの才能は韻文よりは散文にあった。物語を行分け詩に書いても詩とはならない。シャーロットは詩を書くとき、ストーリーを語ることに心を奪われ、詩的な技法がそれに伴わなかった。シャーロットの詩は小説家の詩である。彼女は初期作品にも後期作品にも小説のなかに詩を挿入してストーリーの展開の一助としている。それは姉妹の尊敬していたウォールター・スコットの模倣であったといえる。また小説とは別に単独で詩を書いている場合でも、それらはつねに長詩であり、必ず物語が盛り込まれていて、その物語性のなかに「詩」を表現しようとしていた。「ピラトの妻の夢」（'Pirate's Wife's Dream'）にしても、「ギルバート」（'Gilbert'）にしても前者はキリスト受難の日の新しい時代への祈りが、後者は功成り名遂げた壮年者が昔犯した罪の呵責に耐えかねて自殺する話が語られ、物語のなかに込められた意味によって詩としての価値を訴えようとする。シャーロットは詩においてもストーリー・テラーなのである。

『教授』(*The Professor*, 1857) の場合はウィリアム・クリムズワースの生き方そのものがリアリスティックであったことに加えて、作家の方針がその本質からは逸脱したリアリズム手法によっていたため、失敗作となった。説明するまでもなく、シャーロットがその第一九章で述べたことばはいかにもシャーロット・ブロンテらしくない。

小説家たるものは何であろうと現実生活の研究に倦んだりしてはならない。もしこの義務を良心的に果たしていれば、彼らは派手な光と影の対照で隈取られた人生図をあれほど描かなくなるだろう。主人公や女主人公を歓喜の絶頂に押し上げることも稀になるだろうし——彼らを絶望の淵に沈めるなど、もっと稀になることだろう。何故ならわれわれがこの世において十全な喜びを味わうことはめったにないとすれば、希望なき苦悩の突き刺すような感覚を嘗めることはもっと稀なことであろうから(第一九章)

それは若いシャーロットの気取りだった。彼女が「アングリア」から袂を分かったとき述べた心情は、現在の自分から脱皮してもっと大きな人間に成長したいという願望の表れであった。しかし彼女は何も成長していなかった。右の文は約六年前に書いた次の文のこだまにすぎない。

わたしはこれまでとてもたくさんの本を書いてきて、長い間同じ登場人物と場面と主題について語ってきた。朝、昼、晩――日の出、正午、日の入りが授けることができるありとあらゆる光と影でわたしの風景を見せてきたのだ。……それでもわたしは、わたしたがそんなに長い間滞在していた――空は燃え立ち――日の入りの光輝が照らす灼熱の風土から、しばらく離れてみたいと思う。――心は興奮を止め、夜明けはくすんだ灰色で、訪れようとする昼間も少なくともしばらくの間は雲がどんより垂れ込めているような、もっと冷んやりとした地域へと行ってみたいのである。(10)

このような現実的説得力をもつかのような決意も少女のロマンティックな憧れにすぎなかった。シャーロットはそれを真剣に考えていた。現実に根ざした、大地に足の付いた、生き方をしなければならないと考えていた。老いていく父親と、自分を含めて妹たちの将来の生活設計を真剣に考えなければならない立場にあった。シジウィック家、ホワイト家での家庭教師職を経て、ブリュッセルへの留学に繋がっていく彼女の生涯には現実の生活の手立てを求める妥協のない方途が必要であった。いつまでも「夢物語」に遊んでいるわけにはいかなかった。そういう自覚が彼女に「アングリア」('Angria') との決別を決意させた。しかしこれは彼女にとって決定的に間違った決断であった。自己の特質をわきまえないで、文学という想像の世界と、ハワースの貧しい司祭の娘として自分の行く末をどうすればよいかという現実の問題を混同していた。

「アングリア」の世界に区切りをつけ、現実の人生を歩き始めたシャーロットは、ブリュッセルにおいて、運命的な出会いをした。コンスタンタン・エジェ (Constantin Georges Romain Heger, 1809-96)

への恋慕は作家シャーロット・ブロンテの内面を豊かにしたけれども、それよりも彼女の文学を一層豊かにしたのはエジェによる文学指導であった。彼は宿題としてブロンテ姉妹に「エッセイ」を提出させていたが、ミルヴォワ（Charles-Hubert Millevoye, 1782-1816）の詩「落葉」（'La Chute des Feuilles,' 1812）を読んだ後の「エッセイ」でシャーロットは次のように書いた。

真の詩といえるものはすべて、もっぱら詩人の魂のなかを通過する、あるいは通過したものの忠実な印象だ、とわたしは信じている。……天才はほとんど立ち止まって反省することはなく、統一性について考えることなどまったくないのだ、とわたしは信じている。……わたしの思うには、ひとつの考えでいっぱいになった心から生じてくるものほど完璧な統一性をそなえたものはない。情熱にうち顫え、悲嘆にうち沈んだ人間が自分から悲しみ、あるいは歓びを捨て去り、それらに関係のないことについて話すことなどできないように、雨に膨れあがり嵐に迸る滝はその衝動的なコースを脇にそらすことなどできるわけがないだろう、と思う。天才の性質は本能の性質と関係がある。その働きは単純であると同時に不可思議でもある。天才をもった人間は何の苦労もなしに、たったひとつの努力で、どんなに教養があろうと、どんなに辛抱強かろうと、天才をもたない人間がとうてい達成できそうにない結果を産み出すものだ[11]

これに対するエジェの「とてもすばらしい[12]」という激賞はシャーロットを喜ばせ、自信を与えた。

詩人であろうとなかろうと、その形式を研究しなさい。――詩人であるならば、あなたはもっと強力になるでしょう。――あなたの作品は生き残るでしょう。もしその反対であるならば、あなたは詩こそ作らないかもしれませんが、その長所や魅力を味わい楽しむことになるでしょう(13)

イギリス小説史における一つの革命として不美人のヒロインを用いたことはよく知られている。そして妹たちに向かって言った挑戦的なシャーロットの心意気を雄弁に語っている。「あなたたちのヒロインと同じようにおもしろいヒロインを見せてあげる」(14) シャーロットは自信をもってみずからを示そうとしていたのである。

『ジェイン・エア』(*Jane Eyre*, 1847)がなぜベスト・セラーになったか、という問に対する答えはすでに出ている。一八三九年以来彼女が忘れかけた自己を取り戻したからである。『ジェイン・エア』はいかにもシャーロット・ブロンテの作品である。これこそ彼女が書くべくして書いた傑作で、作品に対する作者の姿勢が前作とは完全に異なっていた。『ジェイン・エア』こそ自分を自分流に語ろうという決意があって書かれたものである。ゲイツヘッドにおけるジェインの自己主張、ローウッドにおける刻苦精励、ソーンフィールドにおける情熱的恋愛、ムア・ハウスにおける苦渋、ファーンディーンにおける幸福など、すべて彼女の願望の表現であり、彼女自身の本質の啓示であった。作者が作中に入り込み、みずから劇を熱演している姿はブロンテの特徴である。この作品ほど作者のほとんど無意識といっていいほどの解放感に満たされた作品はない。「恋愛小説家」としてこれほどみごとに物語を展開していった作家は他に例がないであろう。彼女の代表作と称すべき作品である。第一二章における男女平等思想の表白とファーンディーンにおけ家庭的幸福のイメージとの間の不調和、ときどき姿を見せる「機械仕掛けの神」の出没、それにジェイン自身の一人称の語りによる「独り善がり」など、長編小説に付きものの欠点にすぎない。

『シャーリー』(*Shirley*, 1849) はラダイツの労働争議を扱った労働小説であるが、単純に労働小説として割り切ると、シャーロット・ブロンテの真意を読み違える虞れがあるかもしれない。これも「恋愛小説」として読んでみてはどうであろうか。ラダイツ暴動を軸にそれをめぐってムア兄弟のそれぞれの恋愛が語られているというよりも、むしろムア兄弟とキャロライン・ヘルストンとシャーリー・キールダーの恋愛を語るのにラダイツ暴動が題材として用いられていると見るべきであろう。この小説はシャーロットの内奥において親友エレン・ナッシーをヒロインとする小説を書こうという衝動から始まったものであり、そのうえでチャーティスト運動かライダイツ暴動かという選択が働いたためなのである。周知のようにこの作品を執筆中に作者は一人の弟と二人の妹を失うという大不幸を経験した。[15] そのために作品の統一性が失われ、芸術作品としての価値が十分に賦与されなかった。しかしこの作品のなかにふんだんに鏤められている「男女平等」思想は『ジェイン・エア』を凌ぐものがある。

この作品においてもシャーロットは男女の不平等の意識から離れることはできなかった。シャーリーはキャロラインに向かって次のように言っている。

「男の人は、女の心を子どもの心と同じようなものだと考えているらしいわね。そもそもそれが間違いなのよ。……もし男の人があたしたちのほんとうの姿を知ったら、ちょっとびっくりするでしょうね。でもいちばん利口な男の人だって、女についてはよく錯覚しているものよ。女をほんとうの姿で見ないの。よかれあしかれ女を誤解しているわ。男の人たちのいういい女っていうのは妙な生きもので、半分は人形、半分は天使なの。悪い女っていうのはほとんどいつだって悪魔なのよ」（Ch.20）

「シャーリー・キールダー」のような財産家の娘をヒロインに据えたのは、死んだ妹エミリの思い出を記念するためで、急な思いつきであった。作者の思い入れはむしろ最初から「キャロライン・ヘルストン」の方にある。シャーロット・ブロンテの心を惹きつけていたのは社会の周辺に位置づけられた恵まれぬ存在に対してであった。シャーロット・ブロンテが相変らず「ジェイン・エア」のような、あるいは「キャロライン・ヘルストン」のように社会の周辺に位置づけられている弱者の立場に立ち続けていることは一読すれば明瞭である。彼女の社会的意識と社会的主張はそのようなところから出発している。それはチャールズ・ディケンズ（Charles Dickens, 1812-00）の意識と同種のものであり、ウィリアム・M・サッカレー（William Makepeace Thackeray, 1811-00）とは質を異にするものであった。そのことについてシャーロット・ブロンテは生涯気づかないままであった。カウアン・ブリッジで受けたトラウマによって性格が多重化したシャーロットは大文豪を相手に説教をして憚らない自己欺瞞に陥っていた。またギャスケル夫人に見下ろされても平然としていられたのは身長の問題ばかりではない。

『ヴィレット』(*Villette*, 1853) は、「ウィリー・エリン」(Willy Ellin, 1898, 1936) や「エマ」('Emma' 1860) がその後に書かれたにもかかわらず、シャーロット・ブロンテの最後の作品と見てよいであろう。それはロマンティックな夢とともに生きてきた「恋愛小説家」シャーロット・ブロンテの絶望の記録である。

シャーロットの人生に対する絶望はこの作品を書き始める前からすでに明らかであった。少女時代から初期作品群に夢中になって表現し続けてきたウェリントン公爵への崇拝の念は不思議なことに一八五二年九月一四日の公爵の訃報に接して何の悲しみも惹き起こさないほど冷えきっていた。幼き日のシャーロットのロマンティックな心情は一体どこへ消えてしまったのであろうか。彼女は公爵の死についてエレンにこう書いただけである。「『タイムズ』をありがとうございました――ひどい悲しい問題ですが、言われていることはみごとです――すぐさま全国民がいまあの偉大な人物について正当な見方をするように思います」[16] 青春の心に住んでいた栄光はすっかり影をひそめていた。

『ヴィレット』を抑制の利いた芸術作品とする評価はあるものの、これは「作者=ヒロイン」という立場に立つ作家の明らかな断末魔の叫びであった。この作品は作者が人生において到達した地点を明確に示している。終末におけるあの暗さは何を表しているのか。作者にとって人生は総体的に絶望的なものであった。ルーシー・スノウの衣服をまとったシャーロット・ブロンテは作中で生まの叫び声をあげている。「ジェイン・エア」と同じように、孤児という設定は作者の得意のモチーフであり、作者の技量は孤独者の絶望をみごとに語りきっている。主人公の死に至る運命と、それを語る作者の語りの技法はすばらしい効果を挙げている。ドクター・ジョンに対する叶わぬ恋と、強引な運命の力によって引きずられていくポール・エマニュエルとの恋は、ハリエット・マーティノウとの決定的な決別(17)の呼び水となった。晩年作者シャーロットにとっては絶望感はますます深まっていったが、この作品こそ、シャーロットの人生そのものの挽歌であったといえよう。

順調に経営される学校は女性の自立への応援歌だといえば、『ジェイン・エア』で見せたシャーロットの心意気が反響しているかのように聞こえるが、ポールの明らかな溺死は彼女の絶望がいかに深いものであったかを如実に示している。ルーシーはまるで『教授』の主人公ウィリアム・クリムズワースの女性版のように真面目で敬虔で謙虚な娘であり、清貧のうちにもけなげな努力を惜しまない。しかし彼女が陥る理由なき不幸は、これが自分の見つけた人生である、といわぬばかりにシャーロット・ブロンテの人生観であった。ポール・エマニュエルのモデルである恩師コンスタンタン・エジェに対する失恋は「恋愛小説家」シャーロットを生む決定的経験となり、その愛の苦しみは大聖堂における懺悔の経験（一八四三年九月一日）において極まったが、恩師との見果てぬ結婚の夢はポールの溺死によって永遠に葬り去られてしまったのである。

一方、現実のシャーロットは傷心を引きずるようにして故郷に帰り、学校計画も思うに任せず、『ジェイン・エア』の成功だけでは支えきれない孤独の重圧に打ちひしがれていた。小さな身体と不器量な顔と財政的後ろ盾のない貧乏人として、愛する者すべてを奪われてどうして生きていけるのか。

シャーロットのニコルズとの結婚は大いなる自己欺瞞である。あのような結婚をシャーロット本人が喜んでいたはずがない。しかしこの絶望もまたなんというロマンティシズムであろうか。シャーロット・ブロンテは抑圧された女性を演じる悲劇のヒロインであった。

さらに次のことを付言したい。

まことにシャーロット・ブロンテが忠告していたように、彼女を女性作家として受け容れ、女性作家の作品としてその小説を読むと、彼女を矮小化する危険がある。シャーロットの作家的生涯はおもちゃの兵隊との出会いから『ヴィレット』までの二七、八年間であった。それを「作家」の誕生と成長の軌跡として辿るのと、家庭教師職と恋愛と結婚を含めて「女性作家」の軌跡として辿るのとは、大きな意味の違いが生じてくるであろう。女性作家シャーロット・ブロンテを考えると、彼女をヴィクトリア朝時代に押し込め、一女性の不幸な物語として見てしまうような気がする。人間一人の才能を、特に女性作家の才能を、性差の枠のなかに押し込め、その性差を最重要問題として取り上げるのは、最初から彼女の才能に限界を設けてかかっているようなもので、不平等で不公平な印象を受ける。文学をことばの芸術と心得、ことばの使い手としての才能を問題として取り上げ、その「技」を評価するのでなければ作家を十分正当に評価したことにはならない。エミリ・ブロンテを「自由な女」として見るときと違って、シャーロット・ブロンテについて考える場合、どうしても彼女の生涯と文学を女性としての側面から辿り、エジェ先生への思慕とA・B・ニコルズ師との結婚を重要問題として意識してしまう。「シャーロットは本質的に女性作家であった」[18]という主張もあるエミリの場合には自由人であり得るのに、シャーロットの場合にはどうして「女性」作家になってしまうのか。男性作家を「男性」作家として意識しないのに比べると、なんという片手落ちであろう。

[注]

（1）Barbara Whitehead, *Charlotte Brontë and her 'Dearest Nell'*（Otley: Smith Settle, 1993）p.8.

（2）Charlotte Brontë's letter to Ellen Nussey, dated Jan. 18, 1848.

（3）この主張には重大な落し穴がある。ヒロインは熱を帯びた自己主張のため、みずから客観的にはなり得ず、したがってみずからが陥る自己欺瞞には気づかないことが多い。

（4）Margaret Lawrence, "The Brontë Sisters Who Wrestled with Romance," *School of Femininity*（New York: Stokes, 1936）pp.60-88.

（5）Harriet Martineau, *Daily News*, April 6th, 1853.

（6）Charlotte Brontë, 'A Late Occurrence'「最近の出来事」総勢二二名。ウェルズリー家の者一六名、シーモー家の者六名。みんな美人で、不屈のプライドをもち、貴族的高慢さ、ヴェルドポリス的活気と光輝、それにアングリア的虚飾と高雅さを備えている。Julia, Amelia, Sophia, Arabella, Harriet, Emily, Marcia, Lucy, Madeline, Jessica, Olivia, Margaret, Geraldine, Augusta, Rosamund, Adela. Eliza, Georgiana, Cecillia, Agnes, Catherine, Helen. 以上のほかにも各物語のヒロインがこれに加わる。

（8）Christine Alexander and Jane Sellars, *The art of the Brontës*（Cambridge University Press, 1995）pp.36-64.

（9）Barbara Whitehead, p.63.

(10) Charlotte and Branwell Brontë, *The Miscellaneous and Unpublished Writings of Charlotte and Patrick Branwell Brontë*, in 2 vols. (Shakespeare Head Brontë, 1938) pp.403-4.
(11) Sue Lonoff (ed), *The Belgian Essays* (New Haven and London: Yale University Press, 1996) pp.245-7.
(12) *ibid.*, p.245.
(13) *ibid.*, p.246.
(14) Harriet Martineau, 'Charlotte Brontë' *Daily News*, April 6th, 1855.
(15) この作品の執筆期間は一八四八年二月から一八四九年八月までの一年半であった。その間にブランウェルが一八四八年九月二四日に、エミリが同年一二月一九日に、アンが翌年五月二八日に死亡した。
(16) Charlotte Brontë's letter to Ellen Nussey, dated Sep.24th, 1852.
(17) Harriet Martineau, review on *Villette*, April 6th, 1853.
(18) Juliet Barker, *The Brontës* (London: Weidenfeld and Nicolson, 1994) pp.500-1.

シャーロット・ブロンテ論 参考文献

Texts:

Poems by Currer, Ellis, and Acton Bell (Aylott & Jones, 1846)

Jane Eyre (Smith, Elder & Co.,1847)

Shirley (Smith, Elder & Co., 1849)

Villette (Smith, Elder & Co., 1853)

The Professor (Smith, Elder & Co., 1857)

The Miscellaneous and Unpublished Writings of Charlotte and Patrick Branwell Brontë (Oxford:The Shakespeare Head Brontë, 1936, 38)

Alexander, Christine (ed) *An Edition of the Early Writings of Charlotte Brontë 1826-1832, 1833-1834,and 1834-1835.* (Oxford: Basil Blackwell, 1987-1991)

Alexander, Christine, and Sellars, Jane, *The art of the Brontës* (Cambridge UP, 1995)

Alexander, Christine, *The Early Writings of Charlotte Brontë* (Oxford: Basil Blackwell,1983)

Allott, Miriam (ed), *Charlotte Brontë: Jane Eyre and Villette* (Macmillan, 1985)

Barker, Juliet, *The Brontës* (Phoenix, 1995)

Beaty, Jerome, *Misreading Jane Eyre: a Postformalist Paradigm* (Columbus: Ohio State UP, 1996)

Becker, Susanne, *Gothic Forms of Feminine Fictions* (Manchester: Manchester UP, 1999)

Bernstein, Susan David, *Confessional Subjects, Revelations of Gender and Power in Victorian Literature and Culture* (Chapel Hill: The University of North Coralina Press, 1997)

Bentley, Phyllis, *The Brontës* (London: Lowe & Brydone, 1967)

Blackburn, Ruth (ed), *The Brontë Sisters, selected source materials for college research papers* (Boston: D. C. Heath and Co., 1964)

Blake, Kathleen, *Love and Woman Question in Victorian Literature: The Art of Self-Postponement* (New Jersey: Barnes & Noble, 1983)

Blom, Margaret Howard, *Charlotte Brontë* (Boston: Twayne Publishers, 1977)

Bodenheimer, Rosemarie, *The Politics of Story in Victorian Social Form* (Cornell UP, 1988)

Booth, Wayne C., *The Rhetoric of Fiction* (Chicago: University of Chicago Press, 1983)

Boumelha,Penny, *Charlotte Brontë*, Key Women Writers series (Hertfordshire: Harvester Wheatsheaf, 1990)

Brooks, Van Wyck, *Writers at Work, The Review Interviews*, Second Series (New York: The Viking Press, 1968)

Captain Jesse, *The Life of Beau Brummell* (John C. Nimmo, 1886)

Cecil, David, *Early Victorian Novelists* (London: Constable, 1934)

Cervetti, Nancy, *Scenes of Reading, Transforming Romance in Brontë, Eliot, and Woolf. Writing About Women, Feminist Literary Studies* (New York: Peter Lang, 1998)

Chitham, Edward, *The Brontës' Irish Background* (London: Macmillan, 1986)

Cohen, Monica F., *Professional Domesticity in the Voctorian Novel, Women, Work and Home* .Cambridge Studies in Nineteenth-Century Literature and Culture 14 (Combridge: Cambridge University Press, 1998)

Cosslet, Tess, *Woman to Woman - Female Friendship in Victorian Fiction* (The Harvard Press, 1988)

Dickerson, Vanessa D., *Victorian Ghosts in the Noontide, Women Writers and the Supernatural* (Missouri: The University of Missouri Press, 1996)

Dinsdale, Ann, *Old Haworth* (West Yorkshire: Hendon Publishing Co., 1999)

Doyle, Christine, *Louisa Mary Alcott and Charlotte Brontë, Transatlantic Translations* (Knoxville: The University of Tennessee Press, 2000)

Duckett, Bob (ed), *The Brontë Novels, 150 Years of Literary Dominance*, Papers from the Brontë Society Weekend Conference, Leeds, October 1998 (West Yorkshire: The Brontë Society, 1998)

Eagleton, Terry, *Myths of Power: A Marxist Study of the Brontës* (Macmillan, 1975)

Eagleton, Terry, *Heathcliff and the Great Hunger: Studies in Irish Culture* (London and New York: Verso, 1995)

Easson, Angus, *Elizabeth Gaskell* (Routledge & Kegan Paul, 1979)

Fish, Stanley, *Is There a Text in This Class ?* (Massachusetts: Harvard UP, 1980)

Fraser, Rebecca, *The Brontës: Charlotte Brontë and Her Family* (New York: Ballantine Books,1988)

——— *Charlotte Brontë* (Methuen, 1988)

French, Yvonne, *Elizabeth Gaskell* (London: Home and Von Thal, 1949)

Gaskell, Elizabeth, *The Life of Charlotte Brontë* (Smith, Elder & Co., 1857)

Gates, Barbara Timm (ed), *Critical Essays on Charlotte Brontë* (Boston, assachusetts: G. K. Hall & Co., 1990)

Gérin, Winifred, *Charlotte Brontë* (London: Oxford UP, 1967)

Gilert, Sandra M. and Gubar, Susan, *The Madwoman in the Attic: The Woman Writer and the Nineteenth Century Literary Imagination* (New Haven & London: Yale Up, 1979)

Glen, Heather (ed), *Jane Eyre New Casebooks*, Contemporary Critical Essays (London: Macmillan Press Ltd., 1997)

Gliserman, Martin, *Psychoanalysis, Language, and the Body of the Text* (Florida: The University Press of Florida, 1996)

Gregor, Ian (ed),*The Brontës, A Collection of Critical Essays* (New Jersey: Prentice Hall, 1970)

Harsh, Constance D., *Subversive Heoines: Feminist Revolutions of Social Crisis in the Condition-of-England Novel* (The University of Michigan Press, 1994)

Harman, Barbara Leah, *Public Restraint and Private Spectacle in "Shirley": The Feminist Political Novel in Victorian England* (UP of Virginia, 1998)

Heilburn, Carolyn, *Writing a Woman's Life* (New York: Norton, 1988)

Hinkley, Laura L.,*The Brontës: Charlotte and Emily* (New York:Hastings House, 1945)

Hoeveler, Diane Long, and Jadwin, Lisa, *Charlotte Brontë.* Twayne's English Authors Series (London: Prentice Hall International, 1997)

Houghton, Walter E., *The Victorian Frame of Mind, 1830-1870* (Yale UP, 1957)

Howeveler, Diane Long, *Approaches to Teaching "Jane Eyre."* ( )

Hughes, Linda K., and Lund, Michael, *Victorian Publishing and Mrs Gaskell's Work* (Uiniversity Press of Virginia, 1999)

Ingham, Patricia, *The Language of Gender and Class, Transformation in the Victorian Novel* (London and New York: Routledge, 1996)

Iser, Wolfgang, *The Implied Reader* (Baltimore: Johns Hopkins UP, 1983)

Kermode, Frank, *The Sense of an Ending: Studies in the Theory of Fiction* (London: Oxford UP, 1966)

Kern, Stephen, *Eyes of Love, The Gaze in English and French Paintings and Novels 1840-1900* (London: Reaktion Books Ltd., 1996)

Knight, Charmian, and Spencer, Luke, *Reading the Brontës. An Introduction to Their Novels and Poetry* (West Yorkshire: The Brontë Society, 2000)

Lemon, Charles (ed), *Classics of Brontë Scholarship.* The Best from 100 years of the Brontë Society Transactions (West Yorkshire: The

Brontë Society, 1999)
Lerner, Laurence, *Angels and Absences, Child Deaths in the Nineteenth Century* (Vanderbilt: Vanderbilt University Press, 1997)
Leyland, Francis A., *The Brontë Family with Special Reference to Patrick Branwell Brontë* (Hurst and Blackett, 1886)
Linder, Cynthia A., *Romantic Imagery in the Novels of Charlotte Brontë* (Macmillan, 1985)
Lonoff Sue (ed), *The Beligian Essays* (New Haven and London: Yale UP, 1996)
McKnight, Natalie J., *Suffering Mothers in Mid-Victorian Novels* (London: Macmillan Press Ltd., 1997)
McNees, Eleanor, *The Brontë Sisters Critical Assessments* (Helm Information Ltd., 1956)
McNeill, Daniel, *The Face* (London: Hamish Hamilton, 1998)
Mei, Huang, *Transforming the Cinderella Dream, from Frances Burney to Charlotte Brontë* (New Brunswick and London: Rutgers Up, 1990)
Meyer, Susan, *Imperialism at Home: Race and Victorian Women's Fiction* (Ithaca and London: Cornell UP, 1996)
Millett, Kate, *Sexual Politics* (New York: Doubleday, 1969)
Moers, Ellen, *Literary Women, The Great Writers* (Oxford: Oxford UP, 1976)
Morgan, Thaïs E. (ed), *Victorian Sages and Cultural Discourse* (New Brunswick and London; Rutgers UP.,1990)
Moglen, Helen, *Charlotte Brontë: The Self Conceived* (New York: W. W. Norton & Company Inc.,1976)
Myer, Valerie Grosvenor, *Charlotte Brontë: Truculent Spirit* (London: Vision Press Ltd., 1987)
Nestor, Pauline, *Charlotte Brontë's Jane Eyre* (London: Harvester/Wheatsheaf, 1992)
Orel, Harold, *The Brontës, Interviews and Recollections* (London: Macmillan Press Ltd., 1997)
Parkin-Gounelas, Ruth, *Fictions of the Female Self. Charlotte Brontë, Olive Schreiner, Katherine Mansfield* (London: Macmillan, 1991)
Peters, Margot, *Charlotte Brontë: Style in the Novel* (University of Wisconsin Press, 1973)

Polhemus, Robert M.,*Erotic Faith, Being in Love from Jane Austen to D. H. Lawrence* (Chicago and London: The University of Chicago Press, 1990)

Punter, David (ed), *A Companion to the Gothic* (Oxford: Blackwell, 2000)

Reid, Thomas Wemyss, *Charlotte Brontë: A Monograph* (London: Macmillan, 1877)

Roberts, David, *Paternalism in Early Victorian England* (Croom Helm Ltd., 1979)

Royle, Nicholas, *Telepathy and Literature. Essays on the Reading Mind* (Oxford: Basil Blackwell, 1990)

Sage, Victor (ed), *The Gothic Novel, A Casebook* (Macmillan, 1990)

Sanders, Valerie (ed), *Harriet Martineau Selected Letters* (Oxford: Clarendon Press, 1990)

Sayer, Karen, *Jane Eyre York Notes Advanced* (London: York Press, 1998)

Schmitt, Cannon, Alien Nation, *Nineteenth-Century Gothic Fictions and English Nationality* (Philadelphia* University of Pennsylvania Press, 1998)

Sellars, Jane, *Charlotte Brontë, Writer's Lives series* (The British Library, 1997)

Shaw, W. David, *Victorians and Mystery, Crises of Representation* (Ithaca and London: Cornell UP, 1990)

Showalter, Elaine, *A Literature of Their Own* (Princeton UP, 1977)

Shuttleworth, Sally, *Charlotte Brontë and Victorian Psychology* (Cambridge UP,1996)

Spignesi, Angelyn, *Lyrical-Analysis, The Unconscious Through Jane Eyre* (Illinois: Chiron Publications, 1990.

Stoneman, Patsy, *Borntë Transformations, The Cultural Dissemination of Jane Eyre and Wuthering Heights* (Hertfordshire: Prentice Hall/ Harvester Wheatsheaf, 1996)

Sutherland, John, *Is Heathcliff a Murderer?* Puzzles in Nineteenth-Century Fiction (Oxford: Oxford UP, 1996)

————, *Can Jane Eyre Be Happy?* More Puzzles in Classic fiction (Oxford: Oxford University Press, 1997)

Swinburne, Algernon Charles, *A Note on Charlotte Brontë* (London: Chatto and Windus, 1877)

Taylor Irene, *Holy Ghosts, The Male Muses of Emily and Charlotte Brontë* (New York: Columbia UP, 1990

Thompson, Nicola Diane, *Reviewing Sex, Gender and the Reception of Victorian Novels* (London:Macmillan Press Ltd., 1996)

Thormählen, Marianne, *The Brontës and Religion* (Cambridge UP, 1999)

Tucker, Herbert F., (ed Liter), *A Companion to Victorian Literature and Culture* (Oxford: Blackwell Publishers Ltd., 1999)

Uglow, Jenny, *Elizabeth Gaskell, A Habit of Stories* (London, 1993)

Webb, Ignor, *From Custom to Capital- The English Novel and the Industrial Revolution* (Cornell UP, 1981)

Weisser, Susan Ostrov, *Women and Sexual Love in the British Novel, 1740-1880 A 'Craving Vacancy'* (London: Macmillan Press Ltd., 1997)

Wheeler, Michael, *Heaven, Hell, and the Victorians* (Cambridge UP,1990)

Whitehead, Barbara, *Charlotte Brontë and her 'dearest Nell'* (West Yorkshire: Smith Settle, 1993)

Wilks, Brian, *Charlotte in Love, The Courtship and Marriage of Charlotte Brontë* (London: Michael O'Mara Books Ltd., 1998)

———, *The Brontës: An Illustrated biography* (London: Hamlyn,1995)

Williams, Judith, *Perception and Expression in the Novels of Charlotte Brontë* (Michigan: Ann Arbor, UMI Research Press, 1988)

Woolf, Virginia, *The Common Reader* (The Hogarth Press, 1975)

Winnifrith, Tom, *A New Life of Charlotte Brontë* (Macmillan Press, 1988)

Wise, Thomas James, and Symington, John Alex., *The Brontës: Their Lives, Friendships, & Correspondence* (The Shakespeare Head Press, 1932)

Wolfstonecraft, Mary, *Thought on the Education of Daughters* (London:: William Pickering, 1989)

青山誠子
『シャーロット・ブロンテの旅――飛翔への渇き』東京、研究社、1984年。
『ブロンテ姉妹――人と思想』東京、清水書院、1994年。
『ブロンテ姉妹――女性作家たちの19世紀』東京、朝日選書、1995年。
青山誠子・中岡洋編
『ブロンテ研究――シャーロット、エミリ、アン――作品と背景』東京、開文社、1983年。
青山霞邨
『(英国の青鞜女) ブロンテ―女史』東京、敬文館、1913年。
阿部知二
『我が胸は自由――ブロンテ姉妹の生涯と芸術』東京、朝日新聞社、1954年。
『The Bronte Sisters』東京、研究社、1957年。
鮎沢乗光他
『イギリス小説の読み方』東京、南雲堂、1988年。
『英国小説研究』東京、英潮社、1997年。
飯島朋子
『ブロンテ姉妹』日外アソシエーツ、1994年。
石塚虎雄
『ブロンテ姉妹論』東京、篠崎書林、1982年。
市川節子他
『愛の航海者たち』東京、南雲堂、1994年。

岩上はる子
『ブロンテ初期作品の世界』東京、開文社、1998年。
宇田和子
『食生活史「ジェイン・エア」』東京、開文社、1991年。
内田能嗣編
『イギリス小説入門』東京、創元社、1997年。
『ブロンテ姉妹小事典』東京、研究社、1998年。
川本静子
『ガヴァネス（女家庭教師）――ヴィクトリア時代の〈余った女〉たち』東京、中央公論社、1994年。
木下卓他
『他文化主義で読む英米文学』京都、ミネルヴァ書房、1999年。
栗栖美知子
『ブロンテ姉妹の小説――「内なる」アウトサイダーたち』東京、リーベル出版、1995年。
河野多恵子・中岡洋編
『図説「ジェイン・エア」と「嵐が丘」――ブロンテ姉妹の世界――』東京、河出書房新社、1996年。
白井　義昭
『シャーロット・ブロンテの世界――父権制からの脱却――』東京、彩流社、1992年
鳥海久義
『ブロンテ姉妹の世界』東京、評論社、1978年。

中岡洋
『「ジェイン・エア」を読む』東京、開文社、1995年。
『ブロンテ姉妹の留学時代』東京、開文社、1990年。
中岡洋・内田能嗣編
『ブロンテ文学のふるさと』大阪、大阪教育図書、1999年
『ブロンテ姉妹の時空――三大作品の再評価』東京、北星堂、1997年。
中村佐喜子
『ブロンテ物語』東京、三月書房、1988年。
日本ブロンテ協会編
『ブロンテ　ブロンテ　ブロンテ』東京、開文社、1989年。
野中涼
『ブロンテ姉妹――孤独と沈黙の世界』東京、冬樹社、1978年。
久守和子・吉田幸子編著
『イギリス女性作家の深層』京都、ミネルヴァ書房、1985年。
藤野幸雄
『嵐が丘――ブロンテ家の物語』東京、弥生書房、1982年。
松村昌家
『子どものイメージ』東京、英宝社、1992年。
宮川下枝
『ブロンテ研究』東京、学書房出版、1980年。

山脇百合子
『ブロンテ姉妹』東京、英潮社、1978年。
横山茂雄
『異形のテクスト』東京、国書刊行会、1998年。
吉田幸子・横山 茂雄編
『文学と女性』東京、英宝社、2000年。

翻訳

Alexander, Christine. 岩上はる子訳
『シャーロット・ブロンテ初期作品研究』東京、ありえす書房、1990年。
Bentley, Phyllis. 内多毅訳
『ブロンテ姉妹』東京、研究社、1956年。
Bentley, Phyllis. 木内信敬訳
『ブロンテ姉妹とその世界——The Brontes and Their World——』東京、PARCO出版局、1976年。
Bronte, Charlotte. 岩上はる子
『秘密・呪い』東京、鷹書房弓プレス、1999年。
『未だ開かれざる書物の一葉』東京、鷹書房弓プレス、2001年。

Cecil, David.　鮎沢乗光、都留信夫、冨士川和男訳
　『イギリス小説鑑賞——ヴィクトリア朝初期の作家たち——』東京、開文社、1983年。
Eagleton, Terry.　大橋洋一訳
　『テリー・イーグルトンのブロンテ三姉妹』東京、晶文社、1990年。Frank, Katherine.　植松みどり訳
　『エミリ・ブロンテ——その魂は荒野に舞う——』東京、河出書房新社、1992年。
Gaskell, Elizabeth.　中岡洋訳
　『シャーロット・ブロンテの生涯』東京、みすず書房、1995年。
Gilbert, Sandra M.,Guber,Susan.　山田晴子、薗田美和子訳
　『屋根裏の狂女——ブロンテと共に——』東京、朝日出版社、1986年。
Miller, J.Hillis.　玉井暲他訳
　『小説と反復——七つのイギリス小説』東京、英宝社、1991年
Moers, Ellen.　青山誠子訳
　『女性と文学』東京、研究社、1978年。
Muir, Edwin.　佐伯彰一訳
　『小説の構造』東京、ダヴィッド社、1954年。
Myer, Valerie Grosvenor.
　『英国の著名小説家10人』東京、開文社、1996年。
Pollard, Arthur.　山脇百合子訳
　『風景のブロンテ姉妹』東京、南雲堂、1996年。
Pool, Daniel.　片岡信

『19世紀のロンドンはどんな匂いがしたのだろう』東京、青土社、1997年。
『ディケンズの毛皮のコート／シャーロットの片思いの手紙』東京、青土社、1999年。

Romieu, Georges. 小松ふみ子訳
『ブロンテ姉妹の生涯』東京、岡倉書房、1950年。

Sellars, Jane. 川成洋監訳
『シャーロット・ブロンテ』東京、ミュージアム図書、2000年。

Showalter, Elaine. 川本静子他訳
『女性自身の文学——ブロンテからレッシングまで——』東京、みすず書房、1993年。

Sutherland, John. 青山 誠子他
『ジェイン・エアは幸せになれるか？』東京、みすず書房、1999年。

Sutherland, John. 川口喬一訳
『ヒースクリフは殺人犯か？』東京、みすず書房、1998年。

Whitehead, Barbara. 中岡洋監訳
『シャーロット・ブロンテと「大好きなネル」』東京、開文社出版、2000年。

Wilks, Brian. 白井義昭訳
『ブロンテ——家族と作品世界——』東京、彩流社、1994年。

Woolf, Virginia. 川本静子
『自分だけの部屋』東京、みすず書房、1988年。

Woolf, Virginia. 出淵敬子他
『女性にとっての職業』東京、みすず書房、1994年。

DATE	EVENTS
6. 29.	シャーロット・ブロンテ、ニコルズ師とハワース教会にて結婚。新婚旅行にアイルランドのダブリン、バナハー、キルキー、キラーニー、ギャップ・オブ・ダンロウ、グレン・ギャリフ、コークへ赴く。(～8.1.)
11月	シャーロット、散歩中に風邪をひく。
1855. 1月上旬	ニコルズ夫妻、ゴーソープ・ホールにサー・ジェイムズ・ケイ=シャトルワースを訪ねる。
2. 17.	タビサ・アクロイド、死去、84歳。
3. 31.	シャーロット、妊娠中の悪阻による体力消耗で死去、38歳。
4. 4.	シャーロット、ハワース教会に埋葬される。
7. 16.	パトリック、ギャスケル夫人にシャーロットの伝記を執筆依頼。
1857. 3. 25.	ギャスケル夫人著『シャーロット・ブロンテの生涯』(*The Life of Charlotte Brontë*) 出版。
6. 6.	『教授』出版。
1860. 4月	シャーロットの未完の小説『エマ』(‘Emma’)、『コーンヒル・マガジン』に掲載。
1861. 6. 7.	パトリック、午後2時、慢性気管支炎と消化不良のため死去、84歳。ニコルズ、後任司祭になれず、アイルランドのバナハーに帰郷し、農夫となる。
1864. 8. 25.	ニコルズ、従妹のメアリ・ベルと再婚。
1906. 12. 2.	ニコルズ、バナハーで死去、88歳。
1915. 2. 27.	メアリ・ベル・ニコルズ、バナハーで死去、83歳。

DATE	EVENTS
7. 3.	シャーロット、エジンバラを訪ね、ジョージ・スミスと落ち合い、同市を観光。ヨーク、リーズを経て帰郷したが、その足でエレンを訪ね、7月15日までにはハワースへ帰宅。
8. 18.	シャーロット、ウィンダーミア、ブライアリークロースにサー・ジェイムズ・ケイ=シャトルワース夫妻を訪ね、ギャスケル夫人との知遇を得る。（～8.25.）
12. 10.	『嵐が丘』、『アグネス・グレイ』第2版発行。
12. 16.	シャーロット、ウインダーミア、アンブルサイドのザ・ノールにハリエット・マーティノウを訪ねる。帰路、エレン・ナッシー宅に立ち寄り、12月31日ハワースに帰宅。
1851. 3月	エレン・ナッシー、ハワース滞在。
春	シャーロット、スミス・エルダー社の社員ジェイムズ・テイラーの求婚を断る。
5. 28.	シャーロット、上京し大博覧会を見学、サッカレーの講演会にも出席。帰路、マンチェスター、プリマス・グロウヴのギャスケル夫人宅を訪ね、2日間滞在し、6月30日に帰宅。
7月	エレン・ナッシー、ハワース滞在。
9月	マーガレト・ウラー、ハワース滞在。
12. 1.	エミリの犬「キーパー」死亡。
12月下旬	エレン・ナッシー、ハワース滞在。
1852. 5月下旬	シャーロット、ファイリーに滞在。
6. 4.	スカーバラのアンの墓に詣り、墓碑銘の誤りを訂正する。7月1日、ハワースに帰宅。
11. 20.	『ヴィレット』脱稿。
12. 13.	アーサー・ベル・ニコルズ、シャーロットに求婚。パトリック、激怒する。
12. 14.	シャーロット、ニコルズの求婚を断る。
1853. 1. 5.	シャーロット、上京し、ニューゲイト監獄、孤児院、ベツレヘム病院、イングランド銀行、株式交換所などを見学。（～2.2.）
1. 28.	『ヴィレット』出版。
4. 22.	シャーロット、マンチェスターにギャスケル夫人を訪問、帰路エレンを訪ねる。（～5.2.）
5. 27.	A.B.ニコルズ、ハワースからカーク・スミートン教会へ転任。
9. 19.	ギャスケル夫人、ハワースを訪問。その後、シャーロット、東海岸ホーンシーにマーガレット・ウラーを訪ね、10月5日に帰宅。
1854. 1月	A.B.ニコルズ、オクスノップの友人グランド宅に滞在し、シャーロットと会う。
4. 3.	ニコルズ、ハワースを来訪し、シャーロットとの婚約成立。

DATE	EVENTS
10.16.	『ジェイン・エア』出版。たちまちベスト・セラーとなる。
12月中旬	トマス・コートリー・ニュービー社より、『嵐が丘』、『アグネス・グレイ』3巻本として出版するが、印刷ミスが多い。
1848. 1. 4.	『ジェイン・エア』、アメリカで出版。
1.22.	『ジェイン・エア』第2版出版。サッカレーへの献辞付き。
6月～7月	『ワイルドフェル・ホールの住人』(*The Tenant of Wildfell Hall*) 出版。
7. 7～	シャーロットとアン、スミス・エルダー社に、ベル兄弟の正体を明かすためにロンドンへ発つ。(～7.12.)
9.24.	ブランウェル、午前9時ごろ、慢性気管支炎のため死去、31歳。
10月	『カラ、エリス、アクトン・ベル詩集』スミス・エルダー社より再版。
10. 9.	エミリ、咳と風邪。
10月中旬	エミリ、息切れ、しかし医者の診察を拒む。
11. 7.	エミリ、手紙も書けないほど衰弱。
11.23.	エミリ、危篤、しかし依然として医者の診察を拒む。
12. 9.	シャーロット、エップス博士にエミリの症状を書き送る。
12.18.	エミリ、夕方、犬に餌を与えようとして台所のドアのところで倒れるが、それでも医者の診察を拒む。
12.19.	エミリ、医者の診察を受けると言ったが、医者の来ないうちに、午後2時、肺病のため死去、30歳。
12.22.	エミリ、ハワース教会に埋葬される。
12.28.	エレン・ナッシー、ハワースに滞在。(～1849.1.9.)
1849. 5.24～	アン、シャーロットとエレンに伴われて、スカーバラへ行く。
5.28.	アン、午後2時、同地で死去。29歳。
5.30.	アン、スカーバラのセント・メアリ教会墓地に埋葬される。
6.21.	シャーロット、ハワースに帰宅。
8.29.	『シャーリー』脱稿。
10.23.	シャーロット、エレン宅に滞在。(～10.31.)
10.26.	『シャーリー』出版。
11.29.	シャーロット、上京し、ジョージ・スミス宅に滞在、サッカレー、ハリエット・マーティノウらに会う。(～12.15.)
12.27.	エレン・ナッシー、ハワースに滞在。(～1850.1.17.)
1850. 3月.	シャーロット、ランカシャ、ゴーソープ・ホールにサー・ジェイムズ・ケイ=シャトルワースを訪ね、数日滞在する。
5.30.	シャーロット、上京し、ジョージ・スミス宅に滞在、G. H. ルイス、ジュリア・キャヴァナに会い、ヤング・ストリートのサッカレー宅でのディナー・パーティーに出席。またジョージ・リッチモンドに肖像画を描いてもらう。(～6.25.)

DATE	EVENTS
12月	ブランウェルとアン、ソープ・グリーンから休暇で帰宅。メアリ・テイラー、ハワース滞在。
1845. 1. 8.	ブランウェルとアン、再び、帰任。
3. 12.	メアリ・テイラー、ニュージーランドへ移住。
5. 25.	アーサー・ベル・ニコルズ、ハワース教会助任司祭として着任。
6. 11.	アンは家庭教師を辞し、ブランウェルは休暇でソープ・グリーンから帰宅。
6. 30.	エミリとアン、ヨーク方面へ小旅行をする。（～7.2.）
7. 3.	シャーロット、エレンとともにダービーシャ、ハザセッジ司祭館に滞在。（～7.26.）
7. 17.	ブランウェル、ロビンソン家の家庭教師を解雇される。
7. 31.	エミリとアン、日誌を一日遅れで開く。
10. 9.	シャーロット、エミリの詩稿を発見し、詩集の出版を計画。
11. 18.	シャーロット、エジェ氏へ訣別の手紙を書く。
1846. 1. 28.	シャーロット、エイロット・アンド・ジョーンズ社に、姉妹の詩集の出版について問い合わせの手紙を書く。
2. 6.	シャーロット、同社へ詩集原稿を送る。
3. 3.	シャーロット、同社へ詩集印刷費用（31ポンド10シリング）を送金。
3. 11.	シャーロット、詩集の校正刷りを受け取る。
4. 6.	シャーロット、同社に小説3編を執筆中と手紙を書く。
5. 11.	アン、詩のなかで、エミリが詩稿を発見されたことをいまも怒っていることを示唆。
5. 21.	『カラー、エリス、アクトン・ベル詩集』（*Poems by Currer, Ellis, and Acton Bell*）を出版。
7. 4.	シャーロット、ヘンリ・コウルバーン社宛に小説3編を送る。
7月末	シャーロットとエミリ、父親の眼の主治医を見つけるために、マンチェスターへ行く。
8. 19.	シャーロット、父親の白内障手術のため、マンチェスターに行く。（～9.28.）
1847　4月	家族全員、風邪をひく。
7月上旬	トマス・コートリー・ニュービー社、『嵐が丘』（*Wuthering Heights*）と『アグネス・グレイ』（*Agnes Grey*）の出版を引き受ける。
7. 15.	シャーロット、『教授』（*The Professor*）の原稿をスミス・エルダー社へ送る。
8. 6.	シャーロット、スミス・エルダー社から手紙を受け取る。
8. 24.	シャーロット、スミス・エルダー社へ『ジェイン・エア』（*Jane Eyre*）を発送。

DATE	EVENTS
	ジョー・テイラーに伴われ、ブリュッセル留学に旅立つ。夜遅くロンドンに到着し、チャプター・コーヒー・ハウスに宿泊。滞在中、セント・ポール寺院などを見学。
2. 12.	一行、ロンドンからベルギの港オステンドへ渡る。
2. 14.	一行、馬車でブリュッセルに向かい、夜、到着。
2. 15.	シャーロットとエミリ、ジェンキンズ夫妻に伴われパンショナ・エジェに入学。
4. 4.	ブランウェル、職務怠慢のためラデンデン・フット駅駅長の職を解雇される。
8. 12.	パンショナ・エジェでスクール・パーティー開催。
8. 15.	夏休みが始まるが、シャーロットとエミリはホイールライト姉妹とともに学校に残る。
9. 6.	ウィリアム・ウェイトマン助任司祭、コレラで死去、28歳。
10. 12.	マーサ・テイラー、コレラに罹り、ブリュッセルで死去。
10. 29.	エリザベス・ブランウェル、死去、65歳。
11月	アン、ハワースへ帰郷。
11. 2.	シャーロットとエミリ、伯母危篤の知らせを受け、帰国の準備。
11. 5.	伯母の訃報を受け、ブリュッセルを発つ。
11. 6.	アントワープを出航。
11. 8.	ハワースに帰着。
11. 29.	アン、ソープ・グリーンへ帰任。
12. 25.	アン、休暇で帰宅。
12. 28.	伯母の遺言状により、三姉妹は遺産を贈られ、エミリ主導で鉄道株に投資。
1843. 1. 27.	シャーロット、学生兼教師として、単身ブリュッセルへ再び赴く。
1月末	アン、ソープ・グリーンのロビンソン家の家庭教師となった兄ブランウェルとともに同家に赴く。
5. 31.	アン、休暇で帰宅。犬「フロッシー」を連れ帰る。
9. 1.	シャーロット、サン・ギュデュール大聖堂で、カトリック信者のように懺悔をする。
10月	シャーロット、辞任を申し入れるが、思い止まるよう説得される。
1844. 1. 3.	シャーロット、ブリュッセルよりハワースに帰宅。
2月	エミリ、詩稿を2冊のノートに整理する。
初春	姉妹、ハワースでの学校計画を検討する。
2. 20.	ブランウェルとアン、ヨークでロビンソン一家と合流。
6. 16.	ブランウェルとアン、ソープ・グリーンから帰宅。
7月	学校経営の計画を実行する。
11月	生徒が一人も集まらず、計画を断念。

DATE	EVENTS
	家庭教師となる。
5月中旬	ブランウェル、借金、酒、阿片で身を持ち崩し画家をあきらめて帰郷。
5月	シャーロット、スキプトン近郊、ロザーズデール、ストーンガップ・ホールのシジヴィック家の家庭教師となる。
7. 19	シャーロット、同家を辞職。
8月上旬	シャーロット、ランカシャのデビッド・プライス師に求婚される。
8. 19.	ウィリアム・ウェイトマン、ハワース教会助任司祭として就任。
9月	シャーロット、エレンとともにブリドリングトン（バーリングトン）を訪ね、イーストンのハドソン家に約1ヵ月滞在。
12月	アン、インガム家を辞職。
12. 31.	ブランウェル、ポスルスウェイト家の家庭教師となるため、アルヴァストン、ブロウトン・イン・ファーネスへ赴く。
1840. 2～3月	エレン・ナッシー、ハワースに3週間滞在し、エミリに「少佐」というニックネームをつける。
2. 14.	ブロンテ姉妹、エレン・ナッシーとともにウェイトマン師からヴァレンタイン・カードを受け取る。
6. 1.	ブランウェル、ポスルスウェイト家から解雇される。
8. 31.	ブランウェル、サウアビー・ブリッジ駅助役に任命される。年俸75ポンド。
10. 5.	サウアビー・ブリッジ駅と鉄道、営業開始。
1841. 3. 2.	シャーロット、ロードン、アッパーウッド・ハウスのホワイト家の家庭教師となる。
3月	アン、リトル・ウースバーン、ソープ・グリーン・ホールのロビンソン家の家庭教師となる。
4. 1.	ブランウェル、ラデンデン・フット駅の駅長に転任。
夏	姉妹の学校計画が持ち上がる。
7. 30.	日誌を書く。エミリ、日誌に姉妹の学校経営の計画が進行中と書く。
8～9月	シャーロット、ミス・ウラーからデューズベリー・ムア校の譲渡の申し入れを受ける。
9月	シャーロット、ホワイト氏から学校経営を始める前に留学すべきと助言される。
9. 29.	シャーロット、ブランウェル伯母に留学費用の援助を依頼。
11月	シャーロット、ミス・ウラーの申し出を断る。
12. 24.	シャーロット、ホワイト家を辞職。
1842	マーサ・ブランウン、女中として司祭館に住み込む。
2. 8.	シャーロットとエミリ、父親、メアリ・テイラー、その兄

DATE	EVENTS
1月	エミリとアン、「ゴンダル」(Gondal) の物語を始める。
1832. 5月	シャーロット、ロウ・ヘッド校を退学。家できょうだいに教える。絵画と音楽の先生が来る。
9月	シャーロット、エレン・ナッシー宅をはじめて訪問。
1833. 7.19	エレン・ナッシー、はじめてハワースを訪問。
1834. 6月	シャーロット、リーズで開催された王立美術振興協会の夏期展覧会に2枚の鉛筆画を出品し、家族と訪れる。
11.24.	エミリとアン、最初の日誌を書く。
1835. 7.29.	シャーロットは助教師として、エミリは生徒として、ロウ・ヘッド校へ行く。
9月下旬～	ブランウェル、ロイヤル・アカデミーに入学するためロンドンに行くが、目的を果たせずに帰る。(～10月上旬)
10月中旬	エミリ、激しいホームシックにかかり、ロウ・ヘッド校を退学。
1836. 1月	アン、代わりに同校に入学。
6.17.	シャーロットとアン、ハダーズフィールドのフランクス夫人を訪問。(～6.24.)
9.26.	エミリとアン、日誌を書く。
12.29.	シャーロット、ロバート・サウジーに詩を送る。
1837. 3.12.	シャーロット、ロバート・サウジーから返信を受け取る。
6.26.	エミリとアン、日誌を書く。
12月	アン、学校がデューズベリー・ムアに移ったことで健康を害し、退学。
1838. 1～2月	ブランウェル、リーズに下宿し、ウィリアム・ロビンソンのアトリエでレッスンを受ける。エミリの飼い犬「キーパー」が司祭館に来る。
5月	ブランウェル、ブラッドフォード、ファウンテン・ストリートのカービー夫妻宅に下宿、肖像画家としてアトリエをもつ。
6. 3.	メアリとマーサ・テイラー姉妹、ハワース訪問。(～6.9.)
7.31.	エミリ、ブラッドフォードでブランウェルのために原稿を清書する。
9月末	エミリ、ハリファックス、サザラムにあるパチェット姉妹経営のロー・ヒル・スクールに音楽の助教師として赴任。
12月	シャーロット、ミス・ウラーズ・スクールを退職。スコットの『ドン・ロデリックのヴィジョン』を贈られる。
1839. 3月	シャーロット、エレンの兄、ヘンリ・ナッシーから求婚される。
3. 5.	シャーロット、ヘンリ・ナッシーに求婚を断る手紙を書く。
3～4月	エミリ、ロー・ヒル校を辞職し、帰郷。
5. 8.	アン、マーフィールド、ブレイク・ホールのインガム家の

DATE	EVENTS
2. 25.	パトリック、ハワース教会司祭に任命される。
4. 20.	ブロンテ一家、ソーントンからハワースの司祭館に転居。
秋	マリア・ブランウェル・ブロンテ夫人、健康を害し、床に就く。
1821. 1. 29.	マリア夫人、相次ぐ出産による慢性貧血に加え、子宮内翻症を併発。
4月	子供たち全員、猩紅熱にかかる。
5月上旬	エリザベス・ブランウェル、妹マリアの看病とその家族の世話をするため、再びハワースへ来る。
9. 15.	マリア・ブランウェル・ブロンテ夫人、死去、38歳。
1823. 4～7月	マリアとエリザベス、ウェイクフィールドのクロフトン・ホール・スクールへ入学するがすぐに退学。
12～1月	麻疹、百日咳、水疱瘡が流行し、子供たち全員がかかる。
1824. 1～4月	子供たち全員、麻疹などのぶり返し。
1. 30.	カウアン・ブリッジで聖職者子女女学校開校。マリアとエリザベスが入学を許可されたが、病後のため入学延期。
春	家族全員、百日咳にかかる。
7. 21.	マリアとエリザベス、カウアン・ブリッジ校に入学。
8. 10.	シャーロット、同校に入学。
9. 2.	ブランウェル、エミリ、アン、ナンシー・ガースとセアラ・ガース、荒野で散歩中に地滑りが起き、クロウ・ヒル沼の噴出を目撃する。
11. 25.	エミリ、カウアン・ブリッジ校に入学。
1825 初頭	村のタビサ・アクロイド（通称タビー、当時54歳）、司祭館女中となる。
1～2月	カウアン・ブリッジでチフスが発生。
5. 6.	マリア、肺病で死去、12歳。
6. 1.	シャーロットとエミリ、カウアン・ブリッジ校を退学し、シルヴァーデイルへ送られる。
6. 15.	エリザベス、肺病で死去、10歳。
1826. 6. 6.	ブロンテきょうだい、兵隊人形遊びを始め、そこから「若者たち」、「われらの仲間」、「島の人々」などの空想劇を生み出し、それがのちに「アングリア」、「ゴンダル」などの創作世界へと発展していく。
1828. 1. 1.	エリザベス・ブランウェル、子どもたちに、スコット『祖父の物語』を贈る。
9. 23～	エリザベス・ブランウェル、子どもたちを連れてクロストン司祭館に滞在。（～25日）
1831. 1. 17.	シャーロット、マーフィールドのロウ・ヘッド校（ミス・ウラーズ・スクール）に入学。エレン・ナッシー、メアリ・テイラーと友情をむすぶ。

年譜　シャーロット・ブロンテ

DATE	EVENTS
1776	ヒュー・ブランティーとエリナー・マックローリー、アイルランドのマハラリー・エスタブリッシュト・チャーチにて駈け落ち結婚。
12. 2.	エリザベス・ブランウェル、コーンウォル、ペンザンスに生まれる。
1777. 3. 17.	パトリック・ブランティー、北アイルランドのカウンティー・ダウン、エムデイル、ドラムバリロニー・カム・ドラムグーランド教区にヒューとエリナーの長男として生まれる。
1783. 4. 15.	マリア・ブランウェル、コーンウォル、ペンザンスにメソディストの裕福なワイン商トマス・ブランウェルの五女として生まれる。
1811. 3. 3.	パトリック、ヨークシャ、ハーツヘッド・カム・クリフトン教会牧師に着任。
1812 春	マリア、アッパー・ブリッジ、ウッドハウス・グロウヴ・スクールの叔父ジョン・フェネル師を訪問。
6月	パトリック、マリアと出会う。
12. 29.	パトリックとマリア、ガイスリー教区教会にて結婚。新居はリヴァセッジ、ハイ・タウンのクラフ・ハウス。
1813	長女マリア・ブロンテ、リヴァセッジ、ハイ・タウンで生まれる。
年末	エリザベス・ブランウェル、クラフ・ハウスに来る。
1815. 2. 8.	次女エリザベス・ブロンテ、リヴァセッジで生まれる。
5. 19.	パトリック、ブラッドフォード教区のソーントン教会司祭に転任。
6月上旬	一家とエリザベス・ブランウェル、リヴァセッジからソーントンに転居。
1816. 4. 21.	三女シャーロット・ブロンテ、ソーントンで生まれる。
6. 29.	シャーロット、ウィリアム・モーガン師により洗礼を受ける。
7. 28.	エリザベス・ブランウェル、コーンウォルのペンザンスへ戻る。
1817. 6. 26.	長男パトリック・ブランウェル・ブロンテ、ソーントンで生まれる。
1818. 1. 6.	アーサー・ベル・ニコルズ、カウンティー・アントリムのキリードで生まれる。
7. 30.	四女エミリ・ジェイン・ブロンテ、ソーントンで生まれる。
8. 20.	エミリ、同地でウィリアム・モーガン師により洗礼を受ける。
1820. 1. 17.	五女アン・ブロンテ、ソーントンで生まれる。

あとがき

開文社刊行の『エミリ・ブロンテ論』『アン・ブロンテ論』に次いで『シャーロット・ブロンテ論』をブロンテをはじめ文学を愛するすべての読者にお届けできるのは編者の大きな喜びである。これまでにブロンテ全集（みすず書房刊）が刊行され，ブロンテはわが国では殊の外愛読されている。シャーロット・ブロンテに関していえば、傑作『ジェイン・エア』を中心に、『シャーリー』『ヴィレット』その他の作品が翻訳紹介され、研究も深められてきた。シャーロット・ブロンテを知りたいという人々の情熱はますます高まっている。また、海外ではクリスティーン・アレグザンダーの『シャーロット・ブロンテ初期作品集』の編纂、マーガレット・スミスの『ブロンテ書簡集』の編纂、スー・ロノフの『ベルジャン・エッセイ集』の編纂が続き、ブロンテに関する理解が一層深まった。今後もますます深まっていくことであろう。二一世紀に向けてブロンテ学は楽しい展望を見せている。

ブロンテ研究にまったく新しい論文をお寄せ下さった佐々井啓先生に深く感謝申し上げたい。ブロンテ姉妹がブリュッセルで「ジゴ袖」を着ていて笑われたのはどうしてであったのか。ブロンテ姉妹は、エミリが言ったように「神さまがお造りになったままの」服装をしていたのであろうか。「神さまがお造りになったまま」でいるためにジゴ袖を着ている必然はまったくないけれども、エミリのなかでそれらがどのようにして結びつくのか理解するのはむずかしい。外面的なことがらに意を用いないでいるのが「神さまのお造りになったまま」でいることを意味したのかもしれない。これにはただ単に流行遅れというだけでは納得がいかない問題が含まれているが、彼女たちの姿を時代的社会的背景のなかに置いてみると案外はっきりとその意味がわかるというものである。田舎者のブロンテ姉妹が最新流行のドレスを着ているはずはなく、少々遅れていても清潔なものを身につけているのであれば何も問題がなかったのに、ブリュッセルの若い娘たちはいたずらにブロンテ姉妹の心を傷つけた。近年コステュームに関する研究が一段と進んで、時代背景を含めていろいろなことがわかるのは楽しい。美しいドレスを見るだけでなく、社会そのものの在りようを教えてもらえて大きな喜びとなっている。

当時の女子教育の問題はフェミニズムの主張が盛んな現代においてさえ重大な問題であるはずで、真の男女平等が、それどころか真の人間平等が打ち立てられていない現状ではもっとも熱心に研究されてよい主題ではないかと思われる。大学教育を受けたわけでもない姉妹が永遠の大文豪になった経緯はどのようなものであったのか。ブロンテ姉妹の周辺で提起される問題を細大漏らさず取り上げ、それらを誠実に解明していくよう努めなければならない。女性の問題は女性だけの問題だと主張して憚らないのは大きな間違いで、そう思っている人ははるかファニー・バーニーの時代に戻っても時代遅れと軽蔑されるであろう。文学においては女性の問題は男女両性の問題であり、ゆえなく無知の状態に放置し、放置されていた責任は大きい。現代においてさえ無責任な無知状態を省みない人々が大勢いるのは実に嘆かわしいかぎりである。

骨相学が経験主義のイギリスにはやったのは当然で、現代科学の眼から見ると似非科学と映るかもしれないが、ブロンテ姉妹はこの知識を活用して登場人物を生き生きと描写した。『ジェイン・エア』のなかで主人公のロチェスターが占い師に変装してジェインの心情を読み取ろうとした場面は有名で、読者の心に深く残るエピソードである。ブロンテ姉妹には画家の心得があって、その描写には細密画を思わせるものがあり、登場人物は表情豊かで、特にその点でシャーロットは芸術家意識が高かったと思われる。一九世紀の作家たちには骨相学的知識は常識化しており、他の作家にも類例を見ることができる。こういう問題を人間学的な視座で見るときわめて興味ぶかいものがあり、現代にも連綿として繋がってきている人類学、民俗学、宗教学などの分野に波及する諸問題の淵源を探り当てる可能性がある。わが国にも類似の研究が民間で盛んに行われているのは周知の事実であり、知識が体系化されるのはごく自然な成り行きであったといわなければならない。

シャーロット・ブロンテ研究の主要な主題であるフェミニズムについてはここで言及するまでもないが、真の男女平等を打ち立てるためには教育の重要性はいくら強調しても強調しすぎることはない。クィーンズ・コレッジが開学したのは一八四八年で、正規の女子教育制度が確立されるのに一九世紀の後半を費やした。教育の遅れは女性の権利の蹂躙にも繋がった。その点でパトリック・ブロンテは先見の明があった。あれほど知的な娘を三人も育てあげることができたのはみごとというほかはない。

先天的に天賦の才に恵まれていても後天的に何も獲得するものがなかったならば、ただの鈍才にならざるを得なかったはずで、父親と娘との関係がほとんど理想的にいった事例であろう。マリア・エッジワースの父親などを思い出すと、まことに奇跡的な成果であったといわざるを得ない。

ブロンテ学は他の作家研究とともに二〇世紀において驚異的な発展を遂げた。特にわが国においては前世紀の後半に隆盛の機運に乗った。わが国の場合は第二次世界大戦以後戦争をしないことに決めてあるので、戦火に煩わされることがなかったのは幸いであった。世界的な規模で見てもほぼ同じことがいえるけれども、イギリスでもアメリカでもその間参戦しなかったわけではない。戦争は人間的価値をすべて破壊してしまう。ブロンテを愛する心も戦争によってすぐに奪われてしまうことは二度の大戦が証明しているとわたしは思う。

ここに収録した諸論文はそれぞれの執筆者が独自の立場を個性的に主張したものである。各執筆者はそれぞれの信念に基づいてブロンテへの愛を論文に凝縮した。個性豊かな論文が読者の想像力を刺激して、ブロンテを学び、ブロンテを考え、ブロンテを愛する寄す処ともなれば編者としてこれにまさる喜びはない。

平成一三年六月六日　ブロンテ文学が始まった日の朝

編者

執筆者一覧

編著者

中岡　　洋（なかおか　ひろし）駒澤大学教授

著者（執筆順）

佐々井　啓（ささい　けい）　日本女子大学教授
多田　知恵（ただ　ちえ）　信州大学講師
小野ゆき子（おの　ゆきこ）　東海大学講師
宇田　和子（うだ　かずこ）　埼玉大学教授
岩上はる子（いわかみ　はるこ）　滋賀大学教授
上山　　泰（かみやま　やすし）　関西大学名誉教授
八十木裕幸（やそぎ　ひろゆき）　駒澤大学教授
緒方　孝文（おがた　たかふみ）　駒澤女子大学教授
田村　妙子（たむら　たえこ）　奈良産業大学講師
佐藤　郁子（さとう　いくこ）　苫小牧駒澤大学教授
杉村　　藍（すぎむら　あい）　名古屋女子大学短期大学部助教授
増田　恵子（ますだ　けいこ）　駒澤大学講師
白井　義明（しらい　よしあき）　横浜市立大学教授
井上　澄子（いのうえ　すみこ）　金蘭女子短期大学教授
田中　淑子（たなか　よしこ）　川村女子大学教授
掘出　　稔（ほりで　みのる）　名古屋女子大学短期大学部教授
田村真奈美（たむら　まなみ）　早稲田大学講師
大田　美和（おおた　みわ）　駒澤女子大学助教授
惣谷美智子（そうや　みちこ）　神戸海星女子学院大学教授
薗田美和子（そのだ　みわこ）　女子栄養大学教授
芦澤　久江（あしざわ　ひさえ）　静岡英和女学院短期大学教授
柳　　五郎（やなぎ　ごろう）　愛知淑徳大学教授
岸本　吉孝（きしもと　よしたか）　徳島文理大学教授

索　引

[ア]

アイスキュロス（Aeschylus, 525-456 B.C.）116-7

アイルランド（Ireland）3-4, 13, 21, 67, 79, 87-8, 98, 107, 363-5, 368-9, 490, 492

「アイルランドでの冒険」（'An Adventure in Ireland', 1829）492

アウアバーク、ニーナ（Auerbach, Nina）402

『アグネス・グレイ』（*Agnes Grey*, 1847）17, 76, 133, 143, 210, 444

アクロイド、タビサ（Aykroyd, Tabitha, ?1770-1855）6-7, 22, 363

『アシニーアム』（*The Athenaeum*）434

アジム、ファードゥーズ（Azim, Firdous）111

アシャンティー族（the Ashantees）105, 108-10, 112-3, 120

アスコット・タイ（Ascot Tie）42

アダム（Adam）309, 334, 337, 368, 371

「新しい女」（New Woman）45-6, 100

アッパーウッド・ハウス（Upperwood House）13

アトキンソン師夫妻（Atkinson, Mr and Mrs）9, 68

アトキンソン、トマス（Atkinson, Thomas, 1780-1870）4, 68

アーノルド、マシュー（Arnold, Matthew, 1822-88）100, 378-9

「アフリカ女王の嘆き」（'The African Queen's Lament', 1833）114

アボッツフォード（Abbotsford）19

アマル、アルフレッド・ド（Hamal, Alfred de）387, 391

『嵐が丘』（*Wuthering Heights*, 1847）17, 76, 95, 143, 210, 279, 401, 403, 444, 493-4

『アラビアン・ナイト』（*Arabian Nights' Entertainments, The*）7

アーラン島（Arran）7

「アルビオンとマリーナ」（'Albion and Marina', 1830）8, 108-9, 114-5, 493

アルビオン〔アーサー・ウェルズリー〕（Albion）114-5, 493

「ある夢想の物語」（'A Romantic Tale', 1829）107

アルメダ、オーガスタ・ジェラルディーン（Almeda, Augusta Geraldine）442

アレグザンダー、クリスティーン (Alexander, Christine) 248, 254
アングリア (Angria) 110-3, 119, 124, 156
「アングリア物語」('Angria') 8, 12, 124-8, 152, 442, 466, 491, 498-9
『アンクル・トムの小屋』(*Uncle Tom's Cabin*, 1852) 355
アーンショー夫妻 (Earnshaw, Mr and Mrs) 95
アントワネット、マリー (Antoinette, Marie, 1755-93) 27
アンブルサイド (Ambleside) 19
アンリ、フランセス (Henri, Frances Evans) 37, 95, 127-32, 135-40, 142, 150-6, 158-62, 269

[イ]

イヴ (Eve) 309-11, 337, 371
イヴニング・コート (evening coat) 34, 38, 42
イヴニング・ドレス (evening dress) 35-6
イギリス国教会 (Charch of England, the) 16
『イギリスにおける家族、性、結婚、1500年から1800年』(*The Family, Sex and Marriage in England 1500-1800*, 1979) 100
「いくつかの人生観」('Views of Life', 1845) 475
イーグルトン、テリー (Eagleton, Terry, 1943-) 343, 345, 364
イーザー、ヴォルフガング (Iser, Wolfgang) 184
イザベル通り (Rue d'Isabelle) 73-4, 153
『イースト』(*Yeast*, 1848) 303
イーストン (Easton) 13
『イソップ寓話集』(Aesop's Fables) 7
イーソン、アンガス (Easson, Angus) 426, 435-6
『偉大な伝統』(*The Great Tradition*, 1967) 293
『イタリア人』(*The Italian: or, The Confessional of the Black Penitents*, 1797) 401
『いとこレイチェル』(*My Cousin Rachel*, 1951) 402
「未だ開かれざる書物の一頁」('A Leaf from an Unopened Volume or The Manuscript of An Unfortunate Author', 1834) 112
イングラム、ブランシュ (Ingram, Blanche) 195, 288, 412, 415

[ウ]

ヴァランス、アデール (Adèle, Varens) 191, 215
ヴァンデンフーテン氏 (Vandenhuten, Mr) 159
ヴィクトリア女王 (Queen Victoria) 36, 99
『ヴィクトリア朝初期のイギリスにおける父権的温情主義』(*Paternalism in Early Victorian England*, 1979) 349
ウィニフリス、トム (Winnifrith, Tom) 465
ウィリアムズ、ウィリアム・スミス (Williams, William Smith, 1800-75) 18, 76-8, 321, 431

ウィリアムズ、ジュデイス（Williams, Judith） 372
「ウィリー・エリン」（'Willy Ellin', 1898, 1936） 504
ヴィレット（Villette） 351-2, 373, 377, 408
『ヴィレット』（*Villette*, 1853） 20-1, 53, 61-2, 71-2, 77, 80, 96, 125, 132-3, 163, 242, 271, 273, 341, 350-2, 354-5, 360, 362-3, 365, 368, 371, 377-82, 385-6, 388-90, 393-6, 403, 405, 408-9, 411, 413, 415, 504, 506
ウィン、ミスター（Wynne, Mr） 332
ウィン、サムエル・フォースロープ（Wynne, Samuel Fawthrop） 332
ウインクワース、エミリ（Winkworth, Emily） 434-5
ウィンクワース、キャサリン（Winkworth, Catherine） 424-5, 428, 430
ウェイクフィールド（Wakefield） 5
『ウェイクフィールドの牧師』（*Vicar of Wakefield, The*, 1766） 98
ウェイティング・ボーイ（Waiting Boy） 7
ウェイトマン、ウィリアム（Weightman, William, 1814-42） 14, 74
ウェザーズフィールド（Wethersfield） 88
ウエストコート（waistcoat） 26, 29-31, 34, 38-9, 41-2
ウェスト・ライディング（West Riding） 304, 322-3
ウェッブ、イーゴ（Webb, Ignor） 305
ウェリントン公爵（Duke of Wellington, 1769-1852） 7-8, 126-7, 251, 504
ウェリントン公爵［フィクション］（Duke of Wellington） 106, 108, 110-1, 117, 493-5
ウェルズリー、アーサー（Wellesley, Arthur Richard, 1807-58） 8
ウェルズリー、アーサー［フィクション］（Wellesley, Arthur） 108, 112, 114, 495
ウェルズリー、チャールズ［フィクション］（Wellesley, Charles） 115-8, 495
ウェルズリー、ハーマイオニー（Wellesley, Hermione） 112-3
「ヴェレオポリス訪問」（'Visits in Verreopolis. Volume First', 1830） 116-7
ウォーカー、アメリア（Walker, Amelia, ?1818-92） 250
ウォーカー、フランセス（Walker, Frances） 4
ウォータールー（Waterloo） 127, 493
ウォルストンクラフト、メアリ（Wollstonecraft, Mary, 1759-97） 99, 278, 335
ウォルトン船長（Walton, Captain） 282-3
ウォルポール、ホレス（Walpole, Horace, 1717-97） 279, 281
ウドニー医師（Oudney, Dr） 107
ウラー、イライザ（Wooler, Eliza, 1808-84） 11
ウラー、スーザン（スザンナ）（nëe Wooler, Susan, or Susannah, 1800-72） 12, 248

ウラー、マーガレット (Wooler, Margaret, 1792-1885) 9-13, 20, 70, 75-6, 81, 86, 124, 248, 252, 322-3, 431
ウラーズ・スクール→ロウ・ヘッド・スクール
ウルフ、ヴァージニア (Woolf, Virginia, 1882-1941) 209, 211-2, 218-9, 221, 380, 461
ウルフ、レナード (Woolf, Leonard, 1880-1969) 219

[エ]

エア、ジェイン (Eyre, Jane) 37, 53, 60, 95-6, 98, 119, 172, 175-82, 184-6, 190-2, 194-204, 207-9, 211, 213-7, 221-2, 225-40, 242-3, 255, 260-70, 274, 278, 280-97, 326, 351, 371, 393, 403-5, 406-7, 409-12, 414, 416, 448-57, 492, 501-2, 503-4,
エア、ジョン (Eyre, John) 192, 278
『英国鳥禽史』(*History of British Birds, The*, 1797, 1804) 242-3, 246, 254, 280, 449
エイドリアノポリス (Adrianopolis) 111
エイドリアン、アングリア皇帝→ザモーナ公爵
エイロット・アンド・ジョーンズ社 (Aylott and Jones) 16
エインリー、ミス (Ainley, Miss) 327, 329
エクセター (Exeter) 407
エジェ寄宿学校 (Pensionnat Heger) 73, 75, 79, 94, 252, 432, 444
エジェ、コンスタンタン (Heger, Constantin, 1809-96) 14-5, 74-5, 79, 129, 147-8, 153, 155-6, 162, 253, 323, 378, 394, 432, 499-500, 505-6
エジェ、マダム (Heger, Mme, 1804-90) 13-5, 73-5, 124, 153, 432
エセックス (Essex) 88
エテイ (Etty) 113
エディンバラ (Edinburgh) 19
エホバ (Jehovah) 309
「絵本を覗き見て」('A Peep Into A Picture Book', 1834) 117, 496
エマニュエル、ポール (Emanuel, Paul Carl/Carlos David) 53, 62, 95, 97, 352-4, 359, 365-7, 369-73, 380-1, 388, 391, 393-4, 409, 414, 505
エリオット、ジョージ (Eliot, George, 1819-80) 303, 459, 490
「エリスとアクトン・ベルの伝記的紹介文」('Biographical Notice of Ellis and Acton Bell', 1850) 444
エルリントン卿〔アレグザンダー・パーシー〕(Lord Erllington) 118
エルリントン、ゼノウビア (Erllington, Zenobia) 105, 114-20, 493, 495

[オ]

オーヴァースカート (overskirt) 44
オクスノップ (Oxenhope) 20
オースティン、ジェイン (Austen, Jane, 1775-1817) 148, 170, 212, 288, 293, 456, 459, 490-3, 496
オステンド (Ostend) 71-3
『オトラント城』(*The Castle of Otranto: A Gothic Story*, 1764) 279, 294
『オブザーヴァー』(*The Observer*) 434
オペラハット (operahat) 31

オリヴァー、ロザモンド（Oliver, Rosamond） 181, 185, 243

オルタンス、ミス（Hortens, Miss） 325, 335-6

『オールトン・ロック』（*Alton Locke*, 1850） 303

[カ]

ガイズリー教区教会（Guiseley Parish Church） 4

ガヴァネス（Governess） 68-9, 73, 76, 85, 87, 208, 213, 215, 406

カウアン・ブリッジ・スクール（Cowan Bridge School） 5-6, 10, 67-8, 91-3, 124, 435, 451, 503

カウンティー・ダウン（County Down） 3, 87,

カークストール・アビー（Kirkstall Abbey） 251

カーク・スミートン（Kirk Smeaton） 20

カーター、アンジェラ（Carter, Angela） 372, 402

カーター、エドワード（Carter, Edward Nicholl, 1800-72） 12

『家庭内天使』（'The Angel in the House' 1854-62） 99

カナン（Canaan） 95, 139, 142, 150, 156

『カラー、エリス、アクトン・ベル詩集』（*Poems by Currer, Ellis and Acton Bell*, 1846） 16, 210, 444, 466

「カラー・ベルの死」（'obituary of Currer Bell', 1855） 445-6

『ガリバー旅行記』（*Gulliver's Travels*, 1726） 243

ガル（Gall, Franz Joseph, 1758-1828） 50, 52

カルヴィニズム（Calvinism） 6

ガーンジー島（Isle of Guernsey） 7

カント（Kant, Immanuel, 1724-1804） 286

[キ]

キースリー（Keighley） 18, 247-48

『犠牲者たち』（*Charlotte Brontë: The Self Conceived*, 1976） 344

『北と南』（*North and South*, 1854-5） 303, 422

希望的想像力（sunny imagination） 378

ギャスケル、エリザベス（Gaskell, Elizabeth, 1810-65） 19-20, 82, 88, 92, 97, 123, 126, 143, 243-4, 303, 312-3, 349, 362, 393, 421-37, 444-5, 451, 503

ギャップ・オブ・ダンロー（gap of Danloe） 21

キャリッジ・ドレス（carriage dress） 33

キャルス＝ウィルソン、ウィリアム（Carus-Wilson, William, 1792-1859） 6, 435

キャルス＝ウィルソン、W. W.（Carus-Wilson, W. W.） 435

「キャロライン・ヴァーノン」（'Caroline Vernon', 1839） 8

キャンベル、トマス（Campbell, Thomas, 1777-1844） 11

キューバ・ハウス（the Cuba House） 21

『教授』（*The Professor*, 1857） 17, 37, 53-4, 56, 58, 62, 76, 96, 98, 123, 125, 131-3, 141, 143, 147-52, 154-5, 162-3, 210, 213, 269-71, 273, 304, 341, 351, 377-8,

382, 385, 388, 393-4, 404, 498, 505
キラーニー (Killarney) 20
キリスト、イエス (Christ, Jesus) 370
キルキー (Kilkee) 21
キールダー、シャーリー (Keeldar, Shirley) 19, 95, 308-11, 313, 315-8, 322, 324, 327-37, 342-4, 346, 348, 351, 492, 502-3
「ギルバート」('Gilbert') 497
ギルバート、サンドラ (Gilbert, Sandra M.) 260-1, 306
ギルピン、ウィリアム (Gilpin, William, 1724-1808) 252
キングズレイ、チャールズ (Kingsley, Charles, 1819-75) 303, 349, 434

[ク]

グアダループ (Guadaloup) 370, 373
グアドループ (Guadeloupe) 370
クォーミナ、クォーシャ (Qaumina, Quashia) 105, 110-4, 120
『草屋詩集』(*The Cottage in the Wood*, 1815) 89
クーパー、アストリー (Cooper, Astley Paston) 7
グーバー、スーザン (Gubar, Susan) 260-1, 306
クーム (Combe, George, 1788-1858) 50
クラヴァット (cravat) 38, 40-1
クラウン (clown) 7
グラス・タウン (Glass Town) 106, 108-10, 112, 114, 117, 493
「グラス・タウン物語」('Glass Town') 8, 106, 491
グラッドストーン、クォーミナ (Gladstone, Quamina) 110
クラッパートン大佐 (Clapperton, Captain) 107
『クランフォード』(*Cranford*, 1853) 427
クリノリン (crinoline) 39, 41, 43
クリノリン・スタイル (crinoline style) 40
クリフブリッジ (Cliffbridge) 333
クリムズワース、ヴィクター (Crimsworth, Victor) 132, 151, 154
クリムズワース、ウィリアム (Crimsworth, William) 54, 95, 126, 128-33, 135-8, 140, 143, 150-6, 158-62, 269-71, 378, 382, 385, 492, 498, 505
クリムズワース、エドワード (Crimsworth, Edward) 54, 62, 127, 131, 150, 152, 154, 158, 269
グリーンウッド、ジョン (Greenwood, John, 1807-63) 423, 428
グリーン・ハウス (Green House) 9
クレア (Clare, John, 1793-1864) 279
グレイヴィー (Gravey, Edward) 7
グレイ、アグネス (Grey, Agnes) 143
グレイ夫妻 (Grey, Mr and Mrs) 95
グレイト・グラス・タウン (Great Glass Town) 108
クレオパトラ (Cleopatra, 69?-30 B.C.) 116
グレート・コート (great coat) 34
グレンギャリフ (Glengariff) 21
クロフトン・ホール・スクール (Crofton Hall School) 5

[ケ]

ケイ=シャトルワース夫妻 (Kay-Shuttleworth, Mr and Mrs) 19, 22

ケイ＝シャトルワース、ジェイムズ (Kay-Shuttleworth, Sir James, 1804-77) 422, 427
ケイ＝シャトルワース、マダム (Kay-Shuttleworth, Mrs) 428, 430
ゲイツヘッド (Gateshead) 12, 173, 176, 190, 193, 199, 208, 211, 213, 215, 243, 289, 291, 501
ゲインズバラ、トマス (Gainsborough, Thomas, 1727-88) 245
ゲザリ、ジャネット (Gezari, Janet) 272-3
ケージ・クリノリン (cage crinoline) 39
ケープ (cape) 34
ケルト (Celt) 452, 460, 490
『源氏物語』 495
ケンブリッジ大学 (Cambridge University) 3, 67, 88, 220

[コ]

コヴェント・ガーデン (Covent Garden) 99
コウルリッジ、サミュエル・テイラー (Coleridge, Samuel Taylor, 1772-1834) 100, 282
コーク (Cork) 21
ゴシック (Gothic) 272, 279, 283, 288-9, 291-3, 295-6, 401-3, 407, 410, 413-6, 493
ゴシック・ゾーン (Gothic Zone) 403, 408, 413
『ゴシック探求』 (*The Gothic Quest*, 1938) 296
ゴシック・ヒロイン (Gothic Heroine) 294-5
ゴシック・フェミニズム (Gothic Feminism) 292
ゴシック・ロマンス (Gothic Romance) 277, 292, 297, 408, 489-90
コスレット、テス (Cosslet, Tess) 309, 315
ゴーソープ・ホール (Gawthorp Hall) 19, 21-2
ゴッホ (van Gogh, Vincent, 1853-90) 459
コート (coat) 26, 28-32, 34, 44
ゴドウィン、ウィリアム (Godwin, William, 1756-1836) 278
ゴードン (Gordon, Lyndall) 437
ゴトン (Goton) 371
『コニングズビ』 (*Conningsby*, 1844) 303
コルセット (corset) 27, 45-6
ゴールドスミス、オリヴァー (Goldsmith, Oliver, ?1730-74) 11, 98-9
コーンウォール (Cornwall) 399, 407
コンスタブル、ジョン (Constable, John, 1776-1837) 245-6
「ゴンダル」 ('Gondal') 8, 442, 466-7, 491, 494

[サ]

サイエンス・ゴシック (Science Gothic) 292
サイクス、ミス (Sykes, Mrs) 335-6
サウジー、ロバート (Southey, Robert, 1774-1843) 11, 86, 94, 98, 100, 443, 447, 458
サザラム (Southowram) 10
サザランド、ジョン (Sutherland,

John) 249, 403
サタン (Satan) 285
サッカレー、ウィリアム・メイクピース (Thackeray, William Makepeace, 1811-63) 19-20, 172, 378-9, 457, 503
サドラー、マイケル (Sadler, Michael) 7
サマーズ、モンタギュー (Summers, Montague) 296
ザモーナ公爵〔アーサー・ウェルズリー〕(Duke of Zamorna) 106, 111, 113, 118-9
サン・キュロット (sans culotte) 27

[シ]

ジェイ、エリザベス (Jay, Elisabeth) 435
シェイクスピア、ウィリアム (Shakespeare, William, 1564-1616) 11, 288
『ジェイコブの部屋』(*Jacob's Room*, 1922) 212, 218-20
ジェイムズ、ヘンリ (James, Henry, 1843-1916) 406
シェイン、ウィリアム (Shaen, William) 435
『ジェイン・エア』(*Jane Eyre*, 1847) 3, 12, 17-9, 37, 51, 53-4, 59, 61-2, 77, 96, 98, 106, 120, 125, 128, 132-3, 163, 170, 172, 175-6, 179, 183-4, 189-90, 192, 202-3, 205, 207, 210, 213, 221, 225, 241-2, 254, 259-62, 264, 269-71, 273-4, 277, 279, 283-4, 288, 292-4, 297, 304, 321, 326, 351, 360, 393-4, 400, 403, 407, 411, 413, 416, 422-4, 431, 441, 446-8, 450, 457-61, 501-2, 505
「『ジェイン・エア』についての数言」('A Few Words about *Jane Eyre*') 424
シェパード、ヘンリ (Shepheard, Henry) 435
ジェラルダ (Geralda) 474, 480
ジェラン、ウィニフレッド (Gérin, Winifred) 432, 435
シェリー、パーシー・ビッシュ (Shelley, Percy Bysshe, 1792-1822) 280-1
シェリー、メアリ (Shelley, Mary, 1797-1851) 278-9, 293, 401
シェルストン、アラン (Shelston, Alan) 435
ジェンキンズ師 (Jenkins, Rev. Evans, ?1797-1856) 13-4
「自己省察」('Self-Congratulation') 475
ジゴ袖 (gigot) 32, 35, 46
シジウィック家 (Sidgwick family) 12, 124, 444, 499
『失楽園』(*Paradise Lost*, 1667) 150
「しばしば叱責されながらも、つねに戻ってくる」('Often rebuked, yet always back returning') 272-3
『シビル』(*Sybil*, 1845) 303-4, 310, 312-3
シビル (Sybil) 304, 308, 310-1, 312
『自負と偏見』(*Pride and Prejudice*, 1813) 456, 459
「島の人々」('The Islanders', 1829-30) 7-8, 448, 458, 494
ジャケット (jacket) 38, 42, 45-6
シャトー・ド・ケーケルベール (Château de Koekelberg) 13
シャノン・ジュニア、エドガー・F. (Shannon Jr., Edgar F.) 260

シャープス、J．G．(Sharps, J. G.) 425
『シャープス・ロンドン・マガジン』(*Sharp's London Magazine*) 424-5
『シャーリー』(*Shirley*, 1849) 18-9, 53, 56, 125, 128, 163, 303-4, 306, 311, 313, 318, 321-5, 327, 338, 341, 345, 346-8, 350-1, 355, 393-4, 400, 420, 424, 428-30, 433, 437, 502
「『シャーリー』におけるプライベートとソシアルなテーマ」('Private and Social Themes in "Shirley"', 1965) 311
『シャーロット・ブロンテとヴィクトリア朝時代の心理学』(*Charlotte Brontë and Victorian Psychology*, 1966) 54
『シャーロット・ブロンテの生涯』(*The Life of Charlotte Brontë*, 1857) 123, 126, 142, 243, 362, 444
シャンガロン (Shungaron) 112
『修道士』(*The Monk, A Romance*, 1796) 289
「12人の冒険者たち」('The Twelve Adventurers') 492
シュプルツハイム (Spurzheim, Johann Kasper, 1776-1832) 50
「呪文」('The Spell, An Extravaganza', 1834) 8
ショーウォルター、エレイン (Showalter, Elaine) 401
『女性権利の擁護』(*A Vindication of the Rights of Women*, 1792) 99
『女性自身の文学』(*A Literature of Their Own*, 1977) 401-2
『女性と文学』(*Literary Women*, 1976) 401
ジョーダン、ジョン (Jordan, John O.) 186
シラ神父 (Père Silas) 352-3
シルヴァーデイル (Silverdale) 7, 13
シルヴィー (Sylvie) 367
「詩連」('Stanzas') 480
シンクレア、メイ (Sinclair, May, 1879-1946) 435
シンプソン家 (Sympson family) 334
シンプソン、ジェイムズ (Sympson, James) 332
シンプソン、ヘンリ (Sympson, Henry) 334

[ス]

スウィーティング、デイヴィッド (Sweeting, David) 305
スウィンバーン、アルジャノン (Swinburne, Algernon Charles, 1837-1909) 459
『崇高と美の概念の起源に関する哲学的省察』(*A Philosophical Enquity into the Origin of Our Ideas of the Sublime and Beautiful*, 1971) 283
スカーバラ (Scarborough) 19-20, 218-20, 322
スコット、ウォルター (Scott, Sir Walter, 1771-1832) 7, 11, 19, 128, 148, 155, 293-4, 489-90, 497
スコット、ジョウ (Scott, Joe) 310-1, 337
スタール夫人 (Staël, Madame de, 1766-1817) 116, 495
スターン、ローレンス (Sterne, Laurence, 1731-68) 173, 179

「捨て子」('The Foundling: A tale of Our Times', 1833) 8
ステッドマン、ジェイン (Stedman, Jane) 255
ストウ、ビーチャー (Stowe, Harriet Beecher, 1811-96) 355
ストウンギャップ・ホール (Stonegappe Hall) 12
スノウ、ルーシー (Snowe, Lucy) 72-3, 80, 95, 242, 351-4, 359-62, 365-7, 369-73, 378-82, 384, 386-9, 391-2, 394, 404-6, 409, 414-5, 492, 504-5
スパニッシュ・タウン (Spanish Town) 262
スミス・エルダー社 (Smith, Elder and Co.) 18-9, 76-7, 79, 210, 321, 424
スミス、ジョージ (Smith, George, 1824-1901) 18-9, 76-7, 79, 354, 422, 427-8, 431
スミス、マーガレット (Smith, Margaret) 425
スミドレー、フランク (Smedley, Frank, 1818-64) 425
スワロー・テール・コート (swallow tail coat) 34

[セ]

セゴヴィア、マリア・ディ (Segovia, Maria di) 113
セシル、デヴィッド (Cecil, David, 1902-86) 292
ゼフィレッリ、フランコ (Zeffirelli, Franco, 1923-) 190
ゼルジア、レディー〔ゼノウビア・エルリントン〕(Lady Zelzia) 114-5

[ソ]

「想像力によせて」('To Imagination', 1844) 469
ソーントン (Thornton) 3, 5, 68
ソーンフィールド (Thornfield) 12, 133, 173, 177, 180, 190-5, 200, 203, 208, 213, 215-6, 225-39, 243, 260-3, 270, 283-5, 290, 295, 326, 403, 407-9, 412-3, 416, 456, 501

[タ]

『タイムズ』(*The Times*) 504
タキシード (taxedo) 42
タータ― (Tartar) 333-4
ターナー、ジョウゼフ (Turner, Joseph Mallord William, 1775-1851) 245-6, 251
タナー、トニー (Tanner, Tonny) 379
『ダフニ・デュ・モーリア——とり憑かれた後継者』(*Daphne Du Maurier: Haunted Heiress*, 2000) 402
ダブリン (Dublin) 21
ダルク、ジャンヌ (d'Arc, Jeanne, 1412-31) 415
『ダロウェイ夫人』(*Mrs. Dalloway*, 1925) 218
ダロウェイ、ミセス (Dalloway, Mrs) 218
『タンクレッド』(*Tancred*, 1847) 303
ダン (Donne, Joseph) 305-6, 334
ダンヴァーズ夫人 (Danvers, Mrs) 406, 415
ダンディー (dandy) 24, 30-1, 34

[チ]

チャーティスト運動 (Chartism 1838-46) 305, 322, 343, 345, 502
チャプター・コーヒー・ハウス (The Capter Coffee House) 94

[ツ]

「追憶」('Retrospection', 1835) 447-8
『つらいご時世』(*Hard Times*, 1854) 303

[テ]

ディズレイリ、ベンジャミン (Disraeli, Benjamin, 1864-81) 303, 310-2
ディケンズ、チャールズ (Dickens, Charles, 1812-70) 34, 293, 303, 425, 451, 503
ディナー・ジャケット (dinner jacket) 42
ディネーセン、イーサク (Dinesen, Isak, 1885-1962) 401
テイラー家 (Taylor family) 9
テイラー、ジェイムズ (Taylor, James) 19
テイラー、マーサ (Taylor, Martha, 1819-42) 9, 13, 74, 153
テイラー、メアリ (Taylor, Mary, 1817-93) 9-10, 13, 70, 74, 94, 153, 323, 363, 368, 431, 433, 436-7, 444-5
『デイリー・ニューズ』(*The Daily News*) 445
デナム少佐 (Denham, Major) 107
テニソン、アルフレッド (Tennyson, Alfred Lord, 1809-92) 99
デュアリー、イザベラ (Dury, Isabella) 90
テール (tail) 40
デューズベリ・ムア (Dewsbury Moor) 11
デュ・モーリア、ダフニ (Du Maurier, Daphne, 1907-89) 399-405, 407-9, 413
テンプル、ミス (Temple, Miss) 176, 178, 191, 197, 202, 215
『天路歴程』(*The Pilgrim's Progress*, 1678) 131-2

[ト]

ドゥアロウ侯爵〔アーサー・ウェルズリー〕(Marquis of Douro) 106, 114-5, 117
ド・ウィンター家 (Du Winter family) 413, 415
ド・ウインター、キャロライン (Du Winter, Caroline) 415
ド・ウィンター、マクシム (Du Winter, Maxim) 404, 406, 409-11, 413-4, 416
『ド・ウィンター夫人』(*Mrs Du Winter*, 1993) 403, 416
『解き放たれたプロミシュース』(*Prometheus Unbound*, 1819) 278
トップ・コート (top coat) 34
トップ・ハット (top hat) 29-30, 39, 42
トップ・ブーツ (top boots) 30
ド・バソンピエール、ムッシュ (de Bassompierre, M) 80
ド・バソンピエール、ポーリーナ (de Bassompierre, Paulina Mary) 80, 271, 365, 367, 389, 391-2, 405
トマス・コートリー・ニュービー社

(Thomas Courtly Newby) 17, 76, 210
『トム・ジョーンズ』(*Tom Jones*, 1749) 173
トムソン、ジェイムズ (Thomson, James, 1700-48) 11, 254
トラウザーズ (trousers) 29, 34, 37-9, 42, 46
トラファルガー (Trafalgar) 323
「囚われの鳩」('Captive Dove, The', 1842) 474
『トリストラム・シャンディ』(*The Life and Opinions of Tristram Shandy*, 1760-5) 179
トリー大尉 (Captain Tree) 117
トリニダード島 (trinidad) 108
トールメーレン、マリアンヌ (Thormählen, Marianne) 354
ドレス・インプルーヴァー (dress improver) 45
ドレス・コート (dress coat) 34
『ドン・ジュアン』(*Don Juan*) 11

[ナ]

ナッシー、エレン (Nussey, Ellen, 1817-97) 9-13, 18-9, 69-70, 73, 78-9, 85-6, 93, 96, 108, 294, 324, 424-6, 431, 433, 502
ナッシー、ヘンリ (Nussey Henry, 1812-67) 12-3, 79
ナネリー、サー・フィリップ (Nunnely, Sir Philip) 309, 316, 333
ナネリー、ミセス (Nunnely, Mrs) 335-6

[ニ]

『ニコラス・ニクルビー』(*Nicholas Nickleby*, 1838-9) 451
ニコルズ、アーサー・ベル (Nicholls, Arthur Bell, 1818-1906) 20-2, 79-82, 97-8, 394, 424, 426, 430-1, 506
「日没」('Sunset', 1829) 478
『人相学断片』(*Fragments of Physiognomy for the Increse of Knowledge and Love of Mankind*, 1775-8) 50

[ネ]

『ねじの回転』(*The Turn of the Screw*, 1898) 406
ネスター、ポーリーン (Nestor, Pauline) 264
ネッククロス (neckcloth) 26, 29, 38

[ノ]

『ノーサンガー・アビー』(Northanger Abbey, 1818) 293, 490
ノートン・コンヤーズ・ホール (Norton Conyers Hall) 12, 203, 232
ノーフォーク・ジャケット (Norfolk jacket) 42

[ハ]

ハイルブラン、キャロライン (Heilbrum, Carolyn) 395
ハイルマン、R. B. (Heilman, R. B.) 288, 403
バイロニック・ヒーロー (Byronic hero) 290
バイロン、ジョージ・ゴードン (Byron, George Gordon Noel, 1788-

1824) 11, 246, 251-2, 278-9, 412, 442, 446
バーカー、ジュリエット (Barker, Juliet) 92, 435, 437
バーク、エドマンド (Burke, Edmund, 1729-97) 281, 286
バクスター、ルーシー (Baxter, Lucy) 379
バーサ〔垂れ衿〕(bartha) 36
パーシー、アレグザンダー (Percy, Alexander) 113, 116, 118
ハーシュ、コンスタンス (Harsh, Constance) 309-10
バシュラール、ガストン (Bachelard, G., 1884-1962) 261
バーストール (Birstall) 431
バターフィールド、ミスター (Butterfield, Richard Shackleton) 322
バッスル (bustle) 43, 44-6
バッスル・スタイル (bustle style) 45
バッド大尉 (Captain Bud) 116-7
パットモア、コヴェントリー (Patmore, Coventry, 1823-96) 99
ハーツヘッド (Hartshead) 4, 323
パディハム (Padiham) 19
ハドソン家 (Hudson family) 13
バートン、メアリ (Barton, Mary) 304, 308, 312-3
バナハー (Banagher) 21
バニヤン、ジョン (Bunyan, John, 1628-88) 131
ハーマン (Harman, Barbara Leah) 311-2
「薔薇」('The Rose', 1839) 482, 485
ハリファックス (Halifax) 10
バルト、ロラン (Barthes, Roland) 395
ハルフォード、ヘンリ (Halford, Henry) 7
ハワース (Haworth) 5, 7, 10, 14-7, 20-2, 68-9, 74-6, 88, 93-4, 124, 163, 246, 250, 399, 423-4, 430-1, 499
ハワース司祭館 (Haworth Parsonage) 5-6, 10, 22, 68, 209, 424
バーンズ、デュナ (Barns, Djuna, 1892-1982) 401
バーンズ、ヘレン (Burns, Helen) 173-6, 191, 197, 200, 202, 238-9, 451
バーンズ、ロバート (Burns, Robert, 1759-96) 254
ハンズデン、ハンズデン・ヨーク (Hunsden, Hunsden York) 54, 141, 151, 153-4
ハンター (Hunter) 7
『パンチ』(Punch) 41, 338
ハンティング・キャップ (hunting cap) 42
ハンティンドン、アーサー (Huntingdon, Arthur) 54
ハンティンドン、ヘレン (Huntingdon, Helen Lawrence) 54
ハント、リー (Hunt, Leigh, 1784-1859) 7

[ヒ]

ピカソ (Picasso, Pablo Ruiz y, 1881-1973) 459
光源氏 495
『ピクウィック・クラブ』(The Posthumous Papers of the Pickwick Club, 1836) 34
ピクチャレスク (Picturesque) 245,

251, 281, 496
ヒースクリフ (Heathcliff) 92, 143
ピーターズ、マーゴット (Peters, Margot) 380
ヒートン、ハーバート (Heaton, Herbert) 304
ヒーニー、シェイマス (Heaney, Seamus, 1939-) 368
ピニオン (Pinion, F. B.) 467
「日の出」('Sunrise', 1829) 478-9
「秘密」('The Secret', 1833) 8
ビューイク、トマス (Bewick, Thomas, 1753-1828) 242-3, 246, 248-9, 254-5, 280-1, 449
ヒューム、メアリアン (Hume, Marian) 105, 114-8, 120
『評論』(*Essays*, 1967) 209
「ピラトの妻の夢」('Pilate's Wife's Dream') 497
ヒル、スーザン (Hill, Susan, 1942-) 403, 416

[フ]

ファイリー (Fiely) 20
ファース家 (Firth family) 4
ファース、エリザベス (Firth, Elizabeth, 1797-1837) 4
ファレン、ウィリアム (Farren, William) 336, 346
ファーンショー、ジネブラ (Fanshawe, Ginevra Laura) 372, 386-8, 390-1, 414
ファーンディーン (Ferndean) 177, 181, 192-3, 196, 200, 208, 213, 217, 259-71, 273-4, 351, 456, 501-2
フィッシュ、スタンリー (Fish, Stanley) 183
フィーメイル・ゴシック (Female Gothic) 399, 401, 403-4
『フィーリックス・ホルト』(*Felix Holt*, 1866) 303
フィリップス、ジョージ・サール (Phillips, George Searle, 1815-89) 250
フィールディング、ヘンリ (Fielding, Henry, 1707-54) 173
フィールドヘッド (Fieldhead) 308, 323, 331-2, 334
フィンデン、ウィリアム (Finden, William) 116, 249
フィンデン、エドワード (Finden, Edward) 251
フェアファックス夫人 (Fairfax, Mrs) 180, 191, 290
フェネル、ジェイン (Fennell, Jane, 1791-1827) 4
フェネル、ジョン (Fennell, John, 1762-1841) 4
フェミニスト (Feminist) 221, 360
フェミニズム (Feminism) 147, 150, 160, 163, 170, 210, 213, 259, 309, 401-2, 441, 461
フェルナンド・ポー (Fernando Po) 107
フォースター、E. M. (Forster, Edward Morgan, 1879-1970) 392
フォースター、マーガレット (Forster, Margaret) 402
父権制社会 (patriarchal society) 344, 356, 380
父権的温情主義 (paternalism) 345-9, 351-2

ブース、ウェイン (Booth, Wayne C.) 182
「二つのロマンテイックな物語」 ('Two Romantic Tales') 492
ブッセ、カール (Busse, Carl, 1872-1918) 452
フープ (hoop) 27-8
プライアー、ミセス (Pryer, Mrs) 323-4, 326, 335-6
ブライアリー・クロス (Briery Close) 422
ブライヤーフィールド (Briarfield) 323, 325, 327, 329-30
ブライヤー・ホール (Brier Hall) 323
プライス、デヴィッド (Pryce, David, 1811-40) 13
ブラウン氏 (Brown, Mr) 153
ブラウン博士 (Brown, Dr) 51, 53
ブラウン、マーサ (Brown, Martha) 434
『ブラックウッズ・マガジン』 (Blackwood's Magazine) 50, 107, 109, 489-90
ブラッドフォード (Bradford) 3
ブラッドリ、ジョン (Bradley, John, 1787-1844) 248, 254
プラマー、トマス (Plummer, Thomas) 247-8
ブランウェル、エリザベス (Branwell, Elizabeth, 1776-1842) 5, 15, 70, 74, 90, 93-4
ブランウェル、シャーロット (Branwell, Charlotte) 4
『ブランウェル・ブロンテの地獄の世界』 (*The Infernal World of Branwell Beontë*, 1960) 400, 402, 404
フランケンシュタイン、ヴィクター (Frankenstein, Victor) 283-6
フランケンシュタイン、エリザベス (Frankenstein, Elizabeth) 285
『フランケンシュタイン——現代のプロメテウス』 (Frankenstein: or, The Modern Prometheus, 1818) 277-9, 282, 285, 292-3
フランダース、アーチャー (Flanders, Archer) 219
フランダース、ジェイコブ (Flanders, Jacob) 218-21
ブランティー、ヒュー (Brunty, Hugh) 3-4
ブランメル、ジョージ・ブライアン (Brummell, George Bryan, 1778-1840) 30-1
ブリグズ、エイサ (Briggs, Asa) 304, 311
ブリッジズ、K. M. B. (Bridges, K. M. B.) 92
ブリーチズ (breeches) 26, 29-31, 46
ブリドリントン〔バーリントン〕 (Bridlington) 13
プリマス・グロウヴ (Plymouth Grove) 20
『プリマス・タイムズ』 (*Plymouth Times*) 338
ブリュッセル (Brusseles) 13-6, 69-77, 94, 124-5, 131-3, 136, 138, 147, 150, 152-4, 156, 159, 162, 248, 252, 351-2, 363, 368, 377, 431-3, 436, 444, 499
『プリンセス』 (*Princess, The*, 1847) 99
プリンセス・ライン (princess line) 44
プール、グレイス (Poole, Grace) 182, 264, 289

ブル、ジョン (Bull, John) 7
ブルーマーズ (bloomers) 46
ブレイク、ウィリアム (Blake, William, 1757-1827) 246
ブレイク、キャスリン (Blake, Katheleen) 360
『フレイザーズ・マガジン』(*Fraser's Magazine*, 1830-82) 50
ブレトン家 (Bretton family) 361
ブレトン、アンドレ (Breton, Andre) 295-6
ブレトン、ジョン・グレアム (Bretton, John Graham) 61-2, 80-1, 271, 361-2, 365, 373, 383-4, 386-7, 389, 391, 405, 505
ブレトン、ルイーザ (Bretton, Louisa) 81, 386-7, 405
フレンチ、イボンヌ (French, Yvonne) 429-30
フロック (frock) 26, 29, 34
フロック・コート (frock coat) 34, 38, 42
ブロックルハースト師 (Brocklehurst, the Rev.) 59, 191, 198
プロテスタント (Protestant) 140, 352, 354, 368
ブロム、マーガレット (Blom, Margaret Howard) 236
プロメテウス (Prometheus) 284
『ブロンテ一家』(*The Brontë Sisters*, 1947) 448
ブロンテ、アン (Brontë, Anne, 1820-1849) 4-8, 10, 16-20, 54, 76, 78, 93-4, 120, 126, 133, 143, 210, 245, 249-50, 252, 322, 363, 429, 442, 444, 465-6, 473-5, 477-8, 480-1, 486-7, 494
ブロンテ、エミリ・ジェイン (Brontë, Emily Jane, 1818-1848) 5-8, 13, 15-8, 67, 71, 74-6, 78, 85, 92-4, 123, 126, 143, 210, 215, 252, 272-3, 279, 321-2, 324, 363, 393, 401, 429, 436, 442, 444, 465-73,480-1, 486-7, 494, 503, 506-7
ブロンテ、エリザベス (Brontë, Elizabeth, 1815-25) 4, 6-7, 442
ブロンテ、シャーロット (Brontë, Charlotte, 1816-55) 3-22, 25, 49, 51, 53-4, 56, 58-9, 61-2, 67-82, 85-8, 91-9, 101, 105-8, 110, 112-3, 116, 118, 120, 123, 125-6, 128-9, 131-3, 138, 141-3, 147-8, 150-6, 161-3, 170, 175, 207, 209-10, 212-3, 215, 221, 240, 241, 243-4, 246-55, 259, 269, 271-3, 278-9, 281, 283, 288, 294, 303-4, 306-8, 311-8, 321-4, 325, 338, 341, 343-5, 347-52, 354-5, 359-60, 363-4, 368, 377-81, 392-6, 399-405, 408, 413, 421-33, 436-7, 441-6, 448, 450-1, 453, 455, 456-61, 465-7, 478, 480, 482, 486, 489-97
ブロンテ、パトリック (Brontë, Patrick, 1777-1861) 3-5, 13, 17, 20, 22, 67-72, 74-82, 87-91, 93-9, 246-8, 322-3, 421, 426, 428, 430, 434, 442, 446
ブロンテ、パトリック・ブランウェル (Brontë, Patrick Branwell, 1817-48) 4-5, 7, 9-10, 17, 68, 76, 78, 85, 91, 93-4, 107, 109, 123, 152, 244, 247, 251-2, 254, 321-2, 364, 394, 400, 404, 429, 432, 442, 467, 494
ブロンテ、マリア (Brontë, Maria, 1814-25) 4-7, 92, 442
ブロンテ、マリア・ブランウェル

(Brontë, Maria Branwell, 1783-1821) 3-5, 89, 92, 399, 442
『ブロンテと宗教』(*The Brontës and Religion*, 1999) 354
フュースリ (Fuseli, Henry, 1741-1825) 252

[へ]

ベガー、スザンヌ (Becker, Susanne) 402
ベック、マダム (Beck, Mme) 353, 372, 377, 388, 391, 413
ベッシー (Bessie) 191, 243
「へぼ詩人」('The Poetaster. A Drama In Two Volumes') 115
ヘミングウェイ (Hemingway, Earnest, 1899-1961) 450
ペリース (pelisse) 33
ベル、アクトン→ブロンテ、アン
ベル、エリス→ブロンテ、エミリ・ジェイン
ベル、カラー→ブロンテ、シャーロット
ヘルストン牧師 (Helstone, Matthewson) 306, 308, 323-4, 326
ヘルストン、キャロライン (Helstone, Caroline) 19, 95, 305-11, 313-4, 322-32, 335-8, 342-6, 348
ペレ氏 (Pelet, M) 133, 140, 151, 154, 159, 502-3
ペンザンス (Penzance) 4, 90, 399-400
ベンティンク、ロード (Bentinck, Lord) 7
ベントリー、フィリス (Bentley, Phyllis) 323, 448
ヘンリエッタ、メアリ (Henrietta, Mary) 111, 119
「ヘンリ・ヘイスティングズ」('Henry Hastings', 1839) 8

[ホ]

ホイールライト家 (Wheelwright family) 431
ホイールライト、レティシャ (Wheelwright, Laetitia, 1828-1911) 431
ボウスター (Boaster) 7
ボウメラ、ペニー (Boumelha, Penny) 327
ボウルトン・アビー (Bolton Abbey) 251
ボウルビィ、ジョン (Bowlby, John) 93
『放浪者メルモス』(*Melmoth the Wanderer*, 1820) 293
『母子関係の理論』 93
ホジソン、ウィリアム (Hodgson, William, 1809-74) 13
ホーズ (hose) 26
ホートン卿 (Richard Monckton Milnes, 1st Baron Houghton) 20
ボナパルト、ナポレオン (Bonaparte, Napoleon, 1769-1821) 28-9, 127, 305, 322, 330
ボナパルト［フィクション］(Bonaparte) 7
ボナミー (Bonamy) 220
ポープ、アレグザンダー (Pope, Alexander, 1688-1744) 11
ボーラー・ハット (bowler hat) 39, 42
ポラード (Pollard, Arthur) 432
ポール、セント (Paul, St.) 310, 329

ホロウズ・ミル (Hollows Mill) 323-4, 326-7, 330
ホワイト家 (White family) 13, 124, 444, 499
ホワイト氏 (White, Mr) 14
ホワイトヘッド、バーバラ (Whitehead, Barbara) 422, 427, 429, 437
ボーデンハイマー、ローズマリ (Bodenheimer, Rosemarie) 308
ボンネット (bonnet) 35, 40
ホンブルグ (hombrug) 42

[マ]

マイヤー、ヴァレリー・G.(Myer, Valerie Grosvenor) 226
マイヤー、スーザン (Meyer, Susan) 112, 264, 273
マクウィーン、ジェイムズ (Macqueen, James) 107
マクベス (Macbeth) 292
マーシュ・エンド (Marsh End) 173, 177, 181, 185, 407
マチューリン (Maturin, Charles R., 1780-1824) 293
マーチモント、ミス (Marchmont, Miss) 77, 82
マティ、ミス (Matty, Miss) 427
マーティノウ、ハリエット (Martineau, Harriet, 1802-76) 19-20, 49, 349, 428, 434, 445, 494, 505
マーティン、ジョン (Martin, John, 1789-1854) 246
『マーミオン』(*Marmion*, 1808) 294
マリアン (Marian, Maid) 115
マリーナ〔メアリアン・ヒューム〕(Marina) 114-5, 493
マルキシズム (Marxism) 296
マロウン (Malone, Peter Augustus) 305, 334
マンチェスター (Manchester) 17, 20, 77, 79, 96
マン島 (Isle of Man) 7
マンダリー (Manderley) 404, 406-8, 410, 413-6
マン、ヘイ (Man, Hay) 7

[ミ]

「緑のこびと」('The Green Dwarf. A Tale of The Perfect Tense', 1833) 110
ミル、ジョン・スチャート (Mill, John Stuart, 1806-73) 434
ミルヴォワ (Millevoye, Charles-Hubert, 1782-1816) 500
ミルトン、ジョン (Milton, John, 1608-74) 11, 150, 161

[ム]

ムア、オルタンス (Moore, Hortense Gérard) 330
ムア・ハウス (Moor House) 192-3, 198-9, 201, 208, 213, 217, 234, 295-6, 501
ムア、ルイ (Moore, Louis Gérard) 315-7, 334, 348
ムア、ロバート (Moore, Robert Gérard) 304, 306, 308, 311, 313-5, 317, 323, 325-7, 330-2, 343-4, 346, 348
『息子と恋人』(*Sons and Lovers*, 1913) 80

[メ]

『メアリ・バートン』(*Mary Barton*, 1847) 303-4, 312-3
メイソン、アントワネッタ (Mason, Antoinetta) 262
メイソン、ジョウナス (Mason, Jonas) 262
メイソン、バーサ・アントワネッタ (Mason, Bertha Antoinetta) 119, 203, 216, 226 230, 235-6, 238, 260, 262, 285-6, 410-3, 416
メイソン、リチャード (Mason, Richard) 288, 290-1

[モ]

モアズ、エレン (Moers, Ellen, 1921-71) 401
モグレン、ヘレン (Moglen, Helen) 226, 344
モーゼ (Moses) 139
モートン (Morton) 208, 213, 216, 243
モーニング・コート (morning coat) 34, 38, 42
「森」('The Wood', 1846) 483, 485
モンスター (Monster) 278, 283-6, 292

[ヤ]

『屋根裏の狂女』(*The Madwoman in the Attic: The Woman Writer and the Nineteenth-Century Literary Imagination*, 1979) 260-1

[ユ]

ユーグロウ、ジェニー (Uglow, Genny) 429, 435
『ユードルフォ城の秘密』(*The Mysteries of Udolpho*, 1794) 293

[ヨ]

『幼児初期における情緒発達』(*Emotional Development in Early Infancy*, 1932) 92
ヨーク公フレデリック・オーガスタス (Frederick Augustus, Duke of York and Albany, 1763-1827) 109
ヨークシャー (Yorkshire) 3-4, 6-7, 18, 209, 255, 304-6, 321, 341, 363-4, 399, 407, 416
ヨーク家 (Yorke family) 324
ヨーク、ハイラム (Yorke, Hiram) 56, 58, 323, 325, 331-2, 350
ヨーク、ミセス (Yorke, Mrs) 335-6
ヨーク、ローズ (Yorke, Rose) 325

[ラ]

ライディング・コート (riding coat) 27, 31
「落葉」('La Chute des Feuilles', 1812) 500
ラダイツ暴動 (the Luddite riots) 18, 304, 322-3, 341, 343, 345-6, 351, 502
ラドクリフ、アン (Radcliffe, Ann, 1764-1823) 293-4, 401, 408
ラバスクール (Labassecour) 351
ラーバター (Lavater, Johann Caspar, 1741-1801) 50
ラフ (ruff) 33

[リ]

リアリズム (Realism) 147-8, 151-2, 155, 162-3, 253, 283, 290, 293-4, 297, 321-2, 408, 441, 490-1, 498

リヴァーズ家 (Rivers family) 216-7
リヴァーズ、セント・ジョン・エア (Rivers, St. John Eyre) 59-61, 177-8, 180-2, 184-6, 192, 199, 217, 221, 234, 259-60, 264, 268, 274, 286, 294, 296, 403, 455
リヴァーズ、ダイアナ (Rivers, Diana) 181, 217
リヴァーズ、メアリ (Rivers, Mary) 217
リヴァセッジ (Liversedge) 322-3
リーヴィス、F. R. (Leavis, F. R.) 293
リーズ (Leeds) 7, 71, 246, 248
『リーズ・マーキュリー』(*Leeds Mercury*) 323
リチャードソン、サミュエル (Richardson, Samuel, 1689-1761) 294
リッチモンド、ジョージ (Richmond, George, 1809-96) 53-4
リード家 (Reed family) 191, 208, 213, 278, 449
リード、ジョン (Reed, John) 191
リード、ミスター (Reed, Mr) 291
リード、ミセス (Reed, Mrs) 61, 180, 186, 190, 194, 208, 211, 243, 278, 448-9
リューテル、ゾライード (Reuter, Zoraïde) 58, 134, 150-1, 153, 158-9, 377, 385
リルケ、ライナー (Rilke, Rainer Maria, 1875-1926) 394
リンダー、シンシア・A. (Linder, Cynthia A.) 226
リントン家 (Linton family) 95

[ル]

ルイス、G. H. (Lewes, George Henry, 1817-1878) 56, 148, 162, 241-2, 324, 459, 491
ルイス、M. G. (Lewis, Matthew G., 1775-1818) 289
『ルース』(*Ruth*, 1853) 20
ルダンゴット (ridingote) 27

[レ]

「令嬢ジェラルダによる詩行」('verses by Lady Geralda', 1836) 474
レイランド、ジョウゼフ (Leyland, Joseph Bentley, 1811-51) 247
レイン、マーガレット (Lane, Margaret) 435
レグホーン・ハット (leghorn hat) 33
『レベッカ』(*Rebecca*, 1938) 400-4, 407, 411, 413-6
レベッカ (Rebecca) 405, 410-1, 413, 415-6

[ロ]

ロイド氏 (Lloyd, Mr) 191
「老水夫の歌」('The Ancient Mariner', 1798) 282
ローウッド (Lowood) 133, 173, 177, 190-1, 193, 195, 197-8, 200, 202, 208, 213, 215, 238, 243, 284, 451, 501
ロウフォールズ・ミル (Rawfolds Mill) 322
ロウ・ヘッド・スクール (Roe Head School) 8-10, 68, 70, 85, 93, 112, 124, 248-9, 322, 363, 444, 490
「ロウ・ヘッド日記」('Well here I am Roe-Head', 1836) 111

ロイヤル・アカデミー (Royal Academy) 10, 85, 94
ロザーズデイル (Lothersdale) 12
ロチェスター家 (Rochester family) 191, 213, 215-6, 297
ロチェスター、エドワード・フェアファックス (Rochester, Edward Fairfax) 53-4, 62, 95-6, 119, 177, 179-81, 184-6, 191-2, 194-6, 198-204, 208, 215-7, 221-2, 226-7, 229-31, 233-5, 237-9, 243, 255, 260-3, 265-70, 274, 284-5, 288-91, 295-7, 314, 326, 351, 393, 403, 407, 410, 412, 452, 454, 456-7, 495
ロードン (Rawdon) 13
ローパー (Roper, Derek) 272
ロバーツ、ディヴィッド (Roberts, David) 100, 349
ロー・ヒル・スクール (Law Hill school) 10
ロビンソン、ウィリアム (Robinson, William, 1799-1837) 247-8, 252
ロビンソン、リディア (Robinson, Lydia, 1800-59) 434-5
ローブ (robe) 27
ロマンス (Romance) 492-4
ロマンティック・アゴニー (Romantic Agony) 291
ロマンティシズム (Romanticism) 147-8, 155-6, 158, 160, 163, 181, 253, 296, 465, 486-7, 506
ローリー、ミナ (Laury, Mina) 119-20
ロレンス、D. H. (Lawrence, David Herbert, 1885-1930) 80
ロワイヤル通り (Rue Royale) 153

【ワ】

ワイト島 (Isle of Wight) 7
『ワイルドフェル・ホールの住人』 (*The Tenant of Wildfell Hall*, 1848) 18, 54
「若者たちの劇」 ('Young Men's Plays') 7
「若者たちの歴史」 ('The History of the Young Men: From Their First Settlement to the Present Time', 1831) 109
「別れ」 ('Parting', 1838) 480-1
ワーズワス、ウィリアム (Wordsworth, William, 1770-1850) 11, 100, 251, 367
『わたしたちの吸血鬼』 (*Our Vimpires, Ourselves*, 1995) 402
「わたしの魂は怯懦ではない」 ('No Coward Soul is mine', 1846) 471
「われらの仲間」 ('Our Fellows Plays') 7

シャーロット・ブロンテ論　［検印廃止］

2001年10月13日　初版発行

編著者	中岡　洋
発行者	安居洋一
組版所	ワニプラン
印刷所	平河工業社
製本所	株式会社難波製本

〒160-0002　東京都新宿区坂町26

発行所　開文社出版株式会社

電話　03（3358）6288番・振替　00160-0-52864

ISBN4-87571-966-3 C3098